蘇辛詞選

曾棗莊
吳洪澤　編著

三民書局

國家圖書館出版品預行編目資料

蘇辛詞選／曾棗莊,吳洪澤編著.－－二版三刷.－－臺北市: 三民, 2018

面；　公分

ISBN 978-957-14-5578-5　(平裝)

852.4516　　　　100018890

© 蘇辛詞選

著作人　曾棗莊　吳洪澤
發行人　劉振強
著作財產權人　三民書局股份有限公司
發行所　三民書局股份有限公司
地址　臺北市復興北路386號
電話　(02)25006600
郵撥帳號　0009998-5
門市部　(復北店) 臺北市復興北路386號
(重南店) 臺北市重慶南路一段61號
出版日期　初版一刷　2000年11月
二版一刷　2011年10月
二版三刷　2018年3月
編號　S 831220
行政院新聞局登記證局版臺業字第〇二〇〇號

ISBN　978-957-14-5578-5　(平裝)

http://www.sanmin.com.tw　三民網路書店

※本書如有缺頁、破損或裝訂錯誤，請寄回本公司更換。

蘇辛詞選序

曾棗莊

一九九五年五月，我隨團到臺北參加兩岸古籍整理研究工作會議，會議結束時，臨時安排一次活動，應三民書局董事長劉振強先生之邀，參觀三民書局。劉先生親自帶我們一面參觀，一面解說，當時給我印象最深的是管理工作井井有條，出了大量的教材，並在研製自己的微機排版漢字系統。同年十月我因參加臺北的新書發表會，第二次訪臺，並周遊了全島，因三民書局給我的印象較深，又去參觀了一次。一九九八年上半年，我應邀任成功大學客座教授，暑假返大陸前，又第三次去三民書局，並接受了《蘇辛詞選》的約稿。

我之所以接受了此書約稿，是因為我自來喜歡蘇辛詞。蘇詞固然是我的研究範圍，辛詞在大革文化之命時，我幾乎也能全部成誦。生活經歷不僅對文藝創作是必須的，而且對文藝欣賞也是不可或缺的。沒有實際生活體驗，不但寫不出真切的作品，也體會不到他人詩詞的妙處。我真正體會到蘇辛詞的妙處，是在經歷了反右、四清、大革文化之命的多次洗禮之後。辛詞的「江頭風怒，朝來波浪翻屋」（〈念奴嬌·登建康賞心亭〉），「秋江上，看驚弦雁避，駭浪船回」（〈沁園春·帶湖新居將成〉），似乎正是對我所經歷的時勢的描寫；「過眼不如人意事，十常八九今頭白」（〈滿江紅·贛州席上呈太守陳季陵侍郎〉），我當時雖還未「頭白」，但「不如人意」之事也是「十常八九」；「卮酒向人時，和氣先傾倒。最要然然可可，萬事稱好。滑稽坐上，更對鴟夷笑。寒與熱，總隨人，甘國老。」（〈千年調・蔗庵小閣〉）我之所以四處碰壁，也是因為不懂得「寒熱隨人」，「然然可可，萬事稱好」。蘇詞的「人有悲歡離合，月有陰晴圓缺，此事古難全。」（〈水調歌頭・丙辰中秋〉）給我以安慰，事不如意，古今共歎，何必太認真呢？而〈定風波〉的「莫聽穿林打葉聲，何妨吟嘯且徐行。竹杖芒鞋輕勝馬，誰怕？一蓑煙雨任平生。　料峭春風吹酒醒，微冷，山頭斜照卻相迎。回首向來蕭瑟處，歸去，也無風雨也無晴。」更給我以生活下去的勇氣，「飄風不終朝，驟雨不終日」，一切都將過去，曙光就在前頭。一切真正的文學家都是深刻的思想家，在他們的作品中，充滿了人生哲理，充滿了他們對人生的思考和慨歎，蘇辛詞正是如此。

但我自臺灣返回大陸不到半年，就於一九九八年十一月檢查出身患癌症，當時我認為我只有三、五個月的時間了，未必能完成此稿。故託我的研究生、留本所工作的吳洪澤幫助我完成。他注釋了《辛棄疾詞選》，幫我校訂了《蘇軾詞選》。因我的健康情況不像原來估計的那樣嚴重，在吳洪澤完成初稿後，我又對全書作了潤色，並撰寫了導言。

我在臺灣教育界、學術界、出版界都有不少朋友，他們對我的健康情況都很關心，故想利用這一機會報告一下我的情況。我的手術是比較成功的，手術後的化療，我也幾乎沒有反應，既無嘔吐現象，也沒有脫髮，飲食一如往常。因此，術後恢復較快，不到兩個月，我又開始讀書寫作。在這不到兩年的時間裡，我主編的《中華大典・宋遼金元文學分典》得以完成並出版，還編纂出版了三部論文集《北宋文學家年譜》、《三蘇研究》、《唐宋文學研究》，補充修改完《集部要籍概說》，聯合美、日、韓及臺灣的朋友為紀念蘇軾逝世九百週年撰寫了六十萬字的《蘇軾研究史》（我自己承擔的部分達四十萬字）。我手術後不到一年，從一九九九年九月起，又開始外出參加各種學術活動，去北京三次，去蘇州、上海、南京、河北欒城各一次。我現在仍遵醫囑，每三個月作一次全面檢查。到現在為止，情況還比較正常，朋友們暫可放心。

二〇〇〇年九月八日

蘇辛詞選

目次

辛棄疾詞選

導　言

蘇軾（一〇三六—一一〇一），字子瞻，號東坡，四川眉山人。辛棄疾（一一四〇—一二〇七），字坦夫，後改字幼安，號稼軒，山東濟南人。兩人都是宋（九六〇—一二七九）詞大家，蘇軾存詞約三百五十餘首，為北宋第一；辛棄疾存詞約六百二十餘首，為南宋第一。加之他們詞風相近，以豪放為特色，在詞史上並稱蘇、辛。

宋王朝自始至終面臨三大矛盾：一是民族矛盾，北宋主要是同遼和西夏的民族矛盾，南宋主要是同金、蒙的矛盾；二是階級矛盾，在整個宋代，小股兵民之亂可說此起彼伏；三是統治階級內部的矛盾，整個宋代黨爭不斷，北宋主要是變法派與反變法派間的黨爭，南宋主要是主戰派與主和派之間的黨爭。北宋中葉的蘇軾和南宋中葉的辛棄疾，都捲進了這三種矛盾的漩渦中，但蘇軾面臨的主要是以王安石和司馬光分別為代表的新舊黨爭，而辛棄疾面臨的則主要是民族矛盾，以及由民族矛盾派生的統治階級內部主戰主和兩派的黨爭。把握這一大的時代背景，對了解蘇、辛的人生經歷、詞作思想、詞作風格的異同大有益處。

一、蘇辛宦海浮沉之酷似

蘇、辛二人的經歷固然有很多不同，但更令我們吃驚的是有不少酷似之處：他們從小都受著良好的家庭教育，並在二十餘歲時都一舉成名；從成名到四十多歲，他們都分別捲入了當時的政治鬥爭，而他們的政治主張都與當政者不合，故其理想均無法實現；從四十餘歲到去世，他們都長期遭到政敵迫害，其間二人雖都曾被起用，但多數時間，蘇軾是兩度貶謫，辛棄疾是兩度賦閒，政治上均未能充分發揮應有的作用，而文學上卻都取得了光輝的成就。

名動朝野

蘇、辛的出身並不完全相同，蘇軾出身在一個「三世皆不顯」、「世為農家」的家庭，從其伯父蘇渙進士及第，外出作官，蘇家才開始顯赫起來。辛棄疾出身於一個世代為宦的家庭，高祖辛師古為儒林郎，曾祖辛寂為賓州司戶參軍，官不算大；而祖父辛贊知開封府，官就不算小了。他在〈進美芹十論劄子〉中說：「臣之家世，受廛（居住。廛，房地）濟南，代膺閫寄（世代蒙受軍職），荷國厚恩。」

他們二人從小都受著良好的家庭教育。蘇軾的父親蘇洵鑒於自己少不喜學、老大無成的教訓，對其二子進行了精心的教育，他對蘇軾兄弟說：「士生於世，治氣養心，無惡於身。推是以施之人，不為苟生；不幸不用，猶當以其所知，著之翰墨，使人有聞焉。」（蘇轍〈歷代論〉）蘇軾的母親程氏有文化，在蘇洵遊學四方時，她就成了蘇軾兄弟的家庭教師，對他們親授以書。一天，議及〈後漢書・范滂傳〉，她說：「汝果能死直道，吾無戚焉！」（司馬光〈程夫人墓誌銘〉）蘇軾兄弟後來立朝以剛直聞，與他們從小所受的家庭教育是分不開的。

辛棄疾的少年時代是在淪陷區度過的，他的祖父辛贊、岳父范邦彥雖被迫在金朝（一一一五—一二三四）作官，但時存歸正之志。范邦彥考慮到只有在金任職，才能行其志，因此他參加了進士考試，求為蔡州新息令，後來果然「開蔡城以迎王師，因盡室而南」（劉宰〈故公安范大夫及夫人張氏行述〉）。辛贊也是身在曹營心在漢，他經常帶著辛棄疾「登高望遠，指畫山河，思投釁（找機會）而起，以紓君父不共戴天之憤。」（〈進美芹十論劄子〉）可惜他在辛棄疾二十歲前後就去世了，未能如願。

說來也有趣，蘇、辛二人小時候的老師都姓劉。蘇軾的鄉學老師是劉鉅，曾作〈鷺鷥詩〉，其中有「漁人忽驚起，雪片逐風斜」之句，很得意。蘇軾卻認為「逐風斜」沒有寫出鷺鷥歸宿，不如「雪片落蒹葭」好。劉鉅認為蘇軾改得好，讚歎道：「吾，非若師也！」劉鉅去世時，范鎮的悼亡詩有「案頭曾立兩賢良」之句，「兩賢良」即指蘇軾兄弟。辛棄疾小時候的老師是有名得多的田園詩人劉瞻，他也培養了兩位名人，所謂「辛、党」，即抗金的著名詞人辛棄疾、仕金的翰林學士党懷英，他們在政治上雖南轅北轍，但都是南北文壇的名人。

蘇、辛又一酷似之處，就是二十三歲時，二人都名動朝野，但蘇軾是以文動朝野，辛棄疾則以武動朝野。蘇軾二十二歲應試，考官歐陽脩對蘇軾所作的應試文章和謝書非常欣賞，說：「讀軾書，不覺汗出，快哉快哉！老夫當避路，放他出一頭地也！」（歐陽脩〈與梅聖俞書〉）又說：「三十年後，世上人更不道著我也！」（朱弁《曲洧舊聞》卷八）歐陽脩是當時的文壇泰斗，由於他對三蘇父子的稱許、推崇，蘇氏文章很快在京城乃至在全國流傳開來，產生了巨大影響。曾鞏〈蘇明允哀辭〉說：「歐陽公脩為翰林學士，得其文而異之，以獻於上。既而歐陽公為禮部，又得其二子之文，擢之高等。於是三人之文章盛傳於世，得而讀之者皆為之驚，或歎不可及，或慕而效之，自京師至於海隅障徼，學士大夫莫不人知其名，家有其書。」這是蘇軾青年時代以文動朝野的情況。

據鄧廣銘《辛稼軒年譜》考證，辛棄疾曾領鄉薦，於十四歲和十八歲「兩次隨計吏（掌計簿即戶口、賦稅的官吏）抵燕山」，但其目的主要是為了「諦觀形勢」，為聚兵起事作準備。紹興三十一年，金兵大舉南犯，二十二歲的辛棄疾聚眾二千，隸屬農民義軍領袖耿京（耿京擁兵二十五萬），共圖恢復中原大計。作為一位仕宦之家的子弟，不但聚兵起事，而且心甘情願地隸屬農民義軍，這在當時是需要勇氣和遠見的。正如他在〈美芹十論・詳戰〉中所說：「東北之俗尚氣而恥下人，當是時，耿京、王友直輩奮臂隴畝，已先之而起，彼（指其他義軍）不肯俯首聽命以為農夫下，故寧嬰城而守，以須王師而自為功也。」辛棄疾不僅自己投靠耿京，而且還勸擁眾數千的僧人義端投靠耿京。但義端不久卻竊耿京之印投奔金帥。辛棄疾追上義端並斬其首歸報耿京，耿京於是更加看重辛棄疾。為了抗金，辛棄疾還力勸耿「決策南向」，主動與南宋王朝聯繫。耿京接受了他的建議，並派他率人前往建康。辛棄疾受到宋高宗的接見，耿京被任命為天平軍節度使，以辛棄疾為承務郎、天平節度掌書記。但就在這時，義軍內部的叛徒張安國殺了耿京，投靠金人。辛棄疾在返回途中，得知這一消息，當即決定直趨金營，張安國與金將正在酣飲，即於眾中以迅雷不及掩耳之勢活捉了張安國，連夜送往建康由宋王朝治罪。洪邁〈稼軒記〉稱美辛棄疾說：

「赤手領五十騎，縛取於五萬眾中，……壯聲英概，懦士為之興起，聖天子一見三歎息。」可見辛棄疾這一壯舉在當時朝廷上下引起了很大震動。辛棄疾後來也經常回憶起自己這一壯舉，其〈鷓鴣天・有客慨然談功名，因追念少年時事，戲作〉寫道：「壯歲旌旗擁萬夫，錦襜突騎（錦衣騎兵）渡江初。燕兵夜娖銀胡䩮（鍍銀箭袋），漢箭朝飛金僕姑（箭名）。」前二句回憶自己聚兵抗金，奉表入宋；後二句回憶縛叛徒南歸時與金軍戰鬥的情況。其〈水調歌頭・舟次揚州，和楊濟翁、周顯先韻〉也說：「落日塞塵起，胡騎獵清秋。漢家組練十萬，列艦聳層樓。誰道投鞭飛渡，憶昔鳴髇血污，風雨佛貍愁。季子正年少，匹馬黑貂裘。」「落日」二句指他二十二歲時，金主完顏亮大舉南侵。「漢家」二句指南宋虞允文督舟師敗金兵於采石磯。「投鞭」句以前秦（三五一—三九四）苻堅南犯東晉（三一七—四二〇），口出狂言（「以吾之眾，投鞭於江，足斷其流」），喻完顏亮之狂妄。「鳴髇」即響箭；佛貍是北魏（三八六—五三五）拓跋燾的小字，喻指完顏亮。這三句寫完顏亮兵敗采石磯，為部將亂箭射死。季子，指戰國時的蘇季子，即蘇秦，李兌曾以黑貂裘送蘇秦入秦，借以比自己當年為耿京奉表入宋。這是辛棄疾青年時代以武動朝野的情況。

理想與現實

蘇軾在應制科試所上的二十五篇制策和〈御試制科策〉中系統提出了他的政治主張。他認為當時的形勢是「有治平之名而無治平之實」，在表面承平的背後，隱藏著深刻的社會危機。因此力主要「滌蕩振刷」，「卓然有所立」，進行變革。但變革與變法是兩個既有聯繫又有區別的概念，蘇轍說：「公（蘇軾）

與介甫（王安石）議論素異。」（〈東坡先生墓誌銘〉）蘇軾主張變革，而王安石主張變法。王安石主張以征誅為變法開路，蘇軾卻反對下猛藥，主張漸進。王安石認為當時形勢危急的原因是「患在不知法度」，主張要「變革天下之弊法」。蘇軾卻說「天下之所以不大治者，失在於任人而非法制之罪也」。

正因為蘇軾反對王安石的變法主張，因此在神宗朝當王安石把他的變法主張付諸實踐時，他很快就與王安石處於對立地位。蘇軾的〈上神宗皇帝書〉、〈再上皇帝書〉和〈擬進士對御試策〉對新法作了全面批評。因與王安石政見不合，他只好請求外任，三十六歲時被命通判杭州。四十歲知密州，四十二歲知徐州，四十四歲改知湖州。僅就仕途升遷而言，不可謂不順利。但就其「致君堯舜」的政治抱負而言，卻根本無法實現，極不如意。他在〈沁園春・赴密州早行，馬上寄子由〉中寫道：「孤館燈青，野店雞號，旅枕夢殘。漸月華收練，晨霜耿耿，雲山摛（鋪張）錦，朝露漙漙。世路無窮，勞生有限，似此區區長鮮歡。微吟罷，憑征鞍無語，往事千端。　當時共客長安，似二陸初來俱少年。有筆頭千字，胸中萬卷，致君堯舜，此事何難！用捨由時，行藏在我，袖手何妨閒處看！身長健，但優遊卒歲，且鬬樽前。」上闋寫他在秋天的早晨離開旅舍，踏上征途的淒涼寂寞、鬱鬱寡歡的心情。下闋前半是回憶他和蘇轍當年赴京應試，就像晉代的陸機、陸雲兄弟一樣，才氣橫溢，雄心勃勃，一定要致君堯舜。但後來由於同宋神宗、王安石在政治上的分歧，只好遵循儒家「用之則行，捨之則藏」的處世哲學，遠離京城，優遊度日，詩酒自娛。他們兄弟的理想是「致君堯舜」，但現實卻只能「閒處看」，「優遊卒歲，且鬬樽前」。這對於「奮勵有當世志」的蘇軾來說，是痛苦不堪的。

辛棄疾自二十四歲獻俘歸朝後，被任為江陰簽判。其後曾漫遊吳楚，歷任建康府通判、司農寺主簿，三十三歲知滁州（比蘇軾初任知州還小六歲），以後歷任江西提點刑獄、知江陵府兼湖北安撫使、知隆興府兼江西安撫使、湖北轉運副使、知潭州兼湖南安撫使、復知隆興府兼江西安撫使、兩浙西路提點刑獄等地方要職，其官運之亨通超過了蘇軾。但就其理想之無法實現，抱負之不得施展而言，卻與蘇軾毫無二致。

他少年時代之所以兩抵燕山，諦觀形勢，他青年時代之所以聚眾二千，投靠耿京，奉表入宋，冒險入金營，縛叛徒以歸，完全是為了恢復中原：「聞道清都帝所，要挽銀河仙浪，西北洗胡沙。」（〈水調歌頭·壽趙漕介庵〉）辛棄疾南歸時，時局發生了很大變化，高宗已禪位於孝宗，孝宗繼位不久就開始北伐。但符離之戰大敗，簽訂了所謂的隆興和議。直至開禧北伐，四十年間，宋金間基本上處於對峙局面，宋王朝已無意再行北伐，因此辛棄疾收復中原之志也根本無法實現。為了防止朝廷上下的苟且偷安，辛棄疾上了〈禦戎十論〉，又名〈美芹十論〉，後來又上了〈九議〉等文，系統闡明了自己的抗金主張。他在〈進美芹十論劄子〉中說：「張浚符離之師粗有生氣，雖勝不慮敗，事非十全；然計其所喪，方諸既和之後（與既和之後相比較），投閑蹂躪，猶未若是之酷。而不識兵者，徒見勝不可保之為害，而不悟夫和而不可恃為膏肓之大病，亟遂齚舌以為深戒。臣竊謂恢復自有定謀，非符離小勝負之可懲，而朝廷公卿過慮，不言兵之可惜也。古人言，不以小挫而沮吾大計，正以此耳。」這段話很全面，第一，他全面總結符離之敗的得失、教訓，長處是虎虎有生氣，缺點是「勝不慮敗」。第二，他正確指出了符離之敗的損失遠不如議和後「蹂躪」損失之大。第三，他批評了「不識兵者」（實際是指主和派）只看到「勝不可保」的危害性，而未看到「和不可恃」的危害性更大。第四，他正面提出了自己的主張：「不以小挫而沮大謀」。

但「直把杭州作汴州」的南宋小朝廷，是不可能採納他的正確主張的。因此，他在回憶起青年時代聚眾起兵的壯舉時，總是以理想不得實現的哀歎作結。其〈鷓鴣天〉（壯歲旌旗擁萬夫）下闋云：「追往事，歎今吾，春風不染白髭鬚。卻將萬字平戎策，換得東家種樹書。」其〈水調歌頭〉（落日塞塵起）下闋云：「今老矣，搔白首，過揚州。倦遊欲去江上，手種橘千頭。二客（指楊濟翁、周顯先）東南名勝（即名士），萬卷詩書事業，嘗試與君謀。莫射南山虎，直覓富民侯。」前首說他的萬餘字的〈平戎十論〉毫無用處，只好用來「換得東家種樹書」；後首說朝廷偃武修文，他已經不可能像李廣那樣馳騁疆場，只好去過「手種橘千頭」的生活。

貶謫與賦閒

以上說明蘇、辛前半生有很多相似之處，下面將說明蘇、辛的後半生也頗酷似。蘇軾自元豐二年（一〇七九）四十四歲烏臺詩案起，除元祐年間（五十一歲至五十八歲）曾被重新起用外，基本上是在貶所（黃州、惠州、儋州）度過的。辛棄疾自淳熙八年（一一八一）四十二歲罷兩浙西路提點刑獄起，除五十二歲至五十五歲、六十四歲至六十六歲曾兩度起用外（加起來只有六七年），基本上是在上饒、鉛山閒居。

元豐二年二月，蘇軾自知徐州改知湖州。他在〈湖州謝表〉中發了兩句牢騷，說神宗「知其愚不適時，難以追陪新進；察其老不生事，或能牧養小民」。「新進」、「生事」等語刺痛了變法派中的投機分子，他們就群起攻擊陷害蘇軾，連章彈劾，結果蘇軾被捕入獄，這就是歷史上有名的烏臺詩案。

蘇軾自元豐二年十二月貶為黃州團練副使起，是他政治上的失意時期，但也是他文學上的豐收季節。蘇轍說，在這之前，他們兩兄弟的文章還可相「上下」；「既而謫居於黃，杜門深居，馳騁翰墨，其文一變，如川之方至，而轍瞠然不能及也」（〈東坡先生墓誌銘〉）。他在詩、詞、賦、散文等方面的許多名篇都是在貶官黃州期間寫成的，詩如〈寓居定惠院之東，雜花滿山，有海棠一枝，土人不知貴也〉，詞如〈念奴嬌·赤壁懷古〉，賦如前後〈赤壁賦〉，散文如〈方山子傳〉均作於貶官黃州期間。宋神宗很欣賞蘇軾的才華，在蘇軾貶官黃州期間，曾多次準備起用蘇軾。元豐七年（一〇八四），神宗下手詔說：「蘇軾黜居思咎，閱歲滋深。人才實難，不忍終棄。」於是把蘇軾從黃州團練副使改為離京城較近的汝州（今河南臨汝）團練副使。元豐八年三月神宗病逝，新繼位的哲宗年僅十歲，而由高太后權同聽政。高太后一直反對王安石變法，她掌權後立即起用司馬光為相，起用因反對新法而被貶斥的人，蘇軾也在其中。蘇軾被命知登州，到任僅五天，就被召還朝，在不到一年的時間裡，就相繼任禮部郎中、起居舍人、中書舍人、翰林學士。

但因蘇軾既反對新法，又反對司馬光等「盡廢新法」，結果遭到新舊兩黨的夾擊，不安於朝，不斷請求外任。元祐四年（一〇八九）以龍圖閣學士出知杭州，六年又被召還朝，任翰林學士、知制誥兼侍讀，八月因再次遭到洛黨的攻擊，出知潁州，七年二月改知揚州。他在〈送芝上人遊廬山〉中所說的「二年閱三州，我老不自惜。團團如磨牛，步步踏陳跡」即指此。蘇軾知揚州也只有半年，元祐七年（一〇九二）八月以兵部尚書召還，又兼侍讀，不久改為禮部尚書。元祐八年九月，主持元祐更化的高太后去世，哲宗親政，政局發生很大變化，蘇軾被趕出朝廷，先命他知定州（今河北定縣），接著又把他貶官惠州（今屬廣東）、儋州（今屬海南），再也沒有讓他回朝。宋代的海南是十分荒涼的地方，丁謂貶海南，作〈有感〉詩云：「今到崖州事可嗟，夢中常若到京華。程途何啻一萬里，戶口都無三百家。夜聽猿啼孤樹遠，曉看潮上瘴煙斜。吏人不見中朝禮，麋鹿時時到縣衙。」州城人口不到三百戶，麋鹿甚至跑到縣衙遊玩，其荒涼就不難想像了。儋州的情況好不了多少，蘇軾說這裡食無肉，病無藥，居無室，出無友，冬無炭，夏無泉，幾乎什麼都沒有。儋州的氣候炎熱潮溼，容易生病，年過六旬的蘇軾更難適應這裡的氣候。他說，這裡的物品到了春夏之交，沒有不發霉的；而人非金石，其何以堪？

哲宗元符三年（一一〇〇），年僅二十七歲的哲宗病逝了，北宋最荒淫的皇帝徽宗繼位，哲宗當政年間被貶的官吏，已死的追復原官，錄用其子孫，未死的逐漸內遷，包括蘇軾在內。五月蘇軾被命內遷廉州（今廣西合浦）。八月改舒州（今安徽安慶）團練副使、永州（今湖南零陵）安置。十一月途經英州時得旨，復朝奉郎，提舉成都玉局觀，在外州軍任便居住。建中靖國元年（一一〇一）七月，蘇軾卒於常州。蘇軾雖未死於貶所，但死因仍是南遷，即蘇轍〈和子瞻過嶺〉所說的「山林瘴霧老難堪」，「脾病索纏帶嶺嵐」。

蘇軾去世前兩個月，看到李公麟為他畫的像，曾題詩道：「心似已灰之木，身如不繫之舟。問汝平生功業？黃州惠州儋州。」這首詩相當深刻地抒發了他死前不久的抑鬱不平的心情。這位「奮勵有當世志」，一心想「致君堯舜」的蘇軾，一生為宦四十年，有三分之一的時間都是在黃州、惠州、儋州三個貶所度過的。

蘇軾死後，士大夫寫了很多祭文。李方叔的祭文說：「道大難容，才高為累。皇天后土，鑑平生忠義之心；名山大川，還千古英靈之氣。識與不識，誰不盡（傷痛貌）傷；聞所未聞，吾將安放？」（朱弁《曲洧舊聞》卷五）這篇祭文稱頌了蘇軾的道德文章，抒發了對蘇軾之死的哀痛，當時是「人無賢愚皆誦之」。

辛棄疾後半生的境遇也與蘇軾差不多。淳熙八年（一一八一）十一月，四十二歲的辛棄疾剛改任兩浙西路提點刑獄公事，很快就因臺諫王藺的論列落職。罷任的表面原因是臺諫王藺劾其「用錢如泥沙，殺人如草芥」。實際上是朝廷對北方來歸的人一直不放心，稱他們為「歸正人」。辛棄疾這位文武兼備的全才雖因政績突出，漸至高位，但因他桀驁不馴，力主北伐，而當政者早已放棄北伐，故早想把他排擠出去。辛棄疾落職後，於是回到他在上饒帶湖所建的新居，認為人生當以力田為先，故以稼名軒，並自號稼軒居士，過著閒適生活。

直至紹熙二年（一一九一）五十二歲的辛棄疾才被任命為福建路提點刑獄，次年春赴任。同年福建安撫使林枅卒，命他攝帥事。年末，被召赴行在，光宗召見，遷太府卿（《宋史》本傳作「大理少卿」），加集賢殿修撰，知福州兼福建安撫使。他在〈紹熙癸丑登對箚子〉中，論荊、襄上流為東南重鎮，認為「自古南北之分，北兵南下，由兩淮而絕江，不敗則死；由上流而下江，其事必成。故荊、襄上流為東南重鎮，必然之勢也。雖然，荊、襄合而為一則上流重，荊、襄分而為二則上流輕。上流輕重，此南北之所以為成敗也。……陛下胡不自江以北，取襄陽諸郡合荊南為一路，置一大帥以居之，使壤地相接，形勢不分，首尾相應，專任荊、襄之責，取辰、沅、靖、常、德為一路，置一大帥以居之，使上屬江陵，下連江州，樓艦相望，東西聯亙，可前可後，專任諸路之責。屬任既專，守備自固，緩急之際，彼且無辭以逃責。如此，上流之勢固不重哉？」這篇箚子同樣表現出他的戰略眼光。

但紹熙五年（一一九四）七月，因諫官黃艾等劾其「殘酷貪婪，姦贓狼藉」而罷任，主管建寧府武夷山沖佑觀，再次賦閒，家居上饒。慶元二年（一一九六），所居毀於火，五十七歲的辛棄疾又徙居鉛山期思瓜山下，以後一直居住在鉛山。嘉泰三年（一二〇三）夏，六十四歲的辛棄疾又被起知紹興府兼浙東安撫使。歲末召赴行在，次年正月召見，陳用兵之利，言金國必亂必亡，乞付元老大臣預為應變之計。韓侂冑大喜，遂決意開邊。同年被差知鎮江府，積極為抗金作準備。表面看，在開禧北伐上，辛棄疾與韓侂冑似乎是一致的，但實際上，辛棄疾是為收復失地，鑒於當時的形勢，故主張穩紮穩打。他曾對好友程珌說：「虜之士馬尚若是，豈可易（輕）乎？」（程珌〈丙子輪對箚子二〉）而韓侂冑是想借此進一步鞏固自己的權位，故急功近利，輕於用兵。他不但聽不進辛棄疾不可輕易用兵的告誡，並於開禧元年（一二〇五）三月，藉口辛棄疾謬舉張詠，將其降兩官；六月又把辛棄疾從知鎮江府調知隆興府，接著藉口言者論列，給與宮觀的閒職，辛棄疾只好仍回鉛山閒居。把辛棄疾趕走後，朝廷正式下詔伐金，結果不出辛之所料，一敗塗地。其後，開禧二年（一二〇六）雖曾再次差辛棄疾知紹興府、兩浙東路安撫使，繼又命他知江陵府；三年（一二〇七）又命他試兵部侍郎、進樞密院都承旨，但均未就任，而於三年九月病卒。

辛棄疾後半生的生活遠沒有蘇軾艱難，更沒有經歷過遠謫荒島之苦，他有帶湖、瓢泉的園林可居，常同友人飲酒論文。但就屢為政敵迫害、政治抱負不能實現而言，兩人的處境仍非常相似。「詩人例窮苦」，越不得志，其文學成就往往越高。據鄧廣銘《稼軒詞編年箋注》，辛棄疾現存六百多首詞，卷一的「江湖兩浙之什」只有七十一首；卷二的「帶湖之什」多達一百七十六首；卷三的「七閩之什」（第一次起用所作）只有三十二首；卷四的「瓢泉之什」與帶湖差不多，有一百七十三首；卷五為未編年詞一百二十五首，「亦皆閒退期所作」；卷六為「兩浙、鉛山之什」，即他第二次被起用直至去世時的作品，也只有二十一首。可見他前期作品僅佔一生詞作的九分之一多一點，前期所作加上兩次起用時所作不到一百二十首，而有五百首左右都作於閒居時期。他的一些名作如〈水龍吟〉（渡江天馬南來）、〈八聲甘州〉（故將軍飲罷宴歸來）、〈沁園春〉（疊嶂西馳）、〈賀新郎〉（甚矣吾衰矣）、〈賀新郎〉（綠樹聽鵜鴂）、〈滿江紅〉（倦客新豐）、〈木蘭花慢〉（可憐今夕月），幾乎都作於賦閒時。國家不幸詩人幸，蘇軾的謫居黃州、惠州、儋州，辛棄疾的閒居帶湖、瓢泉，是宋王朝的不幸，卻是宋代文學的大幸。

二、「無事不可入，無意不可言」

前人多用蘇軾以詩為詞，辛棄疾以文為詞來括概蘇、辛詞的特徵。（如宋人陳模《懷古錄》卷中引潘牥云：「東坡〔為〕詞詩，稼軒〔為〕詞論。」）所謂以詩以文為詞，從語言上講，是指詞的詩化、散文化；從內容上看，就是指打破了「詩言志，詞言情」的傳統藩籬，大大擴展了詞的題材，做到了「無事不可入，無意不可言」（劉熙載《藝概》卷四）。詩的內容幾乎是無所不包的，蘇、辛詞的內容也幾乎是無所不包的。

詩言志，詞言情，歷代文人往往只以詩的形式來抒寫自己的理想、懷抱、志向，而詞似乎是不能登這大雅之堂的。但到了蘇、辛手裡，詞也可以言志了，經常用詞抒寫他們那激昂排宕、不可一世的氣概和壯志難酬、仕途多艱的煩惱，充滿了理想同現實的矛盾。只是因為時代不同，他們所面臨的矛盾不同，故所言之志，所抒之懷的具體內容各有不同罷了。蘇軾面臨的是變法派與反變法派的鬥爭，是這場鬥爭的失敗者，他經常為自己的政治理想不能實現而苦惱。他的〈水調歌頭・丙辰中秋〉抒發了「我欲乘風歸去，惟恐瓊樓玉宇，高處不勝寒」，既希望回到朝廷，又怕朝廷難處的矛盾心情；〈念奴嬌・赤壁懷古〉更充滿了美妙的理想同可悲的現實的矛盾。他希望像「千古風流人物」，三國時的「多少豪傑」，特別是像「公瑾當年」那樣，建立功名；但是，可悲的現實卻是「早生華髮」，一事無成，反被貶官黃州。全詞寫來蒼涼悲壯，慷慨激昂，是蘇軾豪放詞的代表作。他所處的時代也面臨著同遼和西夏的矛盾，他的〈江神子・密州出獵〉抒發了渴望馳騁疆場，為國立功的豪情。但這類詞在蘇詞中的比例並不大，而辛棄疾的言志詞卻很多，他是一位以統一天下為己任的人物，是一位「以氣節自負，以功業自許」（范開〈稼軒詞序〉）的人物，陸游把他比為管仲、蕭何（〈送辛稼軒殿撰造朝〉），劉宰把他比作張良（〈賀辛待制啟〉），姜夔把他比作諸葛亮（〈永遇樂・次稼軒北固樓詞韻〉）。他所面臨的矛盾主要是民族矛盾，他的詞充滿了家國之憂，半壁河山淪陷之恨：「西北望長安，可憐無數山」（〈菩薩蠻〉）；「夜半狂歌悲風起，聽錚錚、陣馬簷間鐵。南共北，正分裂」（〈賀新郎〉）；「布被秋宵夢覺，眼前萬里江山」（〈清平樂〉）。他恨大臣以清談誤國，朝廷沒有可以倚重之人：「長劍倚天誰問，夷甫諸人堪笑，西北有神州」（〈水調歌頭〉）；「渡江天馬南來，幾人真是經綸手？長安父老，新亭風景，可憐依舊。夷甫（晉王衍）諸人，神州沉陸，幾曾回首！」（〈水龍吟〉）；「起望衣冠神州路，白日消殘戰骨。歎夷甫諸人清絕」（〈賀新郎〉）。他恨主和派壓抑抗敵志士，使他們不能發揮作用：「不念英雄江左老，用之可以尊中國……且置請纓封萬戶，竟須賣劍酬黃犢」（〈滿江紅〉）；「汗血鹽車無人顧，千里空收駿骨。正目斷、關河路絕」（〈賀新郎〉）。自己也只能以平戎策換種樹書：「追往事，歎今吾，春風不染白髭鬚。卻將萬字平戎策，換得東家種樹書」（〈鷓鴣天〉）。他常以收復失地，統一祖國來勉勵自己：「醉裡挑燈看劍，夢回吹角連營。八百里分麾下炙，五十絃翻塞外聲。沙場秋點兵」（〈破陣子〉）；「舉頭西北浮雲，倚天萬里須長劍」（〈水龍吟〉）；「道男兒，到死心如鐵。看試手，補天裂」（〈賀新郎〉）。即使當權者把他長期放閒，他仍期望能讓他為國效勞：「江南遊子。把吳鉤看了，欄干拍徧，無人會，登臨意」（〈水龍吟〉）；「憑誰問：廉頗老矣，尚能飯否」（〈永遇樂〉）。他還常以收復失地勉勵友人。蘇詞中有不少歌伎詞，辛詞中有不少祝壽、送別、唱和詞，雖也有應酬之作，但多數是希望對方能為國立功：「千古風流正在此，萬里功名莫放休，君王三百州」（〈破陣子‧為范南伯壽〉）；「聞道清都帝所，要挽銀河仙浪，西北洗胡沙。回首日邊去，雲裡認飛車」（〈水調歌頭‧壽趙漕介庵〉）；「袖裡珍奇光五色，他年要補天西北。且歸來，談笑護長江，波澄碧」（〈滿江紅‧建康史帥致道席上賦〉）；「此老自當兵十萬，長安正在天西北」（〈滿江紅‧送信守鄭舜舉被召〉）；「東北看驚諸葛〈表〉，西南更草相如〈檄〉。把功名、收拾付君侯，如椽筆」（〈滿江紅‧送李正之提刑入蜀〉）；「漢水東流，都洗盡、髭胡膏血。人盡說、君家飛將，舊時英烈。破敵金城雷貫耳，談兵玉帳冰生頰」（〈滿江紅〉）。

蘇軾是「身行萬里半天下」（〈龜山〉），辛棄疾是「一生不負溪山債」（〈鷓鴣天〉），「萬壑千巖歸健筆」

〈念奴嬌〉），因此他們寫下了不少記遊詞，歌頌祖國的大好河山。蘇軾題泗州淮山樓云：「城上層樓疊巘，城下清河古汴」（〈如夢令〉）；桐廬七里灘：「水天清，影湛波平。魚翻藻鑑，鷺點煙汀。過沙溪急，霜溪冷，月溪明」（〈行香子・過七里灘〉）；京口北固山：「北固山前三面水，碧瓊梳擁青螺髻」（〈蝶戀花・京口得家書〉），都頗能把握各地特色。他對比杭州繁華和密州清寂也十分形象：「燈火錢塘三五夜。明月如霜，照見人如畫。帳底吹笙香吐麝。更無一點塵隨馬。　寂寞山城人老也，擊鼓吹簫，卻入農桑社。火冷燈稀霜露下，昏昏雪意雲垂野」（〈蝶戀花・密州上元〉）。密州也不止「昏昏雪意雲垂野」，也有它美麗的一面，他描寫超然臺云：「春未老，風細柳斜斜。試上超然臺上看，半壕春水一城花。煙雨暗千家」（〈望江南・超然臺作〉）。貶官黃州期間，有〈水調歌頭・黃州快哉亭贈張偓佺〉：「一千頃，都鏡淨，倒碧峰。忽然浪起，掀舞一葉白頭翁。」快哉亭在長江邊上，故說江水連空，風平浪靜時，有如明鏡，碧峰倒影，清晰可見；而風起浪湧時，船頭漁翁好像在隨浪起舞，這也寫出了快哉亭特有的景象。辛棄疾的記遊詞也不少，寫杭州飛來峰冷泉亭云：「漸翠谷、群仙東下，珮環聲急。誰信天峰飛墮地，傍湖千丈開青壁。是當年，玉斧削方壺，無人識」（〈滿江紅・題冷泉亭〉）；寫錢塘江潮云：「望飛來、半空鷗鷺，須臾動地鼙鼓。截江組練驅山去，鏖戰未收貔虎」（〈摸魚兒・觀潮上葉丞相〉）；寫上饒南崖云：「笑拍洪崖，問千丈翠巖誰削」（〈滿江紅・遊南崖，和范廓之〉）。江西博山雨巖，有泉自巖中飛出，如風雨聲，他有好幾首詞詠雨巖：「石髓千年，已垂未落，嶙峋冰柱。有怒濤聲遠，落花香在，人疑是、桃源路」；他還以洞庭張樂、湘靈鼓瑟形容雨巖聲響：「又說春雷鼻息，是臥龍、彎環如許。不然應是，洞庭張樂、湘靈來去」（〈水龍吟・題雨巖〉）；「溪邊照影行，天在清溪底。天上有行雲，人在行雲裡」（〈生查子・獨遊雨巖〉）。總之，蘇、辛都用他們的健筆歌頌了祖國的大好河山。

描繪樸實的農村風光是蘇、辛詞的另一內容，也是以前的詞比較少有的。蘇軾的〈浣溪沙・徐州石潭謝雨道上作五首〉開其風，這裡有黃童、白叟、採桑姑：「照日深紅暖見魚，連溪綠暗晚藏烏。黃童白叟聚睢盱。　麕鹿逢人雖未慣，猿猱聞鼓不須呼。歸家說與採桑姑」；也有「旋抹紅妝看使君，三三五五棘籬門。相挨踏破蒨羅裙」的農村少女群像；有社日的醉叟：「老幼扶攜收麥社，烏鳶翔舞賽神村。道逢醉叟臥黃昏」；有煮繭的姑娘：「麻葉層層檾葉光，誰家煮繭一村香。隔籬嬌語絡絲娘」；有小商小販：「簌簌衣巾落棗花，村南村北響繅車。牛依古柳賣黃瓜」；也有訪問農村的太守（蘇軾自己）：「酒困路長惟欲睡，日高人渴謾思茶。敲門試問野人家」；看到農村如此樸實可愛的景象，以致他自己也想作「此中人」了：「日暖桑麻光似潑，風來蒿艾氣如薰。使君元是此中人。」辛棄疾繼蘇軾後塵，對農村的描寫更廣泛更可愛，有春日的柔桑、幼蠶、鳴犢、寒鴉：「陌上柔桑破嫩芽，東鄰蠶種已生些。平岡細草鳴黃犢，斜日寒林點暮鴉」（〈鷓鴣天・代人賦〉）；有夏夜的稻香、鳴蟬、蛙聲：「明月別枝驚鵲，清風半夜鳴蟬。稻花香裡說豐年，聽取蛙聲一片」（〈西江月・夜行黃沙道中〉）；有爭言豐收的農村父老：「父老爭言雨水勻，眉頭不似去年顰，殷勤謝卻甑中塵」（〈浣溪沙〉）；有熱情好客的野老：「呼玉友，薦溪毛，殷勤野老苦相邀」（〈鷓鴣天〉）；「被野老、相扶入東園，枇杷熟」（〈滿江紅・山居即事〉）；有翁媼的軟語吳音：「茅檐低小，溪上青青草。醉裡吳音相媚好，白髮誰家翁媼」（〈清平樂・村居〉）；有農村娶婦嫁女的熱鬧場面：「東家娶婦，西家歸女，燈火門前笑語。釀成千頃稻花香，夜夜費、一天風露」（〈鵲橋仙・山行書所見〉）；有聽到稚子啼哭，就不顧行人愛慕目光而匆匆歸去的浣紗少婦：「一川明月疏星，浣紗人影娉婷。笑背行人歸去，門前稚子哭聲」（〈清平樂・博山道中即事〉）；有調皮可愛的兒童：「大兒鋤豆溪東，中兒正織雞籠。最喜小兒亡賴，溪頭臥剝蓮蓬」（〈清平樂・村居〉）；「西風梨棗山園，兒童偷把長竿。莫遣旁人驚去，老夫靜處閒看」（〈清平樂〉）。蘇軾貶官的惠州、儋州，當時十分落後，可與唱酬的詞客很少；辛棄疾長期罷官閒居，處境比蘇軾好得多，常「置酒召客」，座中「詩翁酒客」不少，故有更多的閒情逸興欣賞描摹農村風光。

蘇軾以前，寫作詠物詞者較少，而蘇、辛作了不少詠物詞。蘇軾詠物詞的共同特點是「似花還似非花」，好像是在詠物，又不全是在詠物，而是托物擬人，把人與物寫得若即若離，含蓄蘊藉，意在言外。詠孤鴻的〈卜算子・黃州定惠院寓居作〉是蘇軾貶官黃州期間寫的，缺月、疏桐、漏斷、人靜、縹緲的孤鴻獨往獨來，詞一開頭就為我們烘托出清淒、寂寞、孤獨、高潔的氣氛：「缺月挂疏桐，漏斷人初靜。誰見幽人獨往來，縹緲孤鴻影。」下闋集中描寫孤鴻形象，因驚起飛而又頻頻回顧，滿含幽恨而又無人理解，寒枝揀盡而不屑棲身，更使人倍覺寂寞、淒冷。我們今天大可不必像那些愛講寄託而流於穿鑿附會的詞論家那樣，字字句句去尋求這首詞的寄託，但總觀全詞無疑是有寄託的。那「驚起卻回頭，有恨無人省。揀盡寒枝不肯棲，寂寞沙洲冷」的孤鴻，正是貶官黃州，無人理解自己，但仍孤高自賞，堅持不與世俗同流的蘇軾的自我寫照。〈水龍吟・次韻章質夫楊花詞〉也是蘇軾詠物詞的代表作，全詞借楊花的「縈損柔腸」寫章質夫的離別之意；並借楊花的「也無人惜從教墜」，抒發自己貶謫黃州的漂泊之感。章的原詞「命意用事，清新可喜」，如寫柳絮欲墜不墜之態說：「傍珠簾散漫，垂垂欲下，依前被，風扶起。」而蘇軾和詞更以本色美見長，「如毛嬙、西施，淨洗卻面，與天下婦人鬭好」（朱弁《曲洧舊聞》

卷五〉。如果說詠孤鴻的〈卜算子〉通篇是借物擬人，詠楊花的〈水龍吟〉通篇是以人擬物，那麼〈賀新郎〉的特點則是先分寫人和物，上闋先為我們塑造了一位高風絕塵而又孤獨寂寞的美女形象，下闋先寫石榴，「石榴半吐紅巾蹙」，「濃豔一枝細看取，芳心千重似束」，都頗能為石榴傳神。最後合寫美人、石榴的共同處境：「若待得君來向此，花前對酒不忍觸。共粉淚，兩簌簌。」美人來到石榴花前飲酒卻無心飲酒，只有美人的盈盈粉淚和石榴的片片落花一起簌簌墜地而已。

在蘇軾開始以詞詠物後，南宋詠物詞開始增加，不僅婉約派詞人如姜夔寫了很多著名的詠物詞，豪放派詞人辛棄疾也喜歡創作詠物詞。或詠牡丹的富貴：「牡丹比得誰顏色，似宮中，太真第一」（〈杏花天・嘲牡丹〉）；或詠水仙花的不離水：「雲臥衣裳冷。看蕭然、風前月下，水邊幽影。羅襪生塵凌波去，湯沐煙波萬頃」（〈賀新郎・賦水仙〉）；或詠木犀之香：「弄影闌干，吹香嵓谷，枝枝點點香金粟」（〈踏莎行・賦木犀〉）；「十里芬芳，一枝金粟玲瓏。……只為天姿冷澹，被西風醞釀，徹骨香濃」（〈聲聲慢・嘲紅木犀〉）；「金粟如來出世，蕊宮仙子乘風。清風一袖意無窮」（〈西江月・木犀〉）；茉莉花亦以香為特徵：「略開些個未多時，窗兒外，卻早被人知」（〈小重山・茉莉〉）；或詠杜鵑花之紅：「恰似蜀宮當日女，無數，猩猩血染赭羅巾」（〈定風波・賦杜鵑花〉）；或詠梅的冷豔：「玉肌瘦弱，更重重龍綃襯著」（〈瑞鶴仙・賦梅〉）；「雪裡溫柔，水邊明秀，不借春工力。骨清香嫩，迥然天與奇絕」（〈念奴嬌・題梅〉）；「瘦稜稜地天然白，冷清清地許多香」（〈最高樓・客有敗棋者，代賦梅〉）；或以縞帶、銀杯、玉龍、瓊闕狀雪之白：「縞帶銀杯江上路，惟有南枝香別。萬事新奇，青山一夜，對我頭先白。倚巖千樹，玉龍飛上瓊闕」（〈念奴嬌・和韓南澗載酒見過雪樓觀雪〉）；或詠蛙、蟬之喧鬧：「一枕驚回，水底沸鳴蛙，……斜日綠陰枝上噪，還又問、是蟬麼」（〈江神子・聞蟬蛙戲作〉）。此外還有〈賀新郎・賦海棠〉、〈鵲橋仙・贈鷺鷥〉、〈卜算子・為人賦荷花〉、〈添字浣溪沙・與客賞山茶〉、〈虞美人・賦荼蘼〉、〈浪淘沙・賦虞美人草〉、〈如夢令・賦梁燕〉等，可見辛棄疾所詠之物比蘇軾還多。

三、「東坡之詞曠，稼軒之詞豪」

以蘇、辛為代表的豪放詞，在北宋中葉的形成，與在南宋中葉達到登峰造極決不是偶然的。它是當時國內階級矛盾和民族矛盾尖銳化的產物，是蘇、辛皆少年得志，一生坎坷的產物，也是詞自中唐產生以來長期發展的產物。北宋中葉和南宋前期內外矛盾的激化，已不允許志在匡國的人，像宋初太平宰相晏殊那樣雍容典雅，「一曲新詞酒一杯」了；也不可能再像潦倒放蕩的柳永那樣「偎紅倚翠」，「淺斟低唱」了。而蘇、辛一生坎坷不平的複雜經歷，也為他們創作豪放詞提供了廣闊的生活基礎。但是，如果沒有詞自中唐以來的長期發展，蘇軾要創立豪放詞也是不可能的。

清人劉熙載說：「太白〈憶秦娥〉，聲情悲壯；晚唐五代，惟趨婉麗；至東坡始能復古。後世論詞者或轉以東坡為變調，不知晚唐五代乃變調也。」（《藝概》卷四）這話是頗有道理的。詞的發展經歷了三個階段，走了一個「之」字路，來了一個否定之否定。

詞在中唐初興的時候，因為來自民間，雖然形式短小，還不成熟，但內容還比較廣泛，格調也較清新。其中有聲情悲壯的「傷別」，如傳說李白所作的〈憶秦娥〉；有雄渾曠遠的邊塞風光，如韋應物的〈調笑令〉；有情景交融的江南景色，如白居易的〈憶江南〉；有輕鬆愉快的漁歌，如張志和的〈漁歌子〉。這時的詞並非專寫兒女情長。

詞言情，詞為豔科，是在晚唐，特別是五代，經過文人的所謂「提高」之後。這時，詞的內容越來越狹窄，幾乎到了專寫女人風姿的地步；格調越來越低下，充滿了寄情聲色的脂粉氣；語言越來越華豔，剪翠裁紅，鋪金綴玉，著重雕飾。晚唐的溫庭筠，五代的「花間詞」，就是這種詞風的代表，被稱為婉約詞。一時間，它似乎倒成了詞的正宗。宋初的詞基本上承襲了晚唐五代「綺麗香澤」、「綢繆婉轉」的風氣，直至蘇軾以前沒有根本轉變。

但蘇軾以前的詞人也為蘇軾創立豪放詞創造了條件：一是經過他們的努力，使詞這種形式日趨成熟，他們陸續創作了很多成功的詞調，使蘇軾能夠運用自如；二是他們中的一些人，對詞的題材、內容也作了一些開拓工作，如李煜以詞抒寫亡國的悲痛，范仲淹以詞抒寫蒼涼悲壯的邊塞生活。特別是柳永以詞抒寫個人的懷才不遇（如〈鶴衝天〉），羈旅離情（如〈雨霖鈴〉）和城市繁華（如〈望海潮〉），無論在內容上和形式上，都好像把婉約詞發展到了登峰造極的地步。

物極必反，蘇軾在前人成就的基礎上另闢蹊徑，創立了詞風迥然不同的豪放詞，把似乎「不可復加」的以柳永為代表的婉約詞遠遠地拋到了後面。正如胡寅〈酒邊集後序〉所說：柳永「掩眾製而盡其妙，好之者以為不可復加；及眉山蘇軾，一洗綺羅香澤之態，擺脫綢繆宛轉之度，使人登高望遠，舉首高歌，而逸懷浩氣，超然乎塵垢之外。於是《花間》為皂隸（奴僕），而柳氏為輿臺（奴隸）矣。」

蘇軾是自覺地要在柳詞之外別樹一幟。蘇門四學士之一的秦觀作〈滿庭芳〉詞，中有「銷魂，當此際，香囊暗解，羅帶輕分。漫贏得青樓，薄幸名存」等語。秦觀自會稽入京見蘇軾，蘇軾對秦觀表示不滿說：「不意別後，公卻學柳七作詞！」秦觀回答道：「某雖不學，亦不如是。」蘇軾反問道：「『銷魂，當此際』，非柳七語乎？」（曾慥《高齋詩話》）由此可見，蘇軾不願其門人寫柳永式的豔詞。

他在〈與鮮于子駿書〉中說：「近卻頗作小詞，雖無柳七郎（永）風味，亦自是一家。呵呵！數日前獵於郊外，所獲頗多。作得一闋，令東州壯士抵掌頓足而歌之，吹笛擊鼓以為節，頗壯觀也。」過去的詞多以婉麗為美，他卻以自己的詞「頗壯觀」自豪。這封信無可置疑地證明蘇軾創作豪放詞並非偶爾心血來潮，而是相當自覺的。李清照的〈詞論〉，強調詞「別是一家」，詞要寫得來與詩不同；蘇軾強調他的詞「自是一家」，與北宋前期把婉約詞發展到頂點的柳永不同。這「自是一家」顯然就是他在〈答陳季常書〉中所說的豪放一家。

俞文豹《吹劍續錄》載：「東坡在玉堂，有幕士善謳，因問『我詞比柳詞何如』，對曰：『柳郎中詞只好十七八女孩兒，執紅牙拍板唱「楊柳岸，曉風殘月」。學士詞須關西大漢，執鐵板唱「大江東去」。』公為之絕倒。」這位「善歌」的幕士，用非常形象的語言，道出了以柳永為代表的婉約詞和以蘇軾為代表的豪放詞的不同特點，婉約詞香而軟，豪放詞粗而豪。

但在蘇軾同時及其以後相當長一段時間，並沒有多少人步蘇軾豪放詞的後塵，包括他的門人在內。黃庭堅有少數詞模仿蘇詞的清曠風格；秦觀詞風卻與蘇軾完全不同，走的仍是婉約詞的道路；陳師道甚至公開批評「子瞻以詩為詞，如教坊雷大使之舞，雖極天下之工，要非本色」（《後山詩話》）；李之儀詞也以婉約為特徵，他在〈跋吳思道小詞〉中歷評各個詞人，卻隻字不提蘇軾；李清照的〈詞論〉認為東坡詞不是詞，「皆句讀不葺之詩」。直至南北宋之際，特別是南宋中葉，丟掉了半壁河山，一些愛國詞人如陸游、辛棄疾、劉克莊，又開始以詞言志抒憤，尤其是辛棄疾更把詞發展到登峰造極的地步。王士禎〈倚聲集序〉云：「詩餘者，古詩之苗裔也。語其正則南唐二主為之祖，至漱玉、淮海而極盛，高、史其嗣響也；語其變則眉山導其源，至稼軒、放翁而盡變，陳、劉其餘波也。有詩人之詞，唐、蜀、五代諸人是也；有文人之詞，晏、歐、秦、李諸君子是也；有詞人之詞，柳永、周美成、康與之之屬是也；有英雄之詞，蘇、陸、辛、劉是也。至是聲音之道乃臻極致，而詩之為功，雖百變而不窮。」

蘇、辛詞風之異同，前人論述頗多，爭論也頗多，這裡無法展開論述。但總的說來，蘇軾豪放詞不多，且間不如腔（不當行），他天分高，「每事俱不十分用力，……詞亦爾」（周濟《介存齋論詞雜著》）。辛棄疾豪放詞特多，而且當行。「蘇之自在處，辛偶能到；辛之當行處，蘇必不能到。二公之詞，不可同日語也」（同上）。

豪放二字既可形容蘇、辛之同，同屬豪放詞派；也可形容蘇、辛詞風之異，蘇放辛豪：「東坡之詞曠，稼軒之詞豪」（王國維《人間詞話》）。譚獻《復堂詞話》認為：「東坡是衣冠偉人，稼軒則弓刀遊俠。」陳廷焯《白雨齋詞話》卷六云：「東坡心地光明磊落，忠愛根於性生，故詞極超曠，而意極和平。稼軒有吞吐八荒之概，而機會不來，正則可以為郭、李，為岳、韓，變則即桓溫之流亞。故詞極豪雄，而意極悲鬱。蘇、辛兩家，各自不同。後人無東坡胸襟，又無稼軒氣概，漫為規模，適形粗鄙耳。」如果以李、杜比蘇、辛，則蘇似李白，辛似杜甫。如果以仙人比蘇、辛，則蘇似仙境，辛屬人境。蘇軾常被前人喻為仙，趙執信作有〈坡仙詞〉詩；樓敬思認為「東坡老人，故自靈氣仙才，所作小詞衝口而出，無窮清新」(張宗橚《詞林紀事》卷五引)；王鵬運《半塘老人遺稿》認為「蘇文忠公之清雄夐乎軼塵絕迹，令人無從步趨。蓋霄壤相懸，寧止才華而已？其性情，其學問，其襟抱，舉非恆流所能夢見。詞家蘇、辛並稱，其實辛猶人境也，蘇其殆仙乎」；葉恭綽〈東坡樂府箋序〉認為：「東坡之詞，純表其胸襟見識，情感興趣者也。規矩準繩，乃其餘事。故論者至以為本色而不能以學，所謂天仙化人，殆亦此意。」蘇詞飄逸、曠達、超脫、清新、雄放，辛詞則沉鬱、蒼涼、悲壯、豪放。

同為懷古詞，蘇軾的〈永遇樂・夜宿燕子樓，夢盼盼，因作此詞〉，只用了「燕子樓空，佳人何在，空鎖樓中燕」來寫盼盼，詠古超宕，貴神情，不貴跡象；而起處的「明月如霜，好風如水，清光無限」，一派清涼寂靜，朦朧迷離的月夜景色；結處的「古今如夢，何曾夢覺，但有舊歡新怨。異時對、黃樓夜景，為余浩歎」，更意餘於詞，給人以想像餘地。蘇軾的〈念奴嬌・赤壁懷古〉與辛棄疾的〈永遇樂・京口北固亭懷古〉，都是仰慕英雄事業的懷古詞，更便於比較兩家詞風的不同。蘇詞主要是仰慕周瑜，感慨自己事業無成，於雄放處見曠達：「大江東去，浪淘盡，千古風流人物」，「故國神遊，多情應笑我，早生華髮」，「人生如夢，一樽還酹江月」；辛詞作於開禧北伐前夕，用典很多，思想很矛盾，他渴望有孫權、劉裕那樣的「風流」人物北伐中原，又擔心當權者輕舉妄動，落得像劉義隆那種「倉皇北顧」的結局，引來強過「佛貍」的金人飲馬長江；更感慨自己像廉頗一樣被人讒毀，棄置不用。全詞將歷史典故、國家前途、個人命運融為一體，「慷慨壯懷，如聞其聲」(先著、程洪《詞潔》卷五)；「拉雜使事，而以浩氣行之。有如五都市中，百寶雜陳；又如淮陰將兵，多多益善。風雨紛飛，直能百變，天地奇觀也」(陳廷焯《詞則・放歌集》卷一)。〈永遇樂〉的特點是「拉雜使事」，〈八聲甘州・夜讀李廣傳〉則單用李廣事，「落魄封侯事，歲晚田園」，「看風流慷慨，談笑過殘年。漢開邊、功名萬里，甚當時、健者也曾閒」，都是借李廣以抒己慨，充滿抑鬱憂憤。這兩首辛棄疾的懷古詞頗能說明蘇、辛詞風之不同。

同為中秋詞，蘇軾的〈水調歌頭・丙辰中秋，歡飲達旦，大醉，作此篇，兼懷子由〉，上闋寫把酒問月，幻想乘風進入月宮而又怕月宮寒寂，下闋寫倚枕望月，抒發兄弟離合之情。全詞清曠超逸，飄飄欲仙。據《鐵圍山叢談》卷三載：「東坡公昔與客遊金山，適中秋夕，……命綯歌其〈水調歌頭〉曰：『明月幾時有，把酒問青天。』歌罷，坡為起舞，而顧問曰：『此便是神仙矣。』」。張炎《詞源》卷下評此詞云：「清空中有意趣，無筆力者未易到。」第二年蘇轍送蘇軾赴徐州任，過中秋而去，和此詞以別，有「今夜清尊對客，明夜孤帆水驛，依舊照離憂」語，蘇軾以其語過悲，為和轍詞，「其意以不早退為戒，以退而相從之樂為慰」，尤為超脫曠達：「故鄉歸去千里，佳處輒遲留。我醉歌時君和，醉倒須君扶我，惟酒可忘憂。一任劉玄德，相對臥高樓。」又〈念奴嬌・中秋〉云：「憑高眺遠，見長空萬里，雲無留跡。桂魄飛來光射處，冷浸一天秋碧。玉宇瓊樓，乘鸞來去，人在清涼國。江山如畫，望中煙樹歷歷。」讀之，真使人「便欲乘風」，飛進月宮去。辛棄疾詠中秋的詞也不少，〈滿江紅・中秋寄遠〉還直接用了蘇軾〈水調歌頭・丙辰中秋〉「人有悲歡離合，月有陰晴圓缺」之意（「但願長圓如此夜，人情未必看承別」），但「問嫦娥、孤冷有愁無，應華髮」，「把從前、離恨總成歡，歸時說」等語，卻比蘇詞悲涼得多。〈太常引・建康中秋夜為呂叔潛賦〉的「把酒問姮娥，被白髮、欺人奈何」，也充滿光陰易逝，事業無成的哀歎。〈踏莎行・庚戌中秋後二夕，帶湖篆岡小酌〉，全詞圍繞宋玉悲秋生議，上闋謂「夜月樓臺，秋香院宇，笑吟吟地人來去」，有何可悲？下闋謂只要隨遇而安，即使是一般的杯盤、歌舞，也沒有什麼可悲處。實際是胸中積壓了很多「淒涼」、「堪悲」之事，卻強作歡笑（真是苦笑），出之以輕鬆之筆，讀之更覺悲涼。〈木蘭花慢・中秋飲酒將旦，客謂前人詩詞有賦待月、無送月者，因用《天問》體賦〉，更是一篇奇作，連用典故，連發九問，構思新穎，幽默風趣，表現出詞人豐富的想像力，這也是蘇軾詠月詞中所沒有的。

蘇轍曾說，蘇軾「逍遙泉石之上，擷林卉，拾澗實，酌水而飲之，見者以為仙也」（〈武昌九曲亭記〉）。蘇軾的很多記遊詞也給人以飄飄欲仙之感，如記春夜行蘄水的〈西江月〉：「照野瀰瀰淺浪，橫空隱隱層霄。障泥未解玉驄驕，我欲醉眠芳草。　可惜一溪風月，莫教踏破瓊瑤。解鞍欹枕綠楊橋，杜宇一聲春曉。」從夜行蘄水，醉臥溪橋，寫到清晨醒來，詞中之景確實「疑非塵世」之景，詞中之人更非塵世之人。辛棄疾卻是塵世中人，其記遊詞，也同他的其他詞一樣，充滿了對不能收復失地的憤懣。其〈聲聲慢・滁州旅次登奠枕樓作，和李清宇韻〉上闋對停止向金作戰深表不滿說：「今年太平萬里，罷長淮、千騎臨秋。凭欄望，有東南佳氣，西北神州。」下闋「笑」自己只能在後方過著「酒令詩籌」的生活：「千古懷嵩人去，應笑我、身在楚尾吳頭。看取弓刀陌上，車馬如流。從今賞心樂事，剩安排、酒令詩籌。」表面看似乎很輕鬆，實際上這裡不止是苦笑，而且是噙著眼淚的笑。他的〈水龍吟・登建康賞心亭〉，更是一篇沉鬱悲涼的記遊詞，開頭四句寫登臨所見，山水好像都在「獻愁供恨」：「楚天千里清秋，水隨天去秋無際。遙岑遠目，獻愁供恨，玉簪螺髻。」下闋寫自己懷才不遇、虛度光陰，結拍更直接寫自己之淚：「倩何人、喚取紅巾翠袖，搵英雄淚。」〈菩薩蠻・書江西造口壁〉也寫到淚：「鬱孤臺下清江水，中間多少行人淚。」這是時代使然，這樣沉痛的記遊詞在蘇詞中是沒有的。

同為詠物詞，蘇軾詠孤鴻的〈卜算子〉，有「缺月挂疏桐，漏斷人初靜。誰見幽人獨往來，縹緲孤鴻影」句，黃庭堅謂此詞「語意高妙，似非吃煙火食人語，非胸中有數萬卷書，筆下無一點塵俗氣，孰能至此？」（《苕溪漁隱叢話》前集卷三九）〈西江月・梅〉主旨是借梅花以悼念侍妾朝雲，但僅就詠梅而言，其「玉骨那愁瘴霧，冰肌自有仙風」，「素面常嫌粉涴，洗妝不褪脣紅」，楊慎稱「古今梅花詞，此為第一」（《草堂詩餘》卷二），也一點不過分。這兩首詞正可用「仙風」二字為評。辛棄疾也曾稱美梅花「冰作骨，玉為容」（〈鷓鴣天・用前韻賦梅〉）；表示「老去惜花心已嬾，愛梅尤繞江村。一枝先破玉溪春，更無花態度，全是雪精神」（〈臨江春・探梅〉）；但在賦梅的〈江神子〉中卻批評梅花開得既比百花早，又比百花遲（「畢竟一年春事了，緣太早，卻成遲」）；還批評它「未應全是雪霜姿，……粉面朱脣、一半點胭脂」；讀了歇拍，才知道他對梅的批評全是憤世之語：「醉裡謗花花莫恨：渾冷澹，有誰知」。他的〈瑞鶴仙・賦梅〉「粉蝶兒只解，尋桃覓柳，開遍南枝未覺」；〈最高樓・客有敗棋者，代賦梅〉的「且饒他，桃李趁，少年場」，正可作「醉裡謗花」三句的注腳。他的〈水調歌頭・盟鷗〉寫鷗鳥的「破青萍，排翠藻，立蒼苔」，頗形象，但卻發出了「廢沼荒丘疇昔，明月清風此夜，人世幾歡哀」的沉痛之語。其〈賀新郎・賦水仙〉云：「靈均千古〈懷沙〉恨，記當時、匆匆忘把，此仙題品。煙雨淒迷僝僽損，翠袂搖搖誰整？謾寫入、瑤琴〈幽憤〉。絃斷〈招魂〉無人賦，但金杯、的皪銀臺潤。愁殢酒，又獨醒。」正如俞陛雲所評：「詠花而兼詠古，便有寄託。水仙在百花中，高潔與梅花等，而不入《楚辭》，作者特拈出之。以下『煙雨淒迷』等句皆幽怨之音。『招魂』句非特映帶上句『懷沙』，且用琴中『水仙操』，而悲憤絃斷，當有蒙塵絕望之慼。」（《唐五代兩宋詞選釋》）〈賀新郎・賦琵琶〉全詞幾乎都是有關琵琶的典故組成，但用得圓轉流麗，不為事所使，上闋結拍為「絃解語，恨難說」，下闋結拍為「彈到此，為嗚咽」，確實是心中有淚，故字字「嗚咽」。

以上純為舉例性質，諸詞都題材相同，主旨相近，而風格差異頗大。蘇詞清新飄逸，超脫曠達，與其性格、學養有很大關係，他常以佛、老思想自遣其煩惱。辛詞沉鬱頓挫，慷慨悲涼，既是其時代的反映，也是其自身經歷的反映。他本屬英雄豪傑，而無法展其雄才，只好「斂雄心，抗高調，變溫柔，為悲涼」（周濟〈宋四家詞選目錄序論〉）。

蘇、辛在詞史上的主要貢獻，自然在於他們創立發展了豪放詞。同時，蘇、辛對婉約詞的發展也不容忽視。就藝術水平看，蘇、辛不僅豪放詞寫得好，他們的婉約詞也不亞於任何婉約詞人。蘇、辛婉約詞的題材也很多，限於篇幅，這裡僅舉婉約詞的傳統題材言情詞來看看他們的婉約詞的特色。

傳統的言情詞題材多無聊之作，蘇軾的言情詞，多數格調較高，他往往用白描手法，而不用某些婉約詞人愛用的香詞豔語，來抒寫真摯、濃烈、純樸的愛情。如〈蝶戀花〉寫牆外行人對牆裡佳人的單相思，〈少年遊・潤州作，代人寄遠〉借佳人對行客的懷念來抒寫自己對佳人的懷念，〈江神子・乙卯正月二十日夜記夢〉寫自己對亡妻的深切懷念等等。在蘇軾的三百五十餘首詞中，直接、間接涉及歌伎姬妾的約一百八十來首，占全部蘇詞的一半有餘。蘇詞格調的高低不在於是否寫了歌伎以及寫作的多少，而在於他的歌伎詞的內容，以及他對歌伎的態度。柳永戀戀於歌伎的是：「洞房飲散簾幃靜，擁香衾，歡心稱。」這就叫「詞語塵下」。而蘇軾所欣賞的，除了她們的美妙歌喉和優美舞姿外，更是這些地位卑下的人的崇高品質。蘇軾貶官黃州，他的朋友王定國坐貶嶺南，王有一歌女叫宇文柔奴，隨之南遷。後來，王定國北歸，蘇軾關切地問柔奴：「廣南風土，應是不好？」柔奴卻說：「此心安處，便是吾鄉。」蘇軾深受感動，讚美這位心地高尚的柔奴道：「萬里歸來顏愈少，微笑，笑時猶帶嶺梅香。試問嶺南應不好，卻道，此心安處是吾鄉。」蘇軾除欣賞她們的好義之外，還欣賞她們情真。他有一首〈阮郎歸〉，上闋寫歌伎對他的依依惜別之情：「一年三度過蘇臺，清樽長是開。佳人相問苦相猜：這回來不來？」下闋是蘇軾的答詞：「情未盡，老先催，人生真可咍！他年桃李阿誰栽？劉郎雙鬢衰！」「佳人」情真，因蘇軾離去，「其色淒然」，問語雖質樸，感情卻很真摯；蘇軾也情真，他沒有正面回答「來不來」的問題，卻感歎人生短促，而擔心後會無期的感慨已溢於言外。當蘇軾把她們的真情厚意與官場中的人情冷暖、世態炎涼作對比時，尤其感到她們的友情可貴：「舊交新貴音書絕。惟有佳人，猶作殷勤別。」（〈醉落魄・蘇州閶門留別〉）

辛集中也有一些言情詞、歌伎詞，雖數量不多，質量卻很高，明人沈謙《填詞雜說》云：「稼軒詞以激揚奮厲為工，至『寶釵分，桃葉渡』一曲，昵狎溫柔，魂銷意盡，才人伎倆，真不可測。」所謂「寶釵分」一曲，是指他的〈祝英臺近・晚春〉：「寶釵分，桃葉渡，煙柳暗南浦。怕上層樓，十日九風雨。斷腸片片飛紅，都無人管，更誰勸、啼鶯聲住。　鬢邊覷。試把花卜歸期，才簪又重數。羅帳燈昏，哽咽夢中語：是他春帶愁來，春歸何處，卻不解、帶將愁去。」這是一首閨怨詞，上闋傷別，借暮春景象寫閨中思婦的落寞心態，淒迷哀婉。下闋盼歸，借助「花卜歸期」、「夢中語」兩個細節描寫，將思婦的痴迷與無奈表現得淋漓盡致。他還有一首〈念奴嬌・書東流村壁〉，寫三年前在此地結識一位女子，此番重訪，已人去樓空：「樓空人去，舊遊飛燕能說。」下闋寫失戀之苦，比喻迭出：「舊恨（前次的輕別）春江流不斷，新恨（此次的未見）雲山千疊。」末以即使重見舊歡，也是「鏡裡花難折」，何況自己已滿頭「華髮」，頗為悲涼，確實是「膾口之極」的「纖麗語」（《草堂詩餘》卷四楊慎評）。〈青玉案・元夕〉也可看作言情詞，上闋極寫元宵燈節的熱鬧場面，下闋先寫麗妝女郎笑語盈盈地離去，然後筆鋒陡轉，寫尋覓了一夜的「那人」，卻在「燈火闌珊處」。這幾乎是青年情侶都有過的共同感情經歷。辛棄疾還有一些以通俗見長的言情詞，如〈南歌子〉，上闋敘事，怨山和橋遮得「望伊難」：「萬萬千千恨，前前後後山。傍人道我橋兒寬，不道被他遮得，望伊難。」下闋為心理描寫：「今夜江頭雨，船兒繫那邊。知他熱後甚時眠，萬萬不成眠後，有誰扇。」上下闋都痴情可掬。

最後對本書的體例略作一些說明：詞選分為正文、注釋、賞析、集評四個部分。蘇詞正文文字以《傅幹注坡詞》（劉尚榮校證，巴蜀書社一九九三年版）為準，參考《全宋詞》（唐圭璋編，中華書局一九八八年重印本）、《東坡詞編年箋證》（薛瑞生箋證，三秦出版社一九九八年版）。辛詞正文文字以《稼軒詞編年箋注》（鄧廣銘箋注，上海古籍出版社一九七八年版）為準。注釋為使注文適合中等文化程度的人閱讀，過難的句子略作串講。重複出現的詞條，熟知者不注或只在第一次出現時作注；生僻而注文較短者重注，以減少讀者翻檢之勞；注文較長者則用見前注的辦法，以省篇幅。賞析總括介紹該篇的寫作背景、思想內容和藝術特色。集評集歷代有關該詞的評論文字，能在注文中引用者盡可能在注文中引用，注文不能盡用，否則太累贅冗長，而又有一定參考價值者，則作為該篇的集評。蘇、辛詞作的排列以寫作時間的先後為序。寫作時間未詳，可知大體階段者附於該段之後；完全不詳者總附於後。書末有兩種附錄，一為〈蘇辛詞總評〉，選錄歷代總評蘇辛詞派的資料；二為〈蘇辛年表〉，因蘇、辛宦海浮沉頗有相似之處，故分上下兩欄，以便讀者比較。這是我們的設想，不當之處，敬希讀者批評指正。

蘇軾詞選

江神子　湖上與張先❶同賦，時聞彈箏

鳳凰山❷下雨初晴。水風清，晚霞明。一朵芙蕖❸，開過尚盈盈❹。何處飛來雙白鷺，如有意，慕娉婷❺。　忽聞江上弄哀箏。苦含情，遣誰聽？煙斂雲收，依約是湘靈❻。欲待曲終尋問取，人不見，數峰青❼。

【注釋】

❶張先　（九九〇——一〇七八）字子野，烏程（今浙江吳興）人。天聖八年進士，官至都官郎中。詩格清麗，尤工於詞。蘇軾通判杭州時，張先已八十餘，但視聽精強，與蘇軾頗多唱和。❷鳳凰山　在杭州南。田汝成《西湖游覽志》卷七〈南山勝迹〉：「鳳凰山，兩翅軒翥，左薄湖畔，右掠江濱，形若飛鳳，一郡王氣，皆借此山。」❸芙蕖　即荷花，《詩·鄭風·山有扶蘇》：「隰有荷華。」鄭玄箋：「未開曰菡萏，已發曰芙蕖。」❹盈盈　儀態美好貌。❺何處飛來雙白鷺三句　化用杜牧〈晚晴賦〉：「白鷺潛來兮，邈風標之公子；窺此美人兮，如慕悅其容媚。」雙白鷺，指身穿喪服的二客。娉婷，儀態嫻雅的美女，此指「方鼓箏」的女子。❻湘靈　舜帝二妃娥皇、女英，從舜南征不返，道死沅湘之間，後世謂之湘靈。此亦借指彈箏者。❼欲待曲終尋問取三句　錢起〈湘靈鼓瑟〉：「曲終人不見，江上數峰青。」此指彈箏者「曲未終，翩然而逝」。

【賞析】

熙寧五年（一〇七二）蘇軾有〈和致仕張郎中春晝〉詩，此詞當作於其前後不久。關於此詞背景有兩說，一為袁文《甕牖閒評》卷五：「東坡倅錢塘日，忽劉貢父相訪，因拉與同遊西湖。時二劉方在服

制中，至湖心，有小舟翩然至前，一婦人甚佳。見東坡，自敘：『少年景慕高名，以在室無由得見，今已嫁為民妻，聞公游湖，不避罪而來。善彈箏，願獻一曲，輒求一小詞，以為終身之榮，可乎？』東坡不能卻，援筆而成，與之。其詞云……。此詞豈不更奇於〈卜算子〉耶？」一為張邦基《墨莊漫錄》卷一：「東坡在杭州，一日遊西湖，坐孤山竹閣前臨湖亭上，時二客皆有服，預焉。久之，湖心有一綵舟漸近亭前，靚妝數人，中有一人尤麗，方鼓箏，年且三十餘，風韻嫻雅，綽有態度。二客競目送之。曲未終，翩然而逝。公戲作長短句。」此詞上闋寫景，下闋記事，根據詞的內容，似以後說為是。

【集評】

鄭文焯《大鶴山人詞話》：〈江城子〉湖上與張先同賦云：「鳳凰山下雨初晴……。」宋袁文《甕牖閒評》記此詞為劉貢父兄弟作，換頭處作「忽聞筵上起哀箏」，此誤作「江上」，蓋後人因「江上數峰青」句而以意改之。不知此詞本事實，於湖上遇小舟，載佳人，自云：「慕公十餘年，善箏，願當筵獻一曲，並賜以詞為榮。」詞中所詠，皆當時事也。

瑞鷓鴣

寒食未明至湖上，太守未來，兩縣令先在❶

城頭月落尚啼烏，朱艦紅船早滿湖❷。鼓吹未容迎五馬❸，水雲先已漾雙鳧❹。　映山黃帽螭頭舫❺，夾岸青煙鵲尾爐❻。老病逢春只思睡，獨求僧榻寄須臾❼。

【注釋】

❶寒食未明至湖上三句　寒食，宗懍《荊楚歲時記》：「去冬節一百五日，即有疾風甚雨，謂之寒食，禁火三日。」約在清明節前一、二天。太守，指杭州知州陳襄。襄，字述古，福建侯官人。熙寧五年（一〇七二）知杭州，時蘇軾任杭州通判，二人多所唱和。兩縣令，指錢塘令周邠、仁和令徐疇，蘇軾有〈立秋日禱雨宿靈隱寺同周徐二令〉詩。❷城頭月落尚啼烏二句　寫天未明至湖上。張繼〈楓橋夜泊〉：「月落烏啼霜滿天。」❸鼓吹未容迎五馬　指「太守未來」。鼓吹，鼓吹樂，一種合奏器樂。五馬，《漢官儀》：「四馬載車，此常禮也。惟太守出則增一馬，故曰五馬。」❹水雲先已漾雙鳧　此以一對水鴨喻兩隻小船，寫「兩縣令先在」。《後漢書・方術傳》：「(王)喬有神術，每月朔望，常自縣詣臺朝。帝怪其來數而不見車騎，密令太史伺望之。言其臨至，輒有雙鳧從東南飛來。」❺映山黃帽螭頭舫　黃帽，指船夫。《漢書・佞倖傳》：「鄧通，蜀郡南安人也，以濯船為黃頭郎。」顏師古注：「刺船之郎皆著黃帽，因號曰黃頭郎。」螭頭舫，飾以螭頭的船。❻夾岸青煙鵲尾爐　此句謂夾岸寺廟香煙裊裊，故下接僧榻。鵲尾爐，長柄香爐，吳曾《能改齋漫錄》卷七〈事實〉：「東坡詩有『夾道青煙鵲尾爐』，按《松陵唱和集》皮日休〈寄華陽潤卿〉詩云：『鵲尾金爐一世焚。』注云：『陶貞白有金鵲尾香爐。』又《珠林》云：『宋吳興人費崇先，少信佛法。每聽經，常以鵲尾香爐置膝前。』費迪先事又見王琰《冥祥記》。」❼老病逢春只思睡二句　老病，時蘇軾僅三十八歲。王文誥《蘇文忠公詩編注集成總案》卷九：「一結平淡，公往往不脫此意，故能晚年肆力於陶。」

【賞析】

熙寧六年（一〇七三）通判杭州時作。此詞上闋寫天未明至湖上，下闋寫遊湖及倦意。東坡倅杭日，府僚常於西湖聚會，此詞頗能反映當時盛況。此詞又收入詩集，但正如王文誥所說：「此二句（指開頭

兩句）定是詞體，必非詩體。宋人有謂公詞似詩者，當由此詞牽誤。」《蘇文忠公詩編注集成總案》卷九）

瑞鷓鴣

觀潮

碧山影裡小紅旗❶，儂是江南踏浪兒❷。拍手欲嘲山簡❸醉，齊聲爭唱浪婆詞❹。西興❺渡口帆初落，漁浦❻山頭日未攲❼。儂欲送潮歌底曲，尊前還唱使君❽詩。

【注釋】

❶碧山影裡小紅旗　蘇軾〈催試官考較戲作〉也寫到觀潮的類似景象：「八月十八潮，壯觀天下無。鯤鵬水擊三千里，組練長驅十萬夫。紅旗青蓋互明滅，黑沙白浪相吞屠。」❷踏浪兒　也稱弄潮兒。孟郊〈送淡公十二首〉之五：「儂是清浪兒，每踏清浪游。笑伊鄉貢郎，踏土稱風流。」❸山簡　山濤之子，字季倫，性溫雅，有父風。優遊卒歲，唯酒是耽。荊土豪族習氏有佳園池，簡出嬉遊，多之池上，置酒輒醉，名之曰高陽池。時有兒童歌曰：「山公出何許，往至高陽池。日夕倒載歸，酩酊無所知。」見《晉書．山簡傳》。此以山簡寫自己的醉態。❹浪婆詞　孟郊〈送淡公十二首〉之三：「銅斗飲江酒，手拍銅斗歌。儂是拍浪兒，飲則拜浪婆。」浪婆為海神的俗稱。❺西興　指西興渡，在浙江蕭山縣西四十二里處。本名西陵，為吳越通道。❻漁浦　在浙江蕭山縣西南，位於西陵上游，對岸即杭州六和塔。❼攲　斜。❽使君　指陳襄，見〈瑞鷓鴣〉（城頭月落尚啼烏）注❶。

【賞析】

王文誥《蘇文忠公詩編注集成總案》卷一〇：「（熙寧六年）八月十五日觀潮，題詩安濟亭上，復作《瑞鷓鴣》詞。誥案：是日似與陳襄同遊，故落句及之。」此詞上闋寫觀潮，妙在檃括孟郊〈送淡公〉詩寫踏浪兒，他們一面搖著紅旗，一面笑不善飲酒的蘇軾的醉態，充滿了歡樂氣氛。下闋寫與使君一面觀潮，一面宴飲。「儂欲送潮歌底曲」的「儂」字表明，此句仍是模仿「踏浪兒」的口氣。唱什麼曲（「歌底曲」）呢？「尊前還唱使君詩」是蘇軾的答詞：要唱就唱「使君詩」吧。使君陳襄和通判蘇軾都是當時的著名文人，共同治理杭州，相得甚歡，蘇軾在杭的很多詩詞都表現了這點。

【集評】

胡仔《苕溪漁隱叢話》前集卷三九：唐初歌詞多是五言詩，或七言詩，初無長短句。自中葉以後，至五代，漸變成長短句。及本朝則盡為此體。今所存止〈瑞鷓鴣〉、〈小秦王〉二闋是七言八句詩並七言絕句詩而已。〈瑞鷓鴣〉猶依字易歌，若〈小秦王〉必須雜以虛聲，乃可歌耳。其詞云：「碧山影裡小紅旗……。」此〈瑞鷓鴣〉也。……皆東坡所作也。

少年遊　潤州❶作，代人寄遠

去年❷相送，餘杭❸門外，飛雪似楊花。今年春盡，楊花似雪，猶不見還家。　對酒捲簾邀明月❹，風露透窗紗。恰似姮娥❺憐雙燕，分明照，畫梁斜❻。

【注釋】

❶潤州　治所在今江蘇鎮江市。❷去年　指熙寧六年（一〇七三）十一月，蘇軾離杭州去潤州等地賑饑。❸餘杭　今浙江杭州。❹邀明月　指獨飲，李白〈月下獨酌〉：「舉杯邀明月，對影成三人。」❺姮娥　亦叫嫦娥，代指月亮。《淮南子・覽冥訓》：「羿請不死之藥於西王母，姮娥竊以奔月。」❻分明照二句　宋玉〈神女賦〉：「其始來也，耀乎若白日初出照屋梁；其少進也，皎皎若明月舒其光。」

【賞析】

這首詞寫於熙寧七年（一〇七四）春末，當時蘇軾行役在外，借佳人（很可能指其妻王氏）對行客（自指）的懷念，來抒寫自己對佳人的懷念，巧妙地用「雪似楊花」，「楊花似雪」這種循環往復的修辭手法，來描寫離別，寫來迴腸盪氣，情深意遠。下闋以捲簾邀月及燕子的成雙成對，反襯佳人的獨守空房，實際是抒發作者對佳人的思念。蘇軾多數的言情詞，格調較高，他往往用白描手法，而不用某些婉約詞人愛用的香詞豔語，來抒寫真摯、濃烈、純樸的愛情，這就是其中的一首。

【集評】

沈雄《古今詞話・詞辨》上卷：《古今詞譜》曰：〈黃鍾宮曲〉，林君復、蘇東坡俱有之，亦不一體，其更變俱在換頭也。東坡詞換頭云「捲簾對酒邀明月」，非「對酒捲簾」也，刻誤。落句云：「恰似姮娥憐雙燕，分明照，畫梁斜。」異矣。

蝶戀花　離別

春事闌珊芳草歇❶。客裡風光，又過清明節。小院黃昏人憶別。落紅處處聞啼鴂❷。

咫尺江山分楚越❸。目斷魂銷❹，應是音塵絕❺。夢破五更心欲折。角聲吹落梅花月❻。

【注釋】

❶春事闌珊芳草歇　李煜〈浪淘沙令〉：「春意闌珊，羅衾不耐五更寒。」謝靈運〈遊赤石進帆海〉：「首夏猶清和，芳草亦未歇。」❷落紅處處聞啼鴂　落紅，落花。啼鴂，亦作鶗鴂，又名子規、杜鵑，〈離騷〉：「恐鶗鴂之先鳴兮，使夫百草為之不芳。」一說子規、啼鴂乃二物，見辛棄疾〈賀新郎·別茂嘉十二弟〉注❷。❸咫尺江山分楚越　咫尺，很近，八寸為咫。楚越，周朝的兩個諸侯國，楚在長江中游，越在今浙江、福建。古代常以楚越喻遙遠。❹目斷魂銷　目斷，極目遠望。魂銷，江淹〈別賦〉：「黯然銷魂者，唯別而已矣。」❺音塵絕　指不通音訊，李白〈憶秦娥〉：「樂遊原上清秋節，咸陽古道音塵絕。」❻角聲吹落梅花月　〈梅花落〉本笛中曲，江總詩：「長安少年多輕薄，兩兩共唱〈梅花落〉。」

【賞析】

熙寧七年（一〇七四）通判杭州，在常、潤間賑饑時作，與〈少年遊〉（去年相送）作於同時，同為「憶」家之詞。題作〈離別〉，可能是後人所加，正如沈際飛所說：「通首是別後遠憶之詞，非贈別之作。題作離別，尚未確。」上闋寫「客裡風光」，春天已過，芳草萋萋，落紅滿地，杜鵑哀鳴，亦如沈氏所評「鳥啼花落，夢回月落，一境慘一境」（黃氏《蓼園詞選》）。下闋抒發離別之情，常潤離杭近在咫尺，卻分屬吳越，夢斷南天，音書斷絕，五更夢醒，只聽到催人淚下的〈梅花落〉聲。王士禎《花草蒙拾》評云：「字字驚心動魄。『衹為一聲〈河滿子〉，下泉須弔孟才人』，恐無此魂銷也。」

【集評】

楊慎《詞品》卷一：宋人作詩與唐遠，而作詞不愧唐人，亦不可曉。《太平廣記》載妖女一詞云：「五原分袂真胡越，燕折鶯離芳草歇。年少煙花處處春，北邙空恨清秋月。」其詞亦佳。坡詞「春事闌珊芳草歇」亦用其語。或疑「歇」字似趁韻，非也。唐劉瑤詩：「瑤草歇芳心耿耿。」皆有出處，一字不苟如此。

沈雄《古今詞話・詞品》上卷：芳草歇，王麗真「燕折鶯離芳草歇」，蘇長公「春事闌珊芳草歇」，俱本康樂詩「芳草亦未歇」來。

江神子　孤山竹閣送述古❶

翠蛾羞黛怯人看。掩霜紈❷，淚偷彈。且盡一樽，收淚唱〈陽關〉❸。漫道帝城天樣遠，天易見，見君難❹。　畫堂新締近孤山。曲欄干，為誰安。飛絮落花，春色屬明年。欲棹小舟尋舊事，無處問，水連天。

【注釋】

❶孤山竹閣送述古　孤山在杭州西湖中，位於裡外二湖之間，一嶼聳立，旁無聯附，故謂之孤山，又叫孤嶼。竹閣在廣化寺柏堂後，唐元和中白居易為鳥窠禪師所建，有〈竹閣〉詩云：「海山兜率兩茫然，古寺無人竹滿軒。」述古即陳襄，見〈瑞鷓鴣〉（城頭月落尚啼烏）注❶。❷霜紈　白色細絹作的扇子，班婕妤〈怨歌行〉：「新列齊紈素，皎潔如霜雪。裁為合歡扇，團團似明月。」❸陽關　曲名，王維〈渭城曲〉：「渭城朝雨浥清

塵，客舍青青柳色新。勸君更盡一杯酒，西出陽關無故人。」後入樂府，為送別之曲。❹漫道帝城天樣遠三句《晉書‧明帝紀》：「明皇帝諱紹，字道畿，元皇帝長子也。幼而聰哲，為元帝所寵異。年數歲，嘗坐置膝前，屬長安使來，因問帝曰：『汝謂日與長安孰遠？』對曰：『長安近。不聞人從日邊來，居然可知也。』元帝異之。明日宴群僚，又問之，對曰：『日近。』元帝失色，曰：『何乃異間者之言乎？』對曰：『舉目則見日，不見長安。』由是益奇之。」馮振《詩詞雜話》評此三句云：「筆意深折。」

【賞析】

熙寧七年（一〇七四）七月送陳襄罷杭赴南都作。全詞摹擬歌伎的語氣，抒發對陳襄的依依惜別之情。上闋寫歌伎在宴席上流淚送別，唱〈陽關曲〉，下闋前三句點孤山竹閣，後五句設想明年再也不會有今年同遊之樂（「舊事」），進一步抒發今日離別之苦。全詞確實「依依灼灼，喈喈嚶嚶，發蘊不滯」（《草堂詩餘》續集卷下沈際飛評）。

南鄉子　送述古❶

回首亂山橫。不見居人只見城❷。誰似臨平山上塔，亭亭，迎客西來送客行❸。　歸路晚風清。一枕初寒夢不成。今夜殘燈斜照處，熒熒，秋雨晴時淚不晴❹。

【注釋】

❶述古　即陳襄，見〈瑞鷓鴣〉（城頭月落尚啼烏）注❶。熙寧七年（一〇七四）七月改官南都，蘇軾作了六首詞送陳襄，此為其中最後一首。❷回首亂山橫二句　山即第三句所說的臨平山，城指臨平鎮，「回首」、「不

見」的主語是作者自己。有人說：城指杭州，那麼「回首」者就不是蘇軾而是陳襄了；臨平在杭州東北百餘里處，若是陳襄回首杭州，不但「不見居人」，恐怕連「只見城」也不可能。蘇軾〈辛丑十一月十九日既與子由別於鄭州西門之外，馬上賦詩一篇寄之〉有「登高回首坡壠隔，但見烏帽出復沒」語，也是作者回望對方，此詞寫法與此詩相同，都是抒發「行人已遠而故人不復可見」的「惜別之意」。（陳巖肖《庚溪詩話》卷下）❸誰似臨平山上塔三句　正因一二句是作者回望臨平而「故人不復可見」，故這三句才羨慕「臨平山上塔」高高聳立，居高眺遠：既可「迎客西來」，又可「送客」東行北上。臨平山，《元豐九域志》卷五：杭州「仁和，九鄉，臨平、范浦、江漲橋、湯村四鎮，一鹽場。有臨平山、浙江。」可知臨平鎮和臨平山在杭州仁和縣，下臨運河，為舟行北上必經之地。亭亭，高聳貌。❹今夜殘燈斜照處三句　與柳永〈雨霖鈴〉「今宵酒醒何處，楊柳岸，曉風殘月」的寫法相似，皆設想之詞。熒熒，燈光昏暗貌。胡仔《苕溪漁隱叢話》後集卷三八引《能改齋漫錄》：「魯直記江亭鬼所題詞，有『淚眼不曾晴』之句。余以此鬼勦東坡樂章『秋雨晴時淚不晴』之語。」

【賞析】

王文誥《蘇文忠公詩編注集成總案》卷一二：熙寧七年（一〇七四）七月，「追送陳襄移守南都，別於臨平，舟中作〈南鄉子〉。」此詞上闋寫別後於歸舟中回望告別之地臨平，下闋寫歸舟中因思念友人而夜不能寐，淚滿衣襟，全詞抒發了他對陳襄深厚真摯的感情。

阮郎歸

一年三過蘇，最後赴密州，時有問「這回來不來」，其色凄然。太守王規父嘉之，令作此詞❶。

一年三度過蘇臺❷，清樽長是開。佳人相問苦相猜：這回來不來？　情未盡，老先催，人生真可咍❸！他年桃李阿誰栽？劉郎雙鬢衰❹！

【注釋】

❶一年三過蘇六句　傅注本題作「蘇州席上作」，此據元刻本《東坡樂府》。蘇，蘇州。密州，治今山東諸城。王規父，王誨字規父，真定（今河北正定）人，參知政事王舉正之子。熙寧中知蘇州，與蘇軾往來密切。❷蘇臺　姑蘇臺，在蘇州，吳王夫差所築。❸咍　嗤笑。❹他年桃李阿誰栽二句　劉郎指劉禹錫。貞元十一年劉自屯田員外郎貶朗州司馬，凡十年始召還，作〈贈看花諸君子〉詩：「紫陌紅塵拂面來，無人不道看花回。玄都觀裡桃千樹，盡是劉郎去後栽。」因人誣其怨憤，出為連州刺史。十四年後召為主客郎中，重遊玄都觀，樹已蕩然，再題一詩，有「前度劉郎今獨來」句。見孟棨《本事詩》。

【賞析】

熙寧六年（一〇七三）十一月，蘇軾赴常、潤賑饑，過蘇州，王誨出示仁宗賜其父之飛白，蘇軾為作〈仁宗皇帝飛白記〉；熙寧七年（一〇七四）五月蘇軾再過蘇州，王誨移廚宴軾於虎邱；十月蘇軾赴密州，三過蘇州，王誨宴請軾，令歌者向軾乞詞，蘇軾為作此詞。上闋寫歌伎依依惜別之情，問語雖質樸，感情卻很真摯；下闋是蘇軾的答詞，他感歎人生短促，似乎答非所問，但後會難期之感已溢於言外。蘇軾的歌伎詞多含強烈的身世之感，這首和下首都是如此。

醉落魄

蘇州閶門❶留別

蒼顏華髮。故山歸計何時決！舊交新貴音書絕❷。惟有佳人，猶作殷勤❸別。　離亭欲去歌聲咽。瀟瀟細雨涼生頰。淚珠不用羅巾裛。彈在羅衣，圖得見時說❹。

【注釋】

❶閶門　蘇州西門。❷舊交新貴音書絕　《史記．汲鄭列傳》：「一死一生，乃知交情；一貧一富，乃知交態；一貴一賤，交情乃見。」皆言世態炎涼，人情冷暖。杜甫〈狂夫〉：「厚祿故人書斷絕。」❸殷勤　情意懇切。❹淚珠不用羅巾裛三句　馮振《詩詞雜話》：「似從武則天『不信比來長下淚，開箱驗取石榴裙』而來。」裛，沾溼。

【賞析】

熙寧七年（一〇七四）罷杭州任，赴密州任，途經蘇州時作。上闋一二句寫他厭倦官場，盼歸故山；後三句把「舊交新貴」的薄情同「佳人」的「殷勤」作對比；下闋一二句進一步補寫「佳人」「殷勤」的形象；最後三句是作者對「佳人」的安慰之詞，留下淚痕以便將來重話舊情，寄予對方以還有重見的希望。

沁園春　赴密州早行，馬上寄子由❶

孤館燈青，野店雞號❷，旅枕夢殘。漸月華收練❸，晨霜耿耿❹，雲山摛錦❺，朝露漙漙❻。世路無窮，勞生有限❼，似此區區長鮮歡❽。微吟罷，憑征鞍無語，往事千端。　當時共客長安，似二陸初來俱少年❾。有筆頭千字，胸中萬卷，致君堯舜，此事何難❿！用捨由時，行藏在我⓫，袖手何妨閒處看！身長健，但優遊卒歲，且鬭樽前⓬。

【注釋】

❶子由　蘇轍字。❷野店雞號　溫庭筠〈商山早行〉：「雞聲茅店月，人迹板橋霜。」此化用其意。❸漸月華收練　月華，月光。練，潔白的熟絹，喻月光。收練謂隨著天明，月光逐漸暗淡。❹耿耿　微明貌。❺摛錦　鋪錦，形容朝陽照耀雲霧繚繞的山巒，五彩繽紛。❻漙漙　露多貌，《詩・鄭風・野有蔓草》：「零露漙兮。」❼世路無窮二句　謂人世的路途是無窮無盡的，而辛勞的人生是短促的。杜甫〈絕句漫興〉：「莫思身外無窮事，且盡生前有限杯。」❽區區長鮮歡　區區，渺小，指有限的人生。鮮，少。❾當時共客長安二句　長安，今陝西西安，借指宋都汴京。二陸，晉陸機、陸雲。吳滅，二陸入洛，陸機年二十，陸雲年十六。此借二陸喻蘇軾兄弟於嘉祐元年入京應試事。❿有筆頭千字四句　杜甫〈奉贈韋左丞丈二十二韻〉：「讀書破萬卷，下筆如有神。」又：「致君堯舜上，再使風俗淳。」⓫用捨由時二句　《論語・述而》：「用之則行，舍之則藏。」⓬身長健三句　《孔子家語》：「優哉遊哉，聊以卒歲。」牛僧孺〈席上贈劉夢得〉：「休論世上升沉事，且

鬭樽前見在身。」此合用其意。

【賞析】

熙寧七年（一〇七四）赴密州任途中作。上闋寫他秋晨離開旅舍，踏上征途的淒涼寂寞心情，下闋抒發產生這種淒冷心情的原因：壯志未酬。元好問〈東坡樂府集選序〉（《元遺山文集》卷三六）：「絳人孫安常注坡詞，……其所是正，亦無慮數十百處，坡詞遂為完本，不可謂無功。然尚有可論者，如……就中『野店雞號』一篇，極害義理，不知誰所作。世人誤為東坡，而小說家又以神宗之言實之，云神宗聞此詞不能平，乃貶坡黃州，且言：『教蘇某閒處袖手，看朕與王安石治天下。』安常不能辨，復收之集中。如『當時共客長安，似二陸初來俱少年。有筆頭千字，胸中萬卷，致君堯舜，此事何難！用舍由時，行藏在我，袖手何妨閒處看』之句，其鄙俚淺近，叫呼衒鬻，殆市駔之雄，醉飽而後發之。雖魯直家婢僕且羞道，而謂東坡作者，誤矣。」此詞是較直露，但這正是蘇軾詩詞的共同特點，不能因此而否定其為東坡所作。王文誥《蘇文忠公詩編注集成總案》卷一〇：「公時由海州赴密，不復繞道至齊，一視子由，故其詞如此耳。」

蝶戀花　密州上元❶

燈火錢塘三五夜❷。明月如霜，照見人如畫。帳底吹笙香吐麝❸。更無一點塵隨馬❹。

寂寞山城人老也，擊鼓吹簫，卻入農桑社❺。火冷燈稀霜露下，昏昏雪意雲垂野。

【注釋】

❶上元　即正月十五元宵節。❷三五夜　即正月十五日夜。❸帳底吹笙香吐麝　帳底，帳中。香吐麝，謂香如麝，《說文》：「麝如小麋，臍有香。」漢劉遵〈繁華應令詩〉：「腕動飄香麝。」❹塵隨馬　蘇味道〈正月十五夜〉：「暗塵隨馬去，明月逐人來。」❺擊鼓吹簫二句　寫社祭，《周禮・地官司徒・鼓人》：「以靈鼓致社祭。」農桑社，農家之社火。

【賞析】

熙寧八年（一〇七五）知密州時作。此詞用對比手法，以杭州上元的繁華反襯密州上元的清寂，反映了由杭至密，生活環境發生的巨大變化。

江神子　乙卯正月二十日夜記夢

十年❶生死兩茫茫。不思量，自難忘。千里孤墳❷，無處話淒涼。縱使相逢應不識，塵滿面，鬢如霜。　夜來幽夢忽還鄉。小軒窗，正梳妝。相顧無言，唯有淚千行。料得年年腸斷處，明月夜，短松岡❸。

【注釋】

❶十年　蘇軾〈亡妻王氏墓誌銘〉：「治平二年（一〇六五）五月丁亥，趙郡蘇軾之妻王氏卒於京師。」治平二年至熙寧八年寫此詞時恰為十年。❷千里孤墳　〈亡妻王氏墓誌銘〉：「六月甲午殯於京城之西，其明

年六月壬午葬於眉之東北彭山縣安鎮鄉可龍里先君先夫人墓之西北八步。」❸料得年年腸斷處三句　孟棨《本事詩》引張某妻孔氏詩：「欲知腸斷處，明月照孤墳。」仲長統《昌言》：「古之葬，松柏梧桐以識其墳。」

【賞析】

熙寧八年（一〇七五）乙卯知密州時作。這是一首懷念亡妻之作。蘇軾前妻王弗，眉州青神（今屬四川）人，年十六適蘇軾，生子蘇邁，二十七歲卒於京師。此詞上闋直抒對亡妻的懷念和自己仕途失意之情；下闋前五句是記夢，描寫久別重逢的情景，後三句通過設想亡妻的孤苦進一步抒發對亡妻的懷念。

江神子

密州出獵

老夫聊發少年狂，左牽黃，右擎蒼❶。錦帽貂裘❷，千騎卷平岡。為報傾城隨太守❸，親射虎，看孫郎❹。　酒酣胸膽尚開張❺，鬢微霜，又何妨！持節雲中，何日遣馮唐❻？會挽雕弓如滿月，西北望，射天狼❼。

【注釋】

❶左牽黃二句　黃指黃犬，蒼指蒼鷹。《梁書・張充傳》：「充出獵，左手臂鷹，右手牽狗。」❷錦帽貂裘　錦蒙帽，貂鼠裘。❸為報傾城隨太守　報，答謝。傾城，全城的人。❹親射虎二句　孫郎，指三國時吳主孫權。《三國志・吳書・吳主傳》載，建安二十三年二月，權將入吳，親乘馬射虎於庱亭（今江蘇丹陽東）。此以孫權自喻。❺開張　開闊。諸葛亮〈前出師表〉：「誠宜開張聖聽，以光先帝遺德，恢弘志士之氣。」❻持節

雲中二句　節，符節。雲中，古郡名，治所在今內蒙托克托東北。《漢書・馮唐傳》載，魏尚為雲中太守，因多報了六個殺敵人數，被下吏削爵。馮唐勸諫漢文帝，文帝悅，是日令馮唐持節赦魏尚，復以為雲中守。此以魏尚自喻，望朝廷起用自己，立功邊郡。❼天狼　《楚辭・九歌・東君》：「舉長矢兮射天狼。」王逸注：「天狼，星名，以喻貪殘。」此以天狼星喻遼和西夏。

【賞析】

熙寧八年（一〇七五）知密州時作。這年十月蘇軾祭常山回，歸途中與梅戶曹會獵於鐵溝，作此詞。蘇軾〈祭常山回小獵〉詩云：「青蓋前頭點皂旗，黃茅岡下出長圍。弄風驕馬跑空立，趁兔蒼鷹掠地飛。回望白雲生翠巘，歸來紅葉滿征衣。聖明若用西涼簿，白羽猶能效一揮。」詩、詞所寫為同一件事，主旨亦相同，可並讀。詞的上闋描寫威武雄壯、風馳電掣般的出獵盛況，下闋抒發希望立功邊疆的豪情。蘇軾〈與鮮于子駿書〉說：「近卻頗作小詞，雖無柳七郎（永）風味，亦自是一家。呵呵！數日前獵於郊外，所獲頗多。作得一闋，令東州壯士抵掌頓足而歌之，吹笛擊鼓以為節，頗壯觀也。」蘇軾在杭州所作詞如〈南歌子・觀潮〉，已與詞的傳統寫法頗不相同，而以此詞為代表的密州詞，「無柳七郎風味」、「自是一家」、「頗壯觀」，標誌著蘇軾豪放詞的形成。

望江南

超然臺❶作

春未老，風細柳斜斜。試上超然臺上看，半壕❷春水一城花。煙雨暗千家。　寒食❸後，酒醒卻咨嗟。休對故人思故國❹，且將新火❺試新茶。詩酒趁年華。

【注釋】

❶超然臺　熙寧年間蘇軾知密州時所建，有〈超然臺記〉，見《蘇軾文集》卷一一。❷壕　護城河。❸寒食　約在清明節前一、二天。參見〈瑞鷓鴣〉（城頭月落尚啼烏）注❶。❹故國　此指故鄉，杜甫〈上白帝城〉：「取醉他鄉客，相逢故國人。」❺新火　寒食節後新舉之火，古代清明日賜百官新火，韓翃〈寒食〉：「春城無處不飛花，寒食東風御柳斜。日暮漢宮傳蠟燭，輕煙散入五侯家。」蘇軾〈徐使君分新火〉：「三見清明改新火。」

【賞析】

熙寧九年（一〇七六）知密州時作。此詞上闋寫景，寫出了煙雨茫茫中的密州春景；下闋抒慨，抒發了思歸不得，只好以品茶、吟詩，飲酒自娛。

水調歌頭

丙辰中秋，歡飲達旦，大醉，作此篇，兼懷子由❶。

明月幾時有？把酒問青天❷。不知天上宮闕，今夕是何年❸。我欲乘風歸去，惟恐瓊樓玉宇，高處不勝寒❹。起舞弄清影，何似在人間❺！　轉朱閣，低綺戶❻，照無眠。不應有恨，何事長向別時圓❼！人有悲歡離合，月有陰晴圓缺，此事古難全❽。但願人長久，千里共嬋娟❾。

【注釋】

❶子由　蘇轍字子由。❷明月幾時有二句　化用李白〈把酒問月〉：「青天有月來幾時，我今停杯一問之。」意謂像今晚這樣的明月何時有過！鄭文焯《大鶴山人詞話》：「發端從太白仙心脫化，頓成奇逸之筆。湘綺誦此詞，以為『此難全』韻，可當『三語掾』，自來未經人道。」❸不知天上宮闕二句　牛僧孺〈周秦行記〉：「香風引到大羅天，月地雲階拜洞仙。共道人間惆悵事，不知今夕是何年。」此化用其意。❹我欲乘風歸去三句　乘風，語出《列子．黃帝》：「列子師老商氏，友伯高子，進二子之道，乘風而歸。」瓊樓玉宇指月宮，段成式《酉陽雜俎．前集》卷二載：翟天師與弟子玩月，弟子問：「此中竟何有？」翟笑曰：「可隨吾指觀。」弟子見月規半天，瓊樓金闕滿焉。不勝寒，經受不住月宮的寒冷，《明皇雜錄》：「八月十五日夜，葉靜能邀上游月宮。將行，請上衣裘而往。及至月宮，寒凜特異，上不能禁。」《坡仙集外記》：「神宗讀至『瓊樓玉宇』二句，乃歎曰：『蘇軾終是愛君。』即（自黃州）量移汝州。」❺起舞弄清影二句　是同上三句比較，謂月宮高寒，不如人間月下起舞，清影隨人更美妙。李白〈月下獨酌〉：「我歌月徘徊，我舞影零亂。」❻低綺戶　指西沉的月光照進了雕花的門窗。❼不應有恨二句　謂月與人沒有仇恨，為什麼總在人們離別的時候成為滿月呢？❽人有悲歡離合三句　王闓運《湘綺樓詞選》：「大開大合之筆，亦他人所不能。」❾千里共嬋娟　謝莊〈月賦〉：「隔千里兮共明月。」

【賞析】

熙寧九年（一〇七六）丙辰知密州時作。上闋寫把酒問月，幻想乘風進入月宮而又怕月宮寒寂，表現了他盼望回朝而又怕朝廷難處的心情。下闋寫倚枕望月，抒發兄弟離合之情。全詞清曠超逸，飄飄欲仙，寄慨遙深，充滿哲理，表現出理想同現實的矛盾，反映了作者長期鬱結的有志難酬的苦悶。前人對此詞評價甚高，胡仔《苕溪漁隱叢話》後集卷三九：「中秋詞自東坡〈水調歌頭〉一出，餘詞盡廢。」張炎《詞源》卷下云：「清空中有意趣，無筆力者未易到。」

【集評】

蔡絛《鐵圍山叢談》卷三：歌者袁綯，乃天寶之李龜年也。宣和間供奉九重，嘗為吾言：東坡公昔與客遊金山，適中秋夕，天宇四垂，一碧無際，加江流澒湧，俄月色如晝，遂共登金山山頂之妙高臺，命綯歌其〈水調歌頭〉曰：「明月幾時有，把酒問青天。」歌罷，坡為起舞，而顧問曰：「此便是神仙矣。」吾謂文章人物，誠千載一時，後世安所得乎？

袁文《甕牖閒評》卷五：蘇東坡在黃州，有詞云：「我欲乘風歸去，惟恐瓊樓玉宇，高處不勝寒。」惟高處曠闊則易於生寒耳，故黃州城上築一堂，以高寒名之，其名極佳。今士大夫書問中，往往多用「高寒」二字，雖云本之東坡，然既非高處，二字亦難兼也。

胡仔《苕溪漁隱叢話》前集卷五九：先君嘗云：柳詞「鰲山綵構蓬萊島」，當云「綵締」；坡詞「低綺戶」當云「窺綺戶」。二字既改，其詞益佳。

張炎《詞源》卷下：詞以意趣為主，要不蹈襲前人語意，如東坡中秋〈水調歌頭〉。

李治《敬齋古今黈》卷八：東坡〈水調歌頭〉：「我欲乘風歸去，惟恐瓊樓玉宇，高處不勝寒。起舞弄清影，何似在人間。」一時詞手，多用此句。如魯直云：「我欲穿花尋路，直入白雲深處，浩氣展虹霓。只恐花深處，紅露溼人衣。」蓋效東坡語也。近世閑閑老人亦云：「我欲騎鯨歸去，只恐神仙官府，嫌我醉時真。笑拍群仙手，幾度夢中身。」

《歲時廣記》卷三一引《復雅歌詞》：是詞乃東坡居士以丙辰中秋，歡飲達旦，大醉，作〈水調歌頭〉兼懷子由，時丙辰熙寧九年也。元豐七年，都下傳唱此詞。神宗問內侍外面新行小詞，內侍錄此進呈。讀至「惟恐瓊樓玉宇，高處不勝寒」，上曰：「蘇軾終是愛君。」乃命量移汝州。

王世貞《藝苑卮言》：子瞻「誰與同坐，明月清風我」，「明月幾時有，把酒問青天」，快語也。

俞彥《爰園詞話》：若子瞻「低綺戶」，「低」改「窺」，則善矣。

《類編草堂詩餘》卷三李星垣評：深情遠韻，與赤壁桂棹之歌同意。又卷四楊慎評：此等詞翩翩羽化而仙，豈是煙火人道得隻字。中秋詞，古今絕唱。

沈雄《古今詞話・詞品》上卷：〈水調歌頭〉間有藏韻者。東坡明月詞「我欲乘風歸去，惟恐瓊樓玉宇」、後段「人有悲歡離合，月有陰晴圓缺」，謂之偶然暗合則可，若以多者證之，則問之箋體家，未曾立法于嚴也。又《詞辨》下卷：《詞統》曰：「明月幾時有」一詞，畫家大斧皴，書家劈窠體也。沈雄曰：東坡中秋詞，前段第三句作六字句，後段「不應有恨，何事長向別時圓」，又似四字七字句，《詞品》所謂語意參差也。……能使神宗讀至「惟恐瓊樓玉宇，高處不勝寒」，歎曰：「蘇軾終是愛君。」但前後六字句，「我欲乘風歸去」二句，「人有悲歡離合」二句，似有暗韻相叶，餘人失之。然每觀張于湖〈觀雨〉、辛稼軒〈觀雪〉、楊止濟〈登樓〉、無名氏〈望月〉，固不如東坡之作，陳西麓所以品其為萬古一清風也。

先著、程洪《詞潔》卷三：凡興象高，即不為字面礙。此詞前半，自是天仙化人之筆。惟後半「悲歡離合」、「陰晴圓缺」等字，苟求者未免指此為累。然再三讀去，摶捖運動，何損其佳？少陵〈詠懷古跡〉詩云：「支離東北風塵際，漂泊西南天地間。」未嘗以風塵、天地、西南、東北等字窒塞，有傷是詩之妙。詩家最上一乘，固有以神行者矣，於詞何獨不然？題為「中秋對月懷子由」，宜其懷抱俯仰，浩落如是。錄坡公詞若並汰此作，是無眉目矣。亦恐詞家疆宇狹隘，後來用者，惟墮入纖穠一隊，不可以救藥也。後村二調亦極力能出脫者，取為此公嗣響，可以不孤。

張惠言《詞選》卷一：忠愛之言，惻然動人。

《續詞選批注》：「宇」與「去」，「缺」與「合」均是一韻。坡公此調凡五首，他作亦不拘。然學者終以用韻為好，較整鍊也。

黃氏《蓼園詞選》：按，通首只是詠月耳。首闋是見月思君，言天上宮闕，高不勝寒，但彷彿神魂歸去，幾不知身在人間也。次闋言月何不照人歡洽，何似有恨偏於人離索之時而圓乎？復又自解，人有離合，月有圓缺，皆是常事，惟望長久共嬋娟耳。纏綿惋惻之思，愈轉愈曲，愈曲愈深。忠愛之思，令人玩味不盡。

李佳《左庵詞話》卷上：東坡詞如〈水龍吟〉詠楊花、〈水調歌頭・丙辰中秋作〉，皆極清新。又卷下：東坡〈水調歌頭〉：「明月幾時有，……」此老不特興會高騫，直覺有仙氣縹緲于毫端。

劉熙載《藝概》卷四：詞以不犯本位為高，東坡〈滿庭芳〉「老去君恩未報，空回首，彈鋏悲歌」，語誠慷慨，然不若〈水調歌頭〉「我欲乘風歸去，惟恐瓊樓玉宇，高處不勝寒」，尤覺空靈蘊藉。

陳廷焯《詞則・大雅集》卷二：純以神行，不落〈騷〉、〈雅〉窠臼。太白之詩，東坡之詞，皆是異樣出色。（下片）平情。結得忠厚。

王闓運《湘綺樓詞選》：通篇妥貼，亦恰到好處。……才子才子，勝詩文字多矣。又評張孝祥〈念奴嬌〉：飄飄有淩雲之氣，覺東坡〈水調〉有塵心。

王國維《人間詞話刪稿》：屯田之〈八聲甘州〉，東坡之〈水調歌頭〉，則佇興之作，格高千古，不能以常調論也。

水調歌頭

余去歲在東武❶，作〈水調歌頭〉❷以寄子由。今年子由相從彭門❸百餘日，過中秋而去，作此曲❹以別。余以其語過悲，乃為和之，其意以不早退為戒，以退而相從之樂為慰云耳。

安石在東海，從事鬢驚秋❺。中年親友難別，絲竹緩離愁❻。一旦功成名遂，準擬東還海道，扶病入西州。雅志困軒冕，遺恨寄滄洲❼。

歲云暮，須早計，要褐裘❽。故鄉歸去千里，佳處輒遲留❾。我醉歌時君和，醉倒須君扶我，惟酒可忘憂。一任劉玄德，相對臥高樓❿。

【注釋】

❶東武　密州，今山東諸城。❷水調歌頭　即指〈水調歌頭・丙辰中秋〉（明月幾時有），見前。❸彭門　即今江蘇徐州。❹此曲　指蘇轍〈水調歌頭・徐州中秋〉。❺安石在東海二句　謂謝安隱居東土，外出作官時鬢已花白。《晉書・謝安傳》載，謝安，字安石，少有重名，棲遲東土，放情丘壑，屢徵不起。其弟謝萬為西中郎將，總藩任之重，安名猶在萬上。「及萬黜廢，安始有仕進志，時年已四十餘矣。」❻中年親友難別二句　《晉

書・王羲之傳》：「謝安嘗謂羲之曰：『中年以來，傷於哀樂，與親友別，輒作數日惡。』羲之曰：『年在桑榆，自然至此。頃正賴絲竹陶寫，恆恐兒輩覺，損其歡樂之趣。』」❼一旦功成名遂五句　《晉書・謝安傳》：「安雖受朝寄，然東山之志，始末不渝，每形於言色。及鎮新城，盡室而行，造泛海之裝，欲須經略粗定，自江道還東。雅志未就，遂遇疾篤。上疏請量宜旋旆。……詔遣侍中慰勞，遂還都。聞當輿入西州門，自以本志不遂，深自慨失。」「一旦功成名遂」即指「經略粗定」，「準擬東還海道」即指「自江道還東」，「扶病入西州」即指「疾篤」、「輿入西州門」，「雅志」指「東山之志」，「軒冕」指官員車服，「困軒冕」指因作官而未能實現「東山之志」，滄洲即濱水之地，指隱居地。❽歲云暮三句　《詩・豳風・七月》：「無衣無褐，何以卒歲？」此引申其意，謂年歲已晚，須早點準備辭官，換上粗布衣服。❾遲留　逗留，《後漢書・李南傳》：「問其遲留之狀。」❿一任劉玄德二句　《三國志・魏書・陳登傳》載：許汜曰：「陳無龍（即陳登）湖海之士，豪氣不除。」劉備問汜曰：「君言豪，寧有事耶？」汜曰：「昔遭亂過下邳，見元龍。元龍無客主之意，久不相與語，自上大床臥，使客臥下床。」備曰：「君有國士之名，今天下大亂，帝主失所，望君憂國忘家，有救世之意，而君求田問舍，言無可采，是元龍所諱也，何緣當與君語？如小人，欲臥百尺樓上，臥君於地，何但上下床之間邪！」此以許汜自喻，謂自己的歸隱思想將被有志之士看不起，也只好聽之任之了。任，聽任不管。玄德，劉備字。

【賞析】

熙寧十年（一〇七七）知徐州時作。九年冬蘇轍罷齊州掌書記，蘇軾罷知密州，同居京郊范鎮東園。十年春，蘇轍被命為南京簽判，蘇軾被命知徐州。四月蘇轍送兄赴徐州任，中秋後自己才赴南京簽判任，作〈水調歌頭〉（離別一何久）以別，蘇軾復作此詞。上闋即以謝安「不早退為戒」，下闋「以退而相從之樂為慰」。

浣溪沙

徐州石潭❶謝雨道上作五首

照日深紅暖見魚，連溪綠暗晚藏烏。黃童白叟聚睢盱❷。　麋鹿逢人雖未慣，猿猱聞鼓不須呼。歸家說與採桑姑❸。

旋抹紅妝看使君，三三五五棘籬門。相挨踏破蒨羅裙❹。　老幼扶攜收麥社，烏鳶翔舞賽神村。道逢醉叟臥黃昏❺。

麻葉層層檾❻葉光，誰家煮繭一村香。隔籬嬌語絡絲娘❼。　垂白杖藜擡醉眼，捋青擣麨軟飢腸。問言豆葉幾時黃❽。

簌簌❾衣巾落棗花，村南村北響繅車。牛依❿古柳賣黃瓜。　酒困路長惟欲睡，日高人渴謾思茶。敲門試問野人家。

軟草平莎⓫過雨新，輕沙走馬路無塵。何時收拾耦耕⓬身？　日暖桑麻光似潑⓭，風來蒿艾氣如薰。使君元是此中人⓮。

【注釋】

❶徐州石潭　蘇軾〈起伏龍行〉詩前小序云：「徐州城東二十里有石潭，父老云與泗水通，增損清濁，相

應不差，時有河魚出焉。」❷黃童白叟聚睢盱　韓愈〈元和聖德詩〉：「黃童白叟，踴躍歡呀。」聚睢盱，歡悅地聚在一起。《易・豫》孔穎達疏：「睢盱者，喜悅之貌。」❸麋鹿逢人雖未慣三句　這是通過麋鹿、猿猱對蘇軾一行的反應，烘托黃童白叟的反應，即「雖未慣」，聽到鼓聲仍圍攏來看熱鬧（「不須呼」），故有下句「歸家說與採桑姑」，即告知未見到蘇軾一行的採桑婦女。❹旋抹紅妝看使君三句　寫家中婦女立即打扮爭相出門看蘇軾，以致把羅裙都擠破了。旋，臨時趕急。使君，對州郡長官的尊稱。蒨，茜草，《爾雅・釋草》「茹藘」郭璞注：「今之蒨也，可以染絳。」引申為絳色。❺老幼扶攜收麥社三句　寫春社盛況。為慶祝麥子豐收，大家扶老攜幼來參加社日活動，烏鴉翔舞於低空（尋食供品），老頭醉臥於道傍。❻檾　即苘麻，一種白麻。❼絡絲娘　昆蟲名，即莎雞。《爾雅翼》：「莎雞以六月振羽作聲，連夜札札不止，其聲如紡絲之聲，故名梭雞，一名絡緯，今俗人謂之絡絲娘。」此指繅絲的農婦。❽垂白杖藜擡醉眼三句　謂垂著白髮，拄著藜杖的老人飽食新收的麥子，又關心豆子的收成。捋青，捋下麥子。擣麨，炒熟後搗成乾糧，傅幹注：「麨，乾糧也，以麥為之，野人所食。」軟，飽。蘇軾〈發廣州〉：「三杯軟飽後，一枕黑甜餘。」❾簌簌　狀聲詞，段成式《酉陽雜俎・支諾皋》上：「聞垣土動簌簌。」❿牛依　一作「半依」，曾季貍《艇齋詩話》：「今印本作『牛依古柳賣黃瓜』，非是，予嘗見東坡墨跡作『半依』，乃知『牛』字誤也。」⓫莎　莎草，其根即香附子，可入藥。⓬耦耕　兩人持耜而耕。《論語・微子》：「長沮、桀溺耦而耕。」⓭光似潑　謂猶如潑過水一般閃閃發光。⓮使君元是此中人　謂自己出身農家，亦有志於歸耕。蘇軾〈題淵明〉詩：「陶靖節云：『平疇交遠風，良苗亦懷新。』非古之耦耕植杖者不能道此語，非余之世農亦不能識此語之妙也。」

【賞析】

元豐元年（一〇七八）知徐州時作。是年春旱，蘇軾曾禱雨石潭；既應，又赴石潭謝雨，作此詞。這是一組風俗畫，生動描繪了春末夏初的徐州農村風光和淳樸的農村生活。這以前的詞很少見農村題材，這組詞開拓了詞的領域。

【集評】

胡仔《苕溪漁隱叢話》前集卷五六引《高齋詩話》：東坡長短句云：「村南村北賣黃瓜。」參寥詩云：「隔村彷彿聞機杼，知有人家住翠微。」秦少游云：「菰蒲深處疑無地，忽有人家笑語聲。」三詩大同小異，皆奇句也。

王士禎《花草蒙拾》：「牛依古柳賣黃瓜」，非坡仙無此胸次。

永遇樂

夜宿燕子樓，夢盼盼❶，因作此詞。

明月如霜，好風如水，清光無限。曲港跳魚，圓荷瀉露，寂寞無人見。紞如三鼓❷，鏗然一葉❸，黯黯夢雲驚斷❹。夜茫茫，重尋無處，覺來小園行遍。

天涯倦客❺，山中歸路，望斷故園心眼❻。燕子樓空，佳人何在，空鎖樓中燕。古今如夢，何曾夢覺，但有舊歡新怨。異時對、黃樓❼夜景，為余浩歎。

【注釋】

❶夜宿燕子樓二句　燕子樓，在彭城（今江蘇徐州），蔡絛《西清詩話》卷中：「徐州燕子樓直郡舍後，乃

唐節度使張建封為侍兒盼盼者建，白樂天贈詩，自誓而死者也。陳彥升嘗留詩，辭致清絕：『仆射荒阡狐兔遊，侍兒猶住水西樓。風清玉簟慵欹枕，月好珠簾懶上鉤。寒夢覺來滄海闊，新愁吟罷紫蘭秋。樂天才似春深雨，斷送殘花一夕休。』後東坡守徐，移書彥升曰：『〈彭城八詠〉如〈燕子樓〉篇，直使鮑、謝斂手，溫、李變色也。』」盼盼，姓關，白居易〈燕子樓序〉：「徐州故張尚書有愛妓曰盼盼，善歌舞，雅多風態。予為校書郎時，遊徐、泗間，張尚書宴予，酒酣，出盼盼以佐歡。歡甚，予因贈詩云：『醉嬌勝不得，風嫋牡丹花。』一歡而去。……尚書既歿，歸葬東洛，而彭城有張氏舊第，第中有小樓名燕子，盼盼念舊愛而不嫁，居是樓十餘年。」白居易所謂「張尚書」，蔡絛、晁無咎等皆謂指張建封，但白居易於貞元二十年始授校書郎，而張建封死於貞元十六年，當然不可能宴校書郎白居易，並「出盼盼以佐歡」，故「張尚書」當為張建封之子張愔，建封死後，愔襲其職。❷紞如三鼓　語出《晉書・鄧攸傳》「紞如打五鼓，雞鳴天欲曙」，此狀「曲港跳魚」之聲。紞，擊鼓聲。如，助詞。❸錚然一葉　語出韓愈〈秋懷詩十一首〉之九：「霜風侵梧桐，眾葉著樹乾。空階一片下，琤若摧琅玕。」錚然，一作「鏗然」，指金石相擊之聲，此狀「圓荷瀉露」之聲。❹黯黯夢雲驚斷　黯黯，黯然心傷貌。夢雲，典出宋玉〈高唐賦〉，指楚懷王夢朝雲暮雨，此喻「夢盼盼」事。❺天涯倦客　《漢書・司馬相如傳》：「今文君既失身於司馬長卿，長卿故倦遊，雖貧，其人材足依也。且又令客，奈何相辱如此！」此指自己遠離故園，倦於宦遊。❻故園心眼　杜甫〈春日梓州登樓〉：「天畔登樓眼，隨春入故園。」❼黃樓　蘇軾知徐州時改建，位於徐州城東門，堊以黃土，事詳蘇轍〈黃樓賦〉敘。

【賞析】

據王文誥《蘇文忠公詩編注集成總案》卷一七載，這首詞作於元豐元年（一〇七八）十月，時蘇軾任徐州知州。這是一首懷古詞，但沒有花多少筆墨來懷古，而是偏重於寫景抒慨，卻充滿了懷古傷今之情。「明月如霜」三句，寫秋天月夜的明朗清涼。前二句為形象的具體描寫，後一句為含蘊豐富的概括，這就為讀者留下了充分的想像餘地。「曲港跳魚」三句寫月夜的寂靜。「跳魚」、「瀉露」，其聲甚微，這是以有聲反襯無聲。「寂寞無人見」反襯出「有人見」，這就是作者被「跳魚」、「瀉露」之聲所驚醒。夢雲，借宋玉〈高唐賦〉言楚王夢巫山神女自稱「旦為朝雲，暮為行雨」事，喻自己「夢盼盼」事。妙在根本未寫夢的內容，而用「驚斷」二字一筆帶過，讓讀者去想像。「夜茫茫」照應「清光無限」，但前者清朗，後者暗淡，充滿感傷色彩，並預示了「重尋無處」。「覺來小園行遍」，「行遍」二字說明他渴望尋到夢中的盼盼，但卻「重尋無處」，補足了黯然心傷的原因。「天涯倦客」三句，謂對宦遊生活深感厭倦，很想歸隱，但故鄉渺渺，枉自望眼欲穿。這裡顯然包含了對時局的不滿。「燕子樓空」以下六句，是由觸景（燕子樓）而引起的傷情，懷古而引起的傷今，謂燕子樓空空如也，當年的美人盼盼再也不見蹤影，真是物是人非。古往今來有如夢幻一般，總夢不醒，只是留下一些舊歡新怨的遺跡罷了。「異時對、黃樓夜景」二句，由「燕子樓空」聯想到他在徐州所建的黃樓（參蘇軾〈九日黃樓作〉），將來也有同樣的命運。就在蘇軾寫作此詞前一個月的重陽節，有三十多位名士聚宴黃樓，慶其落成，堪稱一時盛事。但萬物有盛必有衰，現在自己為「燕子樓空」而興歎，將來誰又對著黃樓為我長歎呢？蘇軾〈又送鄭戶曹〉詩，與詞意正同：「蕩蕩清河壖，黃樓我所開。……樓成君已去，人事固多乖。他年君倦遊，白首賦歸來。登樓一長嘯，使君（自指）安在哉。」蘇軾對此詞頗自豪，晁無咎對此詞評價也很高，曾慥《高齋詩話》云：「東坡又問（秦觀）別作何詞，少游舉『小樓連苑橫空，下窺繡轂雕鞍驟。』東坡曰：『十三個字，只說得一個人騎馬樓前過。』少游問公近作，乃舉『燕子樓空，佳人何在？空鎖樓中燕。』晁無咎曰：『只三句，便說盡張建封事。』」

【集評】

曾敏行《獨醒雜志》卷三：東坡守徐州，作燕子樓樂章，方具藁，人未知之。一日，忽鬨傳於城中，東坡訝焉，詰其所從來，乃謂發端於邏卒。東坡召而問之。對曰：「某稍知音律，嘗夜宿張建封廟，聞有歌聲，細聽乃此詞也，記而傳之，初不知何謂。」東坡笑而遣之。

張炎《詞源》卷下：詞用事最難，要體認著題，融合不澀。如東坡〈永遇樂〉云「燕子樓空，佳人何在，空鎖樓中燕」，用張建封事。……此皆用事，不為事所使。

《草堂詩餘》別集卷四沈際飛評：園（指「覺來小園行遍」）、樓（指「燕子樓空」）、夢（指「夢雲驚斷」、「古今如夢」）、覺（指「覺來」「何曾夢覺」），犯重。「燕子」三句，見稱晁無咎，可不睹全篇。（無名氏批：只此數句，便可千古，睹其全篇，未免不逮。）

劉體仁《七頌堂詞繹》：詞有與古詩同妙者，……「燕子樓空，佳人何在，空鎖樓中燕」，即平生少年之篇也。

先著、程洪《詞潔》卷五：「野雲孤飛，去來無跡」，石帚之詞也。此詞亦當不愧此品目，僅歎賞「燕子樓空」十三字者，猶屬附會淺夫。

鄧廷楨《雙硯齋詞話》：東坡以龍驥不羈之才，樹松檜特立之操，故其詞清剛雋上，囊括群英。……〈永遇樂〉之「古今如夢，何曾夢覺，但有舊歡新怨」，……皆能簸之揉之，高華沉痛，遂為石帚導師。

譬之慧能肇啟南宗，實傳黃梅衣鉢矣。

鄭文焯《手批東坡樂府》：公以「燕子樓空」三句語淮海，殆以示詠古之超宕，貴神情不貴跡象也。

馮振《詩詞雜話》：「燕子樓空，佳人何在，空鎖樓中燕」，化實為虛，不著跡象。

西江月　平山堂❶

三過平山堂下❷，半生彈指❸聲中。十年不見老仙翁。壁上龍蛇飛動❹。　欲弔文章太守，仍歌楊柳春風❺。休言萬事轉頭空。未轉頭時皆夢❻。

【注釋】

❶平山堂　在揚州大明寺側，慶曆八年歐陽脩守揚州時建，頗得觀覽之勝。❷三過平山堂下　熙寧四年通判杭州，熙寧七年自杭移知密州及此次赴湖州任，皆經過平山堂。❸彈指　轉瞬之間，《翻譯名義集》：「二十瞬為一彈指。」❹十年不見老仙翁二句　傅幹注：「老仙翁謂文忠公（歐陽脩）也。文忠公墨妙多著於平山堂。龍蛇飛動，言其筆勢之騰揚如此。」蘇軾熙寧四年赴杭州通判任，拜謁歐陽脩於潁州，第二年歐陽脩病逝。從熙寧四年至元豐二年為九年，此言十年，乃舉成數。❺欲弔文章太守二句　歐陽脩〈朝中措・送劉仲原甫出守維揚〉：「平山闌檻倚晴空，山色有無中。手種堂前垂柳，別來幾度春風。文章太守，揮毫萬字，一飲千鍾。行樂直須年少，尊前看取衰翁。」可知「文章太守」指歐陽脩，「楊柳春風」亦本歐詞中語。❻休言萬事轉頭空二句　白居易〈自詠〉：「百年隨手過，萬事轉頭空。」此謂未轉頭時已空，更進一層。俞文豹《清夜錄》：「東坡先生貫通內典，嘗賦〈西江月〉詞云：『休言萬事轉頭空，未轉頭時皆夢。』」

【賞析】

元豐二年（一〇七九）揚州作。這年三月蘇軾由知徐州改知湖州，先往南都看望蘇轍，再赴湖州任，途經揚州，與張嘉父同遊平山堂，作此詞。這是一首感慨甚深的詞，平山堂為歐陽脩所建，但除了平山堂及其遺墨和所種楊柳之外，再也見不到一代偉人歐陽脩了，因此，發出了「半生彈指聲中」，「萬事轉頭空。未轉頭時皆夢」的深沉慨歎。特別是結二語，正如陳廷焯《白雨齋詞話》卷六所評：「東坡〈西江月〉云：『休言萬事轉頭空，未轉頭時皆夢。』追進一層，喚醒癡愚不少。」

【集評】

釋德洪《石門題跋》卷二〈跋東坡平山堂詞〉：東坡登平山堂，懷醉翁，作此詞。張嘉父謂余曰：「時紅妝成輪，名士堵立，看其落筆置筆，目送萬里，殆欲仙去爾。」余衰退，得觀此於祐上座處，便覺煙雨孤鴻在目中矣。

王士禎《花草蒙拾》：平山堂，一坏土耳，亦無片石可語。然以歐、蘇詞，遂令地重。因念此地，稚圭、永叔、原父、子瞻諸公，皆曾作守，令人惶汗。

黃氏《蓼園詞選》：後東坡亦守是邦，登平山堂，有感而賦〈西江月〉一闋云：「三過平山堂下。……」末句感慨之意，見於言外。

張宗橚《詞林紀事》引樓敬思語：結二語，喚醒聰明人不少。

南歌子　湖州作❶

山雨瀟瀟過，溪橋瀏瀏❷清。小園幽榭枕蘋汀❸，門外月華如水、綵舟横。　苕❹岸霜花盡，江湖雪陣平。兩山遙指海門❺青，回首水雲何處、覓孤城❻。

【注釋】

❶湖州作　湖州，今屬浙江。王文誥《蘇文忠公詩編注集成總案》卷一八云：「施注以墨迹刻石定此為送劉撝詞。」見蘇軾〈送劉寺丞赴餘姚〉詩施宿注。劉寺丞即劉撝，字行甫，長興人。蘇軾通判杭州時，劉撝及其弟劉誼亦在杭，從軾遊。❷瀏瀏　形容風雨急驟。❸小園幽榭枕蘋汀　小園，指吳興錢氏園。蘋汀，長有蘋草的沙洲。❹苕　苕溪，湖州有東西二苕溪匯合流入太湖，兩岸多蘆葦，秋時蘆花飄散水上如飛雪，故得名。❺海門　指錢塘江海門。劉撝由湖州赴餘姚經過杭州，故有此語。❻孤城　指湖州，這是設想劉撝經過杭州時會思念故人而回望湖州。

【賞析】

元豐二年（一〇七九）知湖州時作。此詞原題為「湖州作」，施注蘇詩以為有誤：「公守湖州，行甫自長興道郡城，赴餘姚。公既賦此詩（〈送劉寺丞赴餘姚〉），又即席作〈南歌子〉詞為餞，首句云『山雨瀟瀟過』者是也。後題元祐二年五月十三日錢氏園作。今集中乃指他詞（指〈南歌子・日出西山雨〉）為送行甫，而此詞第云『湖州作』，誤也。」從全詞內容看，當以施注為是。上闋寫錢氏園為劉撝餞行，下闋是想像劉撝途中情景。

卜算子

黃州定惠院❶寓居作

缺月挂疏桐，漏斷人初靜❷。誰見幽人獨往來，縹緲孤鴻影❸。　驚起卻回頭，有恨無人省❹。揀盡寒枝不肯棲，寂寞沙洲冷❺。

【注釋】

❶定惠院　在黃岡東南。❷缺月挂疏桐二句　寫月夜寂靜。通過缺月、疏桐、漏斷、人靜，烘托出朦朧、清寂、淒冷的氣氛，為寫孤鴻作好鋪墊。漏，滴水計時之器。漏斷，水已滴盡，表示夜深。❸誰見幽人獨往來二句　自設問答，寫孤鴻見幽人。幽人，幽居之人。孔稚珪〈北山移文〉：「或歎幽人長往，或怨王孫不遊。」縹緲，若隱若現的樣子。白居易〈長恨歌〉：「忽聞海上有仙山，山在虛無縹緲間。」❹驚起卻回頭二句　下闋寫幽人聽見的孤鴻，這兩句是說孤鴻因受驚而起飛，卻不斷回頭頻顧，戀戀不捨，充滿幽恨而無人理解。省，了解。❺揀盡寒枝不肯棲二句　寫孤鴻擇地而居，在寒枝上飛來飛去，不肯棲宿，最後棲宿在寂寞淒冷的沙洲上的蘆葦叢中。胡仔說：「『揀盡寒枝不肯棲』之句，或云鴻雁未嘗棲宿樹枝，唯在田野葦叢間，此亦語病也。」

【賞析】

王文誥《蘇文忠公詩編注集成總案》元豐五年（一〇八二）十二月條：「作〈卜算子〉詞。」下引此詞。按：此詞既為「定惠院寓居作」，而據《蘇文忠公詩編注集成總案》卷二〇載，蘇軾於元豐三年（一〇八〇）二月一日到黃州，寓居定惠院，五月二十九日遷臨皋亭，可見此詞當作於元豐三年春。關於此詞主旨有所謂言情說和考槃說（見「集評」所引袁文《甕牖閒評》、王楙《野客叢書》、李如箎《東園叢說》、《類編草堂詩餘》語），實際是蘇軾以物擬人，借孤鴻自況，抒發他貶官黃州，無人理解自己的苦悶的心情，表現他孤高自賞，堅持不與世俗同流的精神。黃庭堅對此詞評價甚高，認為「語意高妙，似非吃煙火食人語，非胸中有數萬卷書，筆下無一點塵俗氣，孰能至此？」（《豫章黃先生文集》卷二六〈跋東坡樂府〉）

【集評】

王之望〈跋魯直書東坡卜算子詞〉：東坡此詞出〈高唐〉、〈洛神〉、〈登徒〉諸賦之右，以出三界人遊戲三界中，故其筆力蘊藉，超脫如此。山谷屢書之，且謂非食煙火語，可謂妙於立言矣。蓋東坡詞如〈國風〉，山谷跋如小序，字畫之工，亦不足言也。

曾丰〈知稼翁詞集序〉：本朝太平二百年，樂章名家紛如也。文忠蘇公文章妙天下，長短句特緒餘耳，猶有與道德合者，「缺月疏桐」一章，觸興於驚鴻，發乎情性也；收思於冷州，歸乎禮義也。黃太史相多，大以為非口食煙火人語。余恐不食煙火之人，口所出僅塵外語，於禮義遑計歟？

吳曾《能改齋漫錄》卷一六：東坡先生謫居黃州，作〈卜算子〉詞，……其屬意蓋為王氏女子也，讀者不能解。張右史文潛繼貶黃州，訪潘邠老，嘗得其詳，題詩以誌之：「空江月明魚龍眠，月中孤鴻影翩翩。有人清吟立江邊，葛巾藜杖眼窺天。夜冷月墮幽蟲泣，鴻影翹沙衣露溼。仙人采詩作步虛，玉皇飲之碧琳腴。」

胡仔《苕溪漁隱叢話》前集卷三九：此詞本詠夜景，至換頭但只說鴻，正如〈賀新郎〉詞「乳燕飛華屋」，本詠夏景，至換頭但只說榴花。蓋其文章之妙，語意到處即為之，不可限以繩墨也。

袁文《甕牖閒評》卷五：蘇東坡謫黃州，鄰家一女子甚賢，每夕只在窗下聽東坡讀書。後其家欲議親，女子云：「須得讀書如東坡者乃可。」竟無所諧而死，故東坡作〈卜算子〉以記之。黃太史謂語意高妙，蓋以東坡是詞為冠絕也。獨不知其別有一詞，名〈江神子〉者。

《類編草堂詩餘》卷一引鯛陽居士《復雅歌詞》：「缺月」，刺明微也。「漏斷」，暗時也。「幽人」，不得志也。「獨往來」，無助也。驚鴻，賢人不安也。「回頭」，愛君不忘也。「無人省」，君不察也。「揀盡寒枝不肯棲」，不偷安于高位也。「寂寞沙洲冷」，非所安也。此詞與〈考槃〉詩極相似。

陳鵠《耆舊續聞》卷二：黃魯直跋東坡道人黃州所作〈卜算子〉詞云：「語意高妙，似非喫煙火食人語。」此真知東坡者也。蓋「揀盡寒枝不肯棲」，取興鳥擇木之意，所以謂之高妙。而《苕溪漁隱叢話》乃云「鴻雁未嘗棲宿樹枝，惟在田野葦叢間，此亦語病」，當為東坡稱屈可也。……又云：「余頃於鄭公實處見東坡親跡，書〈卜算子〉斷句云『寂寞沙洲冷』，今本作『楓落吳江冷』，詞意全不相屬也。」

王楙《野客叢書》卷二四：山谷曰：「東坡在黃州所作〈卜算子〉云云，詞意高妙，非吃煙火食人語。」吳曾亦曰：「東坡謫居黃州，作〈卜算子〉云云，其屬意王氏女也，讀者不能解。張文潛繼貶黃州，訪潘邠老，得其詳，嘗題詩以志其事。」僕謂二說如此，無可疑者，然嘗見臨江人王說夢得，謂此詞東坡在惠州白鶴觀所作，非黃州也。惠有溫都監女，頗有色，年十六，不肯嫁人，聞東坡至，喜謂人曰：「此吾婿也。」每夜聞坡諷詠，則徘徊窗外，坡覺而推窗，則其女踰牆而去。坡從而物色之，溫具言其然，坡曰：「吾當呼王郎與子為姻。」未幾，坡過海，此議不諧，其女遂卒，葬于沙灘之側。坡回惠日，女已死矣，悵然為賦此詞。坡蓋借鴻為喻，非真言鴻也。「揀盡寒枝不肯棲」者，謂少擇偶不嫁，

「寂寞沙洲冷」者，指其葬所也。說之言如此。其說得之廣人蒲仲通，未知是否，姑志于此，以俟詢訪。漁隱謂：「鴻雁未嘗棲宿樹枝，惟在田葦間，『揀盡寒枝不肯棲』，此語亦病。」僕謂人讀書不多，不可妄議前輩詩句，觀隋李元操〈鳴雁行〉曰：「夕宿寒枝上，朝飛空井旁。」坡語豈無自邪？

俞文豹《吹劍錄》：杜工部流離兵革中，更嘗患苦，詩益淒愴，……其思深，其情苦，讀之使人憂思感傷。東坡〈卜算子〉詞亦然。文豹嘗妄為之釋，「缺月挂疏桐」，明小不見察也。「漏斷人初靜」，群謗稍息也。「時見幽人獨往來」，進退無處也。「縹緲孤鴻影」，悄然孤立也。「驚起卻回頭」，猶恐讒慝也。「有恨無人省」，誰其知我也。「揀盡寒枝不肯棲」，不苟依附也。「寂寞沙洲冷」，寧甘冷淡也。

李如箎《東園叢說》卷下：坡詞〈卜算子〉，山谷嘗謂非胸中有萬卷詩書，筆下無一點塵氣，安能道此語。愚幼年嘗見先人與王子家同直閣論文，王子家言及蘇公少年時常夜讀書，鄰家豪右之女常竊聽之，一夕來奔，蘇公不納，而約以登第後聘以為室。暨公既第，已別娶。仕宦歲久，訪問其所適何人，以守前言，不嫁而死。其詞有「幽人獨往來，縹緲孤鴻影」之句，正謂斯人也。「揀盡寒枝不肯棲，楓落吳江冷」之句，謂此人不嫁而云亡也。其情意如此繾綣，使他人為之，豈能脫去脂粉，清新如此。山谷之云，不輕發也。而俗人乃以其詞中有「鴻影」二字，便認鴻雁，改後一句作「寂寞沙洲冷」，意謂沙洲鴻雁之所棲宿者也。

吳師道《吳禮部詞話》：〈卜算子〉「缺月挂疏桐」云云，「縹緲孤鴻影」以下皆說鴻，別是一格。

王若虛《滹南詩話》卷中：東坡雁詞云「揀盡寒枝不肯棲」，以其不棲木故云爾。蓋激詭之致，詞人正貴其如此。而或者以為語病，是尚可與言哉？近日張吉甫復以「鴻漸于木」為辯，而怪昔人之寡聞，此益可笑。《易》象之言，不當援引為證也。其實雁何嘗棲木哉？

徐伯齡《蟫精雋》卷一一：坡詩……其風流蘊藉，曲盡閨人之情態，一何至是耶？又嘗見有詠乳燕〈卜算子〉，亦豔麗可愛。

王世貞〈山谷書東坡卜算子詞帖〉：坡此詞亦佳，第為宋儒解傳時事，遂令面目可憎厭耳。詞尾「寂寞沙洲冷」，一本作「楓落吳江冷」，「楓落」是崔信餘詩語，不如此尾與篇旨相應。

王又華《古今詞論》：前半泛寫，後半專敘，蓋宋詞人多此法。如子瞻〈賀新郎〉後段只說榴花，〈卜算子〉後段只說鳴雁。

王士禎《花草蒙拾》：坡孤鴻詞，山谷以為不喫煙火食人語，良然。峒陽居士云……。村夫子強作解事，令人作嘔。……僕嘗戲謂坡公命宮磨蝎，湖州詩案，生前為王珪、舒亶輩所苦，身後又硬受此差排耶？

丁紹儀《聽秋聲館詞話》卷一一：至〈卜算子〉詞，或謂有女窺窗而作，殆因溫都監女而附會之，亦不足信。一本「靜」作「定」，「汀」作「洲」，似不如「人初靜」與「沙汀」之善。有謂雁不樹宿，「寒枝」二字欠妥者，不知不肯枝棲，故有「寂寞沙汀」之慨，若作寒蘆，似失意旨。

張宗橚《詞林紀事》卷五：按此詞為詠雁，當別有寄託。何得以俗情傅會也？

黃氏《蓼園詞選》：按此詞乃東坡自寫在黃州之寂寞耳。初從人說起，言如孤鴻之冷落。第二闋，專就鴻說，語語雙關。格奇而語雋，斯為超詣神品。

譚獻《復堂詞話》：皋文《詞選》，以〈考槃〉為比，其言非〈河漢〉也。此亦鄙人所謂「作者未必然，讀者何必不然」。

陳廷焯《詞則．大雅集》卷五：寓意高遠，運筆空靈，措語忠厚，是坡仙獨至處，美成、白石亦不能到也。

又《白雨齋詞話》卷一：放翁詞惟〈鵲橋仙〉（夜聞杜鵑）一章，借物寓言，較他作為合乎古。然以東坡〈卜算子〉（雁）較之，相去殆不可道里計矣。又卷六：所謂興者，意在筆先，神餘言外，極虛極活，極沉極鬱，若遠若近，可喻不可喻，反覆纏綿，都歸忠厚。求之兩宋，如東坡〈水調歌頭〉、〈卜算子〉（雁）……等篇，亦庶乎近之矣。

王國維《人間詞話刪稿》：飛卿〈菩薩蠻〉、永叔〈蝶戀花〉、子瞻〈卜算子〉，皆興到之作，有何命意？皆被皋文深文羅織。

鄭文焯《大鶴山人詞話》：此亦有所感觸，不必附會溫都監女故事，自成馨逸。

西江月 中秋和子由

世事一場大夢，人生幾度新涼❶。夜來風葉已鳴廊❷。看取眉頭鬢上❸。　酒賤常嫌客少❹，月明多被雲妨❺。中秋誰與共孤光❻。把酒淒然北望❼。

【注釋】

❶世事一場大夢二句　慨歎人生如夢，歲月短促。大夢，《莊子．齊物論》：「且有大覺而後知此其大夢也。」

❷夜來風葉已鳴廊　徐寅〈人生幾何賦〉：「落葉辭柯，人生幾何。」❸看取眉頭鬢上　謂眉鬢已白。傅幹《注坡詞》引正勤〈落葉〉：「年年見衰謝，看著一毛侵。」❹酒賤常嫌客少　蘇軾在貶官黃州期間，嚐盡世態炎涼的滋味：「我謫黃岡四五年，孤舟出沒風波裡。故人不復通問訊，疾病饑寒宜死矣。」（〈送沈逵赴廣南〉）❺月明多被雲妨　〈古詩十九首〉：「浮雲蔽白日。」李白〈登金陵鳳凰臺〉：「總為浮雲能蔽日，長安不見使人愁。」妨，遮蔽。詞意雙關，暗含朝廷多被蒙蔽意。❻中秋誰與共孤光　即李白〈把酒問月〉「青天有月來幾時」，蘇軾〈水調歌頭〉「明月幾時有，把酒問青天」意。共孤光，共同賞月。❼北望　蘇軾謫居黃州，思念汴京，故曰北望。

【賞析】

此詞有的有題注，有的無題注，題注不同，寫作時間與全詞主旨也就不同，楊湜《古今詞話》云：「東坡在黃州，中秋夜對月獨酌，作〈西江月〉詞曰……。坡以讒言謫居黃州，鬱鬱不得志，凡賦詩綴詞必寫其所懷。然一日不負朝廷，其懷君之心，末句可見矣。」胡仔《苕溪漁隱叢話》後集卷三九駁楊湜《古今詞話》云：「《聚蘭集》載此詞，注曰『寄子由』，故後句云『中秋誰與共孤光，把酒淒涼北望』，則兄弟之情見於句意之間矣。疑是在錢塘作，時子由為睢陽幕客。若《詞話》所云，則非也。」但楊湜早於胡仔，詞意也與蘇軾貶官黃州時的處境更一致，當以前說為是。《詞林紀事》卷五引樓敬思云：「苕溪漁隱引《聚蘭集》注『寄子由』，疑是倅錢塘時作。按杭為東南名勝，遊士所萃。公仕杭時，倡和甚多，非『酒賤客少』地也。而且御史誣告，亦未知烏臺詩案之患難也，何至有『一場大夢』等語？『明月』、『雲妨』即『浮雲蔽白日』之意，『孤光』、『誰共』即『瓊樓玉宇不勝寒』之意，確是中秋黃州作無疑。

所謂『蘇軾終是愛君』者，此亦可以想見。胡仔彈駁楊湜處頗多，此則未見其合也。」全詞抒發了作者貶官黃州的孤獨、淒涼心情以及對朝廷的關注與期望。

水龍吟

次韻章質夫❶楊花詞

似花還似非花❷，也無人惜從教墜❸。拋家傍路，思量卻是，無情有思❹。縈損柔腸❺，困酣嬌眼，欲開還閉❻。夢隨風萬里，尋郎去處，依前被，鶯呼起❼。

不恨此花飛盡，恨西園落紅難綴❽。曉來雨過，遺蹤何在，一池萍碎❾。春色三分，二分塵土，一分流水❿。細看來，不是楊花，點點是離人淚⓫。

【注釋】

❶章質夫　章楶（一〇二七—一一〇五），字質夫，建州浦城（今屬福建）人。試禮部第一，官至同知樞密院事，謚莊簡，《宋史》卷三二八有傳。蘇軾此詞為和章楶〈水龍吟〉（見《全宋詞》）而作，朱彊村《東坡樂府》繫此詞於元祐二年丁卯，誤。蘇軾〈與章質夫書〉曾言及此詞唱和的寫作經過與意圖：「柳花詞絕妙，使來者何以措辭！本不敢繼作，又思公楊花飛時出巡按，坐想四子閉門愁斷，故寫其意，次韻一首寄去，亦告不以示人也。」從「處憂患」、「不以示人」及信末提及黃州守徐君猷，均證明此詞作於蘇軾貶官黃州時。據《續資治通鑑長編》卷三一二載，章楶為荊湖北路提點刑獄在元豐四年（一〇八一）四月，信中云「公正柳花時出巡按」，可證此詞作於是年夏初。「坐想四子閉門愁斷，故寫其意」，說明此詞是借楊花的「縈損柔腸」寫章質夫家的離

別之意；「亦告不以示人」，說明蘇軾亦借楊花的「也無人惜從教墜」，抒發自己貶謫黃州的漂泊之感，否則就無需特別囑咐「不以示人」。❷似花還似非花　楊花雌雄異株，片邊常有剪碎狀裂片，無花被，有花盤。古人有承認楊花為花的，如庾信〈春賦〉：「二月楊花滿路飛。」也有不承認楊花為花的，如梁元帝〈詠陽雲樓檐柳〉：「楊花非花樹。」❸從教墜　任其墜落。從，任憑。杜甫〈屏迹〉：「失學從兒懶，長貧任婦愁。」❹無情有思　韓愈〈晚春〉：「楊花榆莢無情思，惟解漫天作雪飛。」這裡反用其意，謂楊花也是有情思的，與杜甫〈白絲行〉「落絮游絲亦有情」同意。❺縈損柔腸　那柔軟的楊枝正像被愁思縈繞壞了的柔腸，魏文帝〈柳賦〉：「柔條阿娜而拖紳。」❻困酣嬌眼二句　那嫩綠的柳葉正像美人睏極時欲開還閉的嬌眼。唐太宗〈春池柳〉：「疏黃一鳥弄，半翠幾眉開。」❼夢隨風萬里四句　隨風飄蕩的楊花，正像那夢中萬里尋夫的思婦。金昌緒〈春怨〉：「打起黃鶯兒，莫教枝上啼。啼時驚妾夢，不得到遼西。」此化用其意。❽西園落紅難綴　語出曹植〈公燕詩〉「清夜遊西園，飛蓋相追隨」，是寫友朋歡聚的盛況；蘇軾反用其意，抒發「流水落花春去也」的傷春之情。落紅，落花。難綴，難以收拾。❾一池萍碎　蘇軾自注：「楊花落水為浮萍，驗之信然。」姚寬《西溪叢語》卷下：「楊、柳二種，楊樹葉短，柳樹葉長。花初發時，黃蕊。子為飛絮，今絮中有小青子，著水泥沙灘上，即生小青芽，乃柳之苗也。東坡謂絮化為浮萍，誤矣。」❿春色三分三句　春色，此即指「落紅」。陸龜蒙〈惜花〉：「人壽期滿百，花開惟一春。其間風雨至，旦夕旋為塵。」李煜〈浪淘沙令〉：「流水落花春去也。」此化用其意，言落花多數委棄塵土，少數隨水飄流。李調元《雨村詞話》卷一：「宋初葉清臣字道卿，有〈賀聖朝〉詞云：『三分春色二分愁，更一分風雨。』東坡〈水龍吟〉演為長句云：『春色三分，二分塵土，一分流水。』神意更遠。」⓫細看來三句　曾季貍《艇齋詩話》：「東坡〈和章質夫楊花詞〉云『細看來，不是楊花，點點是離人淚』，即唐人詩云『時人有酒送張八，惟我無酒送張八。君有陌上梅花紅，盡是離人眼中血』。」

【賞析】

此篇是蘇軾詠物詞的代表作。章楶原詞著重寫「柳花飄墜」，其中「傍珠簾散漫，垂垂欲下，依前被風扶起」，寫楊花欲墜未墜之態相當形象。讀了蘇軾給章的信，始知章詞結尾三句寓離家思親之情。蘇詞的主旨與章詞完全一致，「思公楊花飛時出巡按，坐想四子閉門愁斷，故寫其意」。全詞首二句活畫出了楊花漫天飛舞，紛紛飄墜，無人憐惜的淒苦景象；「拋家傍路」三句，緊扣原作的「誰道全無才思」，著重寫楊花的「無情有思」；「縈損柔腸」至「鶯呼起」既寫出了柳態，而檃括金昌緒〈春怨〉入詞，進一步申說楊花的「無情有思」。下闋以「不恨此花飛盡」二句承上啟下，首句結上闋的「無人惜」，次一句領起下闋作者的惜花之情。「曉來雨過」三句承「此花飛盡」，寫零落的楊花變成破碎的浮萍。「春色三分」三句承「落紅難綴」，進一步寫柳花的「從教墜」。末三句遙接起句「似花還似非花」，謂楊花確實不是花，而是離人之淚。以「不是」襯「是」，大大加強了抒情氣氛。全詞構思巧妙，一氣呵成；以人擬物，刻畫細膩；語言清新舒徐，情調幽怨纏綿；以「似花還似非花」開頭，起筆突兀，引人入勝；以「點點是離人淚」結尾，畫龍點睛，餘味無窮。張炎《詞源》說：「東坡次韻章質夫楊花〈水龍吟〉韻，機鋒相摩，起句便合讓東坡出一頭地，後片愈出愈奇，真是壓倒古今。」蘇軾詠物詞的共同特點就是「似花還似非花」，好像是在詠物，但又不全是在詠物，而是託物擬人，此詞借楊花寫離恨，把人與物寫得若即若離，含蓄蘊藉，意在言外。

【集評】

朱弁《曲洧舊聞》卷五：章質夫作〈水龍吟〉詠楊花，其命意用事，清麗可喜。東坡和之，若豪放不入律呂。徐而視之，聲韻諧婉，便覺質夫詞有織繡工夫。晁叔用云：「東坡如毛嬙、西施，淨洗卻面，與天下婦人鬬好，質夫豈可比耶？」

魏慶之《中興詞話》：章質夫詠楊花詞，東坡和之。晁叔用以為東坡如毛嬙、西施，淨洗卻面，與天下婦人鬬好，質夫豈可比，是則然矣。余以為質夫詞中，所謂「傍珠簾散漫，垂垂欲下，依前被，風扶起」，亦可謂曲盡楊花妙處。東坡所和雖高，恐未能及。詩人議論不公如此耳。

曾季貍《艇齋詩話》：東坡和章質夫楊花詞云：「思量卻是，無情有思。」用老杜「落絮游絲亦有情」也。「夢隨風萬里，尋郎去處，依前被，鶯呼起」，即唐人詩云「打起黃鶯兒，莫教枝上啼。幾回（一作「啼時」）驚妾夢，不得到遼西」。「細看來，不是楊花，點點是離人淚」，即唐人詩云「時人有酒送張八，惟我無酒送張八。君有陌上梅花紅，盡是離人眼中血」，皆奪胎換骨手。

張炎《詞源》卷下：詞中句法，要平妥精粹，一曲之中，安能句句高妙，只要拍搭襯副得去，於好發揮筆力處，極要用功，不可輕易放過，讀之使人擊節可也。如東坡楊花詞云：「似花還似非花，也無人惜從教墜。」又云：「春色三分，二分塵土，一分流水。」……此皆平易中有句法。詞不宜強和人韻，若倡者之曲韻寬平，庶可賡歌；倘韻險又為人所先，則必牽強賡和，句意安能融貫？徒費苦思，未見有全章妥溜者。東坡次韻章質夫楊花〈水龍吟〉韻，機鋒相摩，起句便合讓東坡出一頭地，後片愈出愈奇，真是壓倒古今。東坡詞如〈水龍吟〉詠楊花……等作，皆清麗舒徐，高出人表。

李攀龍《草堂詩餘雋》：東坡〈水龍吟〉（楊花詞）如虢國夫人，不施粉黛，而一段天姿，自是傾城。

《草堂詩餘》正集卷五楊慎評：坡公詞瀟灑出塵，勝質夫千倍。又沈際飛評：此詞更進柳妙處一塵矣。讀他文字，精靈尚在文字裡面，坡老只見精靈，不見文字。

又《別集》卷一沈際飛評葉道卿〈賀聖朝·留別〉：東坡有「二分塵土，一分流水」之句，各道得我輩心死。

沈謙《填詞雜說》：東坡「似花還似非花」一篇，幽怨纏綿，直是言情，非復詠物。

王又華《古今詞論》引毛稚黃語：〈水龍吟〉「細看來不是楊花，點點是離人淚」，調則當是「點」字斷句，意則當是「花」字斷句。文自為文，歌自為歌，然歌不礙文，文不礙歌，是坡公雄才自放處。他家間亦有之，亦詞家一法。

沈雄《古今詞話·詞辨》下卷：東坡楊花詞，舊本於「細看來不是楊花」為句，「點點是離人淚」為句，頗覺其順。後閱諸作，如章質夫、陸放翁等詞，應作三句，乃知「細看來不是」為句，「楊花點點」為句，「是離人淚」為句。

厲鶚《手批詞律》：東坡此詞雖和質夫作，而結句確不同章詞讀法。此十三字一氣，大抵用一五兩四字法者居多，而作一七兩三者，亦非絕無之事也。蘇詞句法，本是如此，語氣何等明快。若依紅友（萬樹）「一定鐵板」，則既云「細看來不是」矣，下文當直云「點點是離人淚」耳，何復贅「楊花」二字耶？且禿然於「是」字斷句，語氣亦攔拉不住。

先著、程洪《詞潔》卷五：起句入魔，「非花」矣而又「似」，不成句也。「拋家旁路」四字欠雅。「綴」字趁韻，「曉來」以下，真是化工神品。〈水龍吟〉末後十三字，多作五四四，此作七六，有何不可？近見論譜者於「細看來不是」及「楊花點點」下分句，以就五四四之印板死格，遂令坡公絕妙好詞不成文理。

許昂霄《詞綜偶評》：與原作均是絕唱，不容妄為軒輊。（思量卻是，無情有思）貫下文六句。（「曉來雨過」三句）公自注云：「舊說楊花入水為浮萍，驗之信然。」

鄧廷楨《雙硯齋詞話》：東坡以龍驤不羈之才，樹松檜特立之操，故其詞清剛雋上，囊括群英。……和章質夫楊花〈水龍吟〉之「曉來雨過，遺蹤何在，半池萍碎。春色三分，二分塵土，一分流水」，……皆能簸之揉之，高華沉痛，遂為石帚導師。譬之慧能肇啟南宗，實傳黃梅衣鉢矣。

吳衡照《蓮子居詞話》卷一：楊升庵《詞品》云：「詞人語意所到，間有參差，或兩句作一句，或一句作兩句。惟妙於歌者，上下縱橫取協。」此是篤論，如曲子家之有活板眼也。東坡「小喬初嫁了，雄姿英發」，「細看來不是楊花，點點是離人淚」等處，皆當以此說通之。若契舟膠柱，徐虹亭所謂髯翁命宮磨蝎，身後又硬受此差排矣。

黃氏《蓼園詞選》：首四句是寫花形態，「縈損」以下六句，是寫見楊花之人之情緒。二闋用議論，情景交融，筆墨入化，有神無跡矣。

李佳《左庵詞話》卷上：東坡詞如〈水龍吟・詠楊花〉，〈水調歌頭・丙辰中秋作〉，皆極清新。

劉熙載《藝概》卷四：鄉人之笛，懷舊者感之；斜谷之鈴，溺愛者悲之。東坡〈水龍吟・和章質夫詠楊花〉云「細看來不是楊花，點點是離人淚」，亦同此意。東坡〈水龍吟〉起云「似花還似非花」，此句可作全詞評語，蓋不離不即也。

陳廷焯《詞則・大雅集》卷二：身世流離之感，而出以溫婉語，令讀者喜悅悲歌，不能自已。又《白雨齋詞話》卷一：詞至東坡，一洗綺羅香澤之態，寄慨無端，別有天地。……〈水龍吟〉諸篇，尤為絕構。

王闓運《湘綺樓詞選》：「是離人淚」，「是」原作「似」；「欲開還殢」，「殢」原作「閉」。章韻本是「閉」，牽就韻耳，殊不成語，故改之。

王國維《人間詞話》卷上：東坡〈水龍吟〉詠楊花，和韻而似原唱；章質夫詞，原唱而似和韻。才之不可強也如是。

鄭文焯《大鶴山人詞話》：煞拍畫龍點睛，此亦詞中一格。

蔡嵩雲《柯亭詞論》：詠物詞貴有寓意，方合比興之義。寄託最宜含蓄，運典尤忌呆詮，須具手揮五絃、目送飛鴻之妙，方合。如東坡〈水龍吟〉詠楊花而寫離情。〈水龍吟〉本非難調，亦無難句。惟前後遍中四字組成之六排句，太整太板，不易討好。詞中遇此等句法，須於整中寓散，板中求活。換言之，即各句下字時，須將實字虛字動字靜字，分別錯綜組成，以盡其變。前言字法須講侔色揣稱，此其一端也。細玩東坡「似花還似非花」一首，稼軒「楚天千里清秋」一首，於此前後六排句，手法何等靈變。又此調二二組成之四字句太多，故講究作法者，末尾四字句，多用一三句法，亦無非取其變化之意。詞之句法，故不嫌變化多方也。東坡之「是離人淚」，稼軒之「搵英雄淚」，即其一例。

滿江紅

寄鄂州朱使君壽昌❶

江漢西來❷，高樓❸下，蒲萄深碧❹。猶自帶、岷峨雪浪，錦江春色。君是南山遺愛守❺，我為劍外思歸客❻。對此間、風物豈無情，殷勤說。

《江表傳》❼，君休讀。狂處士❽，真堪惜。空洲對鸚鵡❾，葦花蕭瑟。不獨笑書生爭底事❿，曹公黃祖俱飄忽⓫。願使君還賦謫仙詩，追黃鶴⓬。

【注釋】

❶朱使君壽昌　朱壽昌，字康叔，揚州天長（在今安徽東北部）人。因尋母，以孝聞於時，蘇軾曾作〈朱壽昌郎中少不知母所在，刺血寫經，求之五十年，去歲得之蜀中，以詩賀之〉。時知鄂州（今湖北武漢），故稱朱鄂州。❷江漢西來　長江、漢水自西流來，匯於武漢。❸高樓　指黃鶴樓，在武漢蛇山黃鶴磯上。❹蒲萄深碧　形容江水像葡萄酒一樣清澈澄綠。李太白〈襄陽歌〉：「遙看漢水鴨頭綠，恰似葡萄初醱醅。」❺南山遺愛守　朱壽昌曾知閬州，故有此語。南山，終南山。遺愛，《左傳》昭公二十年：「及子產卒，孔子聞之，出涕曰：『古之遺愛也』。」杜預注：「子產見愛，有古人之遺風。」❻劍外思歸客　即思歸蜀中客。劍外，指劍閣以南的蜀中地區，杜甫〈逢唐興劉主簿弟〉：「劍外官人冷，關中驛騎疏。」❼江表傳　載江左吳國人事，今已佚，裴松之注《三國志》常引用。❽狂處士　指禰衡，字正平，有才辯，尚氣剛傲。因大罵曹操，被送與劉表；表亦忌其侮慢，復送與黃祖，為祖所殺。事見《後漢書．禰衡傳》。❾空洲對鸚鵡　即「空對鸚鵡洲」。禰

衡死後埋在漢陽沙洲上，因其生前寫有著名的〈鸚鵡賦〉，遂稱其洲為鸚鵡洲。李白〈贈江夏韋太守〉：「顧慚禰處士，虛對鸚鵡洲。」❿不獨笑書生爭底事　他本無「不」字。爭底事，為何事而爭。⓫俱飄忽　謂殺害文士的人也很快消逝了。⓬願使君還賦謫仙詩二句　使君指朱壽昌。謫仙詩，指李白詩，《舊唐書．李白傳》：「賀知章見白，賞之曰：『此天上謫仙人也。』」追黃鶴，指趕上崔顥的〈黃鶴樓〉（昔人已乘黃鶴去）詩。李白登黃鶴樓，讀崔顥詩，感歎不可及，遂仿作〈登金陵鳳凰臺〉、〈鸚鵡洲〉等詩。

【賞析】

元豐中貶官黃州時作，當作於元豐四年前後朱壽昌知鄂州期間。上闋因鄂州位於長江、漢水交匯處，而長江上游即西蜀，故生發出思鄉之情；下闋因鄂州的名勝古蹟生發出對被害文士的同情和對迫害文士者的憤慨，實際是借他人酒杯抒發自己因言得罪的塊壘。

南鄉子　重九涵輝樓呈徐君猷❶

霜降水痕收❷。淺碧鱗鱗露遠洲。酒力漸消風力軟，颼颼。破帽多情卻戀頭❸。　佳節若為酬❹，但把清樽斷送秋❺。萬事到頭都是夢❻，休休。明日黃花蝶也愁❼。

【注釋】

❶重九涵輝樓呈徐君猷　重九，九月九日重陽節。涵輝樓，《黃州府志》卷三：「涵輝樓在縣西南。宋張安國取〈赤壁賦〉中語，改曰無盡藏樓，後有坐嘯堂及無倦、味道二軒。」涵輝樓似應為棲霞樓之誤，因為蘇軾與王定國書云：「重九登棲霞樓，望君淒然，歌〈千秋歲〉，滿座識與不識，皆懷君。遂作一詞云：『霞降水痕

收……。」棲霞樓在黃州最高處，下臨大江，煙樹茫茫，遠山數點，境致絕佳。徐君猷，即徐大受，時黃州知州。蘇軾貶黃州，寫及徐的詩詞甚多。❷霜降水痕收　霜降，二十四節氣之一，又指降霜，露結為霜。《月令七十二候集解》：「九月中，氣肅而凝，露結為霜矣。」水痕收，傅幹注：「杜子美：『寒水落依痕。』」薛能：『舊痕依石落，初凍著槎生。』」收，縮。水痕收謂江水減退。❸破帽多情卻戀頭　用孟嘉落帽事，陶潛〈晉故征西大將軍長史孟府君傳〉：「九月九日，(桓）溫遊龍山，參佐畢集，四弟二甥咸在坐。時佐吏并著戎服。有風吹君帽墜落，溫目左右及賓客勿言，以觀其舉止。君初不自覺，良久如廁，溫命取以還之。」陳鵠《耆舊續聞》卷二云：「余謂後輩作詞，無非前人已道底句，特善能轉換爾。《三山老人語錄》云：從來九日用落帽事，東坡獨云『破帽多情卻戀頭』，尤為奇特，不知東坡用杜子美詩：『羞將短髮還吹帽，笑倩傍人為整冠。』」❹佳節若為酬　佳節，指重陽節。若為，那堪，怎奈。若為酬，如何應酬、應付。❺但把清樽斷送秋　用杜牧〈九日齊安登高〉「但將酩酊酬佳節」意。❻萬事到頭都是夢　用潘閬〈樽前勉兄長〉成句：「萬事到頭都是夢，休嗟百計不如人。」❼明日黃花蝶也愁　蘇軾〈九日次韻王鞏〉也曾用此句，胡仔《苕溪漁隱叢話》後集卷六云：「東坡〈九日〉詩云：『相逢不用忙歸去，明日黃花蝶也愁。』又詞云：『萬事到頭終是夢，休休。明日黃花蝶也愁。』……兩用之，詩意脈絡貫穿，並優於詞。」黃花，即菊花。

【賞析】

元豐四年（一〇八一）重九謫居黃州時作。上闋前二句寫重陽之景，露已結霜，江水減退，碧波鱗鱗，沙洲顯露，一派清冷肅殺之氣。後三句寫登高，涼風颼颼，卻未把帽吹掉。「破帽多情卻戀頭」反用孟嘉落帽之典，歷來為人稱頌，「反前人之案，用來妙，是脫胎手」（《草堂詩餘》卷二楊慎評）；「九日詩詞，無不使落帽事者，總不若坡仙〈南香子〉詞，更為翻新」（張宗橚《詞林紀事》）；「翻龍山事，特新」（馮金伯《詞苑萃編》卷二引沈東江語）；「自來九日多用落帽。東坡不落帽，醒目」；又云「破帽戀頭，語奇而穩」（黃氏《蓼園詞選》）；「用事不為事所使，自不落呆相」（李佳《左庵詞話》卷下）。下闋抒發感慨，怎樣打發佳節呢？恐怕也只有像杜牧那樣「但將酩酊酬佳節」吧。世間萬事皆如夢，明天重陽一過，就再沒有人欣賞黃菊和飛蝶，一切都過去了，給人以悲涼之感。黃氏《蓼園詞選》：「『明日黃花』句，自屬達觀。凡過去未來者皆幾非在我，安可學蜂蝶之戀香乎。」陳知柔《休齋詩話》亦云：「豈在謫所，遇時感慨，不覺發是語乎？」

【集評】

釋惠洪《冷齋夜話》卷一：荊公〈菊〉詩曰：「千朵萬朵凋零後，始見閒人把一枝。」東坡則曰：「萬事到頭終是夢，休休。明日黃花蝶也愁。」凡此之類，皆換骨法也。

陳廷焯《詞則·放歌集》卷一：翻用落帽事，極疏狂之趣。

滿江紅

憂喜相尋，風雨過、一江春綠❶。巫峽夢、至今空有，亂山屏簇❷。何似伯鸞攜德耀，簞瓢未足清歡足❸。漸粲然、光彩照階庭，生蘭玉❹。　幽夢裡，傳心曲❺。腸斷處，憑他續❻。文君婿知否，笑君卑辱❼。君不見〈周南〉歌〈漢廣〉，天教夫子休喬木❽。便相將、左手抱琴書，雲間宿❾。

【注釋】

❶憂喜相尋二句　謂悲傷的事有如風雨一般很快過去，仍像一江春水般的平靜清澈。相尋，相繼。尋，連續不斷。❷巫峽夢二句　謂像楚襄王的巫峽夢一樣，夢醒之後，夢中一切都消失了，只剩下如屏如簇的亂山。宋玉〈高唐賦・序〉：「昔者先王（楚懷王）嘗遊高唐，怠而晝寢，夢見一婦人，曰：『妾巫山之女也，為高唐之客。聞君遊高唐，願薦枕席。』王因幸之。去而辭曰：『妾在巫山之陽，高丘之阻，旦為朝雲，暮為行雨。朝朝暮暮，陽臺之下。』旦朝視之，如言。故為立廟，號曰朝雲。」❸何似伯鸞攜德耀二句　謂像孟光夫婦那樣，生活雖清苦而心情愉快。《後漢書・梁鴻傳》：「梁鴻字伯鸞，扶風平陵人也。……勢家慕其高節，多欲女之。鴻并絕不娶。同縣孟氏有女，狀肥醜而黑，力舉石臼，擇對不嫁，至年三十。父母問其故，女曰：『欲得賢如梁伯鸞者。』鴻聞而聘之。女求作布衣麻屨織作筐緝績之具。及嫁，始以裝飾入門。七日而鴻不答。妻乃跪床下請曰：『竊聞夫子高義，簡斥數婦，妾亦偃蹇數夫矣。今而見擇，敢不請罪。』鴻曰：『吾欲裘褐之人，可與俱隱深山者爾。今乃衣綺縞，傅粉墨，豈鴻所願哉？』妻曰：『以觀夫子之志耳，妾自有隱居之服。』乃起更為椎髻，著布衣，操作而前。鴻大喜曰：『此真梁鴻妻也，能奉我矣。』字之曰德曜，名孟光。居有頃，妻曰：『嘗聞夫子欲隱居避患，今何為默默？無乃欲低頭就之乎？』鴻曰：『諾。』乃共入霸陵山中，以耕織為業，詠詩書彈琴以自娛。」簞瓢，盛飯盛水之器。《論語・雍也》：「子曰：『賢哉回也，一簞食，一瓢飲，在陋巷，人不堪其憂，回也不改其樂，賢哉回也。』」❹漸粲然二句　謂董鉞夫婦生子如蘭玉。《晉書・謝安傳》：「安嘗戒約子侄，因曰：『子弟亦何預人事，而正欲使其佳。』諸人莫有言者。謝玄答曰：『譬如芝蘭玉樹，

欲使其生於庭階耳。』安大悅。」❺心曲　心中委曲。《詩・秦風・小戎》：「亂我心曲。」鄭箋：「心曲，心之委曲也。」❻腸斷處二句　有傷心之事，亦聽之任之。憑，聽任。❼文君婿知否二句　意謂笑卓文君的夫婿司馬相如不能忍饑耐寒，接受卓父資助，是卑辱行為。《漢書・司馬相如傳》：「文君夜亡奔相如，相如與馳歸成都。家徒四壁立。……相如與俱之臨邛，盡賣車騎，買酒舍，乃令文君當壚。相如身著犢鼻褌，與傭保雜作，滌器於市中。……卓王孫不得已，分與文君僮百人，錢百萬及其嫁時衣被財物。文君乃與相如歸成都，買田宅，為富人。」邵博《邵氏聞見後錄》卷一九云：「東坡為董毅夫作長短句，『文君婿知否？笑君卑辱』，奇語也。『文君婿』猶『虞姬婿』云。今刻本者不知，有自改『文君細知否』，可笑耳。」❽君不見周南歌漢廣二句　謂守禮男子不強求於賢女，但老天爺使男子休於喬木，得到女子，借以說明董鉞得到了賢妻。《詩・周南・漢廣》：「南有喬木，不可休思。漢有游女，不可求思。漢之廣矣，不可泳思。江之永矣，不可方思。」❾便相將二句　白居易〈廬山草堂記〉：「左手引妻子，右手抱琴書，終老於斯，以成就平生之志。」相將，相攜。雲間宿，謂遠隔城市而隱於雲煙繚繞的山間。

【賞析】

元豐五年（一〇八二）作。關於此詞背景，楊元素《時賢本事曲子集》云：「董毅夫名鉞，自梓漕得罪歸鄱陽，遇東坡於齊安，怪其豐暇自得。曰：『吾再娶柳氏，三日而去官，吾固不戚戚，而憂柳氏不能忘懷於進退也。已而欣然同憂患，如處富貴，吾是以益安焉。』乃令家僮歌其所作〈滿江紅〉。東坡嗟歎之，次其韻。」「忘懷於進退」就是此詞主旨。宋代這樣的女子不少，王定國歌兒柔奴，隨定國南遷，蘇軾問柔奴廣南風土，應是不好。柔奴回答說：「此心安處，便是吾鄉。」蘇軾用其語以為〈定風波〉

詞云：「試問嶺南應不好，卻道，此心安處是吾鄉。」蘇軾的侍妾朝雲也是這樣的人物，軾貶惠州，家伎皆散去，獨朝雲堅持要侍子瞻去嶺南，蘇軾稱其「不似楊枝別樂天」（〈贈朝雲〉）。董鉞之妻柳氏也是如此，新婚三日董就丟官，柳氏卻能與之「同憂患，如處富貴」，與之過著「簞瓢未足清歡足」的生活。故蘇軾以梁鴻、孟光正面作歌頌，又以文君、相如作反襯。

哨遍

陶淵明[1]賦〈歸去來〉，有其詞而無其聲。余治東坡，築雪堂於上[2]，人俱笑其陋。獨鄱陽董毅夫[3]過而悅之，有卜鄰之意。乃取〈歸去來〉詞，稍加檃括，使就聲律，以遺毅夫。使家僮歌之，時相從於東坡，釋耒而和之[4]，扣牛角而為之節[5]，不亦樂乎。

為米折腰[6]，因酒棄官[7]，口體交相累[8]。歸去來，誰不遣君歸。覺從前皆非今是[9]。露未晞[10]。征夫指予歸路[11]，門前笑語喧童稚[12]。嗟舊菊都荒，新松暗老[13]，吾年今已如此。但小窗容膝閉柴扉[14]，策杖看孤雲暮鴻飛[15]。雲出無心，鳥倦知還[16]，本非有意。

噫，歸去來兮，我今忘我兼忘世。親戚無浪語，琴書中有真味[17]。步翠麓崎嶇，泛溪窈窕[18]，涓涓暗谷流春水[19]。觀草木欣榮[20]，幽人自感，吾生行且休矣[21]。念寓形宇內復幾時[22]，不自覺皇皇欲何之[23]。委吾心、去留誰計[24]。神仙知在何處，富貴非吾志[25]。但知臨水登山嘯詠，自引壺觴自醉[26]。此生天命更何疑，且乘流、遇坎還止[27]。

【注釋】

❶陶淵明　陶潛，字淵明，一字元亮。博學善文，因家貧起為州祭酒，不堪吏職，自解歸。後為彭澤令，郡遣督郵至縣，不肯為五斗米折腰，即日解印綬去職，並賦〈歸去來辭〉。❷余治東坡二句　東坡，在湖北黃岡城東，蘇軾謫居黃州時所開墾，並自號東坡。蘇軾〈書韓魏公黃州詩後〉云：「謫居於黃五年，治東坡，築雪堂，蓋將老焉，則亦黃人也。」❸鄱陽董毅夫　（一作義夫）名鉞。治平二年進士。自梓漕得罪歸鄱陽，過黃州，與蘇軾遊。參見〈滿江紅〉（憂喜相尋）之賞析。❹釋耒而和之　放下耕具而和歌。耒，耕具。❺扣牛角而為之節　敲打牛角以為節拍。❻為米折腰　《晉書．陶潛傳》：「郡遣督郵至縣，吏白應束帶見之，潛歎曰：『吾不能為五斗米折腰，拳拳事鄉里小兒。』義熙二年，解印去縣，乃賦〈歸去來〉。」❼因酒棄官　《晉書．陶潛傳》：「為彭澤令。在縣公田悉令種秫穀，曰：『令吾常醉於酒足矣。』妻子固請種秔，乃使一頃五十畝種秫，五十畝種秔。」❽口體交相累　為了衣（體）食（口），不斷違背自己的心願。❾覺從前皆非今是　即〈歸去來辭〉（此篇以下注文簡稱〈辭〉）的「覺今是而昨非」。❿露未晞　即〈辭〉的「晨光熹微」。晞，乾。⓫征夫指予歸路　即〈辭〉的「問征夫以前路」。⓬門前笑語喧童稚　即〈辭〉的「僮僕歡迎，稚子候門」。⓭嗟舊菊都荒二句　即〈辭〉的「三徑就荒，松菊猶存」。⓮但小窗容膝閉柴扉　即〈辭〉的「倚南窗以寄傲，審容膝之易安」，「門雖設而常關」。但，只，僅。⓯策杖看孤雲暮鴻飛　即〈辭〉的「策扶老以流憩，時矯首而遐觀」。⓰雲出無心二句　即〈辭〉的「雲無心以出岫，鳥倦飛而知還」。⓱親戚無浪語二句　即〈辭〉的「悅親戚之情話，樂琴書以消憂」。浪語，世俗應酬，不真實的話。⓲步翠麓崎嶇二句　即〈辭〉的「既窈窕以尋壑，亦崎嶇而經丘」。步，緩行。麓，山腳。⓳涓涓暗谷流春水　即〈辭〉的「泉涓涓而始流」。⓴觀草木欣榮　即〈辭〉

的「木欣欣以向榮」。㉑吾生行且休矣　即〈辭〉的「感吾生之行休」。行休，不久即將結束。㉒寓形宇內復幾時　〈辭〉的原話。寓，寄寓，寄託。㉓皇皇欲何之　〈辭〉的原話。皇皇，《孟子・滕文公下》：「孔子三月無君，則皇皇如也。」趙岐注：「皇皇，如有所求而不得。」㉔委吾心句　即〈辭〉的「曷不委心任去留」。委，聽憑。去留誰計，誰計較去或留呢。㉕神仙知在何處二句　即〈辭〉的「富貴非吾願，帝鄉不可期」。㉖但知臨水登山嘯詠二句　即〈辭〉的「登東皋以舒嘯，臨清流而賦詩」。㉗此生天命更何疑二句　即〈辭〉的「聊乘化以歸盡，樂夫天命復奚疑」。賈誼〈鵩鳥賦〉：「乘流則行，遇坎則止。」

【賞析】

元豐五年（一〇八二）作。董鉞是一位忘懷進退的人物，蘇軾借陶潛〈歸去來辭〉歌頌其為人，實亦自抒懷抱。陳鬚〈燕喜詞敘〉：「蓋東坡平日耿介直諒，故其為文似其為人。……歌〈哨遍〉之詞，使人甘心淡泊，而有種菊東籬之興。」「使人甘心淡泊」，這就是全詞主旨。蘇軾〈與朱壽昌書〉（《蘇軾文集》卷五九）：「董義夫相聚多日，甚歡，未嘗一日不談公美也。舊好誦陶淵明〈歸去來〉，常患其不入音律，近輒微加增損，作〈般涉調・哨遍〉，雖微改其詞，而不改其意，請以《文選》及本傳考之，方知字字皆非創入也。」「微改其詞，而不改其意」，這就是全詞藝術特點。有全用原話的，如「寓形宇內復幾時」；「皇皇欲何之」之類；有倒其順序者，如〈歸去來辭〉的「富貴非吾願，帝鄉不可期」變為「神仙知在何處，富貴非吾志」之類；有簡化其詞者，如「露未晞」（「晨光熹微」），「雲出無心，鳥倦知還」（「雲無心以出岫，鳥倦飛而知還」），甚至有合兩句為一句的，如〈歸去來辭〉的「登東皋以舒嘯，臨清流而賦詩」，改為「但知臨水登山嘯詠」，〈歸去來辭〉的「倚南窗以寄傲，審容膝之易安」，「門雖設而常關」，改為「小窗容膝閉柴扉」之類；也有繁其詞者，如「覺從前皆非今是」（「覺今是而昨非」）之類。但更多的是因改其詞而意思也略有不同，如〈歸去來辭〉的「問征夫以前路」，是向征夫問路，而「征夫指予歸路」是征夫指路之類。總之，不改陶意而能用以自抒己意，「檃括特似東坡作者」（《草堂詩餘》正集卷六沈際飛評），這是一種很高的本事，正如張炎《詞源》卷下〈雜論〉所評：「〈哨遍〉一曲，檃括〈歸去來辭〉，更是精妙，周、秦諸人所不能到。」

【集評】

黃庭堅〈與李獻父知府書〉（《山谷全書》別集卷一五）：遍觀古碑刻，無有用草書者，自於體制不相當，如子瞻以〈哨遍〉填〈歸去來〉，終不同律也。

沈義父《樂府指迷》：近世作詞者，不曉音律，乃故為豪放不羈之語，遂借東坡、稼軒諸賢自諉。諸賢之詞，固豪放矣，不豪放處，未嘗不叶律也。如東坡之〈哨遍〉、詠楊花〈水龍吟〉，稼軒之〈摸魚兒〉之類，則知諸賢非不能也。

王若虛《滹南詩話》卷中：東坡酷愛〈歸去來辭〉，既次其韻，又衍為長短句，又裂為集字詩，破碎甚矣。陶文信美，亦何必爾，是亦未免近俗也。

《草堂詩餘》卷五楊慎評：〈醉翁亭〉，〈赤壁〉前後賦，當時俱檃括為詞，俱泊然無味，此東坡〈歸去〉詞獨勝，不特其音律之諧也。《後山詩話》謂東坡以詩為詞，如教坊雷大使之舞，極天下工，要非本色。不知東坡自云平生不善唱曲，間有不入腔處，非盡如此。觀此則東坡又善唱矣，後山何比況之下也。

又《草堂詩餘》正集卷六沈際飛評：「誰不遣君歸」，棒喝。檃括特似東坡作者。詩變而為騷，騷變而為詞，皆可歌也。淵明以賦為詞，故東坡云然。

賀裳《皺水軒詞筌》：東坡檃括〈歸去來辭〉，山谷檃括〈醉翁亭〉，皆墮惡趣。天下事為名人所壞者，正自不少。

馮金伯《詞苑萃編》卷四引《本事紀》云：東坡檃括〈歸去來辭〉，山谷檃括〈醉翁亭記〉，兩人固是詞家好手。

李佳《左庵詞話》卷下：東坡〈哨遍〉詞，運化〈歸去來辭〉，非有大力量不能。此類後人不易學，亦不必學。強為之，萬不能好。

俞樾〈徐誠庵荔園詞序〉：詞之初興，小令而已。椎輪大輅，踵事而增，柴桑〈歸去〉之辭，東坡衍之而成〈哨遍〉；屈子〈東皇太一〉之歌，高疏寮采其意而成〈鶯啼序〉。一唱三歎，大放厥詞，實開元人北曲之權輿焉。

水龍吟

閭丘大夫孝終[1]公顯嘗守黃州，作棲霞樓，為郡中勝絕。元豐五年，予謫居黃。正月十七日，夢扁舟渡江，中流回望，樓中歌樂雜作。舟中人言，公顯方會客也。覺而異之，乃作此詞。公顯時已致仕，在蘇州。

小舟橫截春江，臥看翠壁紅樓起[2]。雲間笑語，使君高會，佳人半醉[3]。危柱哀絃，豔歌餘響，繞雲縈水❹。念故人老大❺，風流未減，獨回首，煙波裡。　推枕惘然不見❻，但❼空江、月明千里。五湖聞道，扁舟歸去，仍攜西子❽。雲夢南州，武昌南岸，昔遊應記❾。料多情夢裡，端來見我，也參差是❿。

【注釋】

❶閭丘大夫孝終　字公顯，湖州人。曾知黃州，作棲霞樓。罷官後家居，與諸名人耆艾為九老會。東坡經過湖州，必訪之，飲酒賦詩為樂。陸游《入蜀記》卷四：「棲霞樓，本太守閭丘孝終公顯所作，蘇公樂府云：『小舟橫截春江，臥看翠壁紅樓起。』正謂此樓也。下臨大江，煙樹微茫，遠山數點，亦佳處也。樓頗華潔。先是郡有慶瑞堂，謂一故相所生之地，後毀以新此樓。」❷臥看翠壁紅樓起　翠壁指黃岡赤壁，紅樓指棲霞樓。❸雲間笑語三句　寫「公顯方會客」，使君指閭丘公顯。❹危柱哀絃三句　寫「樓中歌樂雜作」。危柱，擰得很緊的絃柱。❺故人老大　周密《齊東野語》卷二〇：「吳中則元豐有十老之集，……閭丘孝終，朝議大夫，七十三。」❻推枕惘然不見　謂醒後不見夢中之景，心中若有所失。❼但　只有。❽五湖聞道三句　此以范蠡喻閭丘孝終。五湖，有不同說法，一為「太湖之別名」（張勃《吳錄》）。相傳范蠡相越，平吳之後，遂攜西施乘扁舟泛五湖而去。姚寬《西溪詩話》卷上：「《吳越春秋》云：『吳國西子被殺。』杜牧之詩云：『西子下姑蘇，一舸逐鴟夷。』東坡詞云：『五湖聞道，扁舟歸去，仍攜西子。』予問王性之，性之云：『西子自下姑蘇，一舸自逐范蠡，遂為兩義。不可云范蠡將西子去也。』」杜牧之詩指〈杜秋娘〉詩，但《吳越春秋》、《越絕書》均無此說，乃詩人以訛傳訛之說。據《中吳紀聞》卷五載，西子指閭丘孝終後房懿卿。❾雲夢南州三句　謂閭丘孝終應記得當年遊黃州的情況。雲夢，雲夢澤，黃州在雲夢澤之南。武昌，今湖北鄂城，黃岡在鄂城之南，隔

江相望。❿料多情夢裡三句　謂閭丘孝終夢見自己與自己夢見他近似。料，料想。端來，一定來。參差，差不多，近似。

【賞析】

元豐五年（一〇八二）貶官黃州作。此詞上闋為記夢，寫閭丘孝終當年知黃州「歌樂雜作」的盛況；下闋為醒後語，想像歸隱蘇州的孝終也許正在思念黃州，思念自己。鄭文焯《手批東坡樂府》：「突兀而起，仙乎仙乎！『翠壁』句奇新，不露雕琢痕。上闋全寫夢境，空靈中雜以淒麗；過片始言情，有滄波浩渺之致，真高格也。『雲夢』三句，妙能寫閒中情景，煞拍不說夢，偏說夢來見我，正是詞筆高渾，不猶人處。」

水龍吟

小溝東接長江❶，柳堤葦岸連雲際。煙村瀟灑，人間一闋❷，漁樵早市。永晝端居，寸陰虛度，了成何事。但絲蓴玉藕，珠秔錦鯉，相留戀，又經歲❸。　因念浮丘❹舊侶，慣瑤池❺，羽觴❻沉醉。青鸞❼歌舞，銖衣❽搖曳，壺中天地❾。飄墮人間，步虛聲❿斷，露寒風細。抱素琴，獨向銀蟾⓫影裡，此懷難寄。

【注釋】

❶小溝東接長江　小溝當指臨皋亭附近的小溝或小溪，蘇軾〈與范子豐〉：「臨皋亭下不數十步，便是大

江，其半是峨眉雪水，吾沐浴飲食皆取焉。」陸游《入蜀記》：「泊臨皋亭，東坡先生嘗與秦少游書，所謂『門外數步即大江』是也。煙波浩渺，氣象疏豁。」蘇軾於元豐三年（一〇八〇）到達黃州貶所，詞言「又經歲」，當為元豐五年（一〇八二）。❷一鬨　謂一鬨即散，揚雄《法言・學行》：「一鬨之市。」❸但絲蓴玉藕四句　謂整年只留戀此地出產的絲蓴、玉藕、珠秔、錦鯉。絲蓴，細細的蓴（蒓）菜。陸龜蒙〈江南秋懷寄華陽山人〉：「蘭葉騷人佩，蓴絲內史羹。」玉藕，潔白的蓮藕，〈子夜歌〉：「玉藕金芙蓉，無稱我蓮子。」珠秔，像珍珠一樣的粳米。錦鯉，閃閃發亮的鯉魚。❹浮丘　浮丘伯本嵩山道士，後得仙去。《列仙傳》：「王子喬者，周靈王太子也，好吹笙，作鳳凰鳴。遊伊洛之間，道士浮丘公接以上嵩山。」❺瑤池　西王母住處，《穆天子傳》卷二：「天子觴西王母瑤池之上。」❻羽觴　《漢書・外戚傳》下：「酌羽觴兮消憂」，顏師古注：「羽觴，爵也，作生爵形，有頭尾羽翼。」❼青鸞　《洽聞記》：「光武時有大鳥，高五尺，五色備舉而多青。詔問百僚，咸以為鳳。太史令蔡衡對曰：『凡像鳳者有五，多赤色者鳳，多青色者鸞。此青者乃鸞，非鳳也。』」此喻歌舞伎。
❽銖衣　極輕細的衣服。蘇鶚《杜陽雜編》卷上：謂唐宰相元載的寵妾薛瑤英「衣龍綃之衣，一襲無一二兩，摶之不盈一握。載以瑤英不勝衣重，故於異國以求是服也。（賈）至贈詩曰：『舞怯銖衣重，笑疑桃臉開。』」《漢書・律曆志》：「二十四銖為兩，十六兩為斤。」❾壺中天地　《後漢書・費長房傳》：「市中有老翁賣藥，懸一壺於肆頭。及市罷，輒跳入壺中。市人莫之見，唯長房於樓上睹之，因往再拜奉酒脯。……旦日復詣翁，翁乃與俱入壺中，唯見玉堂嚴麗，旨酒甘肴盈衍其中，共飲畢而出。」❿步虛聲　道士誦經之聲，《吳苑記》：「陳思王遊魚山，若聞裡有誦經聲，清遠寥亮，因使解音者寫之，為神仙之聲，道士效之作步虛聲。」⓫銀蟾　指月，《後漢書・天文志》注：「姮娥遂托身於月，是為蟾蜍。」

【賞析】

元豐五年（一〇八二）作。上闋寫謫居生活，住在長江邊上柳堤葦岸的小溝旁，這裡的煙村遠離城市，只有早市熱鬧，但為時甚短，一閧而散。整天端居無事，虛度光陰，聊可為慰者是有絲蓴、玉藕、珠秔、錦鯉可食。上闋主旨與〈初到黃州〉詩相同：「自笑平生為口忙，老來事業轉荒唐。長江繞郭知魚美，好竹連山覺筍香。逐客不妨員外置，詩人例作水曹郎。只慚無補絲毫事，尚費官家壓酒囊。」下闋前半是寫自己當年的「舊侶」仍在朝廷過著神仙般的歌舞生活，而後半寫自己「飄墮人間」，再也聽不到「步虛聲」了，只有在「露寒風細」之夜，「抱素琴」獨自向月裡嫦娥傾訴。鄭文焯《大鶴山人詞話》評此詞說：「有聲畫，無聲詩，胥在其中。」

定風波

詠紅梅

好睡慵開莫厭遲❶，自憐冰臉不時宜❷。偶作小紅桃杏色，閒雅，尚餘孤瘦雪霜姿❸。
休把閒心隨物態，何事，酒生微暈沁瑤肌❹。詩老不知梅格在，吟詠，更看綠葉與青枝❺。

【注釋】

❶好睡慵開莫厭遲　這裡是把紅梅未開比喻為尚未睡醒。好，喜好。慵，懶。梅花寒冬開，是一年中開花最遲的。《楊太真外傳》：「上皇登沉香亭，詔妃子。妃子卯時未醒，命力士侍兒持掖而至。妃子醉韻殘粧，鬢亂釵橫，不能再拜。上皇笑曰：『是豈妃子醉，真海棠睡未足耳。』」❷冰臉不時宜　謂梅花寒冬才開，不合時

宜。❸偶作小紅桃杏色三句　謂雖作桃杏的紅色（切紅梅），但仍悠閒高雅，保留著孤高清瘦的冰雪之姿。❹休把閒心隨物態三句　謂紅梅之紅，並不是在追隨桃杏等世俗物態，而是因為醉酒，才在白色的肌膚（瑤肌）上生出了紅暈。這是以微醉的美人比喻紅梅。❺詩老不知梅格在三句　詩老指石延年（九九四—一〇四一），字曼卿。蘇軾〈評詩人寫物〉云：「詩人有寫物之功。『桑之未落，其葉沃若。』他木殆不可以當此。林逋〈梅花〉詩云：『疏影橫斜水清淺，暗香浮動月黃昏。』決非桃、李詩。皮日休〈白蓮〉詩云：『無情有恨何人見，月曉風清欲墮時。』決非紅蓮詩。此乃寫物之功。若石曼卿〈紅梅〉詩云：『認桃無綠葉，辨杏有青枝。』此至陋語，蓋村學中體也。」

【賞析】

蘇軾作此詞的元豐五年，還作有〈紅梅三首〉，其一與此詞內容一致：「怕愁貪睡獨開遲，自恐冰雪不入時。故作小紅桃杏色，尚餘孤瘦雪霜姿。寒心未肯隨春態，酒暈無端上玉肌。詩老不知梅格在，更看綠葉與青枝。」蘇軾把這一意思同時寫入詩詞中，可見他對此的得意。作詩作詞，詠物都貴神似而不是僅取形似，貴修飾而不要有斧鑿痕，貴不粘不脫，不即不離，貴活句，貴寄託，無寄託即為死句。石曼卿的「認桃無綠葉，辨杏有青枝」之所以為蘇軾所譏，就在於太死，太粘滯，而「尚餘孤瘦雪霜姿」卻寫出了梅的高格。劉熙載《藝概》卷四云：「東坡〈定風波〉云：『尚餘孤瘦雪霜姿。』〈荷華媚〉云：『天然地別是風流標格。』『雪霜姿』，『風流標格』，學坡詞者，便可從此領取。」此詞確實提供了一種「寫物之功」，詠物之法。

水調歌頭

歐陽文忠❶公嘗問余：「琴詩何者最善？」答以退之〈聽穎師琴〉❷詩最善。公曰：「此詩最奇麗，然非聽琴也，乃聽琵琶也。」余深然之。建安章質夫❸家善琵琶者，乞為歌詞。余久不作，特取退之詞，稍加檃括❹，使就聲律，以遺之云。

昵昵兒女語❺，燈火夜微明。恩冤爾汝❻來去，彈指淚和聲。忽變軒昂勇士❼，一鼓填然作氣❽，千里不留行❾。回首暮雲遠，飛絮攪青冥❿。　衆禽裡，真彩鳳，獨不鳴⓫。躋攀分寸千險，一落百尋輕⓬。煩子指間風雨，置我腸中冰炭⓭，起坐不能平。推手從歸去，無淚與君傾⓮。

【注釋】

❶歐陽文忠　即歐陽脩（一〇〇七—一〇七二），字永叔，吉州廬陵人。熙寧四年以太子少師致仕，五年卒，贈太子太師，謚文忠。《宋史》卷三一九有傳。❷退之聽穎師琴　退之即韓愈，《舊唐書》卷一五九有傳。韓愈〈聽穎師琴〉云：「昵昵兒女語，恩冤相爾汝。劃然變軒昂，勇士赴敵場。浮雲柳絮無根蒂，天地闊遠隨飛揚。喧啾百鳥群，忽見孤鳳凰。躋攀分寸不可上，失勢一落千丈強。嗟予有兩耳，未肯聽絲簧。自聞穎師彈，起坐在一旁。推手遽止之，溼衣淚滂滂。穎師爾誠能，無以冰炭置我腸。」❸建安章質夫　建安，今福建建州浦城。章質夫見〈水龍吟・次韻章質夫楊花詞〉注❶。❹檃括　指依據原文改寫。❺昵昵兒女語　此句為韓詩原句。

昵昵，親昵，親近。❻恩冤爾汝　韓詩原句。爾汝，古代最親近的人才以爾汝相稱，《世說新語・排調》：「晉武帝問孫浩：『聞南人好作〈爾汝歌〉，頗能為否？』皓正飲酒，因舉觴勸帝而言曰：『昔與汝為鄰，今與汝為臣。上汝一杯酒，令汝壽萬春。』帝悔之。」杜甫〈醉時歌〉：「忘形到爾汝。」❼軒昂勇士　改寫韓詩「劃然變軒昂，勇士赴敵場」而成。軒昂，高昂。❽一鼓填然作氣　《左傳》莊公十年：「一鼓作氣，再而衰，三而竭。」又《孟子・梁惠王上》：「填然鼓之，或百步而後止，或五十步而後止。」填然，聲音洪大貌。❾千里不留行　《莊子・說劍》：「莊子入門不趨，見王不拜。王曰：『子欲何以教寡人，使太子先？』曰：『臣聞大王喜劍，故以劍見王。』王曰：『子之劍何能禁制？』曰：『臣之劍十步一人，千里不留行。』大王悅之曰：『天下無敵矣。』」❿回首暮雲遠二句　檃括韓詩「浮雲柳絮無根蒂，天地闊遠隨飛揚」而成。青冥，天空，《楚辭・悲回風》：「據青冥而攄虹兮。」⓫眾禽裡三句　檃括韓詩「喧啾百鳥群，忽見孤鳳凰」而成。相傳鳳為百鳥之王，《說文》卷四鳥部：「鳳飛，群鳥從以萬數。」⓬躋攀分寸千險二句　檃括韓詩「躋攀分寸不可上，失勢一落千丈強」而成。前句形容樂聲慢慢升高，後句形容樂聲突然降低。⓭煩子指間風雨二句　前句寫用手指演奏的樂曲，後句指感情的急劇變化，時冷時熱，檃括韓詩「穎師爾誠能，無以冰炭置我腸」而成。⓮無淚與君傾　形容樂聲感人淚下，檃括韓詩「溼衣淚滂滂」而成。

【賞析】

蘇軾〈與朱康叔〉（《蘇軾文集》卷五九）云：「章質夫求琵琶歌詞，不敢不呈。」此信作於元豐五年，詞亦作於同時。歐陽脩認為韓愈〈聽穎師琴〉非聽琴，乃聽琵琶，蘇軾深以為然，遂檃括韓詩以為此詞。劉克莊〈跋東坡穎師聽琴水調及山谷帖〉（《後村先生大全集》卷一〇二）云：「檃括他人之作，當如漢王晨入信、耳軍，奪其旗鼓，蓋其作略氣魄，固已陵暴之矣，坡公此詞是也。他人勉強為之，氣盡力竭，在此則指麾呼喚不來，在彼則頡頏偃蹇不受令，勿作可矣。」也就是說，檃括他人之作，需他人之作為己所用，而不應受其束縛。這正如王文誥評蘇軾和陶詩所說：「公之和陶，但以陶自托耳。至於其詩，極有區別。有作意效之，與陶一色者；有本不求合，適與陶相似者；有借韻為詩，置陶不顧者；有毫不經意，信口改一韻者；若〈飲酒〉、〈山海經〉、〈擬古〉、〈雜詩〉，……此雖和陶，而與陶絕不相干。」他檃括韓詩也是一樣，有全用韓詩者，有略加改造者，有完全不顧者。胡仔《苕溪漁隱叢話》後集卷一○引舊都野人曰：「此詞句外取意，無一字染著，後學卒未到其閫域。」「句外取意」，就是此詞特點。

【集評】

胡仔《苕溪漁隱叢話》後集卷一○：《古今詩話》云：「『昵昵兒女語。……』曲名〈水調歌頭〉，東坡居士聽琵琶而作也。舊都野人曰：此詞句外取意，無一字染著，後學卒未到其閫域。反覆味之，見居士之文採竊處：『昵昵兒女語』，取白樂天『小絃切切如私語』意；『忽變軒昂勇士，一鼓填然作氣，千里不留行』，便是『銀瓶乍破水漿迸，鐵騎突出刀槍鳴』；『攜手從歸去，無淚與君傾』，則又翻『江州司馬青衫溼』公案也。子瞻凡為文，非徒虛語。『寸步千險，一落百尋輕』之句，皆自喻耳。後人吟詠，患思而不得，既得之，為題意纏縛，不解點化者多矣。」苕溪漁隱曰：東坡嘗因章質夫家善琵琶者乞歌詞，亦取退之〈聽穎師琴〉詩，稍加檃括，使就聲律，為〈水調歌頭〉以遺之。其自序云：「歐公謂退之此詩最奇麗，然非聽琴，乃聽琵琶耳。余深然之。」舊都野人乃謂此詞自外取意，無一字染著。彼蓋不曾讀退之詩，妄為此言也。又謂居士之文採竊處，取白樂天〈琵琶行〉意，此尤可絕倒也。

樓鑰〈謝文思許尚石函廬陵散譜詩後記〉：韓文公〈聽穎師琴〉詩，……歐公以為琵琶詩，而蘇公遂檃括為琵琶詞，二公皆天人，何敢輕議，然俱非深於琴者也。（《攻媿集》卷五）

劉克莊〈跋東坡穎師聽琴水調及山谷帖〉：韓詩云：「溼衣淚滂滂。」坡詞前云：「彈指淚縱橫。」後云：「無淚與君傾。」或以為複。余曰：前句雍門之哭也，後句昭文之不鼓也。結也，非複也。（《後村先生大全集》卷一〇二）

劉體仁《七頌堂詞繹》：檃括體不可作也，不獨醉翁如嚼蠟，即子瞻改琴詩，琵琶字不見，畢竟是全首說夢。

江神子

陶淵明以正月五日遊斜川❶，臨流班坐❷，顧瞻南阜❸，愛曾城❹之獨秀，乃作斜川詩。至今使人想見其處。元豐壬戌之春，余躬耕於東坡，築雪堂❺居之。南挹四望亭❻之後丘，西控北山之微泉。慨然而歎，此亦斜川之遊也。乃作長短句，以〈江神子〉歌之。

夢中了了醉中醒。只淵明，是前生。走遍人間，依舊卻躬耕❼。昨夜東坡春雨足，烏鵲喜，報新晴❽。　雪堂西畔暗泉鳴，北山傾，小溪橫。南望亭丘，孤秀聳曾城。都是斜川當日景，吾老矣，寄餘齡❾。

【注釋】

❶陶淵明以正月五日遊斜川　陶潛〈游斜川・序〉：「辛丑正月五日，天氣澄和，風物閑美，與二三鄰曲同遊斜川。臨長流，望曾城，魴鯉躍鱗於將夕，水鷗乘和以翻飛。彼南阜者，名實舊矣，不復乃為嗟歎。若夫曾城，傍無依接，獨秀中皋，遙想靈山，有愛嘉名，欣對不足，率爾賦詩。」❷班坐　依次而坐。❸南阜　南山，指廬山。❹曾城　即層城，崑崙山的最高一級，此指廬山北、彭蠡澤西的鄣山。晉廬山道人〈遊石門序〉：「石門在精舍南十餘里，一名鄣山，基連大岭，體絕眾阜，此雖廬山之一隅，實斯地之奇觀。」❺雪堂　在東坡，參見〈哨遍〉（為米折腰）注❷。❻四望亭　在雪堂南。❼夢中了了醉中醒五句　傅幹注：「世人於夢中顛倒，醉中昏迷，而能在夢而了，在醉而醒者，非公與淵明之徒，其誰能哉！」了了，清清楚楚。❽烏鵲喜二句　傅幹注：「烏鵲，陽烏，先事而動，先物而應。漢武帝時，天晴雨止，聞鵲聲，帝以問東方朔。方朔曰：『必在殿後柏木枯枝上，東向而鳴也。』驗之，果然。」❾餘齡　餘生，韓愈〈過南陽〉：「吾其寄餘齡。」

【賞析】

元豐五年（一〇八二）貶官黃州時作。此詞上闋前半寫自己的思想和經歷都與陶潛相似；上闋後半與下闋前半寫東坡、雪堂景色；煞拍三句點明東坡之境即斜川之景，準備在此度過餘生，輕鬆、跳蕩的詞句掩蓋著的是貶官黃州的抑鬱之情。鄭文焯《大鶴山人詞話》評論說：「讀東坡先生詞，於氣韻格律，並有悟到空靈妙境，匪可以詞家目之，亦不得不目為詞家。世每謂其以詩入詞，豈知言哉？董文敏論畫曰：『同能不如獨詣。』吾於坡仙詞亦云。」

定風波

三月七日沙湖❶道中遇雨。雨具先去，同行皆狼狽，余獨不覺。已乃遂晴，故作此詞。

莫聽穿林打葉聲，何妨吟嘯且徐行。竹杖芒鞋輕勝馬，誰怕？一蓑煙雨任平生❷。料峭❸春風吹酒醒，微冷，山頭斜照卻相迎。回首向來蕭瑟處❹，歸去，也無風雨也無晴。

【注釋】

❶沙湖　《東坡志林．遊沙湖》：「黃州東南三十里為沙湖，亦曰螺師店，予買田其間，因往相田。」❷誰怕二句　謂一生任憑風吹雨打，披著蓑衣行走，一點不怕。❸料峭　寒風刺肌戰慄貌，《五燈會元．法泰禪師》：「春風料峭，凍殺年少。」❹蕭瑟處　指遇雨之地。蕭瑟，風雨聲。原作「瀟灑」，此據元葉曾序刊《東坡樂府》本改。蘇軾《獨覺》：「回首向來蕭瑟處，也無風雨也無晴。」

【賞析】

元豐五年（一〇八二）三月作。上闋寫他面對「穿林打葉」的風雨，從容不迫，無所畏懼；下闋寫不畏風雨的原因，「飄風不終朝，驟雨不終日」，很快風雨消失，斜照相迎，表現了他對逆境的樂觀態度。鄭文焯《手批東坡樂府》：「此足徵是翁坦蕩之懷，任天而動，琢句亦瘦逸，能道眼前景。以曲筆直寫胸臆，倚聲能事盡之矣。」

浣溪沙

遊蘄水❶清泉寺。寺臨蘭溪❷，溪水西流。

山下蘭芽短浸溪，松間沙路淨無泥❸。蕭蕭暮雨子規啼❹。　誰道人生無再少❺，門前流水尚能西。休將白髮唱黃雞❻。

【注釋】

❶蘄水　今湖北浠水，在黃岡東。清泉寺在蘄水郭門外二里許。❷蘭溪　出箬竹山，其側多蘭，故名。❸沙路淨無泥　脫胎於白居易〈三月三日祓禊洛濱〉：「沙路潤無泥。」曾敏行《獨醒雜志》卷二：「『潤』『淨』兩字，當有能辨之者。」白詩用「潤」字是為與上句「柳橋晴有絮」相對。蘇詞易「潤」為「淨」，是為突出雨後蘭溪的潔淨，一塵不起。❹蕭蕭暮雨子規啼　蕭蕭，雨聲，李商隱〈明日〉：「池闊雨蕭蕭。」子規，杜鵑鳥，又名杜宇，相傳為古代蜀帝杜宇所化。❺再少　傅幹注：「古詩：『花有重開日，人無再少年。』」❻白髮唱黃雞　白居易〈醉歌〉：「誰道使君不解歌，聽唱黃雞與白日。黃雞催曉丑時鳴，白日催年酉前沒。腰間紅綬繫未穩，鏡裡朱顏看已失。」蘇軾反其意而用之，謂不應像白居易那樣哀歎黃雞催曉，年華易逝。

【賞析】

元豐五年（一〇八二）三月貶官黃州期間遊清泉寺作。《東坡志林．遊沙湖》：「黃州東南三十里為沙湖，亦曰螺師店，予買田其間，因往相田，得疾。聞麻橋人龐安常善醫而聾，遂往求療。安常雖聾而穎悟絕人，以紙畫字，書不數字，輒深了人意。余戲之曰：『余以手為口，君以眼為耳，皆一時異人也。』疾愈，與之同遊清泉寺。寺在蘄水郭門外二里許，有王逸少洗筆泉，水極甘，下臨蘭溪，溪水西流。余作歌……。是日劇飲而歸。」此詞上闋寫暮春三月蘭溪雨後景色，雅淡淒婉，景色如畫；下闋即景抒慨，富有哲理，身受挫折而對前途仍充滿信心。《詞潔》卷一評云：「坡公韻高，故淺淺語亦覺不凡。」

【集評】

許昂霄《詞綜偶評》：〈松間沙路淨無泥，瀟瀟暮雨子規啼〉何減「兩邊山木合，終日子規啼」耶？〈休將白髮唱黃雞〉香山詩：「聽唱黃雞與白日。」

陳廷焯《白雨齋詞話》卷六：東坡〈浣溪沙・遊蘄水清泉寺〉云：「誰道人生難再少，君看流水尚能西。休將白髮唱黃雞。」愈悲鬱，愈豪放，愈忠厚，令我神往。

西江月

春夜行蘄水山中，過酒家，飲酒醉。乘月至一溪橋上，解鞍曲肱❶少休。及覺已曉，亂山葱蘢❷，不謂人世也。書此詞橋柱上。

照野瀰瀰❸淺浪，橫空隱隱層霄❹。障泥❺未解玉驄驕，我欲醉眠芳草。　可惜❻一溪風月，莫教踏破瓊瑤❼。解鞍攲枕綠楊橋❽，杜宇❾一聲春曉。

【注釋】

❶曲肱　手臂從肘到腕部分。《論語・述而》：「曲肱而枕之。」❷葱蘢　朦朧。❸瀰瀰　水流貌，《詩・邶風・新臺》：「新臺有泚，河水瀰瀰。」❹層霄　即重霄，指高空，謂白雲隱隱約約橫於空中。此句一本作

「橫空曖曖微霄」。❺障泥　墊在馬鞍下，垂於馬腹兩旁，用以遮塵土的馬韉。《晉書·王濟傳》：「（濟）善解馬性，嘗乘一馬，著連乾障泥，前有水，終不肯渡。濟曰：『此必是惜障泥。』使人解去，便渡。」玉驄，指馬。❻可惜　可愛。❼瓊瑤　即指「一溪風月」。❽綠楊橋　王文誥《蘇文忠公詩編注集成總案》卷二一：「《輿地記》云：『綠楊橋在蘄水。』是此橋竟以公詞得名矣。」❾杜宇　即杜鵑。

【賞析】

此詞背景與前兩首相同，從夜行蘄水，醉臥溪橋寫到清晨醒來，詞中之景確實「疑非塵世」之景，詞中之人更不像塵世之人。蘇轍說，蘇軾「逍遙泉石之上，擷林卉，拾澗實，酌水而飲之，見者以為仙也。」（〈武昌九曲亭記〉）讀此詞確實有此同感。

【集評】

楊慎《詞品》卷一：蘇公詞：「照野瀰瀰淺浪，橫空曖曖微霄」，乃用陶淵明「山滌餘靄，宇曖微霄」之語也。填詞雖於文為末，而非自《選》詩、樂府來，亦不能入妙。

《古今詞統》卷六：山谷詞「走馬章臺，踏碎滿街月。」公偏不忍踏碎，都妙。

陳廷焯《詞則·放歌集》卷一：〈西江月〉一調，易入俚俗，稍不檢點，則流於曲矣。此偏寫得灑落有致。

洞仙歌

僕七歲時，見眉州老尼，姓朱，忘其名，年九十餘。自言嘗隨其師入蜀主孟昶❶宮中。一日大熱，蜀主與花蕊夫人❷夜起避暑摩訶池上，作一詞，朱具能記之。今四十年，朱已死久矣，人無知此詞者，獨記其首兩句。暇日尋味，豈〈洞仙歌令〉乎？乃為足之云。

冰肌玉骨❸，自清涼無汗。水殿風來暗香滿。繡簾開，一點明月窺人，人未寢，攲枕釵橫鬢亂❹。

起來攜素手，庭戶無聲，時見疏星渡河漢。試問夜如何？夜已三更，金波淡，玉繩低轉❺。細屈指、西風幾時來？又不道、流年暗中偷換。

【注釋】

❶孟昶（九一九—九六五）初名仁贊，字保元，五代時後蜀主。降宋，封秦國公。❷花蕊夫人　一說姓費，陳師道《後山詩話》：「費氏，蜀之青城人，以才色入蜀宮，後主嬖之，號花蕊夫人，效王建作〈宮詞〉百首。」一說姓徐，吳曾《能改齋漫錄》卷一六：「徐匡璋納女於昶，拜貴妃，別號花蕊夫人。……陳無己以夫人姓費，誤也。」摩訶池，《蜀中名勝記》卷四：「《方輿勝覽》云：隋蜀王秀取土築廣子城，因為池。有胡僧見之曰：『摩訶宮毗羅。』蓋梵語呼摩訶為大，宮毗羅為龍。謂此池廣大有龍爾。」❸冰肌玉骨　《莊子‧逍遙遊》：「藐姑射之山，有神人居焉，肌膚若冰雪，綽約若處子。」杜甫〈徐卿二子歌〉：「大兒九齡色清澈，秋水為神玉為骨。」❹攲枕釵橫鬢亂　歐陽脩〈臨江仙〉：「水晶雙枕，傍有墮釵橫。」攲枕，斜靠著枕頭。❺金波淡二句　金波，月光。玉繩低轉謂夜已深。玉繩，星名，即北斗七星中的天乙、太乙兩小星，代指北斗。謝朓〈暫使下都夜發新林至京邑贈西府同僚〉詩：「金波麗鳷鵲，玉繩低建章。」《文選》注引《春秋元命苞》：「玉衡北兩星為玉繩。」

【賞析】

元豐五年（一〇八二）作。關於蘇詞和孟昶詞的關係，歷來眾說紛紜。朱彝尊《詞綜》卷二謂係蘇軾檃括孟昶〈玉樓春・夜起避暑摩訶池上作〉：「冰肌玉骨清無汗，水殿風來暗香暖。簾開明月獨窺人，欹枕釵橫雲鬢亂。起來瓊戶啟無聲，時見疏星渡河漢。屈指西風幾時來，只恐流年暗中換。」浦江清《花蕊夫人宮詞考證》：「摩訶池詞出蘇軾之〈洞仙歌・序〉。惟軾明言除首二句外，皆彼所自作，好事者檃括東坡詞以為〈玉樓春〉一調，以歸之於孟昶，其事妄也。倘東坡知此〈玉樓春〉全詞，何必更作〈洞仙歌〉？倘不知之，何能暗合古詞如此乎？」所言極是。所謂孟昶〈玉樓春〉詞，乃好事者「檃括東坡詞……以歸之於孟昶」。此詞上闋寫花蕊夫人，寥寥數語就刻畫出一幅貴婦人形象；下闋寫她同孟昶「納涼摩訶池上」，抒發出一種流光易逝的淡淡哀愁。此詞歷來為詞評家所激賞，張炎《詞源》卷下認為它「清空中有意趣」，《草堂詩餘》正集卷三謂「清越之音，解煩滌苛」；鄭文焯《手批東坡樂府》謂「誠覺氣象萬千，其聲亦如空山鳴泉，琴筑競奏」。

【集評】

周紫芝《竹坡詩話》卷二：「冰肌玉骨清無汗，……」世傳此詩為花蕊夫人作。東坡嘗用此作〈洞仙歌〉曲，或謂東坡託花蕊以自解耳，不可不知也。

張邦基《墨莊漫錄》卷九：東坡作長短句〈洞仙歌〉，所謂「冰肌玉骨，自清涼無汗」者。公自敘云……近見李公彥季成《詩話》，乃云楊元素作《本事記》，〈洞仙歌〉「冰肌玉骨，自清涼無汗」。錢塘有老尼，能誦後主詩首章兩句，後人為足其意，以填此詞。其說不同。予友陳興祖德昭云，頃見一詩話，亦題云李季成作，乃全載孟蜀主一詩：「冰肌玉骨清無汗，……」云東坡少年，遇美人，喜〈洞仙歌〉，又邂逅處景色暗相似，故檃括稍協律以贈之也。予以謂此說近之，據此乃詩耳。而東坡自敘，乃云是〈洞仙歌令〉，蓋公以此敘自晦耳。〈洞仙歌〉腔出近世，五代及國初未之有也。

《草堂詩餘》卷三楊慎評：（繡簾開一點）「點」字妙，從「柳點千家小」「點」字用法。「山高月小」即「一點明月窺人」。

楊慎《詞品》卷一：杜詩「關山同一點」，「點」字絕妙。東坡亦極愛之，作〈洞仙歌〉云：「一點明月窺人。」用其語也。

李日華《味水軒日記》：此詞首語「冰肌玉骨，自清涼無汗」，舊傳蜀花蕊夫人句，後皆坡翁續成之。豪華婉逸，如出一手，亦公自所得意者。染翰灑灑，想見其軒渠滿志也。

尤侗〈消夏詞序〉：「冰肌玉骨涼無汗，水殿風來暗香滿。」蜀宮人納涼詞也。東坡演為〈洞仙歌〉，每一詠之，枕簟泠然，如含妃子玉魚，如挂公主澄冰帛。雖然，此天上事，吾何望哉？（《西堂雜俎》卷三）

李調元《雨村詞話》卷一：蜀主孟昶「冰肌玉骨」一闋，本〈玉樓春〉調，蘇子瞻〈洞仙歌〉檃括其詞，反為添蛇足矣。《詞綜》謂為點金，信然。

鄧廷楨《雙硯齋詞話》：東坡作〈洞仙歌〉，自述「少時嘗聞朱姓老尼，……」是東坡止用其調，而非襲其詞。迨後蜀帥謝元明浚摩訶池，得石刻孟昶原詞，首二句「冰肌玉骨，自清涼無汗」，正與東坡所記相符。是昶詞本作〈洞仙歌〉，尤無疑義。乃不知誰何，別作〈玉樓春〉一闋，偽託蜀主原詞，其語句乃取坡詞剪裁而成，致為淺直。而小長蘆《詞綜》不收坡製，轉錄贋詞，且詆坡詞為點金成鐵。竹垞工於顧曲者，所嗜乃顛倒如此，非惟味昧淄澠，抑且說誣鄹郢矣。

宋翔鳳《樂府餘論》：按《叢話》載《漫叟詩話》而辨之甚備，則元素《本事曲》，仍是東坡詞。所謂「見一士人誦全篇」云云者，乃《漫叟詩話》之言，不出元素也。元素與東坡同時，先後知杭州。東坡是追憶幼時詞，當在杭足成之。元素至杭，聞歌此詞，未審為東坡所足，事皆有之。東坡所見者蜀尼，故能記蜀宮詞。若錢塘尼，何自得聞之也？《本事曲》已誤。至所傳「冰肌玉骨清無汗」一詞，不過檃括蘇詞，然刪去數虛字，語遂平直，了無意味。蓋宋自南渡，典籍散亡，小書雜出，真偽互見，《叢話》多有別白。而竹垞《詞綜》，顧棄此錄彼，意欲變《草堂》之所選，然亦千慮之一失矣。

黃氏《蓼園詞選》：東坡「明月幾時有」、「冰肌玉骨」二篇，……皆清空中出意趣，無筆力者難為。

陳廷焯《白雨齋詞話》卷一：東坡〈洞仙歌〉，只就孟昶原詞敷衍成章，所感雖不同，終嫌依傍前人。《詞綜》譏其有點金之憾，固未為知己，而《詞選》必推為傑構，亦不可解。

張德瀛《詞徵》卷五：今觀坡詞，與蜀主全詞吻合，非但記其兩句。

《絕妙好詞前編》王闓運評：原本皆七言，以宜作詞，故加足成此，不必以續鳧斷鶴譏之。然原所謂「疏星」即此「玉繩」也，此則以為流星。又有下三句，癡男不若慧女，信矣。

念奴嬌　赤壁懷古

大江東去，浪淘盡，千古風流人物❶。故壘西邊，人道是，三國周郎赤壁❷。亂石穿空，驚濤拍岸，捲起千堆雪❸。江山如畫，一時多少豪傑❹！　遙想公瑾當年，小喬初嫁了，雄姿英發❺。羽扇綸巾❻，談笑間、強虜灰飛煙滅❼。故國神遊，多情應笑我，早生華髮❽。人生如夢，一樽還酹江月❾。

【注釋】

❶大江東去三句　總領全詞，江山如畫，英雄可慕，而「淘盡」二字已暗含自己功業無成的感慨。大江，長江。淘，淘汰，沖掉。風流人物，傑出的英雄人物。❷故壘西邊三句　點赤壁。故壘，舊時營壘。蘇軾〈東坡八首〉：「廢壘無人顧，頹顏滿蓬蒿。」或即指此。周郎，即周瑜（一七五—二一〇），字公瑾，廬江（今安徽舒縣）人。少與孫策為友，後歸策，授建威中郎將，時年二十四，吳中皆呼為周郎。策死，輔孫權，建安十三年（二〇八），親率吳軍大破曹操於赤壁，赤壁因以聞名，故稱周郎赤壁。事見《三國志・吳書・周瑜傳》。❸亂石穿空三句　寫赤壁景色。諸葛亮〈黃陵廟記〉：「趨蜀道，履黃中，因睹江山之勝：亂石穿空，驚濤拍岸，斂巨石於江中。」張德瀛《詞徵》卷五：「蘇文忠〈赤壁懷古〉詞『亂石穿空，驚濤拍岸』，蓋用諸葛武侯〈黃陵廟記〉說。」❹江山如畫二句　前句結上，後句啟下，轉入懷古。❺遙想公瑾當年三句　小喬，一作小橋，《三國志・吳書・周瑜傳》：「（孫）策欲取荊州，以瑜為中護軍，領江夏太守，從攻皖，拔之。時得橋公

兩女，皆國色也。策自納大橋，瑜納小橋。」裴松之注引《江表傳》：「策從容戲瑜曰：『橋公二女雖流離（光采煥發的樣子），得吾二人作婿，亦足為歡。』」雄姿英發，姿態威武，才氣橫溢。《三國志・吳書・呂蒙傳》載孫權評論周瑜、呂蒙等人說：「公瑾雄烈，膽略兼人」，呂蒙「籌略奇至，可以次於公瑾，但言議英發，不及之耳」。❻羽扇綸巾　羽毛扇和繫青絲帶的頭巾，本為諸葛亮的裝束，《三國志・蜀書・諸葛亮傳》：「武侯乘素車，葛巾毛扇，指麾三軍。」後多用來形容儒將裝束，此亦形容周瑜的儒將風度。有人以為「羽扇綸巾」寫諸葛亮，似未必如此。「遙想公瑾當年」六句，以「遙想」二字領起，皆抒發對周瑜少年得志的仰慕。「小喬初嫁」言其婚姻如意，「雄姿英發」寫其英俊，「羽扇綸巾」寫其瀟灑，「談笑間」言其臨戰從容，「強虜灰飛煙滅」言其戰功卓著。這是一個完整的形象，不像分寫兩人。❼強虜灰飛煙滅　強虜，指曹軍，一作「檣櫓」。《三國志・吳書・周瑜傳》：「瑜部將黃蓋……先書報曹公，欺以欲降。……放諸船，同時發火。時風盛猛，悉延燒岸上營落。頃之，煙火張天，人馬燒溺，死者甚眾，軍遂敗退。」邵博《邵氏聞見後錄》卷一〇：「東坡赤壁詞『灰飛煙滅』之句，《圓覺經》中佛語也。」❽故國神遊三句　「故國神遊」是「神遊故國」的倒文，「多情應笑我」是「應笑我多情」的倒文，「華髮」即花髮，頭髮花白。❾人生如夢二句　這是蘇軾因壯志不酬而發出的沉重哀歎。人生，原作「人間」，據成都西樓帖石刻改。酹，灑酒祭奠。

【賞析】

元豐五年（一〇八二）作。三國赤壁之戰的赤壁，歷來眾說紛紜，但絕非黃岡城西北的赤壁磯。蘇軾〈赤壁洞穴〉：「黃州守居之數百步為赤壁，或言即周瑜破曹公處，不知果是否？」（《東坡志林》卷四）胡仔《苕溪漁隱叢話》卷二八引東坡語：「黃州西山麓，斗入江中，石色如丹。傳云曹公敗處，所謂赤壁者，或曰非也。……今赤壁少西，對岸即華容鎮，庶幾是也。然岳州復有華容縣，竟不知孰是？」可見蘇軾並未肯定黃州赤壁磯為三國赤壁之戰的赤壁，詞中「人道是」三字亦含此意，他不過借此抒懷而已，正如清人朱日濬〈赤壁懷古〉所說：「赤壁何須問出處，東坡本是借山川。」詞的上闋主要寫赤壁，引出懷古；下闋主要是懷古，歸結到傷今。全詞歌頌祖國山河，仰慕古代英雄，抒發自己理想同現實的矛盾，慷慨激昂，蒼涼悲壯，氣勢磅礴，一瀉千里，最足以代表蘇詞的豪放風格。

【集評】

葛立方《韻語陽秋》卷一三：黃州亦有赤壁，但非周瑜所戰之地。東坡嘗作賦曰：「西望夏口，東望武昌，此非孟德之困于周郎者乎？」蓋亦疑之矣。故作長短句云：「人道是周郎赤壁。」謂之「人道是」，則心知其非矣。

洪邁《容齋五筆》卷八：向巨原云：元不伐家有魯直所書東坡〈念奴嬌〉，與今人歌不同者數處。如「浪淘盡」為「浪深沉」，「周郎赤壁」為「孫吳赤壁」，「亂石穿空」為「崩雲」，「驚濤拍岸」為「掠岸」，「多情應笑我早生華髮」為「多情應是笑我生華髮」，「人生如夢」為「如寄」。不知此本今何在也。

曾季貍《艇齋詩話》：東坡「大江東去」詞，其中云「人道是三國周郎赤壁」，陳無己見之，言不必道「三國」，東坡改云「當日」。今印本兩出，不知東坡已改之矣。

胡仔《苕溪漁隱叢話》前集卷五九：東坡「大江東去」赤壁詞，語意高妙，真古今絕唱。

張端義《貴耳集》卷下：李季章云：蘇東坡作文，愛用佛書中語，如〈赤壁懷古〉詞所云：「羽扇綸巾，談笑間，檣櫓灰飛煙滅。」所謂「灰飛煙滅」四字，乃《圓覺經》中語，云「火出木燼，灰飛煙滅」也。

張侃《跋揀詞》：蘇文忠〈赤壁賦〉不盡語，裁成「大江東去」詞，過處云：「人道是三國周郎赤壁。」赤壁有五處：嘉魚、漢川、漢陽、江夏、黃州。周瑜以火敗操在烏林，《後漢書》、《水經》載已詳細。陸三山《入蜀記》載韓子蒼云：「此地能令阿瞞走。」則直指為公瑾之赤壁。又黃人謂赤壁曰赤鼻，後人取詞中「酹江月」三字名之。……二公之名俱不朽，識者何不深考焉。

俞文豹《吹劍錄》：「大江東去」詞，三「江」、三「人」、二「國」、二「生」、二「故」、二「如」、二「千」字，以東坡則可，他人固不可。然語意到處，他字不可代，雖重無害也。今人看文字，未論其大體如何，先且指點重字。

又《吹劍續錄》：東坡在玉堂，有幕士善謳，因問「我詞比柳詞何如」，對曰：「柳郎中詞只好十七八女孩兒，執紅牙拍板唱『楊柳岸，曉風殘月』。學士詞須關西大漢，執鐵板唱『大江東去』。」公為之絕倒。

元好問〈題閒閒書赤壁賦後〉：夏口之戰，古今喜稱道之。東坡赤壁詞殆戲以周郎自況也。詞才百許字，而江山人物，無復餘蘊，宜其為樂府絕唱。

《草堂詩餘》卷四楊慎評：古今詞多脂軟纖媚取勝，獨東坡此詞感慨悲壯，雄偉高卓，詞中之史也。「銅將軍」、「鐵拍板」唱公此詞，雖優人詼語，亦足狀其雄卓奇偉處。

王世貞〈山谷書東坡大江東去帖〉：銅將軍，鐵綽板，唱大江東去，固也。然其詞跌宕感慨，有王處仲撾鼓意氣，傍若無人。

又《藝苑卮言》：昔人謂銅將軍、鐵綽板唱蘇學士「大江東去」，十八九歲好女子唱柳屯田「楊柳岸曉風殘月」，為詞家三昧。然學士此詞，亦自雄壯，感慨千古。果令銅將軍于大江奏之，必能使江波鼎沸。

俞彥《爰園詞話》：子瞻詞無一語著人間煙火，此自大羅天上一種，不必與少游、易安輩較量體裁也。其豪放亦止「大江東去」一詞，何物袁陶，妄加品騭，後代奉為美談，似欲以概子瞻生平。不知萬頃波濤，來自萬里，吞天浴日，古豪傑英爽都在，使屯田此際操觚，果可以「楊柳岸曉風殘月」命句否？

毛奇齡《西河詞話》卷一：詞名多取詩句之佳者，如〈夏雲峰〉則取「夏雲多奇峰」句，〈黃鶯兒〉則取「打起黃鶯兒」句是也。獨〈酹江月〉、〈大江東去〉則因東坡〈念奴嬌〉詞內有「大江東去」、「一樽還酹江月」二句，遂易是名。夫以詞中句而反易詞名，則詞亦偉矣。

王又華《古今詞論》：東坡「大江東去」詞，「故壘西邊，人道是三國周郎赤壁」，論調則當于「邊」字讀斷，論意則當于「道」字讀斷。「小喬初嫁了，雄姿英發」，論調則「了」字當屬下句，論意則「了」字當屬上句。「多情應笑我，早生華髮」，「我」字亦然。……文自為文，歌自為歌，然歌不礙文，文不礙歌，是坡公雄才自放處。他家間亦有之，亦詞家之一法。

沈謙《填詞雜說》：詞不在大小淺深，貴于移情。「曉風殘月」、「大江東去」，體制雖殊，讀之若身歷其境，惝恍迷離，不能自主，文之至也。

徐釚《詞苑叢談》卷三：蘇東坡「大江東去」，有銅將軍鐵綽板之譏，柳七「曉風殘月」，謂可令十七八女郎按紅牙檀板歌之，此袁陶語也。後人遂奉為美談。然僕謂東坡詞自有橫槊氣概，固是英雄本色，柳纖豔處亦麗以淫耳。

先著、程洪《詞潔》卷四：坡公才高思敏，有韻之言多緣手而就，不暇琢磨。此詞膾炙千古，點檢將來，不無字句小疵，然不失為大家。《詞綜》從《容齋隨筆》改本，以「周郎」、「公瑾」傷重，「浪聲沉」較「淘盡」為雅。予謂「浪淘」字雖粗，然「聲沉」之下不能接「千古風流人物」六字。蓋此句之意全屬「盡」字，不在「淘」、「沉」二字分別。至於赤壁之役，應屬周郎，「孫吳」二字反失之泛。惟「了」字上下皆不屬，應是湊字。「談笑」句甚率，其他句法伸縮，前人已經備論。此仍從舊本，正欲其瑕瑜不掩，無失此公本來面目耳。

焦循《雕菰樓詞話》：詞調愈平熟，則其音急，愈生拗，則其音緩。急則繁，其聲易淫，緩則庶乎雅耳。如蘇長公之「大江東去」及吳夢窗、史梅溪等調，往往用長句。

許昂霄《詞綜偶評》：一起真如太原公子褐裘而來。若「亂石」數語，則人人知其工矣。應上生下。（「故國神遊」二句）自敘。（「一樽還酹江月」）仍收歸赤壁。

丁紹儀《聽秋聲館詞話》卷一三：東坡〈赤壁懷古·念奴嬌〉詞，盛傳千古，而平仄句調都不合格，《詞綜》詳加辨證，……考宋人詞後段第二三句，作上五下四者甚多，仄韻〈念奴嬌〉本不止一體，似不必比而同之。萬氏《詞律》仍從坊本，以此詞為別格，殊謬。

許寶善《自怡軒詞選·凡例》：讀古人詞，須自出手眼，不可隨俗議論。如東坡「大江東去」一闋，群調其不入調，至欲改之，何異裁摩詰雪裡芭蕉，徒然可笑。東坡何等天分，且能自製新腔，非不知聲律者。

錢裴仲《雨華盦詞話》：坡公才大，詞多豪放，不肯翦裁就範，故其不協律處甚多，然又何傷其為佳什。而《詞綜》論其〈赤壁懷古〉，「浪淘盡」當作「浪聲沉」，余以為毫釐千里矣。知詞者，請再三誦之自見也。夫起句是赤壁，接以「浪淘盡」三字，便入懷古，使「千古風流人物」直躍出來。若「浪聲沉」，則與下句不相貫串矣。至于「小喬初嫁了」，「了」字屬下，更不成語。「多情應笑」作「多情應是」，亦未妥。不如存其舊為佳也。

黃氏《蓼園詞選》：題是懷古，意謂自己消磨壯心殆盡也。開口「大江東去」二句，歎浪淘人物，是自己與周郎俱在內也。「故壘」句至次闋「灰飛煙滅」句，俱就赤壁寫周郎之事。「故國」三句，是就周郎拍到自己。「人生如夢」二句，總結以應起二句。總而言之，題是赤壁，心實為己而發。周郎是賓，自己是主。借賓定主，寓主于賓。是主是賓，離奇變幻，細思方得其主意處。不可但誦其詞，而不知其命意所在也。

李佳《左庵詞話》卷上：最愛其〈念奴嬌・赤壁懷古〉云：「大江東去，……」淋漓悲壯，擊碎唾壺，洵為千古絕唱。

謝章鋌《賭棋山莊詞話》卷四：東坡〈念奴嬌〉（「大江東去」闋）、〈水龍吟〉（「似花又似非花」闋）……等篇，其句法連屬處，按之律譜，率多參差。……蓋詞人筆興所至，不能不變化。

陳廷焯《詞則・大雅集》卷二：滔滔莽莽，其來無端，大筆摩天，是東坡氣概過人處。後人刻意摹仿，鮮不失之叫囂矣。

王闓運《湘綺樓詞選》：通首出韻，然自是豪語，不必以格求之。「與」舊作「了」，「嫁了」是嫁與他人也，故改之。

臨江仙　夜歸臨皋❶

夜飲東坡醒復醉，歸來彷彿三更。家童鼻息已雷鳴❷。敲門都不應，倚杖聽江聲。

長恨此身非我有❸，何時忘卻營營❹。夜闌風靜縠紋❺平。小舟從此逝，江海寄餘生。

【注釋】

❶臨皋　即臨皋亭，在黃岡城南，瀕臨長江。蘇軾於元豐三年五月自定惠院移居於此。元豐五年春東坡雪堂建成，蘇軾仍居臨皋，雪堂只是宴客之所。❷鼻息已雷鳴　寫打鼾聲，謂已熟睡。韓愈〈石鼎聯句序〉：「（道士）即倚牆睡，鼻息如雷鳴。」❸此身非我有　《莊子・知北遊》：「汝身非汝有也，汝何得有夫道！」❹營營　忙忙碌碌的樣子。《詩・小雅・青蠅》：「營營青蠅。」《毛傳》：「營營，往來貌。」❺縠紋　形容水波波紋。劉禹錫〈竹枝詞〉：「江上春來新雨晴，瀼西春水縠紋生。」縠，縐紗一類絲織品。

【賞析】

元豐五年（一〇八二）作。此詞上闋即寫他自雪堂宴飲歸來的醉態，下闋抒慨，渴望擺脫忙忙碌碌的生活，能於「江海寄餘生」。葉夢得《避暑錄話》卷上云：「（蘇軾）與數客飲江上，夜歸，江面際天，風露浩然，有當其意，乃作歌辭，……與客大歌數過而散。翌日喧傳子瞻夜作此辭，挂冠江邊，拏舟長嘯而去矣。郡守徐君猷聞之，驚且懼，以為州失罪人，急命駕往謁，則子瞻鼻鼾如雷，猶未興也。」

醉翁操

琅琊❶幽谷，山川奇麗，泉鳴空澗，若中音會❷。醉翁喜之，把酒臨聽，輒欣然忘歸。既去十餘年，而好奇之士沈遵聞之，往遊焉。以琴寫其聲，曰〈醉翁操〉，節奏疏宕，而音指華暢，知琴者以為絕倫。然有其聲而無其辭，翁雖為作歌，而與琴聲不合。又依楚詞作〈醉翁引〉，好事者亦依其辭以製曲。雖粗合韻度，而琴聲為詞所繩約，非天成也❸。後三十餘年，翁既捐館舍❹，遵亦沒久矣。有廬山玉澗道人崔閑，特妙於琴，恨此曲之無詞，乃譜其聲，而請於東坡居士以補之云。

琅然。清圜❺。誰彈。響空山，無言。惟翁醉中知其天。月明風露娟娟❻。人未眠。荷蕢❼過山前。曰有心也哉此賢。

醉翁嘯詠，聲和流泉。醉翁去後，空有朝吟夜怨。山有時而童巔。水有時而回川。思翁無歲年❽。翁今為飛仙。此意在人間。試聽徽❾外三兩絃。

【注釋】

❶琅琊　山名，在安徽滁縣西南。歐陽脩〈醉翁亭記〉：「環滁皆山也。其西南諸峰，林壑尤美，望之蔚然而深秀者，琅琊也。」❷若中音會　好像符合音樂節拍。❸醉翁喜之十九句　醉翁，即歐陽脩，見〈水調歌頭〉（昵昵兒女語）注❶。知滁州時，築亭琅琊，取名醉翁，因以自號，有〈醉翁亭記〉。又於嘉祐元年（一〇五六）作〈醉翁吟〉，序云：「余作醉翁亭于滁州，太常博士沈遵，好奇之士也，聞而往遊焉，愛其山水，歸而以琴寫之，作〈醉翁吟〉三疊。去年秋，余奉使契丹，沈君會余恩冀之間。夜闌酒半，援琴而作之，有其聲而

無其辭，乃為之辭以贈之。」❹捐館舍　指去世，歐陽脩卒於熙寧五年（一〇七二）。❺琅然二句　指聲音清朗圓潤。琅然，玉聲，清朗響亮。圜，同「圓」。❻娟娟　秀美。杜甫〈狂夫〉：「風含翠篠娟娟細，雨裛紅蕖冉冉香。」❼荷蕢　《論語・憲問》：「子擊磬於衛。有荷蕢而過孔氏之門者，曰：『有心哉，擊磬乎！』」荷，背負。蕢，草編筐子。這裡代指懂音樂的隱士。❽山有時而童巔三句　謂山有禿頂，水有倒回時，而思念醉翁卻無止境。童巔，山頂無草，《釋名》：「山無草木曰童。」回川，漩渦。❾徽　琴徽，絃柱上的標識。

【賞析】

此詞也作於元豐五年（一〇八二）貶官黃州期間。詞前有長篇序文，序文與詞的內容完全一致。首寫琅琊幽谷，泉聲如樂，「若中音會」，醉翁把酒臨聽，喜其「月明風露娟娟」；次寫好奇之士沈遵為寫其聲，作〈醉翁操〉，歐陽脩為作〈醉翁歌〉並引，以敘其事；最後結以歐、沈久歿，崔閑為譜其聲，自己為作此詞。詞有「琅然」、「清圜」、「娟娟」等語，正好借以評此詞。全詞確實「超逸絕塵」，清新高邁，有一唱三歎之聲。

【集評】

曾鞏〈跋蘇軾醉翁操後〉：余與子瞻皆歐陽公門下士也，公作〈醉翁引〉，既獲見之矣。公沒後，子瞻復按譜成〈醉翁操〉，不徒詞與琴協，即公之風流餘韻，亦于此可想焉。後人覩此，庶尚見公與子瞻之相契者深也。

黃庭堅〈跋子瞻醉翁操〉：人謂東坡作此文，因難以見巧，故極工。余則以為不然，彼其老于文章，故落筆皆超逸絕塵耳。

陳天定《古今小品》卷七引王納諫云：此等題，清遠為上，意解次之。翁方綱《石洲詩話》卷二：文公〈琴操〉，前人以入七言古，蓋〈琴操〉，琴聲也。至蘇文忠〈醉翁操〉，則非特琴聲，乃入水聲，故不近詩而近詞。

吳衡照《蓮子居詞話》卷一：本琴曲，今入詞。傳詞亦止蘇、辛兩首。

許昂霄《詞綜偶評》：東坡自評其文云：「如萬斛泉源，不擇地皆可出。」唯詞亦然。

陳廷焯《詞則．別調集》卷一：清絕高絕，不許俗人問津。

鄭文焯《大鶴山人詞話》：讀此詞，髯蘇之深于律可知。

滿庭芳

有王長官❶者，棄官三十三年，黃人謂之王先生。因送陳慥來過余❷，因為賦此。

三十三年，今誰存者，算只君與長江。凜然蒼檜，霜幹苦難雙❸。聞道司州古縣，雲溪上、竹塢松窗❹。江南岸，不因送子，寧肯過吾邦❺？　摐摐。疏雨過，風林舞破，煙蓋雲幢❻。願持此邀君，一飲空缸❼。居士先生❽老矣，真夢裡、相對殘釭❾。歌舞斷，行人未起，船鼓已逢逢❿。

【注釋】

❶王長官　不詳。❷因送陳慥來過余　王文誥《蘇文忠公詩編注集成總案》卷二二元豐六年五月條：「陳慥報荊南莊田，同王長官來，作〈滿庭芳〉詞。」蘇軾〈與楊元素書〉：「陳季常慥云，京師見任郎中其孚之

子，欲買荊南頭湖莊子，去府五六十里，有田五百來石，厥直六百千，先只要二百來千，餘可迤邐還，不知信否。」❸凜然蒼檜二句　以蒼檜霜幹讚王長官的孤高傲寒品格，謂世上找不到第二人。❹聞道司州古縣二句　寫王和居所。司州古縣，指黃陂（今屬湖北）。傅幹《注坡詞》：「按《唐書・地理志》：『武德三年，以黃陂縣置南司州。七年州廢。』」❺江南岸三句　「江南岸，不因送子」為「不因送子江南岸」之倒文，「子」指陳慥，時王長官從黃陂送陳慥去江南，經黃岡訪蘇軾。吾邦，此指黃州。❻樅樅四句　寫王、陳冒著風雨來訪。樅樅，撞擊聲，此形容雨點聲。煙蓋雲幢，謂車蓋如煙，幡旗如雲。蓋，車蓋。幢，幡旗。❼缸　酒杯。❽居士先生　作者自指。❾殘釭　殘燈。釭，燈盞。❿逢逢　鼓聲，開船信號。《詩・大雅・靈臺》：「鼉鼓逢逢。」韓愈〈病中贈張十八〉：「不踏曉鼓朝，安眠聽逢逢。」

【賞析】

元豐六年（一〇八三）貶官黃州時作。此詞上闋寫王、陳來訪，盛讚王長官長期棄官隱居的孤高品格。前五句是對王長官的稱美，三十三年是很長的時間，因此說只有長江可與之媲美，是難以有第二個的「霜幹」。「聞道」二句寫其隱居之地，「竹塢松窗」極寫其淡泊生活。「江南岸」三句極寫其不與人往還，不因送陳慥，連近在咫尺的黃州也不肯造訪。下闋寫自己對王長官的宴請，「樅樅」六句寫自己窮居黃州，空無一物，只有以雨聲為鼓，以風林為舞，以煙雲為車蓋旗幡，來迎接王長官，雖很寒傖，但都能盡情暢飲（「一飲空缸」）。「居士先生老矣」三句，是作者的深沉感慨，但只點到為止，卻給讀者留下了無限的回味餘地。最後以船鼓逢逢喻短暫的造訪即將結束，更給人以悲涼的感覺，寫王來去匆匆，傷相聚太短，表現了對這位新識之人的深厚情誼。鄭文焯《大鶴山人詞話》評此詞云：「健句入詞，更奇峰巒起，此境匪稼軒所能夢到。不事雕鑿，字字蒼寒，如空巖霜幹，天風吹墮頗黎地上，鏗然作碎玉聲。」「字字蒼寒」，確實是此詞特點。

水調歌頭　黃州快哉亭贈張偓佺❶

落日繡簾捲，亭下水連空❷。知君為我，新作窗戶溼青紅❸。長記平山堂上，欹枕江南煙雨，渺渺沒孤鴻。認得醉翁語，山色有無中❹。

一千頃，都鏡淨，倒碧峰❺。忽然浪起，掀舞一葉白頭翁❻。堪笑蘭臺公子，未解莊生天籟，剛道有雌雄❼。一點浩然氣，千里快哉風❽。

【注釋】

❶黃州快哉亭贈張偓佺　原題「快哉亭作」，從元刻本《東坡樂府》補。張偓佺，蘇轍〈黃州快哉亭記〉：「清河張君夢得，謫居齊安，即其廬之西南為亭，以覽觀江流之勝，而余兄子瞻名之曰快哉。」可見張偓佺又字夢得。蘇軾〈記承天寺夜遊〉有「至承天寺尋張懷民」語，疑亦為同一人。❷落日繡簾捲二句　此寫亭上所見。蘇轍〈黃州快哉亭記〉：「亭之所見南北百里，東西一舍，濤瀾洶涌，風雲開闔，晝則舟楫出沒於其前，夜則魚龍悲嘯於其下。」❸知君為我二句　點快哉亭，「溼」承新作，青紅指油漆顏色。❹長記平山堂上五句　平山堂在江蘇揚州，歐陽脩所建，其〈朝中措〉云：「平山欄檻倚晴空，山色有無中。」末句即用歐詞成句。醉翁即歐陽脩。❺一千頃三句　寫長江江面風平浪靜時的景色。徐鉉〈徐孺子亭記〉：「平湖千畝，凝碧乎其下；西山萬疊，倒影乎其中。」❻忽然浪起二句　寫風浪起時的江面景色。白頭翁，鄭谷〈淮上漁者〉：「白頭波上白頭翁，家逐船移浦浦風。」蘇詞亦指「漁者」，前者「一葉」（指船，扁舟一葉）可證。❼堪笑蘭臺公

子三句　蘭臺公子指蘭臺令宋玉。莊生指莊子。天籟，發於自然的聲音，即風聲，語見《莊子・齊物論》。剛道，硬說。宋玉〈風賦〉把風分為「大王之雄風」和「庶人之雌風」，故謂其「剛道有雌雄」。❽一點浩然氣二句《孟子・公孫丑》：「我知言，我善養吾浩然之氣。」「其為氣也，至大至剛，以直養而無害，則塞於天地之間。」蘇轍〈黃州快哉亭記〉：「夫風無雌雄之異，而人有遇不遇之變。楚王之所以為樂與庶人之所以為憂，此則人之變也，而風何與焉！士生於世，使其中不自得，將何往而非病！使其中坦然，不以物傷性，將何適而非快！」

【賞析】

元豐六年（一〇八三）作。此詞上闋謂快哉亭所見之景有如歐陽脩的平山堂，下闋前半繼續寫景，寫江面由平靜而至浪起的不同景色。後半出之以議論，說明以快哉名亭的原因。黃氏《蓼園詞選》：「前闋從『快』字之意入，次闋起三語承上闋寫景，『忽然』二句一跌，以頓出末句來，結處一振，『快』字之意方足。」鄭文焯《手批東坡樂府》：「此等句法，使作者稍稍矜才使氣，便流入粗豪一派。妙能寫景中人，用生出無限情思。」

【集評】

方勺《泊宅編》卷六：「山色有無中」，王維詩也。歐公〈平山堂〉詞用此一句，東坡愛之，作〈水調歌頭〉，乃云：「認取醉翁語，山色有無中。」

陸游《老學庵筆記》卷六：「水流天地外，山色有無中」，王維詩也。權德輿〈晚渡揚子江〉詩云「遠岫有無中，片帆煙水上」，已是用維語。歐陽公長短句云：「平山欄檻倚晴空，山色有無中。」詩人至此蓋三用矣。然公但以此句施于平山堂為宜，初不自謂工也。東坡先生乃云「記取醉翁語，山色有無中」，則似謂歐陽公創為此句，何哉？

魏慶之《中興詞話》：歐陽永叔送劉貢父守維揚，作長短句云：「平山欄檻倚晴空，山色有無中。」平山堂望江左諸山甚近，或以為永叔短視，故云。東坡笑之，因賦快哉亭道其事，……蓋山色有無，非煙雨不能然也。

《草堂詩餘》卷四楊慎評：結句雄奇，無人敢道。

鷓鴣天

林斷山明❶竹隱牆，亂蟬衰草小池塘。翻空❷白鳥時時見，照水紅蕖❸細細香。　村舍外，古城傍，杖藜徐步❹轉斜陽。殷勤昨夜三更雨，又得浮生一日涼❺。

【注釋】

❶林斷山明　謂樹林斷處，山才顯現出來。❷翻空　謂翱翔空中。❸紅蕖　紅色荷花。杜甫〈狂夫〉：「風含翠篠娟娟細，雨裛紅蕖冉冉香。」荷花又名芙蕖，《詩・鄭風・山有扶蘇》：「隰有荷花。」鄭箋：「未開曰菡萏，已發曰芙蕖。」❹杖藜徐步　杖藜，拄著拐杖。徐步，慢步。杜甫〈絕句漫興九首〉之五：「腸斷春江欲盡頭，杖藜徐步立芳洲。」❺又得浮生一日涼　李涉〈題鶴林寺僧舍〉：「因過竹院逢僧話，又得浮生半日閒。」

【賞析】

元豐六年（一〇八三）作，抒寫貶官黃州期間的閒散生活。上闋寫景，山隱林中，竹隱牆內，蟬聲噪雜，池塘草枯，空中白鳥出沒，水中荷花飄香，一派閒暇之景。下闋寫自己拄著拐杖散步，地點在古城旁，村舍外，時間在夕陽西下時，環境是在昨夜雨後，空氣特別清新、涼爽，以致作者發出了「殷勤昨夜三更雨，又得浮生一日涼」的由衷讚美。魏慶之《詩人玉屑》卷八引《庚溪詩話》：「有用古人句律，而不用其意者。……唐人云：『因過竹院逢僧話，又得浮生半日閒。』坡云：『殷勤昨夜三更雨，又得浮生一日涼。』……此皆以故為新，奪胎換骨。」李涉是與僧閒聊，故用「閒」字；蘇軾借以寫雨後散步，固然亦閒，但更突出的是「涼」。正如鄭文焯《大鶴山人詞話》云：「此詞從陶詩中得來，逾覺清異，較『浮生半日閒』句，自是詩詞異調。論者每謂坡公以詩筆入詞，豈審音知言者？」

滿庭芳

元豐七年四月一日，余將自黃移汝❶，留別雪堂鄰曲二三君子。會李仲覽❷自江東來別，遂書以遺之。

歸去來兮，吾歸何處？萬里家在岷峨❸。百年強半，來日苦無多❹。坐見黃州再閏，兒童盡、楚語吳歌❺。山中友，雞豚社酒，相勸老東坡❻。　云何？當此去❼，人生底事，來往如梭❽。待閒看，秋風洛水清波❾。好在堂前細柳，應念我、莫剪柔柯。仍傳語，江南父老，時與曬漁蓑❿。

【注釋】

❶自黃移汝　黃，黃州，今湖北黃岡。汝，汝州，今河南臨汝。❷李仲覽　即李翔，字仲覽，湖北興國人。王質〈東坡先生祠堂記〉：「楊元素起為富川，聞先生自黃移汝，欲順大江，逆西江，適筠見子由，令富川弟子員李翔要先生道富川。〈滿庭芳序〉所謂『會李仲覽自江南來』者是。」❸歸去來兮三句　歎有家難歸。陶淵明有〈歸去來辭〉，寫辭官歸隱。蘇軾也盼歸隱，故以此四字開頭。岷峨，岷江、峨眉。蘇軾故鄉眉山在岷江之濱，離峨眉山很近。❹百年強半二句　歎老。強半，過半，韓愈〈除官赴闕至江州寄鄂岳李大夫〉：「年皆過半百，來日苦無多。」時韓愈年五十三，故云「過半百」；蘇軾離黃時，年四十九，此云「百年強半」，乃約數。❺坐見黃州再閏二句　歎貶官黃州的時間太長，孩子們的口音都改變了。蘇軾於元豐三年（一〇八〇）二月到達黃州貶所，七年四月離黃，其間元豐三年閏九月，六年閏六月，故云「再閏」。❻山中友三句　寫黃州父老以酒肉為他餞行，並勸他不要離開黃州，終老於東坡。社酒，社日之酒。韓愈〈南溪始泛〉：「願為同社人，雞豚燕春秋。」❼云何二句　「云何？當此去」為「當此去，云何？」的倒裝句，意思是，在此離別之際說了些什麼？❽人生底事二句　是「山中友」的問話，也是蘇軾借「山中友」之口而自抒感慨。底事，何事，為什麼。自「山中友」至此，寫黃州父老挽留蘇軾，以下為蘇軾的答詞。❾待閒看二句　這是回答為什麼要「來往如梭」：他要去欣賞汝州附近洛水的秋風清波。回答得很輕鬆，言外之意是由貶官黃州改汝州，他是不得不去的。❿好在堂前細柳五句　這是抒寫重回黃州的願望。柯，樹枝。仍，還，並。傳語，傳話，轉告。江南，指長江南岸的武昌（今湖北鄂城）西山、寒溪等地，這是蘇軾貶官黃州時的常遊之地，「相過殆百數」（〈贈別王文甫〉）。

【賞析】

這是一首告別黃州父老的詞，表現了他同黃州人民的深厚情誼，抒發臨別依依不捨之情。上闋寫他謫居黃州已經很久，與黃州父老結下了深厚的友情，他們都勸他「老東坡」。下闋是蘇軾的答詞，「蒙恩量移汝州」，他是不得不去的。他在〈與王文甫書〉中寫道：「前蒙恩量移汝州，比欲乞依舊黃州住，細思罪大責輕，君恩至厚，不可不奔赴。……本意終老江湖，與公扁舟往來，而事與心違，何勝慨歎！計公聞之亦淒然也。」可見「去黃移汝」完全是被迫。在蘇軾心目中，汝州也決非那樣美好，汝人多長癭（頸部囊狀瘤子），「闊領先裁蓋癭衣」（〈別黃州〉），這才是他對汝州的真實看法。所以臨離別前，他表示一定會回來，故要他們照管好他的「堂前細柳」，並時時為他曬漁蓑。交代愈瑣細，愈能表現他對黃州父老的留戀之情。

滿庭芳

蝸角虛名❶，蠅頭❷微利，算來著甚乾忙。事皆前定，誰弱又誰強？且趁閒身未老，儘放我、些子疏狂。百年裡，渾教是醉，三萬六千場❸。　思量。能幾許，憂愁風雨，一半相妨❹。又何須，抵死說短論長。幸對清風皓月，苔茵展、雲幕高張❺。江南好，千鍾美酒，一曲〈滿庭芳〉。

【注釋】

❶蝸角虛名　微不足道的空名。蝸角，形容藐小。《莊子・則陽》：「有國於蝸之左角者曰觸氏，有國於蝸之右角者曰蠻氏，時相與爭地而戰，伏尸數萬，逐北，旬有五日而後反。」❷蠅頭　喻其小，《南史・齊宗室諸

王傳》：南齊衡陽王蕭子鈞常用小字寫五經，侍讀賀玠問曰：「殿下家自有墳索，復何須蠅頭細書，別藏巾箱中？」❸百年裡三句　謂一日一醉，一年醉三百六十場，百年即醉三萬六千場。李白〈襄陽歌〉：「百年三萬六千日，一日須醉三百杯。」渾教是醉，全都在醉酒。❹憂愁風雨二句　葉清臣〈賀聖朝〉：「三分春色二分愁，更一分風雨。」❺苔茵展雲幕高張　寫天當幕帳，席地坐臥。苔茵，草地。雲幕，以白雲作為幕布。

【賞析】

寫作時間不詳，按內容，當作於貶官黃州時。此詞藐視名利，正如《蘇詩紀事》卷上所說：「東坡〈滿庭芳〉詞，碑刻遍傳海內，使競進之徒讀之可以解體，恬淡之徒讀之可以娛生。達人之言，讀之使人心懷暢然。」楊慎也說：「先生此詞在喚醒世上夢人，故不作一深語。」（《草堂詩餘》卷四）此詞不但「不作一深語」，而且用了不少俗語，如「蝸角虛名」、「蠅頭微利」、「乾忙」、「些子」、「抵死」之類。也正因為如此，有人懷疑此詞非蘇軾所作，吳曾《能改齋漫錄》卷二：「豫章云：『醉醉醒醒』一曲，乃〈醉落魄〉也。其詞云……。此詞亦有佳句，而多斧鑿痕，又語高下不甚入律。或傳是東坡語，非也。與『蝸角虛名』、『解下癡絛』之曲相似，疑是王仲父作。」其實，這正表現了蘇詞風格的多樣性。

漁家傲

金陵賞心亭送王勝之龍圖❶。王守❷金陵，視事一日，移南都❸。

千古龍蟠並虎踞❹。從公一弔興亡處❺。渺渺斜風吹細雨❻，芳草渡，江南❼父老留公住。

公駕飛車凌彩霧❽，紅鸞驂乘青鸞馭❾。卻訝此洲名白鷺❿，非吾侶。翩然欲下還飛去⓫。

【注釋】

❶金陵賞心亭送王勝之龍圖　賞心亭在今南京城西，為宋時餞別之地。王益柔（一〇一五—一〇八六），字勝之，洛陽人。神宗朝累官龍圖閣直學士，歷知蔡、揚、亳州、江寧、應天府。事見《宋史・王益柔傳》。❷守　知州事。❸視事一日二句　視事，到任辦公。移，移守，改知。南都，今河南商邱，宋以商邱為南京或南都。

❹千古龍蟠並虎踞　李白〈永王東巡歌〉：「虎踞龍盤帝王州，帝子金陵訪古丘。」《太平御覽》卷一五六引晉張勃《吳錄》：「劉備曾使諸葛亮至京，因睹秣稜山阜，歎曰：『鍾山龍盤，石頭虎踞，此帝王之宅。』」❺興亡處　金陵是六朝（孫吳、東晉、宋、齊、梁、陳）故都，六朝皆興於此，亦亡於此，故稱其為「興亡處」。❻斜風吹細雨　張志和〈漁父詞〉：「青箬笠，綠蓑衣，斜風細雨不須歸。」❼江南　長江之南，此指金陵一帶。

❽公駕飛車凌彩霧　公指王益柔。傅幹注：「《括地圖》曰：奇肱氏能為飛車，從風遠行。湯時，西風吹奇肱車至豫州，湯破其軍，不以示民。十年，西風至，乃復使作車遣歸，去王門四萬里。」彩霧，彩雲。❾紅鸞驂乘青鸞馭　傅幹注：「乘雲游霧，駕鶴驂鸞，皆神仙之事。」驂乘，陪同乘車者。馭，駕車者。❿白鷺　白鷺洲，南京西門外長江中的沙洲。李白〈登金陵鳳凰臺〉：「三山半落青天外，二水中分白鷺洲。」⓫非吾侶二句　謂驂乘、馭車的紅鸞、青鸞，本來想飛下來（翩然欲下），但因白鷺不是其同伴（非吾侶），仍然飛走了。暗喻「王守金陵，視事一日，移南都」。

【賞析】

王文誥《蘇文忠公詩編注集成總案》卷二四云：「（元豐七年甲子八月）與王益柔遊蔣山，復登賞心亭，送益柔移守南都，作〈漁家傲〉詞。」這是一首送別詞，上闋寫「王守金陵」，深得人心，下闋寫其

「視事一日」即「移南都」。妙在以地名為烏名，非其侶，故飛去，讀之趣味盎然。趙令畤《侯鯖錄》卷八云：「東坡自黃移汝，過金陵，見舒王。適陳和叔（當為王益柔）作守，多同飲會。一日遊蔣山，和叔被召將行，舒王顧江山曰：『子瞻可作歌。』坡醉中書云……。和叔到任，數日而去。舒王笑曰：『白鷺者得無意乎？』」亦欣賞其以「白鷺」的「翩然欲下還飛去」說準了「王守金陵，視事一日，移南都」。

虞美人

波聲拍枕長淮❶曉，隙月❷窺人小。無情汴水❸自東流，只載一船離恨、向西州❹。

竹溪花浦曾同醉，酒味多於淚。誰教風鑑在塵埃❺，醞造一場煩惱、送人來。

【注釋】

❶長淮　淮水。杜甫〈乾元中寓居同谷縣作歌七首〉：「長淮浪高蛟龍怒，十年不見來何時？」❷隙月　從船篷縫隙中透進的月光。馮振《詩詞雜話》：「東坡詞云：『隙月窺人小。』……落想奇妙。」❸汴水　古水名，自滎陽汴渠流經開封，至徐州，入泗水。❹西州　指今江蘇揚州，傅幹注：「揚州廨，王敦所創，開東西南三門，俗謂之西州也。」❺風鑑在塵埃　風鑑有二解，一作風度識見，《晉書・陸機陸雲傳論》：「風鑑澄爽，神情俊邁。」此外，也可解作依據相貌鑑別人物，吳處厚《青箱雜記》卷四：「風鑑一事，乃昔賢甄識人物拔擢賢才之所急。」在塵埃，謂沉淪下僚。

【賞析】

王文誥《蘇文忠公詩編注集成總案》卷二四云：「（元豐七年甲子十一月）與秦觀淮上飲別，作〈虞美人〉詞。詁案：此詞作於淮上，詞意甚明，而《冷齋夜話》以為維揚飲別者，誤。公與少游未嘗遇於維揚，且少游見公金山而歸，有公竹西所寄書為據。」「公竹西所寄書」指蘇軾〈與秦太虛七首〉之五：「某宜興已得少田，至揚附遞，乞居常，仍遣一姪孫子賷錢往宜興納官。須其還，乃行。而至今未來，計已無他，特其母子難別耳。見艤舟竹西（揚州）待之，不過更三兩日必至，必能於冬至前及見公也。」上闋寫自舟行赴揚州（向西州），下闋回憶與秦觀「竹溪花浦曾同醉」的深情，及分別後「酒味多於淚」的酸辛，惜秦「風鑑在塵埃」。黃氏《蓼園詞選》云：「首一闋，是東坡自敘其舟中抵揚情事。第二闋，是敘與少游情分，『風鑑在塵埃』，是惜少游，此其所以煩惱也。」

【集評】

釋惠洪《冷齋夜話》卷一：東坡初未識少游，少游知其將復過維揚，作坡筆語，題壁於一山寺中。東坡果不能辨，大驚。及見孫莘老，出少游詩詞數十篇，讀之，乃歎曰：「向書壁者，定此郎也。」後與少游維揚飲別，作〈虞美人〉詞曰……。世傳此詞是賀方回作，雖山谷亦云。大觀中，於金陵見其親筆，醉墨超放，氣壓王子敬，蓋東坡詞也。

吳曾《能改齋漫錄》卷一六：東坡長短句云：「無情汴水自東流，只載一船離恨向西州。」張文潛用其意以為詩云：「亭亭畫舸繫春潭，只待行人酒半酣。不管煙波與風雨，載將離恨過江南。」王平甫嘗愛而誦之，彼不知其出於東坡也。

黃氏《蓼園詞選》：只尋常贈別之作，已寫得清新濃厚如此。想是時少游在揚州，而東坡自汴抵揚，又與之飲別也。

行香子　與泗守過南山❶，晚歸作

北望平川。野水荒灣。共尋春、飛步孱顏❷。和風弄袖❸，香霧縈鬟❹。正酒酣時，人語笑，白雲間。　飛鴻落照，相將歸去，澹娟娟、玉宇清閒❺。何人無事，宴坐空山。望長橋上，燈火亂，使君還。

【注釋】

❶與泗守過南山　泗守，指劉士彥。王明清《揮麈後錄》卷七引張唐佐云：「東坡先生自黃州移汝州，中道起守文登，舟次泗上，偶作詞云：『何人無事，燕坐空山。望長橋上，燈火鬧，使君還。』太守劉士彥本出法家，山東木強人也，聞之，亟謁東坡云：『知有新詞，學士名滿天下，京師便傳。在法：泗州夜過長橋者徒二年，況知州耶？切告收起，勿以示人。』東坡笑曰：『軾一生罪過，開口常是不在徒二年以下。』」南山，又名都梁山，蘇軾〈泗州南山監倉蕭淵東軒二首〉有「偶隨樵父採都梁」句，自注云：「南山名都梁山，山出都梁香故也。」胡仔《苕溪漁隱叢話》後集卷三五：「淮北之地平夷，自京師至汴口並無山，惟隔淮方有南山，米元章名其山為第一山。……山崖之側有東坡〈行香子〉詞。」❷孱顏　《漢書・司馬相如傳》載相如〈大人賦〉「放散畔岸，驤以孱顏」注：「孱顏，不齊也。」❸和風弄袖　杜牧〈長安雜題長句〉：「紫陌微微弄袖風。」和風，即微風。❹香霧縈鬟　杜甫〈月夜〉：「香霧雲鬟溼。」縈，縈繞。❺澹娟娟玉宇清閒　謂天空淺淡，美好清閒。玉宇，天帝之所居，《雲笈七籤》：「天帝之玉宇也。」

【賞析】

此詞作於元豐七年（一〇八四）自黃移汝途經泗州時。上闋寫登南山，因南山在淮水之南，「淮北之地平夷」，故一開頭即云「北望平川」。「飛步孱顏」即登南山，「和風弄袖」五句寫南山歡宴。下闋寫「晚歸」，妙在最後五句從「宴坐空山」的旁觀者（「何人無事」）的眼中來寫「長橋上，燈火亂，使君還」。黃氏《蓼園詞選》云：「凡遊覽題，易於平呆，最難做得超雋。『飛鴻』二句，情景交融，自具雋旨。結句於旁觀著筆，筆筆有餘妍，亦是跳脫生新之法。」先著、程洪《詞潔》卷二亦云：「末語風致嫣然，便是畫意。」

【集評】

樓鑰〈跋東坡行香子詞〉（《攻媿集》卷七三）：吾鄉豐吏部叔賈誼倅盱眙，遊南山寺，有老僧云舊有苦條木一段，上有東坡親書〈行香子〉詞，後沉於深水中。亟募人取得之，遺墨如新，就刻其上。尋為一軍官買去，析為槍杆矣。此詞惟曾寶文端伯所編本有之，亦云「與泗守遊南山作」，則《揮麈》所載殆未盡，豈與之同遊後乃閱其詞耶？偶從豐氏得墨本，既登之石，又以寄施使君武子，請刻之，以為都梁一段嘉話。

水龍吟

昔謝自然欲過海求師蓬萊，至海中，或謂自然曰：「蓬萊隔弱水三十萬里，不可到。天台有司馬子微，自居赤城，名在絳闕，可往從之。」自然乃還，受道於子微，白日仙去。子微年百餘，將終，謂弟子曰：「吾居玉霄峰，東望蓬萊，嘗有真靈降焉。今為東海青童所召。」乃蟬蛻而去❶。其後李太白作〈大鵬賦〉云：「嘗見子微於江陵，謂余有仙風道骨，可與神遊八極之表。」❷元豐七年冬，余過臨淮❸，湛然先生梁君❹在焉，童顏清澈，如二十許人。然人有自少見之，善吹鐵笛，遼然有穿雲裂石之聲。乃作〈水龍吟〉一首，記子微、太白之事，倚其聲而歌之。

古來雲海茫茫，道山絳闕❺知何處。人間自有，赤城居士❻，龍蟠鳳舉❼。清淨無為❽，坐忘遺照❾，八篇奇語❿。向玉霄⓫東望，蓬萊晻靄⓬，有雲駕、驂風馭⓭。

行盡九州四海⓮，笑紛紛、落花飛絮。臨江一見，謫仙⓯風采，無言心許⓰。八表⓱神遊，浩然相對，酒酣箕踞⓲。待垂天賦就⓳，騎鯨⓴路穩，約相將去。

【注釋】

❶昔謝自然二十句　原無題序，據傳幹注增。謝自然，唐時蜀中女冠，此所載傳說見《大唐新語》。《集仙錄》又載另一謝自然，為果州南充人，即韓愈〈謝自然〉詩所詠者，為唐德宗時人。蓬萊，古代傳說海中三山之一，《列子・湯問》：「其山高下周旋三萬里，其頂平處九千里，山之中間相去萬里，以為鄰居焉。」弱水，傳說之水名，東方朔《十洲記》：「鳳麟洲在西海之中央，地方一千五百里，洲四面弱水繞之，鴻毛不浮，不可越也。」天台，山名，在浙江東部。司馬子微，即司馬承禎，隱於天台山，自號白雲子，有服餌之術，在武則天、唐中宗朝，屢徵不起。睿宗雅尚道教，加以尊號，承禎方赴召。事見《舊唐書・隱逸傳》。赤城，山名，為天台山南門，土皆赤色，狀似雲霞，孫綽〈遊天台山賦〉：「赤城霞起而建標。」絳闕，皇宮前門闕，代指朝廷。玉霄峰，在天台山。真靈，指神仙。東海青童，《真誥》卷一一：「昔東海青童君曾乘獨輪飛飆之車，按

行此山。」蟬蛻，本指昆蟲脫殼，此喻留下軀殼而成仙。❷其後李太白四句　李太白即李白，其〈大鵬賦〉見《李太白全集》卷一。八極，《淮南子・原道訓》：「廓四方，坼八極。」高誘注：「八極，八方之極也。」❸臨淮　即泗州，在今安徽鳳陽東北。❹湛然先生梁君　未詳，蘇軾同時作有〈贈梁道人〉（《蘇軾詩集》卷二四），亦謂其長壽（「老人大父識君久」），但未言其「善吹鐵笛」，未知即其人否。❺道山絳闕　神仙居處。❻赤城居士　指司馬承禎。❼龍蟠鳳舉　李白〈與韓荊州書〉：「龍蟠鳳逸之士，皆欲致名定價於君侯。」❽清淨無為　《史記・老子韓非列傳》：「李耳無為自化，清靜自正。」❾坐忘遺照　《莊子・大宗師》：「隋（墮）肢體，黜聰明，離形去知，同於大道，此謂坐忘。」遺照，即《莊子・應帝王》「用心若鏡，不將不逆，應而不藏」意。❿八篇奇語　指司馬子微著〈坐忘論〉七篇、〈樞〉一篇。⓫玉霄　即序中所說玉霄峰。⓬晻靄　雲霧蔽日。〈離騷〉：「揚雲霓之晻靄兮，鳴玉鸞之啾啾。」⓭驂風馭　陪著神仙御風而行。驂，驂乘，陪著乘車。風馭，《莊子・逍遙遊》：「列子御風而行，泠然善也，旬有五日而後反。」⓮九州四海　《尚書・禹貢》：「冀、兗、青、徐、揚、荊、豫、梁、雍為九州。」《爾雅・釋地》：「九夷、八狄、七戎、六蠻，謂之四海。」⓯謫仙　即李白，《舊唐書・文苑傳》：「賀知章見白，賞之曰：『此天上謫仙人也。』」⓰無言心許　即默許。⓱八表　八方之外，陶潛〈停雲〉詩：「靄靄停雲，濛濛時雨。八表同昏，平路伊阻。」⓲箕踞　兩腿伸直分開而坐，形似簸箕，形容傲慢無禮。《戰國策・燕策》：「軻（荊軻）自知事不就，倚柱而笑，箕踞而罵。」⓳垂天賦就　指李白完成〈大鵬賦〉。《莊子・逍遙遊》：「有鳥焉，其名為鵬，背若太山，翼若垂天之雲。」就，完成。⓴騎鯨　揚雄〈羽獵賦〉：「乘巨鱗，騎鯨魚。」杜甫〈送孔巢父謝病歸遊江東兼呈李白〉：「若逢李白騎鯨魚，道甫問訊今何如。」

【賞析】

元豐七年（一〇八四）冬作。「記子微、太白之事」，上闋記司馬子微事，下闋記李太白之事，二者皆以喻「湛然先生梁公」。全詞天上人間，自由馳騁，富於浪漫色彩，原不必拘泥於事典以求解。邵博認為序中所謂謝自然受道於司馬子微事有誤，云：「又序『昔謝自然欲過海求師，或謂蓬萊隔弱水三萬里，不可到。天台有司馬子微，身居赤城，名在絳闕，可往從之。自然可，還受道於子微，白日仙去。』按子微以開元十五年死於王屋山，自然生於大曆五年，至貞元十年仙去，是子微死四十三年，自然始生。乃云『自然受道於子微』，亦誤矣。『東坡信天下後世者，寧有誤邪？』予應之曰：『東坡累誤千百，尚信天下後世也。』童子曰：『有是言，凡學者之誤亦許矣。』予曰：『爾非東坡，奈何？』」（《邵氏聞見後錄》卷一六）顯然是將《大唐新語》中的「蜀女真謝自然」，與韓愈詩中的南充女冠謝自然混為一人了。其實蘇軾並未誤用，而是邵博搞錯了。

滿庭芳

余謫居黃州五年❶，將赴臨汝❷，作〈滿庭芳〉一篇別黃人❸。既至南都❹，蒙恩放歸陽羨❺，復作一篇。

歸去來兮，清谿無底，上有千仞嵯峨❻。畫樓東畔，天遠夕陽多。老去君恩未報，空回首，彈鋏悲歌❼。船頭轉，長風萬里，歸馬駐平坡❽。

無何❾。何處有，銀潢❿盡處，天

女⓫停梭。問何事人間，久戲風波。顧謂同來稚子，應爛汝，腰下長柯⓬。青衫破，群仙笑我，千縷挂煙蓑⓭。

【注釋】

❶余謫居黃州五年　蘇軾於元豐二年（一〇七九）七月以謗訕新政的罪名被捕入京，十二月責授黃州團練副使；七年（一〇八四）四月量移汝州；八年（一〇八五）二月抵南都，乞常州居住，朝報夕可，謫居黃州凡五年。❷臨汝　即汝州（今河南臨汝）。❸作滿庭芳一篇別黃人　指已選之〈滿庭芳〉「歸去來兮，吾歸何處」一首。❹南都　今河南商邱。❺陽羨　今江蘇常州宜興。❻千仞嵯峨　古代七尺或八尺為一仞，千仞狀其高。嵯峨，高峻貌。❼彈鋏悲歌　指因生活窘困而有求於人。彈鋏，彈擊劍把。《戰國策・齊策四》：「齊人有馮諼者，貧乏不能自存，使人屬孟嘗君，願寄食門下。……居有頃，倚柱彈其劍歌曰：『長鋏歸來乎！食無魚。』……居有頃，復彈其鋏歌曰：『長鋏歸來乎！出無車。』……後有頃，復彈其劍鋏歌曰：『長鋏歸來乎！無以為家。』……孟嘗君使人給其食用，無使乏，於是馮諼不復歌。」❽駐平坡　「駐」當作「注」，蘇軾〈百步洪〉：「駿馬下注千丈坡。」言快而險。注平坡言快而平穩，周必大〈書東坡宜興事〉：「軍中謂壯士馳駿馬下峻坡為注坡。」平坡，指斜度小之坡。❾無何　指無何有之鄉，《莊子・逍遙遊》：「今子有大樹，患其無用，何不樹之無何有之鄉？」❿銀潢　銀河。⓫天女　織女，《史記・天官書》：「織女，天女孫也。」此指天女停下梭來問作者「何事人間久戲風波？」⓬應爛汝二句　任昉《述異記》：「信安郡石室山，晉時王質伐木至，見童子數人，棋而歌，質因聽之。童子以一物與質，如棗核。質含之，不覺饑。俄頃，童子謂曰：『何不去？』質起視，斧柯爛盡。既歸，無復時人。」以此極言其在「人間，久戲風波」。柯，斧柄。⓭青衫破三句　青衫為官

職低微的人所穿衣服，白居易〈長恨歌〉：「江州司馬青衫溼。」「千縷挂煙蓑」承「青衫破」，極言其衣如蓑衣一樣，千絲萬縷，破爛不堪。

【賞析】

元豐八年（一〇八五）作。此詞上闋抒發得知神宗允許自己常州居住後的感激之情。「天遠夕陽多」，天高皇帝遠，自己雖已遠離朝廷，但仍得到「夕陽」的溫暖。「老去君恩未報」略嫌直露，正如劉熙載《藝概》卷四所說：「詞以不犯本位為高。東坡〈滿庭芳〉『老去君恩未報，空回首彈鋏悲歌』，語誠慷慨，然不若〈水調歌頭〉『我欲乘風歸去，惟恐瓊樓玉宇，高處不勝寒』，尤覺空靈蘊藉。」但卻直接抒發了自己處境困難，無法報效朝廷的心情，表現了對神宗的感激。「舡頭轉」三句，寫盼歸常州的急切、興奮之情，也同樣表現了對神宗的感激。下闋補寫「彈鋏悲歌」的具體內容，自己從小就「奮勵有當世志」，但無何有之鄉是沒有的，理想是很難實現的，以致銀河織女都在問自己「何事人間，久戲風波」，結果落得「青衫破」，「千縷挂煙蓑」。曾從龍〈跋滿庭芳詞〉云：「處羈困流落之餘，而泰然不以窮達得喪累其心，此坡老之所以深可敬重者。」（卞永譽《書畫匯考》卷一引）其實此詞下闋是很悲涼的，但因出之以遊戲之筆，所以表面上顯得很超脫、泰然。

【集評】

周必大〈書東坡宜興事〉：〈滿庭芳〉詞作於元豐八年初許自便之時，公雖以五月再到常州，尋赴登州守，未必再至陽羨也。軍中謂壯士馳駿馬下峻坂為注坡，其云「船頭轉，長風萬里，歸馬注平坡」，蓋喻歸興之快如此。印本誤以「注」為「駐」。今邑中大族邵氏園臨水，有天遠堂，最為奇觀，取名於此

詞云。（《廬陵周益國文忠公集・省齋文稿》卷一九）

莊夏〈跋滿庭芳詞〉：謝太傅東山之志始末不渝，逼於委寄，悵然自失。李文正公辭榮鼎軸，便欲為洛中九老之會，竟以事奪。蘇文忠公亦欲買田陽羨，種橘荊溪，南歸及門，齎志以沒。士大夫出為時用，雖致位通顯，皆有歸營菟裘之心。然繫縻於君恩，推茸於私愛，獲遂其初志者幾人？余蒙同官董掾出示先世所藏〈楚頌帖〉，三復而有感焉，敬書其末。（卞永譽《書畫匯考》卷一）

趙孟頫〈跋滿庭芳詞〉：東坡公欲買園種橘於荊溪之上，然志竟不遂。豈造物者尚有所靳耶？而〈楚頌〉一帖，傳之後世，為不朽，則又非造物者所能靳也。（卞永譽《書畫匯考》卷一）

水龍吟

贈趙晦之吹笛侍兒❶

楚山修竹如雲，異材秀出千林表❷。龍鬚半翦，鳳膺微漲，玉肌勻繞❸。木落淮南，雨晴雲夢，月明風裊❹。自中郎不見，桓伊去後，知辜負、秋多少❺。　聞道嶺南太守，後堂深、綠珠嬌小❻。綺窗學弄，〈梁州〉初遍，〈霓裳〉未了❼。嚼徵含宮，泛商流羽，一聲雲杪❽。為使君洗盡，蠻風瘴雨，作〈霜天曉〉❾。

【注釋】

❶贈趙晦之吹笛侍兒　蘇詞題注多為後人所加，此詞題注多不同，不少版本題作「詠笛材。時太守閭丘公顯已致仕，居姑蘇。後房懿卿者甚有才色，因賦此詞」。沈雄《古今詞話・詞辨》上卷〈水龍吟〉：「《鶴林玉

露》曰：閭丘太守致仕居姑蘇，東坡過之，必流連信宿。常自言，不遊虎丘，不謁閭丘，乃二欠事。一日，出後房善吹笛者名懿卿佐酒，東坡作〈水龍吟〉，詠笛材以遺之。」但今本《鶴林玉露》無此條，不知其所本。所據或為宋人龔明之《中吳紀聞》卷五：「閭丘孝忠（當為『終』之誤）字公顯，東坡謫黃州時，公為太守，與之往來甚密。未幾掛冠而歸，與諸名人為九老之會。東坡過蘇必見之，今蘇集有詩詞二篇，皆為公作也。公後房有懿卿者，頗具才色，詩詞俱及之。東坡云：『蘇州有二丘，不到虎丘，即到閭丘。』」但孔平仲《孔氏談苑》卷二云：「朝士趙昶有婢善吹笛，知藤州日，以丹砂遺子瞻，子瞻以蘄笛報之。並有一曲，其詞甚美，云：『木落淮南，雨晴雲夢，日斜風裊。』又云：『自桓伊不見，中郎去後，知孤負，秋多少。』斷章云：『為君洗盡，蠻風瘴雨，作清霜曉。』昶曰：『子瞻罵我矣。』昶，南雄州人，方知藤州，意謂子瞻以蠻風譏之。」本此，則此詞為趙昶「吹笛侍兒」作。孔平仲與蘇軾同時，所記當可信。趙昶，字晦之，南雄州人。嘗知藤州、高郵。《蘇文忠公全集》卷五七有〈與趙晦之書〉四封，皆貶官黃州時作，稱「藤既美風土，又少訴訟，優遊卒歲，又復何求。某謫居既久，安土忘懷，一如本是黃州人，元不出仕而已」，可知趙當時正知藤州。蘇軾還曾為作〈四達齊銘〉，稱其為「高郵使君趙晦之」（《蘇文忠公全集》卷一九）。❷楚山修竹如雲二句　張端義《貴耳集》卷下：「東坡〈水龍吟〉笛詞，八字謚。『楚山修竹如雲，異材秀出千林表』，此笛之質也。」楚山，指黃州府蘄州（今湖北蘄春），故楚地，古代以產笛竹聞名，韓愈〈鄭群贈簟〉詩云：「蘄州笛竹天下知。」修，長；高。如雲，形容蘄竹茂密。異材秀出千林表，極寫蘄竹之高，超過所有的樹梢。曾敏行《獨醒雜志》卷三：「東坡〈水龍吟〉笛詞，高雲翔云：後之箋釋者，獨謂『楚山修竹如雲』，是蘄州出笛竹；至『異材秀出千林表』之語，不知是東坡敘取材法也。凡竹，林生，後長者必過前竹，其不能過者，多死。一林內特一竹可材，或伐取數十百竿，錯亂終不可識。蔡邕仰視柯亭屋椽得奇材，不待如此求之，而邕後無至鑑，獨有此法可求耳。」❸龍鬚

半翦三句　《貴耳集》卷下：「此笛之狀也。」傅幹注：「笛製，取良榦通洞之，若於首頸處則存一節，節間留纖枝，剪而束之。節以下若膺（胸）處則微漲，而全體皆要勻淨。若《漢書》所謂生其竅厚均者，斷兩節間而吹之。審如是，然後可製。故能遠可通靈達微，近可以寫情暢神，謂之『龍鬚』、『鳳膺』、『玉肌』，皆取其美好之名也。」❹木落淮南三句　《貴耳集》卷下：「此笛之時也。」吹笛須在秋高氣爽，天氣晴和之時，傅幹注：「善吹笛者，必俟氣肅天清，風微月亮，聊作一二弄，遂臻其妙。」淮南，淮河以南。雲夢，即雲夢澤，舊址在今湖北天門縣西。❺自中郎不見三句　《貴耳集》卷下：「此笛之事也。」中郎，指東漢末中郎將蔡邕。晉伏滔〈長笛賦・序〉云：「余同僚桓子野，有故長笛，傳之耆舊，云蔡邕之所作也。初邕避難江南，宿於柯亭，以竹為椽，邕仰而眄之曰：『良竹也。』取以為笛，奇聲獨絕，歷代傳之，以至於今。」桓伊，《晉書・桓伊傳》：「（伊）善音樂，盡一時之妙，為江左第一。有蔡邕柯亭笛，常自吹之。」❻聞道嶺南太守二句　《貴耳集》卷下：「此笛之人也。」嶺南太守，指知藤州趙晦之。綠珠，《晉書・石崇傳》：「崇有妓曰綠珠，美而豔，善吹笛。」❼綺窗學弄三句　《貴耳集》卷下：「此笛之曲也。」綺窗學弄，在窗下學笛。綺窗，有絲織品窗簾之窗。〈梁州〉、〈霓裳〉，皆曲名。傅幹注：「《楊妃外傳》：『〈梁州〉乃開元間西涼州所獻之曲也，其詞則貴妃為之。天寶初，羅公遠賜明皇中秋宴，公遠奏曰：「陛下能從臣月宮遊乎？」命取桂枝杖，向空擲之，為大橋，色如白金。上同行數十里，至大城闕，公遠曰：「此月宮也。」仙女數百，素衣飄然，舞於廣庭中。上問：「此為何曲？」曰：「〈霓裳羽衣曲〉也。」上密記其聲節，及回，即喻伶人，象其音調，製為〈霓裳羽衣〉之曲。』『初遍』者，今樂府諸大曲，凡數十解，於攧前則有排遍，攧後則有延遍，此謂之『初遍』，豈非排遍之首調乎？」❽嚼徵含宮三句　《貴耳集》卷下：「此笛之音也。」徵、宮、商、羽、角，皆中國古代的五聲音階。雲杪，即雲霄。杪，本指樹梢，引申為頂端。傅幹注：「諸樂器中，唯笛有穿雲裂石之聲。」❾為

使君洗盡三句　《貴耳集》卷下：「此笛之功也。五音已用其四，乏一『角』字，『霜天曉』歇後一『角』字。」使君，指趙晦之。〈霜天曉〉，曲名。

【賞析】

此詞作於元豐八年（一〇八五）蘇軾赴登州經漣水時，時趙昶亦自知藤州（嶺南太守）罷任新歸。這是一首著名的詠笛詞，據張侃《跋揀詞》載，蘇軾曾解李義山〈錦瑟〉詩云：「此出《古今樂志》。錦瑟之為器也，其絃五十，其柱如之。其聲也，適怨清和。考李詩『莊生曉夢迷蝴蝶』，適也。『望帝春心託杜鵑』，怨也。『滄海月明珠有淚』，清也。『藍田日暖玉生煙』，和也。」認為「孫仲益為錫山費茂和說蘇文忠公〈水龍吟〉，曲盡詠笛之妙。其詞曰：『楚山修竹如雲，異材秀出千林表』，笛之地也。『龍鬚半翦，鳳膺微漲，玉肌勻繞』，笛之材也。『木落淮南，雨晴雲夢，月明風嫋』，笛之時也。『自中郎不見，桓伊去後，知孤負，秋多少』，笛之怨也。『聞道嶺南太守，後堂深、綠珠嬌小』，笛之人也。『綺窗學弄，〈梁州〉初遍，〈霓裳〉未了』，笛之曲也。『嚼徵含宮，泛商流羽，一聲雲杪』，笛之聲也。『為使君洗盡，蠻風瘴雨，作〈霜天曉〉』，笛之功也。予恐仲益用蘇文忠讀〈錦瑟〉詩，以釋〈水龍吟〉耳。」前引張端義《貴耳集》對此詞的解釋實與孫仲益同。

【集評】

張炎《詞源》卷下：東坡詞如〈水龍吟〉詠楊花，詠聞笛，又如〈過秦樓〉、〈洞仙歌〉、〈卜算子〉等作，皆清麗舒徐，高出人表。

《草堂詩餘》卷五楊慎評：結在嶺南太守上，妙。又沈際飛評：笛製取良幹，首存一節，間留纖枝翦而束之，節以下若鷹處則微漲，而全體皆須白淨，「龍鬚」三句善狀。五十餘字堪與〈馬賦〉並傳，修語清遠，〈馬〉似不逮。用許多故事，不為事用。

《類編草堂詩餘》卷四李星垣評：玉骨冰心，千秋絕調，「霜天曉」隱「角」字，與上徵、宮、商、羽合。

先著、程洪《詞潔》卷五：非無字面蕪累處，然豐骨畢竟超凡。玉田云「清麗舒徐」，未敢輕議也。

定風波

王定國歌兒曰柔奴❶，姓宇文氏，眉目娟麗，善應對，家世住京師。定國南遷❷歸，予問柔：「廣南風土，應是不好？」柔對曰：「此心安處，便是吾鄉。」因為綴詞云。

誰羨人間琢玉郎❸，天應乞與點酥娘❹。盡道清歌傳皓齒❺，風起，雪飛炎海變清涼。

萬里歸來顏愈少，微笑，笑時猶帶嶺梅❻香。試問嶺南應不好，卻道，此心安處是吾鄉❼。

【注釋】

❶王定國歌兒曰柔奴　此詞題序，傅幹注本作「南海歸，贈王定國侍人寓娘」，此據毛晉《宋六十名家詞》本改。王定國，即王鞏，王素子。從蘇軾遊。事跡見《宋史・王素傳》附。❷定國南遷　王定國於元豐二年謫賓州，七年放歸，凡五年。蘇軾〈王定國詩集敘〉云：「定國以余故得罪，貶海上五年，一子死貶所，一子死於家，定國亦病幾死。」❸琢玉郎　指王定國。傅幹注：「琢玉郎，言其美姿如玉也。」❹點酥娘　指柔奴。

傅幹注：「點酥娘，言其如凝酥之滑膩也。」❺皓齒　杜甫〈聽楊氏歌〉：「佳人絕代歌，獨立發皓齒。」❻嶺梅　嶺南盛產梅，蘇軾詩多詠嶺梅，如〈十一月二十六日松風亭下梅花盛開〉云：「春風嶺上淮南村，昔年梅花曾斷魂。」〈贈嶺上梅〉云：「梅花開盡百花開，過盡行人君不來。」❼此心安處是吾鄉　吳曾《能改齋漫錄》卷八：「此語本出於白樂天，東坡偶忘之耶？樂天〈吾土〉詩云：『身心安處為吾土，豈限長安與洛陽。』」

【賞析】

元祐初蘇軾在京任翰林學士時作，楊湜《古今詞話》云：「東坡初謫黃州，獨王定國以大臣之子不能謹交遊，遷置嶺表。後數年，召還京師，是時東坡掌翰苑，一日王定國置酒與東坡會飲，出寵人點酥侑尊。而點酥善談笑，東坡問曰：『嶺南風物，可嗽不佳。』點酥應聲曰：『此身安處是家鄉。』坡歎其善應對，賦〈定風波〉一闋以贈之，其句全引點酥之語……。點酥因是詞譽藉甚。」此詞上闋寫柔奴隨王定國南遷，一二句言柔奴是天賜與王的，三至五句寫柔奴歌喉美妙，其清歌足使炎海變涼。下闋進一步歌頌柔奴的精神境界，前三句寫其萬里歸來年更少，笑得更美；後三句寫其能不為惡劣環境所屈，就在於知足常樂，懂得「此心安處，便是吾鄉」。

【集評】

沈雄《古今詞話・詞辨》上卷：《東皋雜錄》曰：王定國自嶺南歸，出歌者柔奴，勸東坡酒。東坡問以廣南風土應是不好。柔奴曰：「此心安處，便是吾鄉。」東坡亦作〈定風波〉詞，其卒章曰：「試問嶺南應不好，為道，此心安處是吾鄉。」然最難湊泊者此調也，亦不過記事云爾。

八聲甘州　寄參寥子❶，時在巽亭

有情風、萬里捲潮來，無情送潮歸❷。問錢塘江上，西興浦口，幾度斜暉❸。不用思量今古，俯仰昔人非❹。誰似東坡老，白首忘機❺。

記取西湖西畔，正暮山好處，空翠煙霏❻。算詩人相得，如我與君稀❼。約他年東還海道，願謝公、雅志莫相違❽。西州路，不應回首，為我沾衣❾。

【注釋】

❶參寥子　姓何，初名曇潛，後更名道潛，於潛（今浙江臨安）人。生於慶曆二年（一〇四二）（見蘇過〈送參寥南歸敘〉），卒於崇寧年間。北宋詩僧，與蘇軾交誼甚深，著有《參寥子集》。❷有情風萬里捲潮來二句　寫巽亭觀錢塘江來潮和退潮。蘇舜欽〈杭州巽亭〉有「涼翻簾幌潮聲過」句，蘇軾〈次韻詹適宣德小飲巽亭〉有「濤雷殷白晝」句，可見巽亭能觀潮，與詞的起句合。此以「有情」和「無情」，來潮和退潮作對比，寄予了無限感慨。神宗去世，本為糾正新法的某些弊端提供了機會。但司馬光不分青紅皂白地「盡廢新法」，不僅給新黨以口實，而且在舊黨內部引起激烈爭吵，蘇軾在新舊兩黨的夾擊中被迫離開朝廷。開頭二句以江潮為比興，實際描繪了元祐初年的整個政治形勢。❸問錢塘江上三句　抒發「夕陽無限好，只是近黃昏」（李商隱〈登樂遊原〉）的深沉感慨。錢塘江，舊稱浙江，源於浙、皖、贛邊境的蓮花尖，在杭州閘口以下入杭州灣。西興浦口，即西興渡，在杭州對岸蕭山縣西十二里。❹不用思量今古二句　化用王羲之〈蘭亭集序〉：「俯仰之間，已為陳迹。」

兩句緊承「幾度斜暉」，表明他不止是詠落日，也在感歎人事。❺誰似東坡老二句　這是蘇軾表明對潮來潮去，日起日落以及宦海浮沉的態度。忘機，消除機心，不以為懷。❻記取西湖西畔三句　回憶熙寧年間與參寥同遊西湖的情況。惠洪《冷齋夜話》卷六：「東吳僧道潛有標致，嘗自姑熟歸湖上，經臨平，作詩云：『風蒲獵獵弄輕柔，欲立蜻蜓不自由。五月臨平山下路，藕花無數滿汀洲。』坡一見如舊。」接著有「及坡移守東徐」語，可知「一見如舊」在蘇軾任杭州通判時。周紫芝《竹坡詩話》：「東坡倅錢塘時，聰（聞復）方為行童試經。坡謂坐客曰：『此子雖少，善作詩。近參寥子作昏字韻詩，可令和之。』」這也證明蘇軾、參寥間的交遊始於「東坡倅錢塘」時。有人謂參寥「在徐州同蘇軾相識」，誤。❼算詩人相得二句　蘇軾與參寥友誼甚深。蘇軾知徐州，參寥往訪，軾有〈次韻僧潛見贈〉、〈次韻潛師放魚〉、〈送參寥師〉等詩；蘇軾自徐州改知湖，過高郵，秦觀、參寥同行，有〈遊惠山〉、〈與秦太虛、參寥會於淞江〉、〈次韻僧答參寥〉等詩；蘇軾貶官黃州，「參寥子不遠數千里從予於東坡，留期年，嘗與同遊武昌西山。……其後七年，予出守錢塘，參寥子在焉，明年卜智果精舍居之。」（蘇軾〈參寥泉銘〉）以後蘇軾貶官海南，參寥欲渡海相訪，蘇軾以書力戒，參寥亦以詩得罪，才未果行；蘇軾卒，葬郟城（今河南郟縣），參寥亦往弔。此是後事，但亦證明其「相得」之深。❽約他年東還海道二句　謝公指謝安，《晉書‧謝安傳》：「安雖受朝寄，然東山之志，始末不渝，每形於言色。及鎮新城，盡室而行，造泛海之裝，欲須經略粗定，自江道還東。雅志未就，遂遇疾篤。……自以本志不遂，深自慨失。」此以謝安自況，謂謝安以不遂東山之志而死，希望自己不要違背歸隱之志。❾西州路三句　《晉書‧謝安傳》：「羊曇者，泰山人，知名士也。為（謝）安所愛重。安薨後，輟樂彌年，行不由西州路。嘗因石頭大醉，扶路唱樂，不覺至州門。左右白曰：『此西州門。』曇悲感不已，以馬策扣門，誦曹子建詩曰：『生存華屋處，零落歸山丘。』慟哭而去。」此以羊曇喻參寥，謂我一定會遂東山之志，不會讓你像羊曇為謝安不遂志而慟哭那樣為我沾衣。

【賞析】

南宋傅幹《注坡詞》，題下有「時在巽亭」四字。《咸淳臨安志》：「南園巽亭，在鳳凰山舊府治內，以在郡城東南，故名。」元祐四年（一〇八九）蘇軾知杭州，有〈次韻詹適宣德小飲巽亭〉詩，此詞當作於同時。時參寥住西湖孤山，與巽亭有一段距離，故云「寄」。《苕溪漁隱叢話》後集卷三九：「其詞石刻後，東坡自題云：『元祐六年三月六日。』余以《東坡先生年譜》考之，元祐四年知杭州，六年召為翰林學士承旨，則長短句蓋此時作也。」其實，「元祐六年三月六日」只是刻石時間，從詞的內容看，當作於自京城初到杭州時，而於離杭時刻石留念。上闋寫在巽亭觀錢塘江潮，感歎神宗去世後的大好形勢為舊黨所斷送；下闋寄西湖孤山的參寥子，表示自己決不違背早退之約。

【集評】

《草堂詩餘》正集卷四沈際飛評：伸紙書去，亭亭無染，青蓮出池。

黃氏《蓼園詞選》：此詞不過歎其久于杭州，未蒙內召耳。次闋，見人地相得，便欲訂終焉之意。未免有激之言，然意自爾豪宕。

陳廷焯《白雨齋詞話》卷八：結數語云：「算詩人相得，……為我沾衣。」寄伊鬱於豪宕，坡老所以為高。

鄭文焯《大鶴山人詞話》：突兀雪山，卷地而來，真似錢塘江上看潮時，添得此老胸中數萬甲兵，是何氣象雄且傑。妙在無一字豪宕，無一語險怪，又出以閒逸感喟之情，所謂骨重神寒，不食人間煙火氣者，詞境至此觀止矣。雲錦成章，天衣無縫，是作從至情流出，不假熨貼之工。

南歌子　錢塘端午❶

山與歌眉斂，波同醉眼流❷。遊人都上十三樓❸，不羨竹西歌吹、古揚州❹。　菰黍連昌歜❺，瓊彝倒玉舟❻。誰家〈水調〉唱歌頭❼。聲繞碧山飛去、晚雲留❽。

【注釋】

❶錢塘端午　一題作「遊賞」。❷山與歌眉斂二句　傅幹注：「梁謝偃〈聽歌賦〉：『低翠娥而斂色，睇橫波而流光。』」謂群山像美女的黛眉一樣緊斂，湖波像美女的眼波一樣流盼。❸十三樓　有各種解釋，或謂非專指，如焦竑《檆林學山》卷三云：「按坡『遊人都上十三樓』，各地自有此樓名，坡直用之，如綠衣公言之類，非故事也。」或謂指汴京十三樓，如黃氏《蓼園詞選》云：「按周建德中，許京城民居起樓閣，大將軍周景威先於宋門內臨汴水，建樓十三間。……此詞不過敘汴京端午繁盛光景耳。在蘇集中，此為平調，然亦自壯麗。」或謂指杭州十三樓，如陳鵠《耆舊續聞》卷二云：「十三樓在錢塘西湖北山，此詞在錢塘，舊注云汴京舊有十三樓，非也。」張宗橚《詞林紀事》亦云：「《西湖志》：『大佛寺畔有相嚴院，晉天福二年錢氏建，有十三間樓，樓上貯三才佛一尊。蘇子瞻治郡時，常判事於此，殆即此詞所云十三樓耶？』」根據全詞所寫湖山秀美，城市繁華，當以後說為是。❹不羨竹西歌吹古揚州　謂杭州的繁華超過揚州。杜牧〈題揚州禪智寺〉：「斜陽竹西路，歌吹古揚州。」❺菰黍連昌歜　菰黍，即粽子，用菰葉裹黍煮成。《風土記》：「五月五日，以菰葉裹黏米，楚祭屈原之遺風。」昌歜，即菖蒲，《左傳》僖公三十年「享有昌歜」鄭康成注：「昌歜本昌蒲根。」❻瓊

彝倒玉舟　傅幹注：「《周禮・司尊彝》：『有雞虎等六彝之名，所以納五齊三酒也。而彝皆用舟，則舟者彝下之臺，所以承載彝，若今承盤然。世俗或用瓊玉為之。』」❼誰家水調唱歌頭　黃氏《蓼園詞選》：「《海錄碎事》：『隋煬帝開汴州，自造〈水調歌頭〉首章之第一解也。』」❽聲繞碧山飛去晚雲留　形容歌聲的美妙。《列子・湯問》：「薛譚學謳於秦青，未窮青之技，自謂盡之，遂辭歸。秦青弗止，餞於郊衢，撫節悲歌，聲振林木，響遏行雲。薛譚乃謝求返，終身不敢言歸。」

【賞析】

元祐五年（一〇九〇）知杭州時作。上闋寫端午遊西湖，寫其湖山之美，遊人如雲，歌舞繁華可與揚州媲美。下闋寫端午風俗，吃粽子，掛菖蒲，飲酒唱歌，一派歡樂景象。《草堂詩餘》卷一楊慎評云：「端午詞多用汨羅事，此獨絕不涉，所謂善脫套者。」

【集評】

楊慎《詞品》卷二：《漢書》：「五城十二樓，仙人居也。」詩家多用之。東坡詞：「遊人都上十三樓，不羨竹西歌吹、古揚州。」用杜牧詩「婷婷嫋嫋十三餘」之句也。

先著、程洪《詞潔》卷二：「十三樓」遂成故實，詞家驅使字面，事實有限，如「昌歜」則忌用也。

黃氏《蓼園詞選》：此詞不過敘汴京端午繁盛光景耳。在蘇集中，此為平調，然亦自壯麗。

賀新郎　夏景

乳燕❶飛華屋。悄無人、桐陰轉午，晚涼新浴。手弄生綃白團扇，扇手一時似玉❷。漸困倚、孤眠清熟。簾外誰來推繡戶，枉教人、夢斷瑤臺❸曲。又卻是，風敲竹❹。　石榴半吐紅巾蹙❺。待浮花、浪蕊❻都盡，伴君幽獨。濃豔一枝細看取❼，芳心千重似束。又恐被、秋風驚綠。若待得君來向此，花前對酒不忍觸。共粉淚，兩簌簌❽。

【注釋】

❶乳燕　雛燕。杜甫〈題省中院壁〉：「落花游絲白日靜，鳴鳩乳燕青春深。」❷手弄生綃白團扇二句　《晉書．樂志》：「〈團扇歌〉者，中書令王珉與嫂婢有情，愛好甚篤，嫂捶撻婢過苦，婢素善歌，而珉好捉白團扇，故製此歌。」《世說新語．容止》：「王夷甫容貌整麗，妙於談玄，恆捉白玉柄麈尾，與手都無分別。」❸瑤臺　西王母所居之臺，陳鵠《耆舊續聞》卷二：「《唐逸史》，許檀暴卒，復悟，作詩云：『曉入瑤臺露氣清，座中惟見許飛瓊。塵心未盡欲緣重，千里下山空月明。』復寢，驚起，改第二句，云昨日夢到瑤池，飛瓊令改之，云不欲世間知有我也。」❹風敲竹　李益〈竹窗聞風寄苗發司空曙〉：「開門復動竹，疑是故人來。」❺石榴半吐紅巾蹙　白居易〈題孤山寺山石榴花示諸僧眾〉：「山榴花似結紅巾，容豔新妍占斷春。」蹙，皺，形容「半吐」。❻浮花浪蕊　指桃杏等春天盛開的花。韓愈〈杏花〉：「浮花浪蕊鎮長有，才開還落瘴霧中。」石榴開花較晚，傅幹注：「石榴繁盛時，百花零落盡矣。」❼濃豔一枝細看取　李白〈清平樂〉：「一枝濃豔露凝香，雲雨巫山枉斷腸。」❽共粉淚二句　花和女子的眼淚都簌簌落下。蘇軾常以「簌簌」形容花落（如〈浣溪沙〉「簌簌衣襟落棗花」）或水落（如〈食柑〉「清泉簌簌洗流齒」）（《草堂詩餘》別集卷四）。謝元淮《填詞淺說》云：「『花前對酒不忍觸，共粉淚、兩簌簌』三句，連用十一仄字。其餘四仄四平，指不勝屈，豈能盡諧律呂，恐其中不無尚可商榷者。」

【賞析】

此詞背景和主旨有不同說法。或謂為杭妓秀蘭而作，如楊湜《古今詞話》云：「蘇子瞻守錢塘，有官妓秀蘭天性黠慧，善於應對。湖中有宴會，群妓畢至，惟秀蘭不來。遣人督之，須臾方至。子瞻問其故，具以『髮結沐浴，不覺睏睡，忽有人叩門聲，急起而問之，乃樂營將催督之，非敢怠忽，謹以實告』。子瞻亦恕之。坐中倅車屬意於蘭，見其晚來，恚恨未已，責之曰：『必有他事，以此晚至。』秀蘭力辯，不能止倅之怒。是時榴花盛開，秀蘭以一枝藉手告倅，其怒愈甚。秀蘭收淚無言。子瞻作〈賀新涼〉以解之，其怒始息。其詞曰……。子瞻之作，皆紀目前事，蓋取其沐浴新涼，曲名〈賀新涼〉也。後人不知之，誤為〈賀新郎〉，蓋不得子瞻之意也。子瞻真所謂風流太守也，豈可與俗吏同日語哉！」胡仔《苕溪漁隱叢話》後集卷三九力言其非：「野哉，楊湜之言，真可入《笑林》。東坡此詞，冠絕古今，託意高遠，寧為一娼而發邪？『簾外誰來推繡戶？枉教人、夢斷瑤臺曲。又卻是，風敲竹。』用古詩『捲簾風動竹，疑是故人來』之意，今乃云『忽有人叩門聲，急起而問之，乃樂營將催督』，此可笑者一也。『石榴半吐紅巾蹙。待浮花、浪蕊都盡，伴君幽獨。濃豔一枝細看取，芳心千重似束』，蓋初夏之時，千花事退，榴花獨芳，因以中寫幽閨之情，今乃云『是時榴花盛開，秀蘭以一枝藉手告倅，其怒愈甚』，此可笑者二也。此詞調寄〈賀新郎〉，乃古曲名也，今乃云『取其沐浴新涼，曲名〈賀新涼〉，後人不知之，誤為〈賀新郎〉』，此可笑者三也。《詞話》中可笑者甚眾，姑舉其尤者。第東坡此詞，深為不幸，橫遭點汙，吾不可無一言雪其恥。」或謂為侍妾榴花作，如陳鵠《耆舊續聞》卷二記晁以道語：「東坡有妾名朝雲、榴花，朝雲死於嶺外，東坡嘗作〈西江月〉一闋寓意於梅，所謂『高情已逐曉雲空』是也。惟榴花獨存，故其詞多及之。觀『浮花浪蕊都盡，伴君幽獨』，可見其意矣。」陳鵠贊成這一說法，認為「不妄」。或謂言「君臣遇合之難」，有微言大義在，如項安世《項氏家說》卷八云：「蘇公『乳燕飛華屋』之詞，興寄最深，有〈離騷經〉之遺法，蓋以興君臣遇合之難，一篇之中，殆不止三致意焉。瑤臺之夢，主恩之難常也；幽獨之情，臣心之不變也；恐西風之驚綠，憂讒之深也；冀君來而共泣，忠愛之至也。其首尾布置，全類《詩・邶風・柏舟》。或者不察其意，多疑末章專賦石榴，似與上章不屬，而不知此篇意最融貫也。」以上三說都有些穿鑿，正如《草堂詩餘》別集卷四所說：「兩家（實不止兩家）紛然，子瞻在泉，不笑其多事耶？」其實，這是一首詠物詞或叫借物詠人之詞，上闋先為我們塑造了一位高風絕塵而又孤獨寂寞的美女形象，在盛夏（「乳燕飛華屋」）午後（「桐陰轉午」），寂悄無人，只有一位「新浴」美人，搖著白色生絲織成的團扇，漸感困倦，倚枕側臥，獨自很香甜地睡著了。突然間不知誰來敲門，打斷了她的美夢。醒來一看，什麼人也沒有，原來是「風敲竹」的聲音。這是一幅動態的（「新浴」、「孤眠」、「夢斷」）美人圖。下闋是一幅美人、石榴的合圖，石榴花真是多情，她在「浮花浪蕊都盡」即萬花謝盡的時節，以她那好像摺皺了的紅巾一樣的花朵和緊緊束在一起的千重芳心來「伴君幽獨」。「半吐紅巾蹙」，「芳心千重似束」，簡直把石榴花寫活了。又以秋風起，榴花凋謝而只剩綠葉，喻美人怕年華易逝而容顏漸老。她們同病相憐，美人來到石榴花前飲酒卻無心飲酒，只有美人的盈盈粉淚和石榴的片片落花一起簌簌墜地而已。胡仔《苕溪漁隱叢話》謂此詞「冠絕古今」，或許有些過譽，說它「託意高遠」卻是事實。

這首詞寫於何時，難以確考。《宋六十名家詞》說是作於蘇軾「倅杭日」，倅為副職，那就是寫於熙寧年間任杭州通判時。《古今詞話》說是作於「蘇子瞻守錢塘」時，那就是作於元祐五年（一〇九〇）任杭州知州時。前一次是因為受新黨的排擠而出任杭州通判的，後一次是因受舊黨的排擠而出任杭州知州的。而無論那一次，蘇軾的處境可說都與美人、石榴的處境相似，他是在借物抒憤，抒發他那被西風摧殘而懷才不遇的苦悶。

【集評】

曾季貍《艇齋詩話》：東坡〈賀新郎〉，在杭州萬頃寺作。寺有榴花樹，故詞中云石榴。又是日有歌者晝寢，故詞中云「漸困倚孤眠清熟」。其真本云：「乳燕棲華屋」，今本作「飛」字，非是。

胡仔《苕溪漁隱叢話》前集卷三九：〈賀新郎〉詞「乳燕飛華屋」，本詠夏景，至換頭但只說榴花。蓋其文章之妙，語意到處即為之，不可限以繩墨也。

陳鵠《耆舊續聞》卷二：曩見陸辰州，語余以〈賀新郎〉詞用榴花事，乃妾名也。退即書其語，今十年矣，亦未嘗深考。近觀顧景蕃續注，因悟東坡詞中用白團扇、瑤臺曲，皆侍妾故事。……按《漢武帝內傳》所載董雙成、許飛瓊，皆西王母侍兒，東坡用此事，迺知陸辰州得榴花之事於晁氏為不妄也。《本事詞》載榴花事極鄙俚，誠為妄誕。

趙彥衛《雲麓漫鈔》卷四：版行東坡長短句，〈賀新郎〉詞云：「乳燕飛華屋。」嘗見其真迹乃「棲華屋」。……以此知前輩文章為後人妄改亦多矣。

方回《瀛奎律髓》卷二六評蘇軾〈首夏官舍即事〉：如初夏〈賀新郎〉詞後一段全說榴花，亦他人所不能也。

吳師道《吳禮部詩話》：東坡〈賀新郎〉詞「乳燕飛華屋」云云，後段「石榴半吐紅巾蹙」以下，皆詠榴。……別一格也。

《草堂詩餘》別集卷四沈際飛評：換頭單說榴花，高手作文，語意到處即為之，不當限以繩墨。榴花開，榴花謝，以芳心共粉淚想像，詠物妙境。凡作事或具深衷，或即時事，工與不工，則作手之本色，自莫可掩。〈賀新郎〉一詞，苕溪正之誠然，而為秀蘭非為秀蘭，不必論也。兩家紛然，子瞻在泉，不笑其多事耶？

王又華《古今詞論》引毛稚黃語：前半泛寫，後半專敘，蓋宋詞人多此法。如子瞻〈賀新郎〉後段只說石榴，〈卜算子〉後段只說鴻雁，周清真〈寒食詞〉後段只說邂逅，乃更覺意長。

許昂霄《詞綜偶評》：東坡〈賀新涼〉詞，後段單說榴花。荊公詠榴花，有「萬綠叢中紅一點，動人春色不須多」之句。

丁紹儀《聽秋聲館詞話》卷一一：〈賀新郎〉調一百十六字，或名〈賀新涼〉，或名〈乳燕飛〉，均因東坡詞而起。其詞寄託深遠，與詠雁〈卜算子〉云「缺月挂疏桐……」同一比興。乃楊湜《詞話》謂為酒間召妓鋪敘實事之作，謬妄殊甚。詞云：「乳燕飛華屋……。」計一百十五字。竊意「若待得君來向此」，下直接「花前對酒不忍觸」，語氣未洽，必係「花前」上脫一字。雖韓淲詞此句亦僅七字，恐同一殘缺，非全本也。其「蘂」字乃以上作平，與「兩簌簌」句中「簌」字以入作平同。

黃氏《蓼園詞選》：前一闋，是寫所居之幽僻。次闋，又借榴花以比此心蘊結，未獲達於朝廷，又恐其年已老也。末四句，是花是人，婉曲纏綿，耐人尋味不盡。

陳廷焯《白雨齋詞話》卷一：詞至東坡，一洗綺羅香澤之態，寄慨無端，別有天地。……〈賀新涼〉

尤為絕構。

譚獻《復堂詞話》：頗欲與少陵〈佳人〉一篇互證。

鵲橋仙　七夕和蘇堅❶

乘槎❷歸去，成都何在❸，萬里江沱漢漾❹。與君各賦一篇詩，留織女、鴛鴦機上❺。還將舊曲，重賡新韻❻，須信吾儕天放❼。人生何處不兒嬉，看乞巧❽、朱樓綵舫❾。

【注釋】

❶蘇堅　字伯固。蘇庠之父，泉州人，居丹陽，為錢塘丞，助蘇軾開西湖。終通判建昌軍。有詩名，與蘇軾唱和甚多，為後六客之一。蘇堅〈鵲橋仙・七夕〉詞，《全宋詞》、《全宋詞補輯》均未載。❷乘槎　即乘船。《博物志》卷一〇載，天河與海通，有居海上者每年八月見海上槎來，不違時。遂備糧乘之至天河。李商隱〈海客〉：「海客乘槎上紫氛。」槎，用竹木編成的筏。❸成都何在　《太平御覽》卷八引劉慶義《集林》：「昔有一人尋河源，見婦人浣沙，以問之，曰：『此天河也。』乃與一石而歸。問嚴君平，曰：『此支磯石也。』」宋之問〈明河篇〉：「更將織女支機石，還訪成都賣卜人。」❹江沱漢漾　江指長江，沱指沱江，長江上游的支流，在四川中部，於四川瀘州入長江。漾，漢水上源，此代漢水。《尚書・禹貢》：「嶓蒙導漾，東流為漢。」❺留織女鴛鴦機上　此用牛郎織女的傳說。織女，指織女星。鴛鴦機，織女織錦機。宋之問〈明河篇〉：「鴛鴦機上疏螢度。」❻還將舊曲二句　舊曲指蘇堅〈鵲橋仙・七夕〉詞，新韻指本詞。重賡新韻，重新續寫新詩。❼吾儕天放　我輩一切聽任自然。儕，們。天放，《莊子・馬蹄》：「一而不黨，命曰天放。」❽乞巧　《荊楚

歲時記》：「七月七日為織女牽牛聚會之夜，是夕，人家婦女結綵樓，穿七孔針，或以金銀鍮石為針，陳瓜果於庭中以乞巧。」❾朱樓綵舫　婦女乞巧之處。綵舫，綵船。

【賞析】

元祐五年（一〇九〇）七月七日作。陸游〈跋東坡七夕詞後〉（《渭南文集》卷二八）云：「昔人作七夕詩，率不免有珠櫳綺疏惜別之意。惟東坡此篇，居然是星漢上語，歌之曲終，覺天風海雨逼人。學詩者當以是求之。」此詞最突出的特點就是能擺脫俗套，「不作珠櫳綺疏惜別之意」。上闋寫織女支機石的神話傳說，下闋寫民間乞巧習俗，二者皆不可信，但「人生何處不兒嬉」，我輩一切聽任自然，姑且信之吧，確實是「星漢上語」。

南歌子　八月十八日觀潮，和蘇伯固❶二首

海上乘槎❷侶，仙人萼綠華❸。飛昇❹元不用丹砂。住在潮頭來處、渺天涯❺。　雷輥夫差國❻，雲翻海若家❼。坐中安得弄琴牙❽。寫取餘聲歸向、〈水仙〉誇？

【注釋】

❶蘇伯固　即蘇堅，見〈鵲橋仙・七夕和蘇堅〉注❶。❷乘槎　即乘船，見〈鵲橋仙・七夕和蘇堅〉注❷。❸萼綠華　陶弘景《真誥・遠象》：「萼綠華者，女仙也。年可二十許，上下青衣，顏色絕整。以晉穆帝升平三年己未十一月十日夜降於羊權家，自云是南山人。不知何仙也。自此一月輒六過其家。」❹飛昇　指羽化成仙。王充《論衡・道虛》：「物無不死，人安能仙。鳥有毛羽能飛，不能升天。人無毛羽，何用飛昇？」❺住

在潮頭來處渺天涯　據《列子・湯問》，渤海之東，不知幾億萬里，有大壑，中有五山，「五山之根，無所連著，常隨潮上下往還」。❻雷輥夫差國　傅幹注：「今餘杭，乃吳王夫差之故國。雷輥，言其潮聲如雷。」輥，滾動。❼雲翻海若家　雲翻，傅幹注：「言其潮勢如雲。」海若，即北海若，傳說中的海神，《莊子・秋水》：「北海若曰：『井蛙不可以語於海者，拘於虛也。』」❽弄琴牙　傅幹注：「弄琴牙，伯牙也，而善撫琴。古者撫琴亦謂之弄。」又引《樂府解題》：「伯牙學琴於成連，三年不成。成連云：『吾師方子春今在東海中，能移人情。』乃與伯牙俱往。至蓬萊山，留伯牙曰：『子居習之，吾將迎子。』刺船而去，旬日不返。伯牙延望無人，但聞海濤洶湧，山林窅冥。愴然歎曰：『先生移我情矣！』乃撫琴而歌，作〈水仙操〉。曲終，成連回，刺船迎之而還，因而鼓琴絕妙天下。」下句〈水仙〉即指〈水仙操〉。

【賞析】

此詞或繫於熙寧五年（一〇七二）通判杭州時，然傅幹注詞題有「和蘇伯固」，而是時蘇軾與蘇堅沒有往來，故當與〈鵲橋仙・七夕和蘇堅〉作於同年，即元祐五年（一〇九〇）知杭州時。上闋因觀潮而想像仙人正乘潮來去，下闋因潮聲如雷而希望有琴師來譜寫潮聲。此詞用典很多，一連用了乘槎、萼綠華、夫差、海若、伯牙、〈水仙操〉等典故，讀起來不但不覺得滯礙，反覺得作者想像豐富，氣勢磅礴，充分表現了蘇軾豪放詞的特徵。

木蘭花令

次馬中玉❶韻

知君仙骨無寒暑，千載相逢猶旦暮❷。故將別語惱佳人，要看梨花枝上雨❸。　落花已逐迴風去，花本無心鶯自訴。明朝歸路下塘西❹，不見鶯啼花落處。

【注釋】

❶馬中玉　馬瑊，字中玉（一作忠玉），合肥人。元祐五年八月自提點淮南西路刑獄，改兩浙路提刑。王明清《玉照新志》卷一：「東坡先生知杭州，馬中玉為浙漕。東坡被召赴闕，中玉席間作詞曰：『來時吳會猶殘暑，去日武林春已暮。欲知遺愛感人深，灑淚多於江上雨。　歡情未舉眉先聚，別酒多斟君莫訴。從今寧忍看西湖，擡眼盡成腸斷處。』東坡和之，所謂『明朝歸路下塘西，不見鶯啼花落處』是也。中玉，忠肅亮之子，仲甫猶子也。」❷知君仙骨無寒暑二句　傅幹注：「得仙道者，深冬不寒，盛夏不熱。」謂馬為得道之人，雖千載相逢，仍如旦暮一般。❸故將別語惱佳人二句　此以「梨花枝上雨」形容佳人流淚。白居易〈長恨歌〉：「玉容寂寞淚闌干，梨花一枝春帶雨。」惱，一作調。❹塘西　錢塘之西。

【賞析】

元祐六年（一〇九一）作。馬瑊原詞主要是歌頌蘇軾「遺愛感人深，灑淚多於江上雨」。蘇軾和詞自然不便在這上面作文章，所以說他「故將別語惱佳人，要看梨花枝上雨」。全詞寫得最好的也是化用白居易的這兩句，有稱其點鐵成金的，如周紫芝《竹坡詩話》卷二云：「白樂天〈長恨歌〉云：『玉容寂寞淚闌干，梨花一枝春帶雨。』人皆喜其工，而不知其氣韻之近俗也。東坡作送人小詞云：『故將別語調佳人，要看梨花枝上雨。』雖用樂天語，而別有一種風味，非點鐵成黃金手，不能為此也。」安磐《頤山詩話》也認為蘇詞尤可喜：「東坡送人小詞云：『故將別語調佳人，要看梨花枝上雨。』韓待制戲為詩曰：『昔日緹縈亦如許，盡道生男不如女。河陽滿縣皆春風，忍使梨花偏帶雨。』……二詩皆出於樂天，而新奇流動，尤可喜也。」也有持相反評價的，認為白詩、蘇詞之別有如夫人婢子之別，如薛雪《一瓢詩話》：「白香山『玉容寂寞淚闌干，梨花一枝花上雨』，有喜其工，有詆其俗。東坡小詞『故將別語惱佳人，要看梨花枝上雨』，人謂其用香山語，點鐵成金。殊不然也，香山冠冕，東坡太尖，夫人婢子，各有態度。」評價最公允的恐怕應算馬位的《秋窗隨筆》，即使「尤可喜」，仍「終不免踐樂天之迹」：「東坡詩鎔化樂天語及用樂天事甚多，如『故將別語調佳人，要看梨花枝上雨』……之類。雖作此論，終不免踐樂天之迹。」

木蘭花令

次歐公西湖韻❶

霜餘已失長淮闊❷，空聽潺潺清潁咽❸。佳人猶唱醉翁詞❹，四十三年❺如電抹。　草頭秋露流珠滑，三五盈盈還二八❻。與予同是識翁人，惟有西湖波底月❼。

【注釋】

❶次歐公西湖韻　詞題毛晉《宋六十名家詞》補。歐公指歐陽脩。西湖，此指潁州（今安徽阜陽）西湖。西湖韻指歐陽脩〈木蘭花令〉（一名〈玉樓春〉）：「西湖南北煙波闊，風裡絲簧聲韻咽。舞餘裙帶綠雙垂，酒入香腮紅一抹。　杯深不覺琉璃滑，貪看〈六幺〉花十八。明朝車馬各東西，惆悵畫橋風與月。」王文誥《蘇文忠公詩編注集成總案》卷三四：「元祐六年辛未（一〇九一）八月，遊西湖，聞歌者唱〈木蘭花令〉詞，則歐陽脩所遺也，和韻。」❷霜餘已失長淮闊　謂秋天降霜之後，淮河水枯，水面已變窄了。❸潺潺清潁咽　潁水的水流聲有如嗚咽之聲。蘇軾〈潁州初別子由二首〉有「征帆挂西風，別淚滴清潁」句。❹醉翁詞　即指〈木

蘭花令〉。醉翁，歐陽脩自號。❺四十三年　歐陽脩於皇祐元年（一〇四九）知潁州，至元祐六年已四十三年。❻三五盈盈還二八　三五，指十五日夜，二八，指十六日夜，每月十五、十六日夜皆賞月良夜。盈盈，形容月亮豐滿。❼與予同是識翁人二句　謂四十三年過去，西湖已沒有認識歐陽脩的人，只有西湖月與自己認識歐陽脩。

【賞析】

元祐六年（一〇九一）作。這是一首懷念恩師歐陽脩的詞。四十三年前，歐陽脩知潁州，作〈木蘭花令〉。四十三年後，自己知潁州，潁水仍是當年的潁水，西湖月仍是當年的西湖月，歌女們仍唱著歐陽脩所作的詞，但認識歐陽脩的人已經沒有了，「與予同是識翁人，惟有西湖波底月」，充分抒發了懷念歐陽脩的傷感之情，「一片性靈，絕去筆墨畦逕」（《草堂詩餘》續集卷下沈際飛評）。

南歌子

舞妓

雲鬢裁新綠❶，霞衣曳曉紅❷。待歌凝立翠筵中❸。一朵彩雲何事，下巫峰❹。　趁拍鸞飛鏡❺，回身燕漾空。莫翻紅袖過簾櫳❻。怕被楊花勾引，嫁東風❼。

【注釋】

❶雲鬢裁新綠　為「新裁雲鬢綠」的倒裝句，謂烏黑如雲的鬢髮剛剛梳好。《詩・鄘風・君子偕老》：「鬒髮如雲。」《毛傳》：「鬒，墨髮也。如雲，言美長也。」〈木蘭詩〉：「當窗理雲鬢，對鏡貼花黃。」❷霞衣曳曉紅　為「衣曳曉霞紅」的倒裝句，謂舞衣拖著有如紅色曉霞。曳，拖拂。❸待歌凝立翠筵中　待歌，等待

起舞的樂歌。凝立，凝然不動地站著。翠筵，飾有翠鳥羽的舞筵。❹一朵彩雲何事二句　宋玉〈高唐賦〉：「妾在巫山之陽，高丘之阻，旦為朝雲，暮為行雨。朝朝暮暮，陽臺之下。」巫峰，長江巫峽十二峰。❺趁拍鸞飛鏡　趁拍，按樂曲節拍。鸞飛鏡，《太平御覽》卷四一九引范泰〈鸞鳥詩序〉：「昔罽賓王置峻卯之山，獲一鸞鳥，王甚愛之，欲其鳴而不致也。乃飾以金樊，饗以珍羞，對之愈戚，三年不鳴。其夫人曰：『嘗聞鳥見其類而後鳴，何不懸鏡以映之？』王從其言，鸞睹影悲鳴，哀響衝霄，一奮而絕。」❻過簾櫳　穿過窗簾和窗戶。櫳，窗上櫺木。❼怕被楊花勾引二句　形容舞妓身輕，怕她同柳絮一起被風吹走。張先〈一叢花令〉：「沉恨細思，不如桃杏，猶解嫁東風。」

【賞析】

此「舞妓」似為蘇軾侍妾朝雲，首二句即暗含朝雲二字，「一朵彩雲何事」二句用宋玉〈高唐賦〉事，更是明點朝雲。元祐六年（一〇九一）秦觀曾作〈南歌子・贈東坡侍妾朝雲〉：「靄靄凝春態，溶溶媚曉光。何期容易下巫陽，只恐使君（指蘇軾）前世，是襄王。　暫為清歌駐，還因暮雨忙。瞥然歸去斷人腸，空使蘭臺公子（秦觀自指，時秦供職秘書省）賦〈高唐〉。」從蘇軾此詞內容看，顯為答秦觀而作，當作於同時。上闋寫舞前準備，「雲鬢裁新綠，霞衣曳曉紅」即秦觀的「靄靄凝春態，溶溶媚曉光」，皆寫朝雲美貌。《草堂詩餘》別集卷二沈際飛評首二句云：「未舞而舞之神已全。」「一朵彩雲何事，下巫峰」即秦觀的「何期容易下巫陽，只恐使君前世，是襄王」。「待歌凝立翠筵中」即秦觀的「暫為清歌駐」。「趁拍鸞飛鏡，回身燕漾空。莫翻紅袖過簾櫳。怕被楊花勾引，嫁東風」，描摹朝雲輕盈的舞姿，也是回答秦觀「瞥然歸去斷人腸，空使蘭臺公子賦〈高唐〉」的玩笑話。

青玉案　和賀方回韻，送伯固歸吳中❶

三年枕上吳中路❷，遣黃耳❸，隨君去。若到松江❹呼小渡，莫驚鷗鷺。四橋❺都是，老子❻經行處。

〈輞川圖〉❼上看春暮，常記高人右丞句❽。作箇歸期天已許，春衫猶是，小蠻❾針線，曾溼西湖雨。

【注釋】

❶和賀方回韻二句　賀鑄，字方回，衛州人。孝惠皇后之族孫。博學強記，工語言，長於度曲，著有《慶湖遺老集》。事跡見《宋史・賀鑄傳》。賀方回韻，指賀鑄〈青玉案〉：「淩波不過橫塘路，但目送，芳塵去。錦瑟華年誰與度，月橋花院，瑣窗朱戶，只是春知處。　飛雲冉冉蘅皋暮，彩筆新題斷腸句。若問閒情都幾許，一川煙雨，滿城風絮，梅子黃時雨。」伯固，即蘇堅，見蘇軾〈鵲橋仙・七夕和蘇堅〉注❶。❷三年枕上吳中路　謂三年來時時夢見在吳中的相聚。枕上，謂睡夢中。❸黃耳　犬名。《晉書・陸機傳》：「機有駿犬，名曰黃耳，甚愛之。既而羈寓京師，久無家問，笑語犬曰：『我家絕無書信，汝能齎書取消息不？』犬搖尾作聲，機乃為書，以竹筩盛之而繫其頸。犬尋路南走，遂至其家，得報還洛，其後因以為常。」❹松江　吳松江，一稱蘇州河，黃浦江支流。❺四橋　傅幹注：「姑蘇有四橋，長為絕景。」❻老子　蘇軾自謂。❼輞川圖　《唐朝名畫錄》：「王維畫〈輞川圖〉，山谷鬱盤，雲水飛動，意出塵外，怪生筆端。」❽高人右丞句　杜甫〈解悶〉：「不見高人王右丞，藍田邱壑蔓寒藤。」右丞，即王維，借以比蘇堅。王維，字摩詰。唐朝著名詩人，尤長五言詩，書畫絕妙。事跡見《舊唐書・王維傳》。❾小蠻　歌妓名，孟棨《本事詩・感事第二》：「白尚書（居易）

姬人樊素善歌，妓人小蠻善舞，嘗為詩曰：『櫻桃樊素口，楊柳小蠻腰。』

【賞析】

元祐七年（一〇九二）作，此詞上闋寫「送伯固歸吳中故居」，謂吳中是自己當年經行之處，三年來常常為之夢魂縈繞。下闋寫伯固「吳中故居」，以王維的輞川別業比蘇堅的吳中故居，以白居易與小蠻的豔情比喻蘇堅與其家姬的豔情。況周頤《蕙風詞話》卷二云：「東坡詞〈青玉案〉，用賀方回韻，送伯固歸吳中，歇拍云：『作箇歸期天應許。春衫猶是，小蠻針線，曾溼西湖雨。』上三句，未為甚豔。『曾溼西湖雨』是清語，非豔語。與上三句相連屬，遂成奇豔絕豔，令人愛不忍釋。坡公天仙化人，此等詞猶為非其至者，後學已未易模仿其萬一。」

【集評】

況周頤《蕙風詞話》卷三：天籟詞〈永遇樂・同李景安遊西湖〉云：「青衫盡付，濛濛雨溼，更著小蠻針線。」用坡公〈青玉案〉句「春衫猶是，小蠻針線，曾溼西湖雨。」而太素語特傷心。其言外之意，雖形骸可土木，何有於小蠻針線之青衫？以坡公之「瓊樓玉宇，高處不勝寒」比之，猶死別之與生離也。

戚氏

玉龜山❶。東皇靈媲❷統群仙。絳闕岧嶤，翠房深迥，倚雲煙❸。幽閒。志蕭然。金城千里鎖嬋娟❹。當時穆滿巡狩，翠華曾到海西邊❺。風露明霽，鯨波極目，勢浮輿蓋方圓❻。正迢迢麗日，玄圃❼清寂，瓊草芊綿❽。

爭解繡勒香韉❾。鸞輅駐蹕❿，八馬戲芝田⓫。瑤池⓬近、畫樓隱隱，翠鳥⓭翩翩。肆華筵⓮。間作脆管鳴絃⓯。宛若帝所鈞天⓰。稚顏皓齒⓱，綠髮方瞳⓲，圓極恬淡高妍。盡倒瓊壺⓳酒，獻金鼎⓴藥，固大椿㉑年。

縹緲飛瓊妙舞，命雙成、奏曲醉留連㉒。雲璈韻響㉓瀉寒泉。浩歌暢飲，斜月低河漢㉔。漸漸綺霞、天際紅深淺。動歸思、迴首塵寰。爛漫遊、玉輦東還㉕。杏花風㉖、數里響鳴鞭。望長安㉗路，依稀柳色，翠點春妍。

【注釋】

❶玉龜山　神仙所居之山。《集仙錄》：「(西王母)所居宮闕，在龜山春山西那之都，崑崙之圃。」❷東皇靈媲　指東王公和西王母，相傳二人為夫婦，統領群仙。《集仙錄》：「與東王公共理二氣，而育養天地，陶鈞萬物矣。……天上天下，三界十方，女子之得道者，咸所隸焉。」❸絳闕岧嶤三句　絳闕、翠房，皆西王母所居宮室。《集仙錄》：「瓊華之闕，光碧之堂，九層玄室，紫翠丹房，左帶瑤池，右環翠水。」岧嶤，高峻貌。深迥，深遠。雲煙，煙雲繚繞。❹金城千里鎖嬋娟　金城，王母所居，《十洲記》：「積金為天墉城，面方千里，上安金臺五所，玉樓十二所。」嬋娟，美女，此指金城中的仙女。❺當時穆滿巡狩二句　穆滿，即周穆王。《仙傳拾遺》：「王少好神仙之道，常欲使車轍馬迹，遍於天下，以仿黃帝焉。乃乘八駿之馬，奔戎，使造父為御，得白狐玄貉，以祭於河宗。導車涉弱水，魚鱉黿鼉以為梁，遂登於春山。又觴西王母於瑤池之上。」翠華，天

子車駕。曾到海西邊，即指周穆王嘗「觴西王母於瑤池之上」。❻風露明霽三句　極寫穆天子巡行的氣勢，謂在風露明霽之時，極目遠望，他巡行的隊伍有如鯨魚激起的波浪，好像要把天地都浮起來一樣。駱賓王〈和孫長史秋日臥病〉：「決勝鯨波靜，騰謀鳥谷開。」輿蓋，車箱車蓋，比喻天地。方圓，亦喻天地，地方天圓。❼玄圃　亦作懸圃，仙境之一，《淮南子．地形訓》：「崑崙之丘，或上倍之，是謂涼風之山，登之而不死。或上倍之，是謂懸圃，登之乃靈，能使風雨。」❽瓊草芊綿　李白〈送族弟襄歸桂陽〉：「春潭瓊草綠可折，西寄長安明月樓。」芊綿，叢生茂密貌。❾繡勒香韉　勒，馬絡頭。韉，馬鞍下的墊子，此代馬鞍。❿鸞輅駐蹕　鸞輅，天子的車。駐蹕，天子停留下來。⓫八馬戲芝田　《拾遺記》：「穆王即位三十二年，巡行天下，馭八龍之駿：一名絕地，足不踐土；二名翻竹，行越飛禽；三名奔霄，夜行萬里；四名超影，逐日而行；五名踰輝，毛色炳耀；六名超光，一形十影；七名騰霧，乘雲而奔；八名挾翼，身有肉翅。」芝田，《十洲記》：「方丈洲在東海中心，……仙家數十萬，耕田種芝草。」⓬瑤池　《集仙錄》謂西王母所居「左帶瑤池，右環翠水」。⓭翠鳥　為西王母報信的青鳥。《竹書紀年》：「穆王十三年西征，至於青鳥之所憩。」⓮肆華筵　陳設豪華的筵席。《仙傳拾遺》：「(周穆王)造崑崙時，飲蜂山石髓，食玉樹之食，……飲琬琰之膏，進甜雪之味，素蓮黑棗，碧藕白橘，皆神仙之物。」⓯脆管鳴絃　《漢武內傳》：「王母乃命諸侍女王子登彈八琅之璈，又命侍女董雙成吹雲和之笙，石公子擊昆庭之金，許飛瓊鼓震靈之簧，婉凌華拊五靈之石，范成君擊湘陰之磬，段安香作九天之鈞。於是眾聲澈朗，靈音駭空。」⓰帝所鈞天　《史記．趙世家》：「趙簡子疾，五日不知人。……居二日半，簡子寤，語大夫曰：『我之帝所甚樂，與百神遊於鈞天。廣樂九奏萬舞，不類三代之樂。其聲動人心。』」鈞天，《淮南子．天文訓》：「天有九野，……中央曰鈞天。」⓱稚顏皓齒　容顏年幼，牙齒潔白。⓲綠髮方瞳　頭髮黑而發亮，眼睛瞳孔成方形。《南史．陶弘景傳》：「仙書云：眼方者壽千歲。」⓳瓊壺　玉壺。⓴金鼎煉仙丹的爐。《文選》江淹〈別賦〉「鍊金鼎而方堅」注：「鍊金鼎，鍊金為丹之鼎也。」㉑大椿　《莊子・逍遙遊》：「上古有大椿者，以八千歲為春，八千歲為秋。」㉒縹緲飛瓊妙舞二句　飛瓊，指許飛瓊，雙成，指董雙成，皆西王母侍女。㉓雲璈韻響　即《漢武內傳》所謂「王母乃命諸侍女王子登彈八琅之璈」。㉔河漢即銀河，〈古詩十九首〉：「河漢清且淺。」㉕玉輦東還　《穆天子傳》：「己亥，天子東歸。」輦，天子之車。㉖杏花風　清明前後杏花開時多有風雨。㉗長安　代指國都，西周以鎬為國都，漢才以長安為國都。

【賞析】

元祐八年（一〇九三）知定州時作。關於此詞背景，李之儀〈跋戚氏〉《姑溪居士文集》卷三八）說：「元祐末，東坡老人自禮部尚書，以端明殿學士加翰林院侍讀學士，為定州安撫使。開府延辟，多取其氣類，故之儀以門生從辟，而蜀人孫子發實相與俱。於是海陵滕興公、溫陵曾仲錫為定倅，五人者每辨色會於公廳，領所事竟，按前所約之地，窮日力，盡歡而罷。或夜，則以曉角動為期。方從容醉笑間，多令官妓隨意歌於坐側，各因其譜，即席賦詠。一日，歌者輒於老人之側作〈戚氏〉，意將索老人之才於倉卒，以驗天下之所向慕者。老人笑而頷之，邂逅方論穆天子事，頗摘其虛誕，遂資以應之。隨聲隨寫，歌竟篇就，才點定五六字爾。坐中隨聲擊節，終席不間他辭，亦不容別進一語。臨分曰：『足以為中山一時盛事，前固莫與比，而後來者未必能繼也。』方圖刻石以表之，而謫去，賓客皆分散。」對此詞歷來有兩種截然相反的評價。費袞《梁谿漫志》卷九云：「予觀其詞，有曰『玉龜山，東皇靈姥統群仙』，又云『爭解繡勒香韉』，又云『鸞輅駐蹕』，又云『肆華筵，間作脆管鳴弦，宛若帝所鈞天』，又云『盡倒瓊壺酒，獻金鼎藥，固大椿年』，又云『浩歌暢飲，回首塵寰。爛漫遊，玉輦東還』。東坡御風騎氣，下筆真神仙語。此等鄙俚猥俗之詞，殆是教坊倡優所為，雖東坡竈下老婢，亦不作此語。而顧稱譽若此，豈果端叔之言耶？恐貽誤後人，不可以不辨。」但陸游《老學庵筆記》卷九駁費氏云：「東坡先生在中山作〈戚氏〉樂府詞，最得意。幕客李端叔〈跋〉三百四十餘字，敘述甚備。欲刻石傳後，為定武盛事，會謫去不果。今乃不載集中，至有立論排詆，以為非公作者，識真之難如此哉！」元好問〈東坡樂府集選序〉（《元遺山文集》卷三六）亦云：「『玉龜山』一篇，予謂非東坡不能作。」當以陸、元之說為是。此詞是東坡詞中最長的，雖「隨聲隨寫」，但結構謹嚴。首敘穆天子巡行天下，西到西王母所居之地，寫來氣勢磅礴（「鯨波極目，勢浮輿蓋方圓」），形象鮮明（如「風露明霽……正迢迢麗日，玄圃清寂，瓊草芊綿」）。次敘宴飲，寫西王母盛宴招待穆天子，侍宴者皆「稚顏皓齒，綠髮方瞳」，「恬淡高妍」；所食者都是神仙的長生不老之物：「晝倒瓊壺酒，獻金鼎藥，固大椿年。」次敘招待會上的歌舞，飛瓊妙舞，雙成奏曲，雲璈韻響，最後以「動歸思」，「迴首塵寰」，「玉輦東還」作結，照應開頭的「穆滿巡狩，翠華曾到海西邊」。全詞把這次「爛漫遊」寫得有聲有色，詞彩之「爛漫」決不下於穆天子巡狩之「爛漫」。費袞竟詆為「教坊倡優所為」，真是不可理解。

【集評】

吳曾《能改齋漫錄》卷一七：此東坡〈戚氏〉詞也。東坡元祐末自禮部尚書帥定州日，官妓因宴，索公為〈戚氏〉詞。公方與坐客論穆天子事，頗訝其虛誕，遂資以應之，隨聲隨寫，歌竟篇就，才點定五六字。坐中隨聲擊節，終席不問他詞，亦未容別進一語，且曰足為中山一時盛事耳。

劉克莊〈跋劉叔安感秋八詞〉：詞家有長腔，有短闋。坡公〈戚氏〉等作，以長而工也。《後村大

全集》卷九九）

蝶戀花　春景

花褪殘紅青杏小❶。燕子飛時，綠水人家繞❷。枝上柳綿吹又少。天涯何處無芳草❸。

牆裡鞦韆牆外道。牆外行人，牆裡佳人笑。笑漸不聞聲漸悄，多情卻被無情惱❹。

【注釋】

❶花褪殘紅青杏小　以寫景點時令，紅花凋謝，青杏初結，正是春末夏初景色。❷燕子飛時二句　此以寫景交代地點。「繞」一作「曉」，《詩人玉屑》卷二一引《詞話》云：「予得真本於友人處，「綠水人家繞」作「綠水人家曉」。……而『繞』與『曉』自霄壤也。」《草堂詩餘》卷三楊慎批語亦認為：「『曉』字勝于『遶』字，『曉』字有味，『遶』字呆，可悟字法。」《草堂詩餘》正集卷二沈際飛批語卻認為：「有『燕子』句，合用『繞』字。若『曉』字，少著落。」俞彥《爰園詞話》亦曰：「『繞』字雖平，然是實境。『曉』字無皈著，試通詠全章便見。」全章中實無「曉」景，的確「合用『繞』字」。❸枝上柳綿吹又少二句　柳絮將盡，芳草無際，進一步感歎「春去也」。王士禎《花草蒙拾》：「『枝上柳綿』，恐屯田（柳永）緣情綺靡，未必能過。孰謂坡但解作『大江東去』耶！髯直是軼倫絕群。」❹牆裡鞦韆牆外道五句　黃氏《蓼園詞選》：「『柳綿』自是佳句，而次闋尤為奇情四溢也。」《詩人玉屑》卷二一引《詞話》：「『多情卻被無情惱』，蓋行人多情，佳人無情耳，此二字極有理趣。」小詞最忌詞語重複，這裡「牆裡」、「牆外」的往復循環卻妙趣橫生。

【賞析】

此詞作年不可考，只知蘇軾貶官惠州（今廣東惠陽）曾命侍妾朝雲唱此詞：「子瞻在惠州，與朝雲閒坐。時青女（霜神）初至，落木蕭蕭，凄然有悲秋之意。命朝雲把大白，唱『花褪殘紅』。朝雲歌喉將轉，淚滿衣襟。子瞻詰其故，答曰：奴所不能歌，是『枝上柳綿吹又少，天涯何處無芳草也。』子瞻翻然大笑曰：『是吾政（正）悲秋，而汝又傷春矣。』遂罷。朝雲不久抱疾而亡，子瞻終身不復聽此詞。」（張宗檽《詞林紀事》卷五引《林下詞談》）《冷齋夜話》亦云：「東坡渡海（當為渡嶺之誤），惟朝雲王氏隨行。日誦『枝上柳綿』二句，為之流淚，病極，猶不釋口。」此詞上闋傷春，有「流水落花春去也」之感；下闋寫「牆外行人」的單相思，為「佳人難再得」而煩惱。初讀，上下闋似不甚協調，故先著《詞潔》卷二有「後半手滑」，有「筆走不守之憾」。其實上闋歎春光易逝正是為寫下闋佳人難再見，上闋的「人家」已為下闋寫「牆裡佳人」作好了鋪墊。可見作者是經過精心構思和布置的，不存在手滑筆走的問題。

【集評】

項安世《項氏家說》卷八：余又謂「枝上柳綿吹又少，天涯何處無芳草」，此意亦深切。余在會稽，嘗作〈送春〉詩曰：「墮紅一片已堪疑，吹至楊花事可知。借問春歸誰與伴，淚痕都付石榴枝。」蓋兼用兩詞之意，書生此念，千載一轍也。

《草堂詩餘》正集卷二沈際飛評：「枝上」二句，斷送朝雲。「一聲何滿子，腸斷李延年」，正若是耳。

尤侗〈三十二芙蓉詞序〉：東坡「柳綿」之句，可入女郎紅牙；使屯田賦〈赤壁〉，必不能製將軍鐵板之聲也。

沈雄《古今詞話・詞品》上卷：「枝上柳綿吹又少，天涯何處無芳草」，蘇東坡〈蝶戀花〉句，在可解不可解之間，姬人朝雲日夕歌之，竟以病終。

黃氏《蓼園詞選》：「柳綿」自是佳句，而次闋尤為奇情四溢也。

王闓運《湘綺樓詞選》：此則逸思，非文人所宜。

西江月

古梅

玉骨那愁瘴霧❶，冰肌❷自有仙風。海山時遣探芳叢，倒掛綠毛么鳳❸。　素面常嫌粉涴❹，洗妝不褪脣紅❺。高情已逐曉雲空，不與梨花同夢❻。

【注釋】

❶瘴霧　即瘴氣，南方山林中潮溼之氣。❷冰肌　《莊子・逍遙遊》：「藐孤射之山，有神人居焉。肌膚若冰雪，淖約若處子。」❸綠毛么鳳　傅幹《注坡詞》引蘇軾自跋云：「詩人王昌齡夢中作〈梅花〉詩。南海有珍禽，名『倒掛子』，綠毛，如鸚鵡而小。惠州多梅花，故作此詞。」莊綽《雞肋編》云：「廣南有綠丹觜禽，其大如雀，狀類鸚鵡，棲集皆倒懸於枝上，土人呼為『倒掛子』。」沈雄《古今詞話・詞品》上卷亦云：「么鳳，惠州梅花上珍禽，名『倒掛子』，似綠毛鳳而小，其矢亦香，俗人蓄之帳中，東坡〈西江月〉云『倒掛綠毛么鳳』是也。」❹素面常嫌粉涴　《楊太真外傳》云：「虢國不施妝粉，自衒美豔，常素面朝天。當時杜甫有詩云：『虢國夫人承主恩，平明上馬入宮門。卻嫌脂粉涴顏色，淡掃娥眉朝至尊。』」涴，玷汙。❺洗妝不褪脣紅　《冷

齋夜話》卷一〇：「嶺外梅花與中國異，其花幾類桃花之色，而脣紅香著。」莊綽《雞肋編》云：「梅花葉四周皆紅，故有『洗妝』之句。」❻不與梨花同夢　胡仔《苕溪漁隱叢話》前集卷四一引《高齋詩話》：「『高情已逐曉雲空，不與梨花同夢。』後見王昌齡〈梅〉詩云：『落落寞寞路不分，夢中喚作梨花雲。』方知東坡引用此詩也。」張邦基《墨莊漫錄》卷六：「東坡作〈梅花〉詞云：『高情已逐曉雲空，不與梨花同夢。』注云：唐王建有〈夢看梨花雲〉詩：『……薄薄落落霧不分，夢中喚作梨花雲。瑤池水光蓬萊雲，青葉白花相次發。』或誤傳為王昌齡，非也。」

【賞析】

此詞一題作〈梅花〉，表面是一首詠梅花的詠物詞，但實際上是一首悼亡詞，是紹聖三年（一〇九六）十月（王文誥《蘇文忠公詩編注集成總案》卷四〇）為懷念侍妾朝雲而作。陳鵠《耆舊續聞》卷二引陸辰州子逸語：「某嘗於晁以道家見東坡真蹟，晁氏云：東坡有妾名曰朝雲、榴花，朝雲死於嶺外，東坡嘗作〈西江月〉一闋，寓意於梅，所謂『高情已逐曉雲空』是也。」「玉骨那愁瘴霧，冰肌自有仙風」，主要是歌頌朝雲高潔的品格，面臨惡劣的環境，卻能泰然處之，飄飄然仍有神僊之態；「素面常嫌粉涴，洗妝不褪脣紅」，寫朝雲之美，與寫朝雲夭折的〈和胡西曹示顧賊曹〉的「卯酒暈玉頰，紅綃捲生衣」同意；「高情已逐曉雲空，不與梨花同夢」則寫朝雲之死，與蘇軾〈悼朝雲詩〉「傷心一念償前債，彈指三生斷後緣」同意，朝雲是一去不返了，全詞充分抒發了自己的悲痛之情。

【集評】

釋惠洪《冷齋夜話》卷一：東坡南遷，侍兒王朝雲者請從行，東坡佳之，作詩有序曰：……，蓋紹聖元年十一月也。三年七月十五日，朝雲卒，葬於棲禪寺松林中，直大聖塔。又和詩，又作〈梅花〉詞曰「玉骨那愁瘴霧」者，其寓意為朝雲作也。

龔頤正《芥隱筆記》：東坡〈梅〉詞「不與梨花同夢」，蓋用王建〈夢中梨花雲〉詩，時侍兒朝雲新亡，其寓意為朝雲作。

胡仔《苕溪漁隱叢話》前集卷四一：《冷齋夜話》云：「東坡在惠州，作〈梅〉詞云：『玉骨那愁瘴霧。……』時侍兒朝雲新亡，其寓意為朝雲作也。」苕溪漁隱曰：《王直方詩話》載晁以道云：「說之初見東坡〈梅〉詞，便知道此老須過海，只為古今人不曾道到此，須罰教去。」此言鄙俚，近於忌人之長，幸人之禍，直方無識，載之詩話，寧不畏人之譏誚乎？

袁文《甕牖閒評》卷五：「靄靄迷春態……」此秦少游為朝雲作〈南歌子〉詞也。「玉骨那愁瘴霧……」此蘇東坡為朝雲作〈西江月〉詞也。余謂此二詞皆朝雲死後作，其間言語亦可見。而《藝苑雌黃》乃云：「〈南歌子〉者，東坡令朝雲就少游乞之；〈西江月〉者，東坡作之以贈焉。」恐非也。

王楙《野客叢書》卷六：東坡在惠州有〈梅〉詞〈西江月〉，末云：「高情已逐曉雲空，不與梨花同夢。」蓋悼朝雲而作。苕溪漁隱……謂直方無識，載之詩話，寧不畏人之譏乎。僕謂晁以道此言非忌人之長，幸人之禍也，蓋以坡公道人所不能到之妙，奪天地造化之巧，故有謫罰之語。直方所載，當有所自，而漁隱至以無識譏之，是不思之過也。

《草堂詩餘》卷一楊慎評：古今梅花詞，此為第一。

王世貞《藝苑卮言》引《詞苑》：「杏花疏影裡，吹笛到天明」，又「高情已逐曉雲空，不與梨花同夢」，爽語也。其詞濃與淡之間也。

浣溪沙

春情

道字嬌訛苦未成❶，未應春閣夢多情。朝來何事綠鬟傾❷？　綵索身輕長趁燕❸，紅窗睡重不聞鶯❹。困人天氣近清明。

【注釋】

❶道字嬌訛苦未成　謂女子年紀太小，發音不準。道，說話。嬌，嬌小，帶孩子氣。李白〈對酒〉：「青黛畫眉紅錦靴，道字不正嬌唱歌。」《草堂詩餘》續集卷上沈際飛評：「首句卻生。」❷未應春閣夢多情二句　謂年小不應夢見多情之事，為何早起不梳妝，雲鬟歪斜呢？❸綵索身輕長趁燕　傅幹注：「戲鞦韆也，婦女身輕，高低往來如飛燕。」❹紅窗睡重不聞鶯　金昌緒〈春怨〉：「打起黃鶯兒，莫教枝上啼。啼時驚妾夢，不得到遼西。」李益〈奉和武相公春曉聞鶯〉：「蜀道山川心易驚，綠窗殘夢曉聞鶯。」此反用二詩之意。

【賞析】

據薛瑞生先生考證，此詞作於紹聖四年（一〇九七）（見《東坡詞編年箋證》卷三）。這是一首豔詞，活脫脫地寫出了一位女孩的嬌態，她小得還發音不準，好像已為春情所困，早晨起來綠髮蓬亂。她天真活潑，盪起鞦韆，身輕如燕。春日天氣暖和，一會就困倦了，睡在窗前，什麼鶯聲燕語，也不能把她驚醒。賀裳《皺水軒詞筌》云：「蘇子瞻有銅琵鐵板之譏，然其〈浣溪紗〉（春閨）曰：『綵索身輕常趁燕，紅窗睡重不聞鶯。』如此風調，令十七八女郎歌之，豈在『曉風殘月』之下？」沈雄《古今詞話・詞話》

上卷引王世貞曰：「永叔、長公，極不能作麗語，而亦有之。永叔如『當路游絲縈醉客，隔花啼鳥喚行人』，長公如『綵索身輕長趁燕，紅窗睡重不聞鶯』，勝人百倍。」

千秋歲

次韻少游❶

島邊天外，未老身先退❷。珠淚濺，丹衷❸碎。聲搖蒼玉佩，色重黃金帶❹。一萬里，斜陽正與長安對❺。

道遠誰云會。罪大天能蓋❻。君命重，臣節在。新恩猶可覬，舊學終難改❼。吾已矣，乘桴且恁浮於海❽。

【注釋】

❶次韻少游　秦觀（一〇四九—一一〇〇）字少游，一字太虛，高郵（今江蘇揚州）人。蘇門四學士之一。紹聖二年（一〇九五）坐黨籍，謫居處州，作〈千秋歲〉詞：「水邊沙外，城郭春寒退。花影亂，鶯聲碎。飄零疏酒盞，離別寬衣帶。人不見，碧雲暮合空相對。　憶昔西池會，鵷鷺同飛蓋。攜手處，今誰在？日邊清夢斷，鏡裡朱顏改。春去也，飛紅萬點愁如海。」蘇軾所次韻即此詞。❷未老身先退　《禮記・曲禮上》：「七十曰老。……大夫七十而致事。」鄭玄注：「致其所掌之事於君而告老。」時蘇軾年六十三而遠謫海南，故云。❸丹衷　即丹心、赤心。❹聲搖蒼玉佩二句　《詩・小雅・采芑》：「八鸞瑲瑲。」疏：「方叔為將，四馬八鸞之聲瑲瑲然，其身則服其受王命之服，黃朱之帶。」時蘇軾雖處貶謫，而服飾冠帶未變。❺一萬里二句　謂海南遠在萬里外，但通過斜陽仍可與京城開封相對。長安，以漢都喻宋都。丁謂謫海南，作〈有感〉詩云：「今到崖州事可嗟，夢中常若在京華。程途何啻一萬里，戶口都無三百家。」❻道遠誰云會二句　謂路遠罪大，與

秦觀已很難相會。❼君命重四句　表明自己要堅守臣節，新恩雖可覬覦，但因舊學難改，也就很難覬覦了。蘇軾〈謝中書舍人表〉云：「臣敢不益勵素心，無忘舊學。」又〈遊徑山〉詩云：「嗟余老矣百事廢，卻尋舊學心茫然。」❽乘桴且恁浮於海　《論語・公治長》云：「道不行，乘桴浮於海。」蘇軾〈六月二十日夜渡海〉云：「空餘魯叟乘桴意，粗識軒轅奏樂聲。」恁，如此，這般。

【賞析】

此詞作於元符元年（一〇九八）。吳曾《能改齋漫錄》卷一七云：「東坡在儋耳，姪孫蘇元老因趙秀才還自京師，以少游、（孔）毅甫所贈酬者寄之，東坡乃次韻示元老，且云：『便見其超然自得，不改其度之意。』」「超然自得，不改其度」用以自評此詞也十分恰當。此詞上闋寫其遠謫海南，下闋即抒其「超然自得，不改其度」之情，特別是「君命重，臣節在。新恩猶可覬，舊學終難改」數句，朱熹〈答廖子晦〉云：「坡公海外意況深可歎息。近見其晚年所作小詞，有『新恩雖可覬，舊學終難改』之句，每諷詠之，亦足令人慨然也。」

南歌子　有感

笑怕薔薇罥❶，行憂寶瑟僵❷。美人依約在西廂❸。只恐暗中迷路、認餘香❹。　午夜風翻幔❺，三更月到床❻。簟紋如水玉肌涼❼。何物與儂歸去、有殘妝❽。

【注釋】

❶笑怕薔薇罥　怕被薔薇掛著。罥，掛著。顏師古《大業拾遺記》：「（隋煬帝）幸月觀，……適有小黃門映薔薇叢調宮婢，衣帶為薔薇罥結，笑聲吃吃不止。帝望見腰肢纖弱，意為寶兒有私。帝披單衣亟行擒之，乃宮婢雅孃也。」❷行憂寶瑟僵　擔憂行走時碰著寶瑟。《漢書・金日磾傳》記莽何羅欲刺殺漢武帝，被金日磾覺察監視，後伺機袖藏白刃至寢宮，「見日磾，色變，走趨臥內欲入，行觸寶瑟，僵。」以上兩個典故各有各的主旨，蘇軾借用來同寫幽會者的心態，怕人碰上。❸美人依約在西廂　元稹《會真記》載崔鶯鶯詩：「待月西廂下，迎風戶半開。拂牆花影動，疑是玉人來。」依約，彷彿。西廂，代指幽會之地。❹只恐暗中迷路認餘香　謂暗中怕迷路，只有借著殘留的脂粉香氣辨別其去向。❺午夜風翻幔　用《會真記》詩意：「風吹過牆竹，鶯歌拂井桐。羅綃垂薄霧，環珮響輕風。」午夜，半夜。幔，帳幔。❻三更月到床　《會真記》：「是夕旬有八日也，斜月晶瑩，幽輝半床。」❼簟紋如水玉肌涼　簟，竹席。玉肌，美女的肌膚。❽何物與儂歸去有殘妝　《會真記》寫張生與鶯鶯幽會後，「張生辨色而興（起），自疑曰：『豈其夢邪？』及明，睹妝在臂，香在衣，淚光熒熒然，猶瑩於茵席而已。」

【賞析】

此詞寫作時間不詳。內容是寫男女幽會，上闋寫赴約時的心態，生怕被人碰見，又怕迷路，只好隨著美人餘香尋去。下闋前三句寫半夜的幽會，末二句寫天明帶著美女餘香離去。沈際飛對尾句很欣賞，認為是「喜得鼻觀先通。強自慰，亦譽美人，至矣」（《草堂詩餘》別集卷二）。

【集評】

王士禛《帶經堂詩話》卷一七：東坡詞「行憂寶瑟僵」，乃用《漢書・金日磾傳》「行觸寶瑟僵」語，解者顧引楊行密給朱延壽病目行觸柱僵，有何干涉？乃知注書之難，東坡、放翁猶不敢居，有以也。

行香子　寓意

三入承明。四至九卿❶。問儒生、何辱何榮？金張七葉，紈綺貂纓❷。無汗馬事❸，不獻賦❹，不明經❺。　成都卜肆，寂寞君平❻。鄭子真、巖谷躬耕❼。寒灰炙手，人重人輕❽。除竺乾學，得無念，得無名❾。

【注釋】

❶三入承明二句　蘇軾〈謝兼侍讀表〉：「七典名郡，再入翰林；兩除尚書，三忝侍讀。」三入承明，指三次充任能夠親近皇帝的官職（如侍讀），應璩〈百一〉詩：「問我何功德，三入承明廬。」承明，承明廬，漢時官員在皇宮中值班歇息之處。九卿，三代、周、漢皆有九卿，據《漢書・百官公卿表》，漢代九卿指太常、光祿勳、衛尉、太僕、廷尉、鴻臚、宗正、大司農、少府，地位僅次於三公。❷金張七葉二句　左思〈詠史八首〉：「金張籍舊業，七葉珥漢貂。」金指金日磾，張指張安世，皆漢代大臣，子孫數代為高官。事見《漢書・金日磾傳贊》、《漢書・張安世傳》。紈綺貂纓，指貴官的穿戴，傅幹注：「綺襦紈袴，貴者之服。貂纓，侍中常侍之冠。」❸無汗馬事　沒有武功。《漢書・公孫弘傳》：「臣愚駑無汗馬之勞。」❹不獻賦　無文才，傅幹注：「司馬相如獻賦於漢武帝，帝以為郎。」❺不明經　無學問，不懂經義。傅幹注：「漢平當明經為博士。」事見《漢書・平當傳》。❻成都卜肆二句　《漢書・王貢兩龔鮑傳》：「君平卜筮於成都市，……裁日閱數人，得百錢足自養，則閉肆下簾而授《老子》，博覽無不通。依老子、嚴周（即莊周）之指著書十餘萬言。」卜肆，開店卜卦。

❼鄭子真巖谷躬耕　《漢書・王貢兩龔鮑傳》：「谷口有鄭子真，蜀有嚴君平，皆修身自保，非其服弗服，非其食弗食。成帝時，元舅大將軍王鳳以禮聘子真，子真不詘而終。……及（揚）雄著書言當世士，稱此二人，其論曰：……谷口鄭子真不詘其志，耕於巖石之下。」❽寒灰炙手二句　謂有些人冷如死灰（人輕），如嚴君平、鄭子真；有些人炙手可熱（人重），如金日磾、張安世。❾除竺乾學三句　竺乾學，即佛學，傅幹注：「佛教本自西竺乾天。釋氏以滅五欲，故『無念』；以存四諦，故『無名』。」

【賞析】

此詞寫作時間不詳，從內容看，當為晚年飽經風霜之後所作。全詞演繹左思的〈詠史八首〉：「鬱鬱澗底松，離離山上苗。以彼徑寸莖，蔭此百尺條。世胄攝高位，英駿沉下僚。地勢使之然，由來非一朝。金張籍舊業，七葉珥漢貂。馮公（唐）豈不偉，白首不見招。」上闋感歎「三入承明，四至九卿」未必就光榮，因為金、張後代無戰功，無文才，無學問，也可代代「紈綺貂纓」。下闋以寂寞的君平、躬耕的鄭子真與金、張對比，回答了何辱何榮、何重何輕的問題，抒發了作者一生不得志的自寬自解之情。

行香子　述懷

清夜無塵。月色如銀。酒斟時、須滿十分❶。浮名浮利❷，虛苦❸勞神。歎隙中駒❹，石中火❺，夢中身❻。

雖抱文章，開口誰親。且陶陶❼、樂盡天真。幾時歸去，作箇閒人。對一張琴，一壺酒，一溪雲❽。

【注釋】

❶須滿十分　《閒情小品・酒考》：「酒船，古以金銀為之，內藏風帆十幅，酒滿一分則一帆舉，酒乾十分則一帆落。」白居易〈雪夜喜李郎中見訪兼酬所贈〉：「十分滿盞黃金波。」❷浮名浮利　謂名利是空的，飄浮不定。❸虛苦　徒勞，無代價的勞苦。❹隙中駒　《莊子・知北遊》：「人生天地間，如白駒之過隙，忽然而已。」隙，小孔。駒，馬。❺石中火　敲擊石塊發出的短暫火花。劉晝《新論・惜時》：「人之短生，猶如石火，炯然一過。」❻夢中身　《關尹子・四符》：「知此身如夢中身，隨情所見，可以飛神。」❼陶陶　《詩・王風・君子陶陶》毛傳：「陶陶，和樂貌。」劉伶〈酒德頌〉：「無思無慮，其樂陶陶。」❽對一張琴三句　歐陽脩〈六一居士傳〉：「吾家藏書一萬卷，集錄三代以來金石遺文一千卷，有琴一張，有棋一局，而常置酒一壺。」

【賞析】

此詞寫作時間不詳，也是一首牢騷詞，「學士一肚子不合時宜，真相知」（《草堂詩餘》續集卷下沈際飛評）。上闋歎浮名浮利如隙中駒，石中火，夢中身，不值得勞神，確實「說得英雄，倏熱倏冷」（同上）。下闋寫不如歸去，「作箇閒人。對一張琴，一壺酒，一溪雲」，確實寫得「天趣浮出，如不經心手」（同上）。陳廷焯《詞則・別調集》卷一評此詞亦云：「看得破，說得透，恬淡中別具熱腸，是真名士。」

【集評】

洪邁《容齋五筆》卷一五：東坡公〈行香子〉小詞云：「清夜無塵……。」紹興初，范覺民為相，以自崇寧以來，……種種濫賞，不可勝述。……建議討論。又行下吏部，若該載未盡名色，並合取朝廷指揮，臨時參酌。追奪事件，遂為畫一規式，有至奪十五官者。雖公論當然，而失職者胥動造謗，浮議蜂起。無名子因改坡語云：「清要無因，舉選艱辛。繫書錢，須要十分。浮名浮利，虛苦勞神。歎旅中愁，心中悶，部中身。　雖抱文章，苦苦推尋。更休說，誰假誰真。不如歸去，作個齊民。免一回來，一回討，一回論。」至大字書寫貼於內前牆上，邏者得之以聞。是時，偽齊劉豫方盜據河南，朝論慮或搖人心，亟罷討論之舉。

虞美人

持杯遙勸天邊月❶。願月圓無缺❷。持杯復更勸花枝。且願花枝長在、莫離披❸。　持杯月下花前醉。休問榮枯❹事。此歡能有幾人知。對酒逢花不飲、待何時？

【注釋】

❶持杯遙勸天邊月　李白〈月下獨酌〉：「舉杯邀明月，對影成三人。」❷願月圓無缺　蘇軾〈水調歌頭・丙辰中秋〉：「人有悲歡離合，月有陰晴圓缺，此事古難全。」❸離披　枝葉脫落，宋玉〈九辯〉：「白露既下百草兮，奄離披此梧楸。」❹榮枯　借草木的枯榮喻人世的榮辱貴賤。錢起〈初至京口示諸弟〉：「兄弟得相見，榮枯何足論。」

【賞析】

此詞寫作時間不詳。全詞圍繞「月下花前」反復詠吟，一「願月圓無缺」，二「願花枝長在」，能在

「月下花前醉」就很好了，人間榮辱貧賤無需過問。有幾人懂得「持杯月下花前」的快樂？「對酒逢花不飲」，更待何時？沈際飛稱此詞為「道氏曲，佛氏贊，奇於『勸』字、『願』字」（《草堂詩餘》別集卷二）；沈雄《古今詞話・詞話》卷上引《柳塘詞話》曰：「歐陽公云『把酒祝東風，且共從容』，與東坡〈虞美人〉云『持杯遙勸天邊月，願月圓無缺』，同一意致。」

荷華媚

荷花

霞苞霓荷碧，天然地、別是風流標格❶。重重青蓋❷下，千嬌照水，好紅紅白白。　每悵望、明月清風夜，甚低眉不語，夭邪❸無力。終須放、船兒去，清香深處住，看伊顏色。

【注釋】

❶風流標格　不尋常的風度、神采。李綽《尚書故實》記楊敬之〈贈項斯〉：「處處見詩詩總好，及觀標格過於詩。」❷青蓋　指荷葉。❸夭邪　白居易〈和春深三十首〉：「揚州蘇小小，人道最夭邪。」李調元《雨村詞話》卷一：「東坡〈荷花媚〉詞有句云：『妖邪無力。』按：妖應作夭，音歪。出白樂天《長慶集》詩自注。今俱作妖，刻誤也。」

【賞析】

此詞寫作時間不詳，是一首詠荷花的詠物詞，上闋寫荷花天然的「風流標格」，她的苞如霞，花如霓，紅紅白白，葉如玉，青蓋重重，映在荷池中真是千嬌百媚。下闋抒發愛荷之情，月夜賞荷，更覺得她「低眉不語，夭邪無力」。最後四句寫作者深夜離去時的戀戀不捨，「終」者不得不離去也，「清香深處住」者漸漸聞不到其香氣，故只能回首遙望她的顏色。劉熙載《藝概》卷四云：「東坡〈定風波〉云：『尚餘孤瘦雪霜姿。』〈荷華媚〉云：『天然地，別是風流標格。』『雪霜姿』，『風流標格』，學坡詞者，便可從此領取。」

辛棄疾詞選

漢宮春　立春日

春已歸來，看美人頭上，裊裊春幡❶。無端風雨，未肯收盡餘寒。年時燕子，料今宵、夢到西園❷。渾未辦、黃柑薦酒，更傳青韭堆盤❸。　卻笑東風從此，便薰梅染柳，更沒些閒。閒時又來鏡裡，轉變朱顏。清愁不斷，問何人、會解連環❹。生怕見、花開花落，朝來塞雁❺先還。

【注釋】

❶裊裊春幡　指迎春小旗隨風飄舞。春幡，梁宗懍《荊楚歲時記》：「立春之日，悉翦綵為鷰戴之，貼『宜春』二字。」❷西園　指淪陷區的家園。❸渾未辦黃柑薦酒二句　反用蘇軾〈立春日小集戲李端叔〉「辛盤得青韭，臘酒是黃柑」詩意。渾，全然。黃柑薦酒，用黃柑釀製的臘酒相慶賀。青韭堆盤，指用韭、蔥、蒜、蓼蒿、芥等辛物製成的五辛盤。❹問何人會解連環　《戰國策・齊策》：「秦昭王嘗遣使者遺君王后玉連環，曰：『齊多智，而解此環否？』君王后以示群臣，群臣不知解。君王后引錐椎破之，謝秦使曰：『謹以解矣。』」此引齊王后以錐擊破玉連環故事，說自己心中的愁緒無人能解開。❺塞雁　塞北飛來的大雁。

【賞析】

此詞注家多未編年，從「塞雁先還」等語看，似作於南歸初期，即隆興元年（一一六三）初。上闋寫立春景象，前三句用「裊裊春幡」寫迎春喜慶。「無端」二句，筆意一折，借氣候多變，乍暖還寒，牽出國恨鄉愁。燕夢西園，魂牽故土，自然沒有心情置辦迎春的黃柑青韭。下闋從「笑」「東風」到「轉變朱顏」、「花開花落」，「生怕」時光易逝，家國仇恨難報，所以更怕見塞雁北歸，牽動無人能解的「清愁」。全詞借春日景物寄意鄉國之哀，巧用「塞雁先還」與「夢到西園」對映，點出理想與現實的矛盾，似怨似嘲，悱惻纏綿。

【集評】

《草堂詩餘》續集卷下沈際飛評：（「卻笑」五句）無跡有象，無象有思，精於觀化者。

《宋四家詞選》周濟評：「春幡」九字，情景已極不堪，燕子猶記年時好夢。黃柑、青韭，極寫宴安酖毒。換頭又提動黨禍，結用「雁」，與燕激射，卻捎帶五國城舊恨。辛詞之怨，未有甚於此者。

譚獻《復堂詞話》：以古文長篇法行之。

《唐五代兩宋詞選釋》俞陛雲評：上闋鋪敘「立春」而已。轉頭處向東風調笑，已屬妙語。更云人盼春來，我愁春至，因其暗換韶光，老卻多少朱顏翠鬢，語尤雋妙。然則歲歲之花開花落，春固徒忙，人亦徒增惆悵耳。

清平樂　村居

茅檐低小，溪上青青草。醉裡吳音相媚好❶，白髮誰家翁媼❷。

大兒鋤豆溪東，中兒正織雞籠。最喜小兒亡賴❸，溪頭臥剝蓮蓬。

【注釋】

❶吳音相媚好　吳語綿軟動聽，故曰「媚好」。蘇軾〈芙蓉〉：「溪邊野芙蓉，花水相媚好。」❷翁媼　老翁老婦。❸亡賴　同無賴，嬉皮笑臉的樣子，這裡指頑皮。

【賞析】

此詞為辛棄疾漫遊吳中時所作（見蔡義江、蔡國黃《辛棄疾年譜》），約在乾道元年（一一六五）夏季。全詞描寫溪邊一家五口人的活動，充滿詩情畫意，表現了作者對農村生活的喜愛之情。上下闋僅短短八句，包含的內容卻極豐富，體現了很高的藝術概括力。語言質樸自然而又簡潔明快，對人物動作與心態的描繪，維妙維肖，栩栩如生。其中描寫老人醉語和小兒頑皮四句最為傳神，情趣盎然。

水調歌頭　壽趙漕介庵❶

千里渥洼種，名動帝王家❷。金鑾當日奏草，落筆萬龍蛇❸。帶得無邊春下，等待江山都老，教看鬢方鴉❹。莫管錢流地❺，且擬醉黃花。　喚雙成，歌弄玉，舞綠華❻。一觴為飲千歲，江海吸流霞❼。聞道清都帝所❽，要挽銀河仙浪，西北洗胡沙❾。回首日邊去，雲裡認飛車❿。

【注釋】

❶趙漕介庵　趙彥端（一一二一—一一七五）字德莊，號介庵。廷美七世孫。紹興八年進士，乾道三年為

江南東路計度轉運副使，六年以直寶文閣知建康府。著有《介庵集》、《介庵詞》。事跡見韓元吉〈直寶謨閣趙公墓誌銘〉（《南澗甲乙稿》卷二一）。❷千里渥洼種二句　說趙是皇家的千里馬。渥洼種，《漢書・武帝紀》：「秋，馬生渥洼水中，作〈寶鼎天馬〉之歌。」渥洼，今甘肅安西。❸落筆萬龍蛇　喻筆勢如龍蛇飛舞。溫庭筠〈題祕書省賀知章草書〉：「落筆龍蛇滿壞牆。」❹鬢方鴉　形容鬢髮烏黑。❺錢流地　《舊唐書・劉晏傳》載，劉晏善理財，能權萬貨輕重，平衡物價，「自言如見錢流地上」。❻喚雙成三句　雙成、弄玉、綠華都是傳說中的仙女，代指歌女。雙成，董雙成，《漢武內傳》：「王母命侍女董雙成吹雲和之笙。」弄玉，秦穆公女，嫁蕭史，學簫作鳳鳴，夫婦俱升仙，見《列仙傳》。綠華，即仙女萼綠華，參見蘇軾〈南歌子・海上乘槎侶〉注❸。❼流霞　指美酒。《論衡・道虛》：「河東項曼斯棄家學仙，自言隨仙人居月旁，口饑欲食，則飲我流霞一杯。每飲一杯，數月不饑。」❽清都帝所　《列子・周穆王》：「清都紫微，鈞天廣樂，帝之所居。」❾要挽銀河仙浪二句　化用杜甫〈洗兵馬〉「安得壯士挽天河，淨洗甲兵長不用」詩意。張元幹〈石州慢・己酉秋吳興舟中〉：「欲挽天河，一洗中原膏血。」❿回首日邊去二句　祝趙早回朝廷，青雲直上，大展鴻圖。日邊，指君主身邊。飛車，《帝王世紀》：「奇肱氏能為飛車，從風遠行。」

【賞析】

乾道四年（一一六八），辛棄疾通判建康府。趙彥端為江南東路計度轉運副使，駐節建康，時年四十八歲，辛作此詞祝壽。上闋以天馬比趙彥端，稱頌他的不凡才華和出色政績，對他滯留地方表示安慰，說他還年輕，還可以等待機會，眼下不妨撇開政事，賞菊飲酒。下闋緊承「醉黃花」，寫祝壽場面，並緊扣皇家天馬的身分，多用天仙舊事，充滿浪漫色彩。最後祝趙回到朝廷，一展收復中原的抱負。「要挽銀河仙浪，西北洗胡沙」是全篇警句，也使全詞迥異於一般壽詞，充滿了昂揚的愛國激情和戰鬥精神。全篇結構嚴謹，想像奇特，風格雄放，體現了早期辛詞的特色。

念奴嬌

登建康賞心亭❶，呈史留守致道❷

我來弔古，上危樓，贏得閒愁千斛❸。虎踞龍蟠何處是？只有興亡滿目❹。柳外斜陽，水邊歸鳥，隴上吹喬木。片帆西去，一聲誰噴霜竹❺？

卻憶安石風流，東山歲晚，淚落哀箏曲❻。兒輩功名都付與，長日惟消棋局❼。寶鏡❽難尋，碧雲將暮，誰勸杯中綠❾？江頭風怒，朝來波浪翻屋❿。

【注釋】

❶建康賞心亭　建康，今江蘇南京。賞心亭，北宋丁謂建，在建康下水門城上，下臨秦淮河。❷史留守致道　史正志，字致道，揚州人。紹興二十一年進士，曾進〈恢復要覽〉五篇，力主抗金。時知建康，兼建康行宮留守。留守，官名，古時國君遷都或巡幸，以重臣代守其土，或代守其行宮，稱留守。❸我來弔古三句　登樓弔古，卻落得愁緒萬千。危樓，高樓，此指賞心亭。斛，十斗為斛。千斛極言其多。❹虎踞龍蹯何處是二句　當初憑險建都的王朝，如今哪裡去了呢？只有滿目興亡的遺跡。虎踞龍蟠，形容地勢險要，此指帝王之都，《太平御覽》卷一五六引晉張勃《吳錄》載諸葛亮語：「鍾山龍蟠，石城虎踞，此帝王之宅。」❺柳外斜陽五句　承上弔古，轉而傷今，借斜陽、歸鳥、喬木等黃昏常見景色，透出對國事的憂慮。隴上，田埂上。喬木，

高大樹木，《孟子・梁惠王下》：「所謂故國者，非謂有喬木之謂也。」後以喬木代指故國。噴霜竹，吹出淒冷的笛聲，黃庭堅〈念奴嬌〉：「孫郎微笑，坐來聲噴霜竹。」題注：「客有孫彥立，善吹笛。」❻卻憶安石風流三句　謂謝安一世英雄，晚年遭忌，不免聞箏落淚。安石，謝安字安石，東晉著名政治家。東山，在金陵，謝安棲息地。淚落哀箏曲，據《晉書・桓伊傳》謝安侍孝武帝飲宴，桓伊撫箏而歌曰：「忠信事不顯，乃有見疑患。」謝安聞而落淚，終被罷相。❼兒輩功名都付與二句　謂謝安將建功立業之事都付與兒輩，自己只能下棋度日了。據《晉書・謝安傳》載，謝安遣弟謝石、姪謝玄在淝水應戰前秦苻堅大軍，以少擊多，大獲全勝。謝安得報，面無喜色，繼續與客下棋。客問之，答曰：「小兒輩遂已破賊。」長日惟消棋局，張固《幽閒鼓吹》：「（唐）宣宗曰：『比聞李遠詩『長日惟銷一局棋』，豈可以臨邦哉？』」❽寶鏡　李濬《松窗雜錄》載，漁人於秦淮河得一古鏡，能照人肺腑，後不慎落入水中，覓無蹤影。❾碧雲將暮二句　江淹〈休上人怨別〉：「日暮碧雲合，佳人殊未來。」杯中綠，杯中酒，李白〈對雪醉後贈王歷陽〉：「子猷聞風動窗竹，相邀共醉杯中綠。」綠，同醁，美酒。❿江頭風怒二句　化用杜甫〈觀李固請司馬弟山水圖〉「高浪垂翻屋，崩崖欲壓床」語意，喻國勢危急。

【賞析】

此詞作於宋孝宗乾道五年（一一六九），辛棄疾時任建康府通判，史正志任建康留守。兩人志同道合，矢志抗金，但隆興和議之後，朝廷苟安、不思恢復，自己所上〈美芹十論〉陳述的恢復大計，亦被擱置。史致道是主張抗戰的人物，曾向高宗上〈恢復要覽〉五篇，辛棄疾對他是很為推重的。上闋寫「登建康賞心亭」，前三句點題，以「贏得閒愁千斛」虛籠全篇；「虎踞龍蟠」以下，以危樓所見的山川形勝，以斜陽、歸鳥、喬木、片帆、霜竹的閒淡衰颯之氣，補寫「興亡滿目」。下闋前半以謝安喻史致道，借用謝安指揮兒輩破賊及善處君臣關係二事，對史致道表示推重，同時也有所期望；末以自抒感慨作結，謂知己難覓，歲月虛度，形勢險惡，只好以酒澆愁。全詞已表現出辛詞特有的慷慨悲涼、沉鬱頓挫的風格。

【集評】

《草堂詩餘》續集卷下沈際飛評：憤氣直發千古豪，貪人冰冷。詞至辛稼軒一變其源，實自蘇長公，至劉改之諸公而極。撫時之作，意存感慨，然濃情致語，幾於盡矣。

陳廷焯《詞則・放歌集》卷一：老辣。

千秋歲

金陵壽史帥致道❶。時有版築役❷

塞垣秋草，又報平安好❸。尊俎上，英雄表❹。金湯生氣象❺，珠玉霏談笑❻。春近也，梅花得似❼人難老。　莫惜金尊倒，鳳詔看看到❽。留不住，江東小❾。從容帷幄❿裡，整頓乾坤⓫了。千百歲，從今盡是中書考⓬。

【注釋】

❶金陵壽史帥致道　金陵即建康，今江蘇南京。壽，祝壽。史致道，即史正志，見〈念奴嬌〉（我來弔古）注❷。❷版築役　指整修建康城牆，據《景定建康志》卷一四載，乾道四年史正志以蔡寬夫宅基創貢院，重建新亭、東治二亭，移放生池於青溪，建青溪閣。五年又增立女牆，修鎮淮橋、飲虹橋，上為大屋數十楹，極其

壯觀。❸塞垣秋草二句　謂今年秋高馬肥時，邊境（塞垣）平安無事。❹尊俎上二句　稱美史致道在宴席上充滿英雄氣概。表，特出。蘇軾〈張安道樂全堂〉：「我公天與英雄表，龍章鳳姿照魚鳥。」❺金湯生氣象　稱美史致道所修城池氣勢恢宏。金湯，堅固的城池。❻珠玉霏談笑　稱美史致道談笑風生，話語像珠玉紛紛飄落。霏，細雨貌，此作動詞，飄雨。❼得似　怎得似，怎似。❽鳳詔看看到　朝廷詔命轉瞬即到。❾留不住二句　謂江東地方小，留不住史致道這樣的大材。江東，此指金陵一帶。❿帷幄　決策之地。⓫整頓乾坤　指收拾山河，完成統一大業。杜甫〈洗兵行〉：「二三豪俊為時出，整頓乾坤濟時了。」⓬千百歲二句　謂史將高壽高官。中書考，《舊唐書・郭子儀傳》：「授中書令，考二十有四。」考，稽考；查考，《書・舜典》：「三載考績，三考黜陟幽明。」

【賞析】

乾道五年（一一六九）冬作。上闋頌史加固金陵城池，下闋謂史即將被召回朝，全詞雖也有一般壽詞之語，宴會（尊俎）、祝壽（「梅花得似人難老」、「千百歲」），祝貴（「鳳詔看看到」以下），但全詞不離對時局的關心，特別是「塞垣」、「金湯」、「帷幄」、「整頓乾坤」，表現了他對史正志的厚望。正如《蓼園詞選》所評：「是時戎馬倥傯，終日播遷，……義勇之氣，溢於言表。」

【集評】

《草堂詩餘》卷三楊慎評：獻壽詞不妨富貴。

《草堂詩餘》正集卷二沈際飛評：偉麗。梅花似人，句法妙。閔刻抹「鳳詔」、「中書」二語，謂其近俚，使並汾陽等事不用，又非壽詞矣，況句子老辣，固異俗手。

黃氏《蓼園詞選》：沈際飛以閔刻本抹「鳳詔」、「中書」二句，謂其近俚，是並未讀史，僅以尋常壽詞目之也。是時戎馬倥傯，終日播遷，幼安一見史浩，而即以汾陽恢復規勵之。義勇之氣，溢於言表。史浩相孝宗，雖未能全行恢復，而得以安然，史稱其忠。年八十九卒，謚文惠。此詞未為失言矣。

念奴嬌

西湖和人韻

晚風吹雨，戰新荷聲亂，明珠蒼璧❶。誰把香奩收寶鏡，雲錦周遭紅碧❷。飛鳥翻空，游魚吹浪，慣趁笙歌席。坐中豪氣，看君一飲千石❸。

遙想處士風流，鶴隨人去，已作飛仙伯❹。茆舍疏籬今在否，松竹已非疇昔。欲說當年，望湖樓❺下，水與雲寬窄❻。醉中休問，斷腸桃葉❼消息。

【注釋】

❶明珠蒼璧　補寫「晚風吹雨，戰新荷聲亂」。明珠，喻雨點。蒼璧，喻荷葉。❷誰把香奩收寶鏡二句　寫西湖四周是山，中間是湖，有如寶鏡裝在香奩中一樣。香奩，婦女盛首飾的匣子。寶鏡，喻指西湖。雲錦，如雲的錦緞，喻指西湖四周的山。文同〈橫湖〉：「一望見荷花，天機織雲錦。」周遭，四周。❸石　容量單位，十斗為石。千石形容飲酒很多。❹遙想處士風流三句　處士指林逋，字君復，號西湖處士，杭州錢塘人。結廬西湖之孤山，二十年足不入城市。鶴隨人去、已作飛仙伯，皆指林逋已死。《夢溪筆談》卷一〇：「林逋隱居杭州孤山，常畜兩鶴，縱之則飛入雲霄，盤旋久之，復入籠中。逋常泛小艇，遊西湖諸寺。有客至逋所居，則一

童子出應門，延客坐，為開籠縱鶴。良久，逋必棹小船而歸，蓋嘗以鶴飛為驗也。」飛仙伯，謂林逋已列入飛仙班首。東方朔《十洲記》：「蓬萊山周迴五千里，有圓海繞山，無風而洪波百丈，不可往來，唯飛仙能到其處。」伯，班首。❺望湖樓　又名看經樓，在杭州錢塘門外一里處。❻水與雲寬窄　謂水雲相接，寬窄一樣，渾然一體。❼桃葉　《古樂府》注：「王獻之愛妾名桃葉，嘗渡此（金陵秦淮河），獻之作歌送之曰：『桃葉復桃葉，渡江不用楫。但渡無所苦，我自迎接汝。』」

【賞析】

乾道六年（一一七〇）作。上闋寫雨中宴於西湖，前七句寫景，後三句寫「笙歌席」，而「飛鳥翻空，游魚吹浪」則直貫前後，飛鳥游魚的「慣趁笙歌席」說明這樣的宴飲很多。下闋前半追憶林逋，不僅「人非」，而且物亦非，鶴已隨人去，林逋的茆舍疏籬也不在了，松竹雖存而「已非疇昔」，讀之令人傷感。末以「望湖樓下，水與雲寬窄」照應上闋的寫景，以「醉中休問」照應林逋遺跡「已非疇昔」。全詞寫景，確實堪稱「勝覽」，抒情「字字敲打得響」（《草堂詩餘》正集卷四沈際飛評）。

新荷葉　和趙德莊韻❶

人已歸來，杜鵑欲勸誰歸？綠樹如雲，等閒付與鶯飛❷。兔葵燕麥，問劉郎、幾度沾衣❸。翠屏❹幽夢，覺來水繞山圍。　有酒重攜，小園隨意芳菲❺。往日繁華，而今物是人非。春風半面，記當年、初識崔徽❻。南雲雁少，錦書無箇因依❼。

【注釋】

❶趙德莊韻　趙彥端，字德莊。見辛棄疾〈水調歌頭・壽趙漕介庵〉注❶。趙德莊原唱二首，其一為：「欲暑還涼，如春有意重歸。春若歸來，任他鶯老花飛。輕雷澹雨，似晚風欺得單衣。簷聲驚醉，起來新綠成圍。回首分攜，光風冉冉菲菲。曾幾何時，故山疑夢還非。鳴琴再撫，將清恨都入金徽。永懷橋下，繫船溪柳依依。」❷綠樹如雲二句　丘遲〈與陳伯之書〉：「暮春三月，江南草長，雜花生樹，群鶯亂飛。」等閒，輕易地，白白地。❸兔葵燕麥二句　據孟棨《本事詩》載，唐貞元十一年，劉禹錫自屯田員外郎貶朗州司馬，凡十年始召還，作〈贈看花諸君子〉詩：「紫陌紅塵拂面來，無人不道看花回。玄都觀裡桃千樹，盡是劉郎去後栽。」因人誣其怨憤，出為連州刺史。十四年後召為主客郎中，「重遊玄都，蕩然無復一樹，唯兔葵燕麥動搖於春風耳。因再題二十八字，以俟後再遊。時大和二年三月也。詩曰：『百畝庭中半是苔，桃花淨盡菜花開。種桃道士歸何處，前度劉郎今又來。』」沾衣，淚溼衣襟。❹翠屏　綠色屏風。❺隨意芳菲　庾信〈蕩子賦〉：「細草橫階隨意生。」隨意，任意，處處。❻崔徽　唐歌妓，據元稹〈崔徽歌并序〉，裴敬中以興元幕使河中，與崔徽相從累月。敬中使還，徽不能從，情懷怨抑。後數月，徽託人寫真寄敬中，抱恨而卒。❼錦書無箇因依　謂無法寄書。因依，託付。

【賞析】

乾道六年（一一七〇）作。趙德莊原韻，上闋傷春，下闋懷人。辛棄疾和韻，上闋是女子口氣，怨男子歸來太晚，綠樹如雲，桃花開盡，唯存兔葵燕麥，全是暮春景色。下闋是男子語氣，寫「有酒重攜」，小園仍是當年的小園，而人已不是當年羞怯（春風半面）的崔徽。末以「南雲雁少」，錦書難託，答女子怨其歸來太晚，緊扣開頭。全詞歎時光易逝，物是人非，特別是用劉禹錫事，顯然有所寄託，正如周濟所評：「以閒居反映朝局，一語便透。」（《宋四家詞選》）

青玉案　元夕❶

東風夜放花千樹，更吹落、星如雨❷。寶馬雕車香滿路❸。鳳簫❹聲動，玉壺❺光轉，一夜魚龍舞❻。　蛾兒雪柳黃金縷❼，笑語盈盈暗香去。眾裡尋他千百度，驀然迴首，那人卻在，燈火闌珊❽處。

【注釋】

❶元夕　即元宵，農曆正月十五日夜。❷東風夜放花千樹二句　極寫元宵花燈盛況。唐蘇味道〈正月十五夜〉：「火樹銀花合，星橋鐵鎖開。」花千樹、星如雨，形容燈多。❸寶馬雕車香滿路　寫前來賞燈的富貴人家。郭利貞〈上元〉：「傾城出寶騎，匝路轉香車。」❹鳳簫　即排簫，以其參差像鳳翼，故名。❺玉壺　指月亮。唐朱華〈海上生明月〉：「影開金鏡滿，輪抱玉壺清。」❻魚龍舞　指魚燈、龍燈等爭奇鬥妍。《漢書・西域傳贊》：「曼衍魚龍之戲。」❼蛾兒雪柳黃金縷　皆為元宵夜婦女頭上的飾物。《武林舊事》卷二：「元夕節物，婦人皆戴珠翠、鬧蛾、玉梅、雪柳。」❽闌珊　零落。

【賞析】

此詞約作於乾道七年（一一七一），時在臨安任司農寺主簿。上闋極寫燈節的熱鬧氣氛，從半空的燈火，到天上的明月，地上的彩燈百戲、寶馬香車，描繪了一幅聲光交織、多姿多彩的動人畫面。下闋先寫麗妝女郎笑語盈盈地離去，接著筆鋒陡轉，寫作者尋覓了一夜的「那人」，卻在「燈火闌珊處」幽寂獨處！這種幽獨與前面的彩燈華飾形成了強烈的對比，原來前面的誇張描寫，都是為了反襯「那人」的孤獨清高。「那人」的形象，何嘗不是作者自身的寫照！梁啟超評論說：「自憐幽獨，傷心人別有懷抱。」（《藝蘅館詞選》丙卷）可謂一語中的。

【集評】

彭孫遹《金粟詞話》：辛稼軒「驀然迴首，那人卻在，燈火闌珊處」，秦、周之佳境也。

譚獻《復堂詞話》：稼軒心胸，發其才氣，改之而下則獷。何嘗不和婉。

陳廷焯《詞則・閒情集》卷二：豔語亦以氣行之，是稼軒本色。

王國維《人間詞話》：古今成大事業、大學問者，必經過三種境界：「昨夜西風凋碧樹，獨上高樓，望盡天涯路」，此第一境也；「衣帶漸寬終不悔，為伊消得人憔悴」，此第二境也；「眾裡尋他千百度，驀然迴首，那人正在，燈火闌珊處」，此第三境也。此等語皆非大詞人不能道，然遽以此意解釋諸詞，恐歐、晏諸公所不許也。

《唐五代兩宋詞選釋》俞陛雲評：《武林舊事》紀臨安燈市之盛，火樹銀花，自宵達旦。此詞自起筆至「笑語」句，皆紀元夕之遊觀。惟結末三句別有會心。其回首欲見之人，豈避喧就寂耶？或人約黃昏，有城隅之俟耶？含意未申，戛然而止，蓋待人尋味也。

聲聲慢　滁州旅次登奠枕樓作，和李清宇韻❶

征埃成陣，行客相逢，都道幻出層樓❷。指點簷牙高處，浪湧雲浮。今年太平萬里，罷長淮、千騎臨秋❸。凭欄望，有東南佳氣，西北神州。

千古懷嵩❹人去，還笑我、身在楚尾吳頭❺。看取弓刀陌上❻，車馬如流。從今賞心樂事，剩安排、酒令詩籌❼。華胥夢❽，願年年、人似舊遊。

【注釋】

❶滁州旅次登奠枕樓作二句　旅次，旅客居住處。奠枕樓，辛棄疾乾道八年知滁州（今安徽滁縣）時建，以待四方客旅，友人周孚為作記（見《蠹齋鉛刀編》卷二四）。李清宇，生平不詳，其原詞已失傳。❷幻出層樓　魔幻般地變出一座高樓。❸臨秋　金兵常在秋季侵宋。❹懷嵩　即懷嵩樓，懷嵩人指唐李德裕。《輿地紀勝》卷四二：「即今北樓，唐李德裕貶滁州，作此樓，取懷歸嵩洛之意。」❺楚尾吳頭　滁州位於春秋時吳、楚交界處，故稱楚尾吳頭。❻弓刀陌上　指士兵在路上巡邏，化用黃庭堅〈寄叔父夷仲〉「弓刀陌上望行色」。辛知滁日，嘗「教民兵，議屯田」，保境安民，故云。❼從今賞心樂事二句　指境平民安，只須詩酒盡歡了。賞心樂事，謝靈運〈擬魏太子鄴中集詩序〉：「天下良辰美景，賞心樂事，四者難並。」剩，儘管。酒令，飲酒行令，酒席上的遊戲。詩籌，標有詩韻的籌簽，飲酒時即興抽籌，按韻賦詩。❽華胥夢　《列子・黃帝》：「黃帝晝寢，夢遊華胥氏之國。其國無師長，自然而已；其民無嗜欲，自然而已。」借指滁州物阜民安。

【賞析】

乾道八年（一一七二）春，辛棄疾出知滁州。滁州是金兵南下的要道，屢經殘破。辛到任後，招集流散，「教民兵，議屯田」，恢復經濟，很快使滁州成了長、淮前沿的軍事要塞。這年秋登奠枕樓，作此詞。劈首「征埃」二字，既可寫商旅帶起的塵埃，更容易聯想到軍旅征戰，突兀而起的奠枕樓又正當商旅、軍事要道，作者興建此樓，當有軍事上的考慮。而登樓所見，不是泛泛的景色，卻是「太平萬里」、「東南佳氣」（南宋都城臨安）、「西北神州」（淪陷的中原山河），已隱隱透出對南宋偏安局面的不滿。下闋抒寫身世之慨，由上面的「神州」聯想到李德裕的「懷嵩」，更「笑」自己有家不能回，有力無處使，只能在後方過著「酒令詩籌」的生活。「華胥夢」以下，借「夢」而回照現實，一個「願」字，表達了作者對偏安局面能否長久的擔憂。全詞樓起樓結，中間抒慨，將國事之憂與身世之感融進遊賞之中，正是此詞的突出之處。

木蘭花慢

滁州送范倅❶

老來情味減，對別酒，怯流年❷。況屈指中秋，十分好月，不照人圓❸。無情水都不管，共西風只管送歸船。秋晚蓴鱸❹江上，夜深兒女燈前。

征衫便好去朝天。玉殿❺正思賢。想夜半承明❻，留教視草❼，卻遣籌邊❽。長安❾故人問我，道愁腸殢酒❿只依然。目斷秋霄落雁，醉來時響空弦⓫。

【注釋】

❶范倅　滁州通判范昂，時辛棄疾知滁州，范昂為通判，是秋去職，辛作此詞送行。倅，副職。❷老來情味減三句　時辛棄疾年僅三十三歲，歎老惜時，深恐歲月白白流逝。❸況屈指中秋三句　謂月圓人不團圓。蘇軾〈水調歌頭・丙辰中秋〉：「不應有恨，何事長向別時圓！人有悲歡離合，月有陰晴圓缺，此事古難全。」❹蓴鱸　蓴羹鱸膾。《世說新語・識鑒》載，西晉張翰為官洛陽，見秋風起，因思吳中蓴鱸，謂「人生貴得適意爾，何能羈宦千里以要名爵？」遂棄官歸。此借張翰事稱美范昂。❺玉殿　代指朝廷。❻承明　漢宮殿名，文學侍臣起草文稿之地。❼視草　起草詔書。❽籌邊　籌劃邊境事務。❾長安　借漢都代指南宋首都臨安。❿殢酒　沉溺於酒。⓫目斷秋霄落雁二句　《戰國策・楚策》：「更羸與魏王處京臺之下，仰見飛鳥，更羸謂魏王曰：『臣為君引弓虛發而射鳥。』……有間，雁從東方來，更羸以虛發而下之。魏王曰：『然則射可至此乎？』更羸曰：『此孽也……故瘡未息而驚心未去也。聞弦音烈而高飛，故瘡隕也。』」

【賞析】

乾道八年（一一七二）作。這是一首送行詞，從詞的內容看，范昂是先回家，後入京。上闋惜別，前三句點題，面對送別酒，而擔心年光易逝，開篇即感慨甚深。「況屈指中秋」五句，進一步寫傷別，中秋月圓而人卻要離別，江水與西風都無情，「只管送歸船」。末以江行和抵家情景作結，略略沖淡別情，富有韻味。下闋前半祝願范昂入京將被重用，後半託為問答，自抒愁情，「道愁腸殢酒只依然」的末三字語重千斤，「目斷」二句補足「愁」因，憂讒畏譏，聞空弦亦心驚。全詞確實「一直說去，而語極渾成，氣極團練，總由力量大耳。」（陳廷焯《詞則・放歌集》卷一）

【集評】

《唐五代兩宋詞選釋》俞陛雲評：「風水無情」二句為送友言，離思黯然。即接以「秋晚」二句，為行人著想，乃極寫家庭之樂。論句法，渾成而兼倜儻。下闋「長安」二句有唐人「歸去朝端如有問，玉門關外老班超」詩意。結處言壯心未已，聞秋雁尚欲以虛弦下之，如北平飛將，老去猶思射虎也。

水龍吟

登建康賞心亭❶

楚天❷千里清秋，水隨天去秋無際。遙岑遠目，獻愁供恨，玉簪螺髻❸。落日樓頭，斷鴻❹聲裡，江南遊子。把吳鉤❺看了，欄干拍徧❻，無人會，登臨意。

休說鱸魚堪鱠，儘西風、季鷹歸未❼？求田問舍，怕應羞見，劉郎才氣❽。可惜流年，憂愁風雨，樹猶如此❾！倩❿何人、喚取紅巾翠袖⓫，搵⓬英雄淚。

【注釋】

❶建康賞心亭　見〈念奴嬌〉（我來弔古）注❶。❷楚天　泛指長江中下游一帶。孫光憲〈浣溪沙〉：「江邊一望楚天長。」❸遙岑遠目三句　謂舉頭遙望，遠處層層疊疊的山峰也似含愁帶恨。遙岑遠目，「遠目遙岑」的倒裝句，指遙望遠山，韓愈、孟郊〈城南聯句〉：「遙岑出寸碧，遠目增雙明。」遙岑，遠山。玉簪螺髻，比喻山形不一，好似美人頭上的簪髻。語本韓愈〈送桂州嚴大夫〉：「山如碧玉簪。」皮日休〈縹緲峰〉：「似將青螺髻，撒在月明中。」❹斷鴻　失群的孤雁。柳永〈夜半樂〉：「斷鴻聲遠長天暮。」❺吳鉤　刀名，刃

彎，相傳是吳王闔閭所佩的一對金鉤，事見《吳越春秋・闔閭內傳》。杜甫〈後出塞〉：「少年別有贈，含笑看吳鉤。」❻欄干拍徧　古人排遣愁悶的動作。王闢之《澠水燕談錄》卷四謂劉概有詩云：「讀書誤我四十年，幾回醉把欄干拍。」❼休說鱸魚堪鱠二句　《世說新語・識鑒》：「張季鷹（翰）辟齊王東曹掾，在洛見秋風起，因思吳中菰菜羹、鱸魚膾，曰：『人生貴得適意爾，何能羈宦千里以要名爵？』遂命駕便歸。俄而齊王敗，時人皆謂為見機。」❽求田問舍三句　據《三國志・魏書・陳登傳》載，許汜對劉備述說自己去見元龍，「元龍無客主之意，久不相與語，自上大牀臥，使客臥下牀」，劉備說：「君有國士之名，今天下大亂，帝主失所，望君憂國忘家，有救世之意，而君求田問舍，言無可采，是元龍所諱也，何緣當與君語！如小人，欲臥百尺樓上，臥君於地，何但上下牀之間邪？」劉郎，指劉備。❾樹猶如此　《世說新語・言語》：「桓公（溫）北征，經金城，見前為琅琊時種柳已皆十圍，慨然曰：『木猶如此，人何以堪！』攀枝執條，泫然流涕。」❿倩　請。⓫紅巾翠袖　本為女子妝束，代指歌伎。⓬搵　揩拭。

【賞析】

此詞作於淳熙元年（一一七四）秋，一說作於初官建康時。上闋借景抒情，前四句寫登臨所見，借江景山勢點出「愁」「恨」二字，勾起無限心事。「落日」以下，寫孤獨鬱悶之情難以排遣。「遊子」「吳鉤」等字眼，很容易使人聯想到作者的身世，南歸多年，報國無門，江山依舊，強虜未滅，怎不讓人悲憤難平！「無人會，登臨意」，正是不平之鳴。下闋借典故發議論，表明自己不會棄官歸隱、利己忘國，但在風雨飄搖的現實中，自己正懷才不遇，虛度年華，滿腹牢騷，隨著「英雄淚」流出。「倩何人」等十三字，回應上闋結句，沉鬱頓挫，結構謹嚴。此詞融情入景，借典抒懷，將憤激不平之氣，用抑揚宛轉之筆寫出，沉雄悲壯，很能代表稼軒詞風。

【集評】

楊慎《詞品》卷四：張功甫〈賀新郎〉送陳退翁分教衡湘地云：「桂隱傳杯處……。」此詞首尾變化，送教官而及陰山狂虜，非善轉換不及此。末句「呼翠袖，為君舞」六字，又能換回結煞，非千鈞筆力未易到此。辛稼軒有憑誰喚取，盈盈翠袖，「搵英雄淚」，此末句似之。

譚獻《復堂詞話》：起句嫌有獷氣。使事太多，宜為岳氏所譏。非稼軒之盛氣，勿輕染指也。

陳廷焯《詞則・放歌集》卷一：雄勁可喜。一結風流悲壯。

蔡嵩雲《柯亭詞論》：〈水龍吟〉本非難調，亦無難句，惟前後遍中四字組成六排句，太整太板，不易討好。詞中遇此等句法，須於整中寓散，板中求活。換言之，即各句下字時，須將實字虛字動字靜字，分別錯綜組織以盡其變。……細玩東坡「似花還似非花」一首，稼軒「楚天千里清秋」一首，於此前後六排句，手法何等靈變。又此調二二組成之四字句太多，故講究作法者，末尾四字句，多用一三句法，亦無非取其變化之意。詞之句法，故不嫌變化多方也。如東坡之「是離人淚」，稼軒之「搵英雄淚」，即其一例。

太常引　建康中秋夜為呂叔潛❶賦

一輪秋影轉金波❷，飛鏡❸又重磨。把酒問姮娥❹，被白髮、欺人奈何❺。　乘風好去，長空萬里，直下看山河。斫去桂婆娑，人道是、清光更多❻。

【注釋】

❶呂叔潛　名大虬，字叔潛，呂公著玄孫，淳熙間知隆興府企中姪，知常德府大麟弟，嘗從汪應辰、朱熹、尤袤等遊，亦當時名流。事跡見汪應辰〈題呂申公集〉（《文定集》卷一〇）、〈答呂叔潛書〉（卷一五）、陳巖肖《庚溪詩話》卷下。❷金波　指月。《漢書・郊祀志・郊祀歌・天門》：「月穆穆以金波。」❸飛鏡　指圓月。甘子布〈光賦〉：「孤圓上魄，飛鏡流明。」❹姮娥　即嫦娥。❺被白髮欺人奈何　薛能〈春日使府寓懷〉：「白髮欺人故故生。」❻斫去桂婆娑二句　化用杜甫〈一百五日夜對月〉：「斫卻月中桂，清光應更多。」

【賞析】

淳熙元年（一一七四）中秋作。作者南歸已十二年，時任江東安撫司參議官，月圓之夜，神思遙馳，題為友人賦，實則借他人酒杯澆自己塊壘。上闋借月華流轉，飛鏡重磨，寫出年華易逝、虛擲青春的憤慨。下闋忽發奇想，乘風凌空，俯看山河，卻因婆娑桂影遮擋月光，於是有「斫桂」之思。「桂婆娑」寓意較多，正如周濟所說：「所指甚多，不止秦檜一人而已。」（《宋四家詞選》）所指不一定坐實某人某事，而驅除黑暗勢力、還人間一片光明的美好理想，卻感人至深。此詞巧妙借用神話傳說，奇思妙想，富於浪漫色彩。

【集評】

《草堂詩餘》別集卷一沈際飛評：稼軒心眼自高，腕下能寫。

陳廷焯《詞則・放歌集》卷一：以勁直勝。後人自是學不到。（末二句）用杜詩，意亦有所刺。

水調歌頭

落日古城角，把酒勸君留。長安❶路遠，何事風雪敝貂裘❷？散盡黃金身世❸，不管秦樓人❹怨，歸計狎沙鷗❺。明夜扁舟去，和月載離愁。　功名事，身未老，幾時休？詩書萬卷，致身須到古伊周❻。莫學班超投筆，縱得封侯萬里，憔悴老邊州❼。何處依劉客，寂寞賦登樓❽。

【注釋】

❶長安　今陝西西安，唐代國都，此代指南宋行都臨安。❷風雪敝貂裘　《戰國策・秦策》：「蘇秦始將連橫說秦王，書十上而說不行，黑貂之裘敝，黃金百斤盡，資用乏絕，去秦而歸。」❸散盡黃金身世　李白〈魏郡別蘇明府因北遊〉：「洛陽蘇季子，劍戟森詞鋒。六印雖未佩，軒車若飛龍。黃金數百鎰，白璧有幾雙。散盡空掉臂，高歌賦還邛。」❹秦樓人　〈陌上桑〉：「日出東南隅，照我秦氏樓。秦氏有好女，自名為羅敷。」後多以秦樓人指女眷。❺歸計狎沙鷗　歸隱與沙鷗為戲，杜甫〈江村〉：「自去自來梁上燕，相親相近水中鷗。」

❻致身須到古伊周　一生應該取得商初伊尹、周初周公那樣的功業。❼莫學班超投筆三句　《後漢書・班超傳》載，班超，字仲升，扶風平陵人。家貧，常為官傭書。嘗輟業投筆歎曰：「大丈夫無他志略，猶當效傅介子、張騫，立功異域，以取封侯，安能久事筆研間乎？」其後出使西域，西域五十餘國悉皆納質內屬，詔封定遠侯。超在西域三十一歲，年老思鄉，上疏乞歸，有「不敢望到酒泉郡，但願生入玉門關」語，帝感其言，乃徵超還。❽何處依劉客二句　依劉客，指王粲，東漢末，董卓亂，王粲避難荊州依劉表，一日登江陵城樓，思念故鄉，作〈登樓賦〉。事見《三國志・魏書・王粲傳》。

【賞析】

淳熙元年（一一七四）作。從「把酒勸君留」可知，此篇亦為送行詞，但不詳所送之人。上闋首句既是點送行的時間（落日）、地點（古城角），又是以淒涼的景色烘托離愁。「長安路遠」五句，以蘇秦不顧奔走風雪，貂裘破敝，黃金散盡，不得歸鄉，頗受妻子埋怨的教訓，補足「把酒勸君留」。「明夜」二句說明友人主意已定，將載著離愁而去。下闋繼續勸友人，前五句謂身未老，又有萬卷詩書在胸，想像伊尹、周公一樣建功立業，這樣下去，「功名事，幾時休？」接著又勸友人不要像班超那樣即使封侯萬里，卻「憔悴老邊州」，最終仍發出「不敢望到酒泉郡，但願生入玉門關」的哀求。末又勸友人要以王粲思鄉作〈登樓賦〉為戒。可見除首句外，通篇都是「把酒勸君留」之語，是借勸友人而自抒憤慨，因勸留之語都是他自己為官的教訓。

菩薩蠻　金陵賞心亭為葉丞相賦❶

青山欲共高人❷語，聯翩❸萬馬來無數。煙雨卻低回，望來終不來。　人言頭上髮，總向愁中白。拍手笑沙鷗，一身都是愁❹。

【注釋】

❶金陵賞心亭為葉丞相賦　賞心亭，見〈念奴嬌〉（我來弔古）注❶。葉丞相，葉衡（一一二二—一一八三），字夢錫，婺州金華人。紹興十八年進士，累官樞密院都承旨。淳熙元年任建康安撫使，稼軒再官建康即由於葉

的引薦。同年赴京，拜參知政事、右丞相兼樞密使。❷高人　高雅之人，指葉丞相。❸聯翩　輕快飛動，接連不斷。❹人言頭上髮四句　用白居易〈白鷺〉詩意：「人生四十未全衰，我為愁多白髮垂。何故水邊雙白鷺，無愁頭上也垂絲。」

【賞析】

淳熙二年（一一七五）春作。上闋寫山，以擬人化的手法寫青山欲與葉（高人）共語，故群山匯聚，但卻煙雨茫茫，不見葉的蹤影。下闋寫沙鷗一身皆白，櫽括白居易〈白鷺〉詩意入詞，沈雄《古今詞話・詞品》下卷批評它「不成詞意」，其實寓莊於諧，情趣盎然，比白詩更加生動，白詩是問白鷺何故「無愁頭上也垂絲」，辛詞是「笑」沙鷗無愁可言，卻也一身皆白。

菩薩蠻　書江西造口❶壁

鬱孤臺下清江水❷，中間多少行人❸淚。西北望長安，可憐無數山❹。　青山遮不住，畢竟東流去。江晚正愁余❺，山深聞鷓鴣❻。

【注釋】

❶造口　一名皂口，在今江西萬安西南。建炎三年（一一二九），隆祐太后為金兵所追，至皂口捨舟登岸，「肩輿而行」（《宋史・后妃傳》）。❷鬱孤臺下清江水　鬱孤臺，在今江西贛縣西南，贛江經此北流。清江，指贛江。❸行人　指流離失所的中原人民。❹西北望長安二句　指在鬱孤臺上遙望，可惜被群山遮擋而望不見汴京。長安，今陝西西安，本為漢唐故都，此處代指汴京。❺愁余　使我發愁。《楚辭・九歌・湘夫人》：「目眇

眇兮愁予。」❻鷓鴣　鳥名，古人認為其叫聲像「行不得也哥哥」，此借指主和派反對北伐的聲勢。一說據《禽經》張華注「鷓鴣，其名自呼，飛必南向，……其志懷南，不徂北也」，以為譏諷南宋統治者只知南逃、不思北伐。

【賞析】

淳熙三年（一一七六），辛棄疾任江西提刑，身臨造口，感慨萬千，題此詞於壁。首句借水起興，「行人淚」直點隆祐太后被追往事。三、四句以眼前景寫心中事，謂恢復中原的理想被主和派層層阻止。下闋借江水東流喻矢志不渝，又借鷓鴣聲喻北伐無望，抑揚頓挫，慷慨憤激。全詞成功地運用比興手法，以抒寫柔情的小令來寫大題材，發大感慨，表現出極高的藝術造詣。「詞僅四十四字，舉懷人戀闕，望遠思歸，悉納其中，而以清空出之，復一氣旋折，深得唐賢消息，集中之高格也。」（《唐五代兩宋詞選釋》俞陛雲評）

【集評】

羅大經《鶴林玉露・甲編》卷一：南渡之初，虜人追隆祐太后御舟至造口，不及而還。幼安因此起興。「聞鷓鴣」之句，謂恢復之事行不得也。

《草堂詩餘》別集卷一沈際飛評：無數山水，無數悲憤鬱伊。文公云：若朝廷賞罰明，此等人皆可用。

《宋四家詞選》周濟評：借水怨山。

宋翔鳳《樂府餘論》：《慶元黨禁》云：「嘉泰四年，辛棄疾入見，陳用兵之利。乞付之元老大臣。

侂冑大喜，遂決意開邊。」則稼軒先以韓為可倚，後有〈書江西造口壁〉一詞。《鶴林玉露》言：「『山深聞鷓鴣』之句，謂恢復之事行不得也。」則固悔其輕言。然稼軒之情，可謂忠義激發矣。如韓者，欲以蟲負山而致傾覆。玉津之事，不聞興義，公之悲者，以其本小人，不學無術，乃以國事付之，其喪敗又何足惜哉。

陳廷焯《白雨齋詞話》卷一：用意用筆，洗脫溫、韋殆盡，然大旨正見吻合。

又《詞則・大雅集》卷二：慷慨生哀。

張德瀛《詞徵》卷一：詞有與〈風〉詩義相近者，自唐迄宋，前人鉅製，多寓微旨。……辛稼軒鬱孤臺上，蒸蒸慨失偶也。

《藝蘅館詞選》丙卷梁啟超評：〈菩薩蠻〉如此大聲鏜鞳，未曾有也。

摸魚兒 觀潮上葉丞相❶

望飛來、半空鷗鷺❷，須臾動地鼙鼓❸。截江組練驅山去❹，鏖戰未收貔虎❺。朝又暮。誚慣得、吳兒不怕蛟龍怒。風波平步。看紅旆驚飛，跳魚直上，蹙踏浪花舞❻。　憑誰問，萬里長鯨吞吐，人間兒戲千弩❼。滔天力倦知何事，白馬素車東去。堪恨處：人道是、屬鏤冤憤終千古❽。功名自誤。謾教得陶朱，五湖西子，一舸弄煙雨❾。

【注釋】

❶葉丞相　即葉衡，見〈菩薩蠻・金陵賞心亭為葉丞相賦〉注❶。❷望飛來半空鷗鷺　形容浪花鋪天蓋地而來。❸動地鼙鼓　形容濤聲震天動地。白居易〈長恨歌〉：「漁陽鼙鼓動地來，驚破〈霓裳羽衣曲〉。」❹截江組練驅山去　是說江水被攔截，浪花如千軍萬馬涌過山頭。組練，本指白色服飾的軍隊，這裡指白浪。蘇軾〈催試官考較戲作〉：「八月十八潮，壯觀天下無。鵾鵬水擊三千里，組練長驅十萬夫。」❺鏖戰未收貔虎　形容浪濤如激戰不休的猛獸。貔，似熊的猛獸。❻悄慣得吳兒不怕蛟龍怒五句　形容踏浪吳兒手持紅旗，魚躍而上，足踏浪花飛舞。悄慣得，簡直縱容得，指練水性。悄亦作誚，直，渾。❼人間兒戲千弩　謂人們用百千弩箭射潮如同兒戲。《吳越備史》卷一載，梁開平四年，錢武肅王始築捍海塘，在候潮門外，因江水沖激，版築不易，命強弩五百以射濤頭，潮頭遂趨西陵。蘇軾〈八月十五日看潮〉：「安得夫差水犀手，三千強弩射潮低。」❽白馬素車東去三句　《太平廣記》卷二九一「伍子胥」條：「伍子胥累諫，吳王賜屬鏤劍而死。……自是，自海門山潮頭洶高數百尺，越錢塘漁浦方漸低小。……時有見子胥乘素車白馬在潮頭之中，因立廟以祠焉。」屬鏤冤憤即指伍子胥因諫被賜屬鏤劍而死。❾謾教得陶朱三句　謂伍子胥功高被戮，是范蠡功成身退的原因。謾，徒然。陶朱，即范蠡，他在助越王句踐滅吳後，攜西施泛五湖而去，更名陶朱公，經商致富。見《史記・越王句踐世家》。西子，即西施。

【賞析】

淳熙三年（一一七六）臨安作。此年秋，辛棄疾由江西提點刑獄改京西路轉運判官，赴任途中過臨安述職，在錢塘觀潮，遂作此詞上丞相葉衡。上闋寫觀潮，縱筆極寫錢塘江潮之盛，並用鷗鷺、鼙鼓、組練、貔虎等形容浪濤洶湧，並以踏浪兒的絕技「風波平步」結上闋，繪出了一幅絢麗的錢塘江戲潮圖。

下闋寫與江潮有關的三件史事，一是怒潮洶湧，錢俶竟想用強弩把潮水射退，真是「人間兒戲」。以「兒戲」對付強敵者又何止射潮的錢俶？二是吳國伍子胥因忠諫招禍，冤憤而死，只有冤魂乘素車白馬於潮頭。三是越國范蠡吸取了這一教訓，及時功成身退，攜西施泛五湖而去。「功名自誤」是全詞警句，既是歷史經驗的總結，也是自身為官的教訓，更是對葉丞相的忠告，需早作退隱之計。

【集評】

《唐五代兩宋詞選釋》俞陛雲評：前半敘述觀潮，未見警動。下闋筆勢縱橫，借江潮往事為喻。錢王射弩，固屬雄誇，即前胥後種，洩怒銀濤，亦功名自誤，不若范大夫知機，掉頭煙霧也。詞為上葉丞相而作，其蒿目時艱，意有所諷耶？

滿江紅

漢水❶東流，都洗盡、髭胡膏血❷。人盡說、君家飛將❸，舊時英烈。破敵金城雷貫耳，談兵玉帳冰生頰❹。想王郎、結髮賦從戎，傳遺業❺。

腰間劍，聊彈鋏❻。尊中酒，堪為別。況故人新擁，漢壇旌節❼。馬革裹屍當自誓❽，蛾眉伐性❾休重說。但從今、記取楚樓❿風，裴臺⓫月。

【注釋】

❶漢水　發源於陝西南部，東流經湖北武漢入長江。❷髭胡膏血　髭胡，長滿鬍髭的胡人。膏血，此指戰

爭留下的痕跡。❸飛將　指李廣，《史記．李將軍列傳》：「廣居右北平，匈奴聞之，號曰漢之飛將，避之數歲，不敢入右北平。」❹破敵金城雷貫耳二句　顏之推〈觀我生賦〉：「守金城之湯池，轉絳宮之玉帳。」金城形容城池堅固，《史記．秦本紀》：「秦王之心，自以為關中之固，金城千里。」雷貫耳，如雷貫耳。玉帳，軍中主將所居的營帳。冰生頰，蘇軾〈浣溪沙〉：「論兵齒頰帶冰霜。」❺想王郎結髮賦從戎二句　指三國時人王粲，十七歲避亂荊州依劉表，後從軍隨曹操西征，作〈從軍詩五首〉。結髮，束髮，古代男子二十歲束髮，表示已成年。從戎，從軍。❻腰間劍二句　用《戰國策．齊策》馮諼彈鋏而歌事，見蘇軾〈滿庭芳〉（歸去來兮）注❼。❼漢壇旌節　指漢高祖劉邦在漢中築壇拜韓信為將。旌節，旌旗節杖。❽馬革裹屍當自誓　《後漢書．馬援傳》：「方今匈奴烏桓尚擾北邊，欲自請擊之。男兒要當死於邊野，以馬革裹屍還葬耳，何能臥床上在兒女子手中耶？」❾蛾眉伐性　枚乘〈七發〉：「皓齒蛾眉，命曰伐性之斧；甘脆肥膿，命曰腐腸之藥。」❿楚樓　袁說友〈詠楚樓〉自注：「樓在沙市（今屬湖北），規模宏廣，東西皆見江山，郡中以為酒肆。」⓫裴臺　不詳其地，當在江陵附近。

【賞析】

淳熙四年（一一七七）作，當時辛棄疾知江陵府（今湖北江陵）兼荊湖北路安撫使。從「尊中酒，堪為別。況故人新擁，漢壇旌節」看，這是一首送別「故人」之詞，因詞中用李廣故事（「君家飛將」），有人說「故人」為李姓；又因用王粲故事（「想王郎、結髮賦從戎」），有人說「故人」為王姓。照此推論，詞中還用韓信典故（「漢壇旌節」），難道「故人」又姓韓嗎？又用馬援故事（「馬革裹屍當自誓」），難道「故人」又姓馬嗎？實際這都是用典稱美「故人」，其姓名已不可知。所可知者，從所用典故，知此「故人」似為武將，赴調軍職。上闋首二句點送行之地，並抒發了長期對金不戰的不滿。「人盡說」四句寫「故人」出身破敵談兵的英烈之家。「想王郎」稱美「故人」能繼承祖業，結髮從戎。下闋前四句點送行，餞席寒傖，有酒無魚。「況故人新擁」二句點離別之因是「故人」赴調軍職。「馬革」二句是臨別贈言，希望「故人」要像馬援那樣馳騁疆場，休戀兒女情長。末二句照應「漢水東流」，仍以送行之地的風月作結，盼友人要記住我們在荊州的這段友情。全詞筆力雄健，風格遒勁，特別是「馬革裹屍當自誓，蛾眉伐性休重說」二句，更成了志士仁人的座右銘。

霜天曉角　旅興

吳頭楚尾，一棹人千里❶。休說舊愁新恨，長亭樹，今如此❷。

宦遊吾倦矣，玉人❸留我醉：明日落花寒食，得且住，為佳耳❹。

【注釋】

❶吳頭楚尾二句　極言舟行之快。《方輿勝覽》：「豫章之地為楚尾吳頭。」一棹，一舉槳。❷長亭樹二句　即「木猶如此，人何以堪」，參見〈水龍吟〉（楚天千里清秋）注❾。❸玉人　美女。❹明日落花寒食三句　張侃《跋揀詞》：「辛待制〈霜天曉角〉詞……用顏魯公〈寒食帖〉：『天氣殊未佳，汝定成行否？寒食只數日間，得且住為佳耳。』」寒食，清明節前一天或兩天。

【賞析】

淳熙五年（一一七八）自隆興赴臨安途中作。上闋前二句點「旅」，後三句即抒「興」，歎時光易逝，樹猶如此，人何以堪，舊愁新恨一起湧上心頭。下闋寫途中小歇，玉人留飲，並櫽括〈寒食帖〉中語為玉人語，集中抒發自己的倦於宦遊。此詞特點就在於上下闋融化前人語入詞有如己出，「晉人語本入妙，而詞又融化之如此，可謂珠璧相照耳」（《詞苑叢談》卷三）。

念奴嬌

書東流❶村壁

野棠❷花落，又匆匆過了，清明時節。剗地東風欺客夢，一夜雲屏寒怯❸。曲岸持觴，垂楊繫馬，此地曾輕別。樓空人去，舊遊飛燕能說❹。　聞道綺陌❺東頭，行人曾見，簾底纖纖月❻。舊恨春江流不斷，新恨雲山千疊。料得明朝，尊前重見，鏡裡花難折。也應驚問：近來多少華髮？

【注釋】

❶東流　縣名，在今安徽東至。❷野棠　即棠梨，陰曆二月開花，清明後花落。❸剗地東風欺客夢二句　謂東風驚醒客夢，雲屏送來寒冷。剗地，無端，平白地。欺客夢，驚客夢。客，詞人自謂。雲屏，雲母鑲嵌的屏風。寒怯，怯寒，怕冷。❹樓空人去二句　蘇軾〈永遇樂・夜宿燕子樓〉：「燕子樓空，佳人何在，空鎖樓中燕。」❺綺陌　繁華的街道。❻纖纖月　彎月，喻美人纖足。

【賞析】

淳熙五年（一一七八）春，辛棄疾自江西安撫使召為大理少卿，乘船赴杭州，途中駐泊於東流縣某村。三年前他路過此地，曾結識一女子，此番重訪，卻已人去樓空，於是寫下了這首寓意深婉的豔情詞。開頭五句，即景起興，已暗含尋情人不遇的孤獨淒涼。「曲岸」五句，回憶舊遊，情真景切，運筆空靈。下闋「聞道」、「料得」等句，虛寫傳聞與想像的情景，實寫失戀之苦。「舊恨」、「新恨」，比喻迭出，以見憾恨的深重。「料得明朝」三句，寫即使能重見舊歡，也是「鏡裡花難折」。末以自己的「華髮」作結，回應起首的「花落」，更覺悲涼。此詞以寫情為主，不經意間已融進了身世家國之恨，所以不少評家認為此詞含有政治寄託。

【集評】

《草堂詩餘》卷四楊慎評：（舊恨）二句：纖麗語，膾口之極。

《草堂詩餘》正集卷四沈際飛評：安「欺」字妙。「一枕」句，纖析。合江水雲山言恨，駿發。

譚獻《復堂詞話》：大踏步出來，與眉山同工異曲。然東坡是衣冠偉人，稼軒則弓刀遊俠。

《藝蘅館詞選》丙卷梁啟超評：此南渡之感。

《唐五代兩宋詞選釋》俞陛雲評：客途遇豔，瞥眼驚鴻，村壁醉題，舊遊回首，乃賦此閒情之曲。前四句寫景輕秀，「曲岸」五句寄思婉渺。下闋伊人尚在，而陌頭重見，託諸行人，筆致便覺虛靈。「明朝」五句不言重遇雲英，自憐消瘦，而由對面著想，鏡裡花枝，相見爭如不見，老去相如，羞入文君之顧盼。以幼安之健筆，此曲化為繞指柔矣。

鷓鴣天　東陽❶道中

撲面征塵去路遙，香篝漸覺水沉銷❷。山無重數周遭碧，花不知名分外嬌❸。　人歷歷❹，馬蕭蕭❺，旌旗又過小紅橋。愁邊剩有相思句，搖斷吟鞭碧玉梢。

【注釋】

❶東陽　今浙江東陽。❷香篝漸覺水沉銷　籠中香氣漸漸消失。香篝，覆蓋香爐的竹籠。水沉，即沉香。❸山無重數周遭碧二句　劉禹錫〈金陵懷古〉：「山圍故國周遭在。」周遭，周圍。「山但見碧，花但見嬌，胸中紛蕩可知。」（《草堂詩餘》續集卷上沈際飛評）❹歷歷　清楚分明。崔顥〈黃鶴樓〉：「晴川歷歷漢陽樹。」❺蕭蕭　馬鳴聲。杜甫〈兵車行〉：「車轔轔，馬蕭蕭。」

【賞析】

淳熙五年（一一七八）作。這是一首途中思念佳人之作，上闋寫征塵撲面，路途遙遠，佳人室中的香氣已漸漸消失，陪伴自己的只有無數的碧山和無名的嬌花。在輕鬆的景物描寫中含有淡淡的哀愁。下闋是「旌旗又過小紅橋」的特寫鏡頭，從「又」字可知，以前或許曾同佳人一起經過此地，故勾起相思之情，不斷搖鞭詠詩，以致把馬鞭的碧玉梢都搖斷了。全詞「信手拈來，自饒姿態。幼安小令諸篇，別有千古。」（陳廷焯《詞則・放歌集》卷一）

水調歌頭　舟次揚州，和楊濟翁、周顯先韻❶

落日塞塵❷起，胡騎獵清秋。漢家組練❸十萬，列艦聳層樓。誰道投鞭飛渡❹，憶昔鳴髇血污，風雨佛貍愁❺。季子正年少，匹馬黑貂裘❻。

今老矣，搔白首❼，過揚州。倦遊欲去江上，手種橘千頭❽。二客東南名勝❾，萬卷詩書事業，嘗試與君謀。莫射南山虎❿，直覓富民侯⓫。

【注釋】

❶舟次揚州二句　次，停留。楊濟翁，名炎正，江西吉水人。主抗金，詞風豪放，有《西樵語業》。周顯先，未詳。❷塞塵　邊塞塵埃飛揚，指發生戰爭。❸漢家組練　指宋朝軍隊。漢家，漢王朝，借指南宋王朝。❹誰道投鞭飛渡　誰說投鞭能斷流渡江。投鞭，《晉書・苻堅記》載：「堅曰：以吾之眾旅，投鞭於江，足斷其流。」飛渡，《晉書・杜預傳》載，杜預遣奇兵乘夜渡江，東吳都督孫歆與伍延書曰：「北來諸軍乃飛渡江也。」❺憶昔鳴髇血污二句　借冒頓率部下用鳴鏑射死父親頭曼單于的典故（《史記・匈奴列傳》），寫完顏亮之死。鳴髇，即鳴鏑，響箭。佛貍，北魏太武帝拓跋燾的小字。他率軍南侵，失利而回，被宦官宋愛所殺。這裡借指完顏亮的被殺。❻季子正年少二句　借蘇秦的年少得意比喻自己南歸時的意氣風發。季子，蘇秦，字季子，《戰國策・趙策》：「李兌送蘇秦明月之珠、和氏之璧、黑貂之裘、黃金百鎰，蘇秦得以為用，西入於秦。」黑貂裘，黑色貂皮衣。❼搔白首　輕撓白髮，暗用杜甫〈夢李白〉：「出門搔白首，若負平生志。」❽倦遊欲去江上二句

寫自己壯志難酬，打算退隱江上，種橘度日。《三國志・吳書・三嗣主傳》裴注引《襄陽記》：李衡為丹陽太守，密遣人往武陵龍陽汜洲上作宅，種橘千株。臨死，謂兒曰：「吾州里有千頭木奴，不責汝衣食，歲上一匹絹，亦可足用耳。」❾二客東南名勝　二客指楊濟翁、周顯先。名勝，即名流。❿南山虎　據《史記・李將軍列傳》載，李廣屢建奇功，卻未封侯，後退隱藍田南山，常射獵猛虎。杜甫〈曲江三章〉：「自斷此生休問天，杜曲幸有桑麻田，故將移住南山邊。短衣匹馬隨李廣，看射猛虎終殘年。」⓫富民侯　《漢書・食貨志》：「武帝末年，悔征伐之事，乃封丞相為富民侯。」

【賞析】

作於淳熙五年（一一七八）。題為「和楊濟翁、周顯先韻」，楊炎正原詞有「可憐報國無路，空白一分頭」之句，辛詞命意相同。上闋回憶往事，一二句寫十七年前金軍南侵，氣勢迫人。三四句寫宋軍應戰，舟師威武。「誰道」以下，寫采石一戰，金軍潰敗，完顏亮被殺。當時辛棄疾風華正茂，意氣風發，滿懷恢復中原的熱望。下闋寫隆興和議後，自己報國無門，鬢髮漸白，事業無成，倦於宦遊，意欲退隱。今昔對比，既自傷也兼勸友人。「莫射南山虎，直覓富民侯」是憤激的牢騷反語，是對南宋王朝苟安避戰的沉痛控訴。正如陳廷焯所說：「稼軒〈水調歌頭〉諸闋，直是飛行絕跡。一種悲憤慷慨鬱結於中，雖未能痕跡消融，卻無害其為渾雅。後人未易摹倣。」（《詞則・放歌集》卷一）

滿江紅

江行，簡❶楊濟翁、周顯先

過眼溪山，怪都似、舊時曾識。還記得、夢中行遍，江南江北。佳處徑須攜杖去，能消

幾緉平生屐❷。笑塵勞、三十九年非❸，長為客。　吳楚地，東南坼❹。英雄事，曹劉敵❺。被西風吹盡，了無塵跡❻。樓觀才成人已去，旌旗未捲頭先白❼。歎人間、哀樂轉相尋，今猶昔❽。

【注釋】

❶簡　書簡，此作動詞用，作寄解。❷能消幾緉平生屐　還能穿壞幾雙木屐。《世說新語・雅量》謂阮孚喜好木屐，嘗歎曰：「未知一生當著幾量屐？」緉，同兩，幾緉即幾雙。❸笑塵勞三十九年非　化用《淮南子・故道訓》：「故蘧伯玉年五十而有四十九年非。」辛棄疾時年三十九歲，故云「三十九年非」。❹吳楚地二句　語出杜甫〈登岳陽樓〉：「吳楚東南坼，乾坤日夜浮。」暗指國家南北分裂。❺英雄事二句　謂孫權能敵曹操、劉備。據《三國志・蜀書・先主傳》載，曹操與劉備縱論天下英雄，曰：「今天下英雄，唯使君（指劉備）與操耳。」❻了無塵跡　指上述英雄業績已隨風飄散，無跡可尋。❼樓觀才成人已去二句　慨歎世事多不如意，理想難以實現。蘇軾〈送鄭戶曹〉：「樓成君已去，人事固多乖。」旌旗未捲，指未能獲勝收兵，暗指收復中原的大業未能實現。❽歎人間哀樂轉相尋二句　歎人世哀樂，古今相同。轉相尋，輾轉往復不斷。今猶昔，王羲之〈蘭亭集序〉：「後之視今，亦猶今之視昔。」

【賞析】

淳熙五年（一一七八）作。上闋寫「江行」，前四句說經行的都是「舊時曾識」、「夢中行遍」之地，「佳處」二句好像他頗滿意這種生活，但「笑塵勞」兩句表明，他對朝廷不信任自己，頻繁遷調，使自己不能有所作為頗為不滿。下闋抒慨，現在的形勢正是三國時的形勢（「吳楚地，東南坼」），但三國時的

「英雄事」已「了無塵跡」。為什麼會如此呢？「樓觀」二句作了回答，用人不專，故功業不成，也是對上闋「笑塵勞、三十九年非，長為客」的補寫。「樓觀」二句已悲憤到極點，最後二句故作曠達之語以寬解自己，與蘇軾「人有悲歡離合，月有陰晴圓缺，此事古難全」的寫法相同。全詞俯仰今昔，感慨萬千，蒼涼悲壯，集中抒發了「旌旗未捲頭先白」的憤懣。

【集評】

陳廷焯《詞則．放歌集》卷一：回頭一擊，龍蛇飛舞。悲壯蒼涼，卻不粗鹵。改之、放翁輩終身求之不得也。

《唐五代兩宋詞選釋》俞陛雲評：〈滿江紅〉詞易於縱筆，以稼軒之才氣，更如陣馬風檣，但豪放則易近粗率，此作獨疏爽而兼低回之思。「佳處」二句深表同情。余生平所歷勝境，回味猶甘，而重遊無望，知佳處徑須攜杖，不可使清景如追逋也。下闋非特俯仰興亡，即尋常之丹臒未竟，已鐘鼓全非者，不知凡幾，真閱世之談。「今猶昔」三字尤雋。後之感今，猶今之感昔耳。

摸魚兒

淳熙己亥，自湖北漕移湖南❶，同官王正之置酒小山亭❷，為賦。

更能消❸、幾番風雨，匆匆春又歸去。惜春長怕花開早，何況落紅無數。春且住。見說道、天涯芳草迷歸路。怨春不語。算只有殷勤，畫簷蛛網，盡日惹飛絮。　長門事，準擬佳期又誤❹。蛾眉❺曾有人妒。千金縱買相如賦❻，脈脈此情誰訴。君莫舞。君不見、玉環飛燕皆塵土❼！閒愁最苦。休去倚危欄❽，斜陽正在，煙柳斷腸處。

【注釋】

❶自湖北漕移湖南　由湖北轉運副使調任湖南轉運副使。漕，指轉運司，掌一路財賦。❷同官王正之置酒小山亭　王正己（一一一九—一一九六），字正之，鄞人。歷豐城主簿，除右司郎官、太常卿，以節概稱。時在湖北轉運司任上，故稱同官。小山亭，在鄂州（今湖北武漢）轉運使衙署乖崖堂內。❸消　經得起。❹長門事二句　借陳皇后失寵的典故，來比擬自己的失意。長門，漢宮名，陳皇后被漢武帝遺棄後幽居於此。後以「長門」借指失寵女子居住的冷宮，如杜牧〈長安夜月〉：「獨有長門裡，蛾眉對曉晴。」「準擬」句，指約定的日子又變了。❺蛾眉　指美人。屈原〈離騷〉：「眾女嫉予之蛾眉兮，謠諑謂予以善淫。」❻千金縱買相如賦　事見《文選・長門賦序》：「孝武皇帝陳皇后，時得幸，頗妬，別在長門宮，愁悶悲思。聞蜀郡成都司馬相如天下工為文，奉黃金百斤為相如、文君取酒，因於解悲愁之辭。而相如為文以悟主上，皇后復得幸。」❼君莫舞二句　謂靠讒妒一時得寵的人，最終不免化為塵土。玉環，楊貴妃之名，受寵於唐玄宗，安史之亂中被縊死馬嵬坡。見《新唐書・后妃傳》。飛燕，即漢成帝皇后趙飛燕，專寵十餘年後，被廢自殺。見《漢書・外戚傳》。皆塵土，語本《趙飛燕外傳》附〈伶玄自敘〉：「斯人俱灰滅矣！當時疲精力馳騖嗜欲蠱惑之事，寧知終歸荒田野草乎！」❽危欄　高樓上的欄干。

【賞析】

此詞作於淳熙六年（一一七九）。上闋前五句寫美人惜春，「春且住」以下寫留春，留春不住而生怨，就算像蜘蛛那樣殷勤結網，也不過留下殘春的幾片「飛絮」而已，心境的落寞悽惻可知。這裡的「暮春」，既是眼前景色，也是美人遲暮的象徵，更有作者深沉的寄託。辛棄疾南歸十七年來，不受重用，僅任閒職，如今又由湖北調往距離前線更遠的湖南，那施展理想、恢復中原的機會，不正像春色一樣漸漸遠去嗎？下闋寫遲暮美人遭妒失寵後的落寞心態，也暗寓身世之感。先借陳皇后事寫蛾眉遭妒，志士受抑，雖千金買賦，百般努力，也無濟於事。於是生怨生怒，說楊玉環、趙飛燕那般惑主取寵最終也不得好死！接著發出「閒愁最苦」的悲鳴，真是欲哭無淚。在這種心境下登樓遠眺，那落日餘暉下如煙的柳色，更易使人聯想到國家命運，令人柔腸寸斷。綜觀全篇，羅大經所謂「詞意殊怨」，實得主旨。但怨而不甘心，欲挽狂瀾於既倒，實為詞之脈絡，這正與作者百折不撓的理想抱負相吻合。

【集評】

張侃《跋揀詞》：康伯可〈曲遊春〉詞頭句云：「臉薄難藏淚，恨柳風不與，吹斷行色。」惜別之意已盡。辛幼安〈摸魚兒〉詞頭句云：「更能消幾番風雨，匆匆春又歸去。」惜春之意亦盡。二公才調絕人，不被腔律拘縛。至「但掩袖，轉面啼紅，無言應得」與「閒愁最苦，休去倚危欄，斜陽正在，煙柳斷腸處」，其惜別惜春之意，愈無窮。頃見范元卿《杜詩說》，載〈上韋左丞〉一詩，假如大宅第，自廳而堂，自堂而房，悉依次序，便不成文章。前二詞不止如范所云，而末後餘意愈出愈有，不可以小伎而忽焉。

羅大經《鶴林玉露・甲編》卷一：詞意殊怨。「斜陽」、「煙柳」之句，其與「未須愁日暮，天際乍輕陰」者異矣。使在漢、唐時，寧不賈種豆種桃之禍哉！愚聞壽皇見此詞，頗不悅。然終不加罪，可謂至德也已。

《草堂詩餘》正集卷六沈際飛評：李涉詩：「野寺尋花春已遲，背崖惟有兩三枝。明朝攜酒猶堪賞，為報春風且莫吹。」辛用其意。稼軒中年被劾，凡十六章自況淒楚。「斜陽」、「煙柳」，詞意怨甚，與「未須愁日暮，天際乍輕陰」者異矣，設在漢唐時，不幾賈種豆種桃之禍哉，聞壽皇見之頗不悅，終不加罪，憐其才耶？

《類編草堂詩餘》卷四李星垣評：稼軒之詞，清剛雄秀，另是一副筆墨。

許昂霄《詞綜偶評》：（「春且住」二句）是留春之辭。結句即義山「夕陽無限好，只是近黃昏」之意。斜陽以喻君也。

黃氏《蓼園詞選》：《鶴林玉露》云：……（見前引）辭意似過於激切。第南渡之初，危如累卵。「斜陽」句，亦危言聳聽之意耳。持重者多危詞，赤心人少甘語，亦可以諒其志哉。

劉熙載《藝概》卷四：無咎詞堂廡頗大，人知辛稼軒〈摸魚兒〉（更能消幾番風雨）一闋，為後來名家所競效。其實辛詞所本，即無咎〈摸魚兒〉「買陂塘、旋栽楊柳」之波瀾也。

陳廷焯《白雨齋詞話》卷一：稼軒「更能消幾番風雨」一章，詞意殊怨。然姿態飛動，極沉鬱頓挫之致。起處「更能消」三字，是從千回萬轉後倒折出來，真是有力如虎。

又《詞則．大雅集》卷二：怨而怒矣！姿態飛動，極沉鬱頓挫之致。結得怨憤。

譚獻《復堂詞話》：權奇倜儻，純用太白樂府詩法。

沈祥龍《論詞隨筆》：感時之作，必借景以形之。如稼軒云：「算只有殷勤，畫簷蛛網，盡日惹飛絮。」同甫云：「恨芳菲世界，遊人未賞，都付與鶯和燕。」不言正意，而言外有無窮感慨。

張祥齡《詞論》：詞主譎諫，與詩同流。稼軒〈摸魚兒〉，……所謂〈國風〉好色而不淫，〈小雅〉怨悱而不亂，此固有之。但不必如張皋文膠柱鼓瑟耳。

王闓運《湘綺樓詞選》：是張俊、秦檜一班人。亡國之音，不為諷刺。

《藝蘅館詞選》丙卷梁啟超評：迴腸盪氣，至於此極。前無古人，後無來者。又乙卷評歐陽脩〈蝶戀花〉（誰道閒情拋棄久）：稼軒〈摸魚兒〉起處從此奪胎，文前有文，如黃河伏流，莫窮其源。

陳洵《海綃說詞》：時春未去也，然更能消幾番風雨乎？言只消幾番風雨，則春去矣。倒提起。「惜春」七字，復用逆遡，然後跌落下句，思力沉透極矣。「春且住」，咽住。「無歸路」，復為春計不得。「怨春不語」，又咽住。「蛛網」、「飛絮」，復為怨春者計亦不得，極力逼起下闋「佳期」。果有佳期，則不怨春矣，如又誤何。至佳期之誤，則以蛾眉之見妒也。縱有相如之賦，亦無人能諒此情者，然後佳期真無望矣。「君」字承「誰」字來。既無訴矣，則君亦安所用舞乎，咽住。環燕塵土，復推開，言不獨長門一事也，亦以提為勒法。然後以「閒愁最苦」四字，作上下脫卸。言此皆往事，不如眼前春去之閒愁為最苦耳。斜陽煙柳，便無風雨，亦只匆匆。如此開合，全自龍門得來，為詞家獨闢之境。「佳期」二字，是全篇點睛。時稼軒南歸十八年矣，〈應問〉三篇，〈美芹十論〉，以講和方定議，不行。佳期之誤，誰誤之乎？讀公詞，為之三歎。寓幽咽怨斷於渾灝流轉中，此境亦惟公有之，他人不能為也。然苟於此中求索消息，而以不似學之，則亦何不可學之有。

賀新郎

柳暗凌波路❶。送春歸、猛風暴雨，一番新綠。千里瀟湘葡萄漲❷，人解扁舟欲去。又檣燕、留人相語❸。艇子飛來生塵步，唾花寒、唱我新番句❹。波似箭，催鳴櫓❺。　黃陵祠下山無數。聽湘娥、泠泠曲罷，為誰情苦❻。行到東吳春已暮，正江闊潮平穩渡。望金雀、觚稜翔舞❼。前度劉郎今重到，問玄都、千樹花存否❽。愁為倩，么絃訴❾。

【注釋】

❶凌波路　江邊之路，曹植〈洛神賦〉：「凌波微步，羅襪生塵。」❷千里瀟湘葡萄漲　瀟湘，瀟水和湘水，在湖南零陵合流後稱瀟湘。葡萄，形容水色碧綠，李白〈襄陽歌〉：「遙看漢水鴨頭綠，恰似葡萄初醱醅。」❸又檣燕留人相語　杜甫〈初發潭州〉：「岸花飛送客，檣燕語留人。」❹艇子飛來生塵步二句　寫歌女飛舟來送行，並唱作者的新詞。生塵步，見注❶。唾花寒，《飛燕外傳》：「姊唾染人紺袖，正似石上花唾。」新番句，依舊譜，翻新詞，番同翻。❺櫓　船槳，代指船。❻黃陵祠下山無數三句　《水經注．湘水》：「黃陵水上承太湖，湖水西流，逕二妃（舜之二妃娥皇、女英）廟，世謂之黃陵祠。」聽湘娥泠泠曲罷，屈原〈遠遊〉：「使湘靈鼓瑟兮。」❼望金雀觚稜翔舞　寫船到臨安所見京城景象。金雀、觚稜，有金鳳的殿角飛簷。《文選》班固〈西都賦〉「設璧門之鳳闕，上觚稜而棲金爵」注：「觚稜，闕角也。角上棲金爵，金，鳳也。」❽前度劉郎今重到二句　見〈新荷葉〉（人已歸來）注❸。❾愁為倩二句　謂滿腹愁情只有請么絃傾訴。倩，請。么絃，

最細之絃，琵琶第四絃。

【賞析】

這是一首送行詞，送友人赴臨安。作於淳熙七年（一一八〇）湖南安撫使任上。上闋為送行，前五句點明送行的時間（柳暗、春歸、猛風暴雨之後）、地點（凌波路、瀟湘），而以「人解扁舟欲去」點送行，以之啟下。後五句抒寫依依不捨之情，借檣燕留人，歌女「唱我新番句」兩個特寫鏡頭抒發自己對友人的留戀，這比直敘婉轉得多。「波似箭，催鳴櫓」寫留不住，充滿惆悵之情。下闋是設想之詞，設想友人途中和到達京城臨安之後的情況，經過黃陵祠可聽到淒涼的湘靈鼓瑟，到達京城時已是春末，臨安仍然金碧輝煌，但玄都觀裡「百畝庭中半是苔，桃花淨盡菜花開」，已今非昔比。末以別愁無以排解，只有請么絃傾訴作結，既照應了上闋的惜別，又進一步抒發了對友人的眷戀之情。送行詞一般多為應酬之作，而辛棄疾的送行詞既多且好，往往充滿身世之感，悲涼之情，此篇就「通首寄慨絕遠」（許昂霄《詞綜偶評》）。

【集評】

許昂霄《詞綜偶評》：通首寄慨絕遠。（一番新綠）「綠」字叶去，見《中原音韻》及《唐音正》。（千里瀟湘葡萄漲）坡詩：「春江綠漲蒲萄醅。」（唾花寒，唱我新番句）《飛燕外傳》「姊唾染人紺袖，正似石上花唾」，「花」字本此。（望金雀、觚稜翔舞）〈西都賦〉：「上觚稜而棲金爵。」觚稜，殿闕角也。金爵，鳳也。

陳廷焯《詞則・放歌集》卷一：閒處亦不乏姿態。

木蘭花慢　席上送張仲固❶帥興元

漢中開漢業❷，問此地、是耶非？想劍指三秦，君王得意，一戰東歸❸。追亡事❹，今不見，但山川滿目淚沾衣❺。落日胡塵未斷，西風塞馬空肥❻。

一編書是帝王師❼。小試去征西❽。更草草離筵，匆匆去路，愁滿旌旗。君思我、回首處，正江涵秋影雁初飛❾。安得車輪四角，不堪帶減腰圍❿。

【注釋】

❶張仲固　張堅，字仲固。紹興二十四年進士，淳熙中任江南西路轉運判官，擢知興元府。興元（今陝西漢中），秦漢時稱漢中郡，唐宋時改興元府，是南宋西部邊防重鎮。❷漢中開漢業　漢高祖劉邦在漢中開創漢朝帝業。❸想劍指三秦三句　據《史記・項羽本紀》載，秦亡後，項羽自立為西楚霸王，封劉邦為漢王，又三分關中，封章邯、司馬欣、董翳為王，稱三秦王，以遏制劉邦。劉邦在漢中打下基業後，用奇計滅了三秦，乘勝東歸，與項羽爭奪天下。❹追亡事　指蕭何追回韓信事，見《史記・淮陰侯列傳》：「信度何等已數言上，上不我用，即亡。何聞信亡，不及以聞，自追之。」並勸劉邦重用韓信，最終一統天下。❺山川滿目淚沾衣　用李嶠〈汾陰行〉中詩句，感歎山河破碎，英雄卻只能淚溼征衣。❻落日胡塵未斷二句　指金兵侵擾不斷，而南宋則一味求和，白白浪費了秋天草盛馬肥的用兵時機。❼一編書是帝王師　《史記・留侯世家》：張良在下邳圯上遇一老父，「出一編書，曰：『讀此，則為王者師矣。』旦日視其書，乃《太公兵法》也。」❽征西　指張

堅知興元府。❾江涵秋影雁初飛　借用杜牧〈九日齊山登高〉詩原句，指一江秋水，北雁南飛。❿安得車輪四角二句　寫對友人的深切思念。車輪四角，希望車輪生出四角，留住友人。陸龜蒙〈古意〉：「願得雙車輪，一夜生四角。」帶減腰圍，「腰圍帶減」的倒裝，形容思友而消瘦，腰圍漸細，衣帶漸寬。沈約〈與徐勉書〉：「老病百日，數圍革帶嘗應移孔。」

【賞析】

淳熙八年（一一八一）秋，張堅由江西運判調知興元府，辛棄疾浮想聯翩，感慨萬千，即席寫下此詞。上闋由「漢中」起興，聯想劉邦漢中立業、劍指三秦、底定天下的往事，面對眼前的殘山剩水，金兵驕橫，宋室苟安，以致塞馬空肥，英雄無用武之地的局面，怎不令他憂心如焚。下闋以張良的事跡勉勵張堅，希望他在「漢中」有所作為，又信手拈出「江涵秋影」、「車輪四角」、「帶減腰圍」等事典，表達了對他的深情厚意。贈別而上詠國事，下及私情，用典多而切題切事，可謂別開生面。

沁園春

帶湖❶新居將成

三徑初成，鶴怨猿驚，稼軒未來❷。甚雲山自許，平生意氣，衣冠人笑，抵死塵埃❸。意倦須還，身閒貴早，豈為蓴羹鱸鱠❹哉。秋江上，看驚弦雁避，駭浪船回❺。　東岡更葺❻茅齋。好都把、軒窗臨水開❼。要小舟行釣，先應種柳，疏籬護竹，莫礙觀梅。秋菊堪餐，春蘭可佩❽，留待先生手自栽。沉吟久，怕君恩未許，此意徘徊。

【注釋】

❶帶湖　在信州（今江西上饒）城北靈山下，湖水清澈狹長，因名帶湖。辛棄疾於淳熙八年春在此經營新居，臨田作屋，取名稼軒，並因以為號。❷三徑初成三句　謂隱居之地的帶湖已基本完工，連鶴猿都驚怨自己還未歸隱。三徑，西漢末，兗州刺史蔣詡辭官歸隱，於院中闢三徑，唯與高人雅士往來。後世即以三徑指隱居者之家園。陶潛〈歸去來辭〉：「三徑就荒，松菊猶存。」鶴怨猿驚，孔稚珪〈北山移文〉：「蕙帳空兮夜鶴怨，山人去兮曉猿驚。」❸甚雲山自許四句　謂平生以雲山自許，卻長期沉淪仕途，為人恥笑。甚，為什麼。衣冠，士人的衣服，代指士人。抵死，老是，總是。塵埃，污濁的紅塵，代指官場。❹蓴羹鱸鱠　見〈水龍吟〉（楚天千里清秋）注❼。❺秋江上三句　謂吃驚的雁都知道避開弓箭，船夫都知道迴避驚濤駭浪，自己也應全身遠禍。驚弦雁避，參見〈木蘭花慢〉（老來情味減）注⓫。❻葺　修葺，修建。❼軒窗臨水開　陸游《老學庵筆記》卷六：「會稽鏡湖之東，地名東關，有天花寺，呂文靖嘗題詩云：『賀家湖上天花寺，一一軒窗向水開。不用閉門防俗客，愛閒能有幾人來。』」❽秋菊堪餐二句　屈原〈離騷〉：「夕餐秋菊之落英。」又「紉春蘭以為佩。」以餐秋菊，佩春蘭，喻志行高潔。

【賞析】

淳熙八年（一一八一）秋江西安撫使任上作。上闋寫決心隱退，首句點題，「三徑初成」即「帶湖新居將成」，新居成而自己未歸，以致「鶴怨猿驚」。平生以「雲山自許」，卻長期沉淪仕途，以致「衣冠人笑」。「豈為蓴羹鱸鱠哉」是以否定句式表達更加肯定的語氣，他之所以要退隱並不是像張翰那樣為了「蓴羹鱸鱠」；而是因為仕途太險惡，他應像「驚弦雁避，駭浪船回」那樣全身遠害。下闋是設想他隱居後的生活，他要修葺茅齋，臨水開窗，小舟垂釣，種植柳、竹、梅、菊、蘭等高潔的花木香草，這是以輕鬆閒淡之筆抒抑鬱憤懣之情。「抑揚頓挫，急流勇退之情，以溫婉之筆出之，姿態愈饒。」（陳廷焯《詞則・放歌集》卷一）末以怕「君恩未許」作結，表現出他在仕隱上仍存在矛盾。沈際飛認為，「沉吟久」三句「忠愛有餘」（《草堂詩餘》正集卷六）。下闋歌拍雖「忠愛有餘」，卻遠沒有上闋歌拍冷靜清楚，等待他的並不是「君恩未許」，而是他還未辭官就以「憑陵上司」，「用錢如泥沙，殺人如草芥」的罪名被罷官，從此退隱帶湖，投閒長達二十年。

【集評】

《草堂詩餘》正集卷六沈際飛評：（「意倦」六句）功名一雞肋，世路九羊腸，張翰蓴鱸，有託而逃，稼軒識得。（「小舟」四句）救蟻養魚亦經綸，種柳觀梅皆事業。

黃氏《蓼園詞選》：稼軒忠義之氣，當高宗初南渡，由山東間道奔行在，竭蹶間關，力圖恢復，豈是安於退閒者？自秦檜柄用，而正人氣沮矣。所謂驚弦駭浪，迫於不得已而思退，心亦苦矣。末又曰：「怕君恩未許，此意徘徊。」退不能退，何以為情哉！

祝英臺近

晚春

寶釵分❶，桃葉渡❷，煙柳暗南浦❸。怕上層樓，十日九風雨。斷腸片片飛紅，都無人管❹，更誰勸、啼鶯聲住。

鬢邊覷。試把花卜歸期❺，才簪又重數。羅帳燈昏，哽咽夢中語：

是他春帶愁來，春歸何處，卻不解、帶將愁去❻。

【注釋】

❶寶釵分　釵為婦女髮飾，古人有分釵贈別的習俗。白居易〈長恨歌〉：「釵留一股合一扇，釵擘黃金合分鈿。」❷桃葉渡　在南京秦淮河與青溪合流處。據《隋書・五行志》記載，東晉王獻之在此送別愛妾桃葉，賦詩曰：「桃葉復桃葉，渡江不用楫。但流無所苦，我自應接汝。」這裡泛指男女送別地。❸南浦　泛指送別的地方。《楚辭・九歌・河伯》：「送美人兮南浦。」江淹〈別賦〉：「送君南浦，傷如之何。」❹斷腸片片飛紅二句　化用蘇軾〈水龍吟・次韻章質夫楊花詞〉：「似花還似非花，也無人惜從教墜。」飛紅，指落花。❺試把花卜歸期　用頭上所戴花瓣的數目來占卜情人的歸期。❻是他春帶愁來三句　陳鵠《耆舊續聞》卷二：「余謂後輩作詞，無非前人已道底句，特善能轉換爾。……辛幼安詞：『是他春帶愁來，春歸何處，卻不解、帶將愁去。』人皆以為佳，不知趙德莊〈鵲橋仙〉詞云：『春愁元自逐春來，卻不肯隨春歸去。』蓋德莊又體李漢老〈楊花〉詞：『驀地便和春帶將歸去。』大抵後之作者，往往難追前人。」

【賞析】

鄧廣銘《稼軒詞編年箋注》卷一云，此詞作年「無可確考，唯玩其語意，均似中年宦遊思家之作」，附於淳熙八年（一一八一）末，今從之。這是一首閨怨詞。上闋傷別，借暮春景象寫閨中思婦的落寞心態，淒迷哀婉。下闋盼歸，借助「花卜歸期」、「夢中語」兩個細節描寫，將思婦的痴迷與無奈表現得淋漓盡致。《唐五代兩宋詞選釋》俞陛雲論此詞結構云：「首三句言送別之地，後五句言別後之懷，萬點飛花，離愁亦尤黯也。下闋明指伊人，歸期屢卜，而消息沉沉，惟有索之夢中，孤燈獨語，其深悔楊枝之遣耶？結處『春帶愁來』三句，傷春純是自傷。前之〈摸魚兒〉詞借送春以寄慨，有抑塞磊落之氣；此借傷春以懷人，有徘徊宛轉之思，剛柔兼擅之筆也。」此詞纏綿悱惻，筆觸細膩，體現了辛詞的另一風格。宋人黃昇評論此詞：「風流嫵媚，富於才情，若不類其為人矣。」明人沈謙《填詞雜說》亦云：「稼軒詞以激揚奮厲為工，至『寶釵分，桃葉渡』一曲，昵狎溫柔，魂銷意盡，才人伎倆，真不可測。」這首詞因何而作，歷來眾說紛紜：張端義《貴耳集》說是為呂婆女而作，似嫌附會；張惠言等認為詞中句句有寄託，也嫌牽強；黃蓼園認為是「借閨怨以抒其志」，或得其實。

【集評】

張端義《貴耳集》卷下：呂婆，即呂正己之妻，淳熙間，姓名亦達天聽。蘇養直家孫女曰蘇婆，其嚴毅不可當。三五十年朝報奏疏，琅琅口誦，不脫一字。舊京畿有二漕，一呂搢，一呂正己。搢家諸姬甚盛，必約正己通宵飲。呂婆一日大怒，踰牆相詈，搢之子一彈碎其冠。事徹孝皇，兩漕即日罷。今止除一漕，自此始。呂婆有女事辛幼安，因以微事觸其怒，竟逐之。今稼軒「桃葉渡」詞，因此而作。

張侃《跋揀詞》：辛幼安〈祝英臺〉云：「是他春帶愁來，春歸何處，又不解和愁歸去。」王君玉〈祝英臺〉云：「可堪妒柳羞花，下床都懶，便瘦也教春知道。」前一詞欲春帶愁去，後一詞欲春知道瘦。近世春晚詞，少有比者。

張炎《詞源》卷下：簸弄風月，陶寫性情，詞婉於詩。蓋聲出鶯吭燕舌間，稍近乎情可也。若鄰乎鄭衛，與纏令何異？如陸雪溪〈瑞鶴仙〉（臉霞紅印枕）云……，辛稼軒〈祝英臺近〉（寶釵分）云……皆景中帶情，而存騷雅。故其燕酣之樂、別離之愁、回文題葉之思、峴首西州之歎，一寓於詞。若能屏去浮豔，樂而不淫，是亦漢魏樂府之遺意。

《草堂詩餘》卷三楊慎評：無可埋怨處。

《草堂詩餘》正集卷二沈際飛評：（寶釵分桃葉渡）妖豔。（是他春帶愁來）怨春問春，口快心靈，非關勦襲。

張惠言《詞選》：此與德祐太學生二詞用意相似。「點點飛紅」，傷君子之棄。「流鶯」，惡小人得志也。「春帶愁來」，其刺趙、張乎。

吳衡照《蓮子居詞話》卷一：詞有襲前人語而得名者，雖大家不免。如賀方回「梅子黃時雨」……，幼安「是他春帶愁來，春歸何處，卻不解帶將愁去」等句，惟善於調度，正不以有藍本為嫌。

黃氏《蓼園詞選》：按此閨怨詞也。史稱稼軒人材，大類溫嶠、陶侃。周益公等抑之，為之惜，此必有所託而借閨怨以抒其志乎。言自與良人分釵後，一片煙雨迷離，落紅已盡。而鶯聲未止，將奈之何乎！次闋，言問卜欲求會，而間阻實多，而憂愁之念，將不能自已矣。意致悽惋，其志可憫。史稱葉衡入相，薦棄疾有大略，召見，提刑江西，平劇盜，兼湖南安撫。盜起湖湘，棄疾悉平之。後奏請於湖南設飛虎軍，詔委以規畫。時樞府有不樂者，數阻撓之。議者以聚斂聞，降御前金字牌停住。棄疾開陳本末，繪圖繳進，上乃釋然。詞或作於此時乎。

沈祥龍《論詞隨筆》：詞貴愈轉愈深。稼軒云：「是他春帶愁來，春歸何處，卻不解帶將愁去。」玉田云：「東風且伴薔薇住，到薔薇春已堪憐。」下句即從上句轉出，而意更深遠。

陳廷焯《詞則．大雅集》卷二：諷刺語，卻婉雅。按《貴耳錄》，呂婆有女事辛幼安，以微事觸怒，逐之，稼軒因作此詞。此亦一說。

張德瀛《詞徵》卷五：茗柯又評稼軒〈祝英臺近〉詞云：「此與德祐太學生二詞用意相似。『點點飛紅』，傷君子之棄。『流鶯』，惡小人得志也。『春帶愁來』，其刺趙、張乎。」然據《貴耳集》云，呂婆，呂正己之妻。正己為京畿漕，有女事辛幼安，因以微事觸其怒，竟逐之。今稼軒「桃葉渡」詞因此而作。是辛本非寓意，張說過曲。

水調歌頭

盟鷗

帶湖❶吾甚愛，千丈翠奩❷開。先生杖屨❸無事，一日走千回。凡我同盟鷗鷺，今日既盟之後，來往莫相猜❹。白鶴在何處，嘗試與偕來❺。　破青萍，排翠藻，立蒼苔。窺魚笑汝癡計，不解舉吾杯❻。廢沼荒丘疇昔❼，明月清風此夜，人世幾歡哀。東岸綠陰少，楊柳更須栽。

【注釋】

❶帶湖　見〈沁園春〉（三徑初成）注❶。❷翠奩　指狹長的帶湖。奩，盛梳妝用品的鏡匣。❸杖屨　此作動詞用，指拄著拐杖，穿著麻鞋。❹凡我同盟鷗鷺三句　此戲仿《左傳》僖公九年會盟語：「凡我同盟之人，既盟之後，同歸於好。」❺偕來　同來。❻破青萍五句　描寫鷗鳥專心覓魚的神態，排開青萍翠藻，立於蒼苔之上窺魚，不懂作者的舉杯之樂。❼疇昔　從前。

【賞析】

淳熙九年（一一八二）初歸帶湖時作。盟鷗，與鷗鳥為盟為友，以抒寫自己的隱居之樂。上闋前四句寫帶湖，「凡我」三句點題，妙在結拍二句要鷗鷺邀白鶴同來，十分風趣。下闋前半集中描寫鷗鷺窺魚的痴態，卻「不解舉吾杯」，作者的孤獨也就意在言外。「廢沼」三句就帶湖抒慨，今夜帶湖的明月清風，前不久卻是廢沼荒丘，人世間的悲歡變化實在太大太快。末二句照應開頭的「帶湖吾甚愛」，以繼續經營好帶湖作結。全詞「一氣舒卷，參差中寓整齊，神乎技矣。一結愈樸愈妙，看似不經意，然非有力如虎者不能。」（陳廷焯《詞則・放歌集》卷一）

【集評】

陳鵠《耆舊續聞》卷五：作詩用經語，尤難得峭健。……近日辛幼安作長短句，有用經語者，〈水調歌〉云：「凡我同盟鷗鷺，今日既盟之後，來往莫相猜。」亦為新奇。

陳廷焯《白雨齋詞話》卷六：稼軒詞有以樸處見長，愈覺情味不盡者。如〈水調歌頭〉結句云：「東岸綠陰少，楊柳更須栽。」信手拈來，便成絕唱，後人亦不能學步。

踏莎行　賦稼軒❶，集經句❷

進退存亡❸，行藏用舍❹。小人請學樊須稼❺。衡門之下可棲遲❻，日之夕矣牛羊下❼。

去衛靈公❽，遭桓司馬❾。東西南北之人也❿。長沮桀溺耦而耕⓫，丘何為是栖栖者⓬。

【注釋】

❶稼軒　辛棄疾罷官帶湖期間為其房舍所取名，並以為號。洪邁有〈稼軒記〉述其事。❷集經句　匯集儒家經典中語為詞。❸進退存亡　《易・乾・文言》：「知進退存亡而不失其正者，其惟聖人乎。」❹行藏用舍　《論語・述而》：「子謂顏淵曰：『用之則行，舍之則藏，唯我與爾有是夫。』」❺小人請學樊須稼　《論語・子路》：「樊遲請學稼，子曰：『吾不如老農。』樊遲出，子曰：『小人哉，樊須也。』」《史記・仲尼弟子列傳》：「樊須，字子遲。」學稼，學種莊稼。❻衡門之下可棲遲　《詩・陳風・衡門》：「衡門之下，可以棲遲。」❼日之夕矣牛羊下　《詩・王風・君子於役》：「日之夕矣，牛羊下來。」❽去衛靈公　《論語・衛靈公》：「衛靈公問陳於孔子，孔子對曰：『……軍旅之事，未嘗學也。』明日遂行。」去，離開，因衛靈公講征戰，孔子講仁義，二人不同道。❾遭桓司馬　《孟子・萬章上》：「孔子不悅於魯、衛，遭宋桓司馬，將要而殺之，微服而過宋。是時孔子當阨。」❿東西南北之人也　《禮記・檀弓上》記孔丘語：「今丘也，東西南北之人也。」⓫長沮桀溺耦而耕　《論語・微子》：「長沮、桀溺耦而耕，孔子過之，使子路問津焉。」長沮、桀溺，古代隱士。耦而耕，二人合耕。⓬丘何為是棲棲者　《論語・憲問》：「微生畝謂孔子曰：『丘何為是棲棲者與？無乃為佞乎？』孔子曰：『非敢為佞也，疾固也。』」丘，孔丘。棲棲，忙碌不安貌。

【賞析】

罷官居帶湖初期作。集句是古人作詩方式之一，截取前人成句或略作改動，組織成詩。今存最早的集句詩為晉人傅咸的〈七經詩〉。宋人最喜集句，著於石延年，而工於王安石。蘇軾曾作〈次韻孔毅父集古人句見贈五首〉，有「羨君戲集他人詩，指呼市人如使兒」，以致「退之驚笑子美泣」，趙翼《甌北詩話》

卷五認為「似識集句非大方家所為」。但蘇軾自己亦樂此不疲，他不但作集句詩，而且作集句詞，有〈南鄉子・集句〉三首。辛棄疾通篇集經語入詞，難度自然更大，而且借經語抒發了自己歸田學稼之意，並巧借執著於政治信念而四處碰壁的孔子形象，表達了自己對現實的不滿，也是一首牢騷詞，寫作技巧也高，但正如沈雄《古今詞話・詞品》下卷所評：「用經書語入詞，畢竟非第一義。」姑選一首，以備辛詞另一格。

水龍吟

甲辰歲壽韓南澗❶尚書

渡江天馬南來❷，幾人真是經綸手❸？長安父老❹，新亭❺風景，可憐依舊。夷甫諸人，神州沉陸，幾曾回首❻！算平戎萬里❼，功名本是，真儒❽事，公知否。　況有文章山斗❾，對桐陰、滿庭清晝❿。當年墮地⓫，而今試看，風雲奔走⓬。綠野⓭風煙，平泉⓮草木，東山⓯歌酒。待他年，整頓乾坤事了，為先生壽⓰。

【注釋】

❶韓南澗　名元吉（一一一八—一一八七），字無咎，河南許昌人。南渡後徙家信州。孝宗初年曾任吏部尚書，使金，乘機察看敵情，力主恢復中原。後因朝政腐敗，便退隱於上饒的南澗，並號南澗。辛棄疾退居帶湖時，二人經常來往，唱和頗多。❷渡江天馬南來　指宋高宗南渡。據《晉書・元帝紀》載，西晉滅亡，晉元帝司馬睿與西陽等四王南渡至建康，建立東晉王朝，正應了當時童謠：「五馬浮渡江，一馬化為龍。」❸經綸手

指治國能手。經綸，整理亂絲。❹長安父老　據《晉書・桓溫傳》載，桓溫北伐，進軍至長安附近灞上，百姓安業，牛酒相應，耆老感泣說：「不圖今日復見官軍！」長安，此借指汴京。❺新亭　一名勞勞亭，在建康，三國吳時築。據《世說新語・言語》載，東晉時從中原渡江而來的名士，常在新亭聚飲，有一次周顗歎息道：「風景不殊，正自有山河之異。」眾人相視落淚。❻夷甫諸人三句　借王衍清談亡國事指斥主和派對中原淪陷漠不關心。夷甫，西晉王衍的字。沉陸，即陸沉，指國土淪喪。據《晉書・桓溫傳》載，桓溫北伐，與僚屬登平乘樓，眺望中原，慨然歎曰：「遂使神州陸沉，百年丘墟，王夷甫諸人不得不任其責！」❼平戎萬里　指北伐中原。❽真儒　與偽儒相對而言，指讀儒家經典並能身體力行的儒者。❾文章山斗　此讚韓元吉富有文才。山斗，指泰山、北斗。《新唐書・韓愈傳贊》：「自愈之沒，其言大行，學者仰之如泰山、北斗云。」❿對桐陰滿庭清晝　此讚韓家世。桐陰，韓元吉為潁川韓氏，其京城宅第前多種桐木，世稱桐木韓家。滿庭清晝，形容庭園清幽。⓫墮地　出生。⓬風雲奔走　指奮發有為。此讚韓才幹。⓭綠野　堂名，唐宰相裴度在洛陽午橋所建別墅。見《舊唐書・裴度傳》。⓮平泉　莊名，唐宰相李德裕在洛陽伊闕南所建別墅，種名花奇草，著《平泉草木記》。見《舊唐書・李德裕傳》。⓯東山　東晉謝安隱居之地，常帶妓女在此遊賞。見《晉書・謝安傳》。⓰待他年三句　整頓乾坤，指收復中原、統一天下。《草堂詩餘》正集卷五沈際飛評：「壽今日反曰壽他年，蓋欲其豎功立名，與夫功成名遂身退，又寓規諷。」

【賞析】

本詞作於淳熙十一年（一一八四）甲辰。辛詞中有不少壽詞，這是其中最著名的一首。上闋歎「神州沉陸」，前二句劈頭蓋腦地反詰南渡以來「幾人真是經綸手」，起筆突兀正表現出作者的滿腔義憤。「長安父老」六句自作回答，失地父老盼望北伐，朝廷大臣無所作為，完全與東晉無異，「可憐依舊」四字可謂悲憤填膺。「平戎萬里」只能是「真儒」之事，也就是對朝廷大臣不能抱任何希望。下闋即寫「真儒」，分別頌韓元吉的文才（文章山斗）、家世（桐陰滿庭），頌其一直為國「風雲奔走」。現在雖像前朝宰相裴度、李德裕、謝安那樣賦閒，但最終仍會像他們一樣「整頓乾坤事了」，成為真正的「經綸手」。全詞一氣貫注，首尾呼應，「辭似頌美，實句句是規勵」，確實不可以「尋常壽詞例之」（黃氏《蓼園詞選》）。

【集評】

《草堂詩餘》卷四楊慎評：慶壽詞有許多感慨，當南渡時作。（「待他年」二句）所謂「直抵黃龍府，與諸君痛飲耳」。

《草堂詩餘》正集卷五沈際飛評：《指迷》云：壽詞盡言富貴則塵俗，盡言功名則諛佞，盡言神仙則迂誕，言功名而慨歎寓之，壽詞中合踞上座。

黃氏《蓼園詞選》：忠義之氣，根於肺腑，見南澗，而勸以功名，亦猶壽史致遠之意也。《草堂詩餘》載《指迷》云……。此猶刻舟求劍之說也。幼安忠義之氣，由山東間道歸來，見有同心者，即鼓其義勇。辭似頌美，實句句是規勵，豈可以尋常壽詞例之？誦其詩，讀其書，不知其人可乎？是以論其世，不能知人論世，又豈能以論文？

滿江紅　送李正之❶提刑入蜀

蜀道登天❷，一杯送繡衣行客❸。還自歎：中年多病，不堪離別❹。東北看驚諸葛〈表〉❺，西南更草相如〈檄〉❻。把功名、收拾付君侯，如椽筆❼。　兒女淚，君休滴。荊楚路，吾能說❽。要新詩準備，廬山山色。赤壁磯頭千古浪，銅鞮陌上三更月❾。正梅花、萬里雪深時，須相憶❿。

【注釋】

❶李正之　名大正，字正之。曾任江淮荊浙福建廣南路提點坑冶鑄錢公事，淳熙十一年冬入蜀任利州路提刑。❷蜀道登天　李白〈蜀道難〉：「蜀道之難難於上青天。」❸繡衣行客　指李正之。漢武帝時設繡衣直指官，巡行天下審理重大案件。時李正之任提點刑獄，職任相似，故以此稱之。❹中年多病二句　《世說新語・言語》：「謝太傅（安）語王右軍（王羲之）曰：『中年傷於哀樂，與親友別，輒作數日惡。』」❺東北看驚諸葛表　諸葛亮為表示北伐曹魏的決心，曾向後蜀主上〈出師表〉。❻西南更草相如檄　漢武帝時，唐蒙在蜀，不恤民意，蜀民騷亂。武帝派司馬相如入蜀，並草擬〈喻巴蜀檄〉，以安蜀民。見《史記・司馬相如列傳》。❼如椽筆　《晉書・王珣傳》：「珣夢人以大筆如椽與之，既覺，語人曰：『此當有大手筆事。』」❽荊楚路二句　指今湖南、湖北一帶，為入蜀必經之地，辛棄疾曾官於此，「二年歷盡楚山川」，故云「吾能說」。❾要新詩準備四句　要李正之準備以新詩記錄下沿途景色，廬山、赤壁磯、銅鞮陌，都是入蜀須經之地。赤壁磯，此指湖北

黃岡赤壁。蘇軾〈念奴嬌・赤壁懷古〉：「大江東去，浪淘盡，千古風流人物。」銅鞮陌，在襄陽（今湖北襄樊），唐人雍陶〈送客歸襄陽舊居〉：「唯有白銅鞮上月，水樓閒處待君歸。」❿正梅花萬里雪深時二句　化用陸凱詩意，盼李不要忘記自己。盛弘之《荊州記》：「陸凱與范曄相善，自江南寄梅花一枝詣長安與曄，並贈詩曰：『折梅逢驛使，寄與隴頭人。江南無所有，聊贈一枝春。』」

【賞析】

淳熙十一年（一一八四）作。「蜀道」二句點清題面「送李正之提刑入蜀」。「還自歎」三句寫自己，「多情自古傷離別」，更何況又是「中年多病」，又是貶謫閒居之時。「東北」三句既是對李的稱許，更是對李的期望，「諸葛〈表〉」、「相如〈檄〉」都是蜀中之典，與送李入蜀十分貼切。補以「如椽筆」更是文武兼到，並為下闋的「要新詩準備」作好鋪墊。下闋起二句遙接上闋起處的送別，勸李勿以離別傷懷。然後以「荊楚路，吾能說」領起，向李歷介途中名勝，要他準備以新詩抒寫。最後以設想李到蜀已是深冬，勿忘折梅相寄作結，諄諄囑咐，情味更深。全詞「氣魄之大，突過東坡，古今更無敵手。想其下筆時，早已目無餘子矣。」（陳廷焯《詞則・放歌集》卷一）

【集評】

陳廷焯《白雨齋詞話》卷六：稼軒〈滿江紅・送李正之提刑入蜀〉云：「東北看驚諸葛〈表〉，西南更草相如〈檄〉。把功名、收拾付君侯，如椽筆。」又云：「赤壁磯頭千古浪，銅鞮陌上三更月。正梅花、萬里雪深時，須相憶。」龍吟虎嘯之中，卻有多少和緩。不善學之，狂呼叫囂，流弊何極。

千年調

蔗庵小閣名曰卮言❶，作此詞以嘲之

卮酒❷向人時，和氣先傾倒。最要然然可可❸，萬事稱好❹。滑稽坐上，更對鴟夷笑❺。寒與熱，總隨人，甘國老❻。　少年使酒，出口人嫌拗。此箇和合道理，近日方曉。學人言語，未會十分巧。看他們，得人憐，秦吉了❼。

【注釋】

❶蔗庵小閣名曰卮言　蔗庵，鄭汝諧字舜舉，自號蔗庵，又號東谷居士，青田人。主抗金，稼軒友。時任江西轉運使，官至吏部侍郎。事跡見嘉靖《浙江通志》卷四二。卮言，缺乏主見的言論，語出《莊子・寓言》：「卮言日出，和以天倪。」❷卮酒　杯酒。卮，盛酒器，酒滿則前傾，空則仰起。❸然然可可　附和稱好。❹萬事稱好　用司馬徽事，見《世說新語・言語》劉孝標注引《司馬徽別傳》：「有以人物問徽者，初不辨其高下，每輒言佳。其婦諫曰：『人質所疑，君宜辨論，而一皆言佳，豈人所以咨君之意乎?』徽曰：『如君所言亦復佳。』」❺滑稽坐上二句　指酒席座上，像滑稽鴟夷一樣的人油腔滑調，相視而笑。揚雄〈酒箴〉：「滑稽鴟夷，腹大如壺，盡日盛酒，人復籍酤。」滑稽，古代的流酒器，引申指人言辭便給，滔滔不絕，就像滑稽轉注吐酒不停一樣。鴟夷，古代盛酒用的皮袋，因可伸可縮，也借指見風使舵的人。❻甘國老　即甘草。《本草綱目・草部・上品之上》注引〈藥性論〉：「甘草，……調和使諸藥有功，故號國老之名。」❼秦吉了　鳥名，黑色黃眉，能言勝過鸚鵡。白居易〈新樂府・秦吉了〉：「耳聰心慧舌端巧，鳥語人言無不通。」

【賞析】

此詞作於閒居帶湖期間，約在淳熙十二年前後。詞因鄭汝諧閣名「卮言」起興，借題發揮，辛辣地諷刺了當時官場上因循苟且的陋習。上闋用俯仰由人的卮、圓轉如意的滑稽和鴟夷、寒熱隨人的甘草，比喻官場上趨炎附勢的小人，將他們八面迎合，四方討好的醜態刻畫得淋漓盡致。下闋寫自己任性忤人，弄不懂「和合道理」，學不會巧言令色，只能眼看那些如同「秦吉了」的政治掮客們得人憐愛，實是反襯自己的剛直不阿。全詞如同一篇寓言，採用白話口語，幽默風趣，以嬉笑怒罵之筆，寫憤世嫉俗之情，別具一格。

清平樂　獨宿博山❶王氏庵

遶床飢鼠，蝙蝠翻燈舞❷。屋上松風吹急雨，破紙窗間自語。　平生塞北江南❸，歸來華髮蒼顏❹。布被秋宵夢覺，眼前萬里江山。

【注釋】

❶博山　在江西廣豐縣西南二十里，古名通元峰，因形似廬山玉爐峰，故改今名。❷翻燈舞　繞燈上下飛舞。❸平生塞北江南　辛棄疾南歸前，曾兩次去燕山觀察形勢，故有是語。❹歸來華髮蒼顏　指淳熙八年（一一八一）四十二歲時被劾落職，回到上饒家中。

【賞析】

這首小令作於閒居帶湖期間，具體寫作時間不詳。上闋極力渲染王氏庵的破敗淒涼，借以烘托心境的悲憤抑鬱；下闋直抒胸臆，表明作者身處逆境而不忘統一祖國的壯志。在結構上，上闋寫夢醒後所見實境，下闋則是聯翩的浮想。回想平生經歷使他熱血沸騰，審視現實又令人憤憤難平。末句「眼前萬里江山」，將視野由破敗狹小的茅屋擴展到祖國的大好河山，詞境頓覺昇華，給人以昂揚奮發的精神感受，確實「有老驥伏櫪之慨」（許昂霄《詞綜偶評》）。

鷓鴣天

博山寺❶作

不向長安路❷上行，卻教山寺厭逢迎。味無味處求吾樂❸，材不材間過此生❹。　寧作我❺，豈其卿❻。人間走遍卻歸耕。一松一竹真朋友❼，山鳥山花好弟兄❽。

【注釋】

❶博山寺　在廣豐縣西博山南麓，本名能仁寺，五代時天台韶國師開山，南宋紹興中悟本禪師開堂，辛棄疾為作記。❷長安路　此指奔赴京城臨安之路。❸味無味處求吾樂　《老子》：「為無為，事無事，味無味。」❹材不材間過此生　《莊子・山木》：「明日弟子問於莊子曰：『昨日山中之木以不材得終其天年，今主人之雁以不材死，先生將何處？』莊子笑曰：『周將處乎材與不材之間。』」❺寧作我　謂寧願保持自己的本性，《世說新語・品藻》：「桓公少與殷侯齊名，常有競心。桓問殷：『卿何如我？』殷云：『我與我周旋久，寧作我。』」❻豈其卿　謂豈可依名卿成名，揚雄《法言・問神》：「或曰：『君子病沒世而無名，盍勢諸名卿，可幾也。』曰：『君子德名為幾，梁、齊、趙、楚之君非不富且貴也，惡乎成名？谷口鄭子真不屈其志而耕乎巖石之下，名震於京師，豈其卿，豈其卿？』」❼一松一竹真朋友　元結〈丐論〉：「古人鄉無君子，則與雲山為友；里無

君子，則與松竹為友；座無君子，則與琴酒為友。」❽山鳥山花好弟兄　杜甫〈岳麓山道林二寺行〉：「一重一掩吾肺腑，山鳥山花共友于。」友于，兄弟的代稱。

【賞析】

罷官後閒居帶湖時作。這是一首以平淡之語抒憤激之情的小令。詞一開頭就以長安與山寺作對比，自己不再奔走仕途，而常遊山寺，以致山寺對他都已厭於逢迎。他為什麼要常遊山寺呢？一是要向老莊學習，於無味處品味，遠禍避害，在材不材間了此一生；二要保持自己的人格（寧作我），決不依附他人成名；三要充分汲取自身的經驗，自己也曾走遍人間卻一事無成，最後仍歸耕隴畝，何不就在農村以松竹花鳥為友呢？「人間走遍卻歸耕」七字是他對自己一生的總結，他也曾「向長安路上行」，換得的「卻」是歸耕，一個「卻」字語重千斤。

【集評】

沈雄《古今詞話・詞評》上卷：稼軒詞亦有不堪者，「一松一竹真朋友，山鳥山花好弟兄」是也。

醜奴兒　書博山道中壁

少年不識愁滋味，愛上層樓。愛上層樓，為賦新詞強❶說愁。　而今識盡愁滋味，欲說還休❷。欲說還休，卻道天涼好箇秋。

【注釋】

❶強　勉強。❷欲說還休　李清照〈鳳凰臺上憶吹簫〉：「多少事欲說還休。」

【賞析】

閒居帶湖之作。全篇採用對比手法，敘述少年與「而今」對愁的不同感受，闡發了深刻的生活哲理。上闋以自嘲的口吻寫年少涉世未深，不知愁而學著說愁；下闋則寫烈士暮年真知愁味，反而不願說了。晚歲逢秋，本極淒涼，他卻不願深說，只肯說些無關痛癢的話：「卻道天涼好箇秋。」深沉含蓄，生活的辛酸盡在不言中。

醜奴兒近

博山道中效李易安體❶

千峰雲起，驟雨一霎兒價❷。更遠樹斜陽，風景怎生❸圖畫。青旗❹賣酒，山那畔別有人家。只消山水光中，無事過這一夏。

午醉醒時，松窗竹戶，萬千瀟灑。野鳥飛來，又是一般閒暇。卻怪白鷗，覷❺著人欲下未下。舊盟❻都在，新來莫是，別有說話。

【注釋】

❶李易安體　即李清照體。李清照（一〇八四—一一五一？），號易安居士。其詞能以淺俗之語，發清新之思。❷驟雨一霎兒價　李清照〈行香子〉：「甚霎兒晴，霎兒雨，霎兒風。」一霎兒，一陣子。價，語尾助詞。❸怎生　宋代口語，怎麼。❹青旗　古代酒店多用青布作為標幟，也稱青簾。❺覷　偷看。❻舊盟　指過去與鷗鳥結下的盟約。見辛棄疾〈水調歌頭・盟鷗〉：「凡我同盟鷗鷺，今日既盟之後，來往莫相猜。」

【賞析】

閒居帶湖之作。詞題為「效李易安體」，李清照（易安）與辛棄疾（幼安）均為濟南人，號「濟南二安」，但李清照善用口語，煉句精巧，形成清新自然的詞風，與辛棄疾大異其趣。而辛棄疾則有意學習李清照運用口語和煉句的特長，也寫出了一些清新通俗、明白如話之作。此詞信手拈出李清照用過的「霎兒」、「怎生」等口語，平鋪直敘，基本上都用俗語白話寫成，的確繼承了李詞的優點。上闋描寫博山雨後初晴的美麗景色，信筆抒寫閒情逸趣。下闋「午醉」緊承「青旗賣酒」而來，「醒時」以下寫所見所感，借松竹瀟灑、野鳥相尋，寫足一個「閒」字。最後怪那與己早有盟約的白鷗，「欲下未下」，莫非想要毀約？涉筆成趣，餘味無窮，明顯是作者個性化的體現。

生查子　獨遊雨巖❶

溪邊照影行，天在清溪底。天上有行雲，人在行雲裡。

高歌誰和余？空谷清音起。非鬼亦非仙❷，一曲桃花水❸。

【注釋】

❶雨巖　在今江西廣豐西南博山下，景色清幽，辛棄疾有〈水龍吟‧題雨巖〉等數詞詠其風光。❷非鬼亦非仙　指水光奇異，蘇軾〈夜泛西湖五絕〉：「湖光非鬼亦非仙，風恬浪靜光滿川。」❸桃花水　指春天水邊盛開桃花。王維〈桃源行〉：「春來遍是桃花水，不辨仙源何處尋。」

【賞析】

此詞作於閒居帶湖期間，描寫雨巖的奇麗風光。上闋詠清溪，天、人、行雲的倒影在水中流蕩交織，給人以如行天上、飄飄欲仙的感受，既寫溪水之清澈，也詠作者超凡脫俗的心境。下闋寫水聲，詞人高歌而空谷迴響，春水蕩漾而清音潺潺，著力刻畫「獨遊」的孤寂，暗含見遺於世、曲高和寡的政治苦悶，也表現出作者雖處仙境，仍難「遺世而獨立」的心情。上闋體物工細，平實自然，下闋情景渾融，婉轉曲折，代表了辛詞「清而麗，婉而嫵媚」的特色（范開〈稼軒詞序〉）。

鷓鴣天

遊鵝湖❶，醉書酒家壁

春入平原薺菜花❷，新耕雨後落群鴉。多情白髮春無奈❸，晚日青簾❹酒易賒。　閒意態，細生涯，牛欄西畔有桑麻。青裙縞袂誰家女，去趁蠶生看外家❺。

【注釋】

❶鵝湖　指鵝湖山，在江西鉛山縣東北。山頂有湖，以東晉人龔氏曾居山養鵝得名。❷薺菜花　薺菜開花。薺菜，野菜，嫩莖葉可食，開小白花。❸多情白髮春無奈　謂春風對憂愁叢生的白髮無可奈何。蘇軾〈念奴嬌〉：「多情應笑我，早生華髮。」❹青簾　青布酒旗，代指酒店。❺青裙縞袂誰家女二句　寫黑裙白衣的少婦趁閒回娘家探親。青裙縞袂，蘇軾〈於潛女〉：「青裙縞袂於潛女，兩足如霜不穿屣。」外家，即娘家。

【賞析】

這首詞作於淳熙間閒遊鵝湖時，描寫了淳樸的鄉村景象。上闋以景起興，薺菜開花，群鴉逐食，托出盎然春意。但如此春風，竟不能吹黑自己因「多情」而生的白髮，壯志難酬，只能在斜陽下沽酒消愁！下闋描述農家風情：牛欄桑麻，悠閒自在；趁閒探親，輕快歡樂。借農家的閒趣，反照自己的「閒愁」，已將落寞失意的心態盡情道出。

鷓鴣天　代人賦

陌上柔桑❶破嫩芽，東鄰蠶種已生些❷。平岡細草鳴黃犢，斜日寒林點暮鴉。　山遠近，路橫斜，青旗沽酒有人家。城中桃李愁風雨，春在溪頭薺菜花。

【注釋】

❶柔桑　嫩桑。❷些　句末語氣詞，此處也有少許、一些之意。

【賞析】

此詞注家多未編年，觀其與「春入平原薺菜花」同調同韻，詞中意象也與前後數詞相近，當作於同一時期。詞寫江南農村早春景象，也寫出了詞人對生活的體驗與感受。上闋借柔桑破土、幼蠶出殼、嫩草滿岡，小牛歡鳴，寫出了春天的勃勃生機，以致連斜陽下死氣沉沉的寒林，也因烏鴉的飛舞點綴而變得活躍了。下闋將山巒、小道、酒家、野花攝入畫面，寫得清快明麗。末二句是一篇警策語，將溪頭薺菜和怕經風雨的城中桃李對比，反映了作者對城市官場生活的厭倦和對回歸自然的欣喜。陳廷焯《詞則・

放歌集》卷一評此二句云：『「城中」二語，有多少感慨。信筆寫去，格調自蒼勁，意味自彌厚，有不可強而致者。放翁、改之、竹山學之，已成效顰，何論餘子。』

【集評】

《草堂詩餘》別集卷二沈際飛評：氣柔渾追先民。善讀此詞，便許看陶詩，許作王、孟。

《唐五代兩宋詞選釋》俞陛雲評：稼軒集中多雄慨之詞，縱橫之筆，此調乃閒放自適，如聽雄笳急鼓之餘，忽聞漁唱在水煙深處，為之意遠。

鷓鴣天

鵝湖歸，病起作

枕簟溪堂❶冷欲秋，斷雲依水晚來收。紅蓮相倚渾如醉，白鳥無言定自愁。　書咄咄❷，且休休❸，一丘一壑也風流❹。不知筋力衰多少，但覺新來孏上樓❺。

【注釋】

❶枕簟溪堂　枕，玉枕。簟，竹席。溪堂，水邊樓閣。❷書咄咄　據《晉書・殷浩傳》載，殷浩被廢黜後，口無怨言，「但終日書空，作『咄咄怪事』四字而已」。咄咄，失意時感歎聲。❸休休　罷休。據《舊唐書・司空圖傳》載，司空圖作〈休休亭記〉云：「量其才一宜休，揣其分二宜休，耄且聵三宜休。」❹一丘一壑也風流　指遠離朝廷，寄情山水。一丘一壑，一山一水。《世說新語・品藻》：「明帝問謝鯤：『君自謂何如庾亮？』答曰：『端委廟堂，使百僚準則，臣不如亮；一丘一壑，自謂過之。』」❺不知筋力衰多少二句　化用劉禹錫〈秋日書懷寄白賓客〉「筋力上樓知」句意。

【賞析】

閒居帶湖之作。上闋寫病後眼見的景物，移情於景，於閒逸中透出心緒的抑鬱孤寂。下闋連用典故，出語曠達，而政治失意的情緒躍然紙上。此詞上下闋後二句，很受詞評家欣賞。「紅蓮」二句，花動鳥靜，對仗工整，妙在與作者病後初起時的體貌心態相映成趣。「不知」二句，看似慨歎自己病後乏力，實含「烈士暮年，壯心不已」之意。全詞用淡語寫深情，意真情切，體現了作者精湛的藝術功力。

【集評】

《草堂詩餘》正集卷一沈際飛評：生派愁怨與花鳥，卻自然，其人之秋乎，良足悲感。後段一本作「無限事，不勝愁，那比魚雁兩悠悠，秋懷不識知多少」。

黃氏《蓼園詞選》：其有〈匪風〉、〈下泉〉之思乎，可以悲其志矣。妙在結二句放開寫，不即不離尚含住。

陳廷焯《白雨齋詞話》卷一：稼軒詞著力太重處，如〈破陣子〉（為陳同甫賦壯詩以寄之）、〈水龍吟〉（過南劍雙溪樓）等作，不免劍拔弩張。余所愛者，如「紅蓮相倚渾如醉，白鳥無言定是愁」……之類，信筆寫去，格調自蒼勁，意味自深厚。不必劍拔弩張，洞穿已過七札，斯為絕技。

又《詞則・放歌集》卷一：「定是」（「白鳥無言定自愁」，一作「定是愁」）妙。壯心不已。稼軒胸中有如許不平之氣。

《藝蘅館詞選》丙卷梁啟超評：譚仲修最賞此二語，謂學詞者當於此中消息之。

《唐五代兩宋詞選釋》俞陛雲評：人之由壯而衰，積漸初不自覺，迨嬾上高樓，始知老之將至，如一葉落而知秋至矣。故「紅蓮」、「白鳥」，風物本佳，而自倦眼觀之，覺花鳥皆遜前神采。吾浙譚仲修丈，喜誦其「嬾上樓」二句，謂學詞者，當於此等句意求消息也。

鷓鴣天

鵝湖歸，病起作

著意尋春懶便回，何如信步❶兩三杯。山才好處行還倦，詩未成時雨早催❷。　攜竹杖，更芒鞋❸，朱朱粉粉❹野蒿開。誰家寒食歸寧女❺，笑語柔桑陌上來。

【注釋】

❶信步　隨意漫步。❷詩未成時雨早催　杜甫〈陪諸貴公子丈八溝攜妓納涼晚際遇雨〉：「片雲頭上黑，應是雨催詩。」❸攜竹杖二句　蘇軾〈定風波〉：「竹杖芒鞋輕勝馬。」更芒鞋，換上草鞋。❹朱朱粉粉　紅紅白白。❺寒食歸寧女　謂婦女趁寒食節回娘家探望父母。寒食，寒食節，清明節的前一天或二天。歸寧，《詩．周南．葛覃》：「害澣害否，歸寧父母。」

【賞析】

閒居帶湖時作。全詞極力抒寫病起尋春的閒適之樂，「按通首總是隨遇而安之意。山縱好而行難盡，詩未成而雨已來，天下事往往如是。豈若隨遇而樂，境愈近而情愈真乎！語意如此，而筆墨入化。故隨手拈來，都成妙諦。末二句尤屬指與物化。」（黃氏《蓼園詞選》）

【集評】

《草堂詩餘》卷二楊慎評：絕似唐律，景事俱真。

《草堂詩餘》正集卷一沈際飛評：對句逼唐。詩翁酒客，與懷春之女相值，何等風光。

清平樂

檢校山園❶，書所見

連雲松竹，萬事從今足。拄杖東家分社肉❷，白酒牀❸頭初熟。　西風梨棗山園，兒童偷把長竿。莫遣旁人驚去，老夫靜處閒看。

【注釋】

❶檢校山園　巡視山園。山園，指帶湖居第，因依山構築，故稱。辛棄疾〈新居上梁文〉：「青山屋上，古木千章。」❷社肉　又稱福肉，春秋社日用於祭祀土地神以祈幸福，祭祀之後分給各家。❸牀　糟牀，榨酒器具。

【賞析】

此詞作於閒居帶湖初期，寫巡視山園的所見所感。全詞僅「連雲松竹」一句寫景，而松竹又是高尚隱士的象徵，稼軒詞詠及松竹的很多，如「一松一竹真朋友」（〈鷓鴣天・博山寺作〉）、「只甘松竹共淒涼」（〈定風波〉）等，為伴為友，可寫照自身品格，所以巡視「古木千章」的山園，自有一種「滿足」的意味。秋社分肉，白酒初熟，既寫自給自足的生活，又詠被迫閒居的無奈，「萬事從今足」更是滿腹牢騷語。

下闋寫兒童偷打梨棗、老人暗中閒看，好像一組特寫鏡頭，韻味十足，將詞人閒居無聊的情態寫得活靈活現。此詞表面寫對現狀的滿足，實是壯志難酬的無奈之筆。

洞仙歌

訪泉於奇師村❶，得周氏泉❷，為賦。

飛流萬壑，共千巖爭秀。孤負平生弄泉手❸。歎輕衫短帽，幾許紅塵；還自喜，濯髮滄浪❹依舊。人生行樂耳❺，身後虛名，何似生前一杯酒❻。便此地，結吾廬。待學淵明，更手種門前五柳❼。且歸去，父老約重來；問如此青山，定重來否？

【注釋】

❶奇師村　在信州鉛山縣境內，又作奇獅、基師，辛棄疾更名為期思。❷周氏泉　在今鉛山縣東期思村，辛棄疾更名為瓢泉。《鉛山縣志》：「瓢泉在縣東南二十五里，辛棄疾得而名之。其一規圓如臼，其一直規如瓢。周圍皆石徑，廣四尺許，水從半山噴下，流入臼中，而後入瓢。其水澄渟可鑑。」❸弄泉手　作者自謂。❹濯髮滄浪　《孟子・離婁上》：「滄浪之水清兮，可以濯我纓；滄浪之水濁兮，可以濯我足。」❺人生行樂耳　楊惲〈報孫會宗書〉：「人生行樂耳，須富貴何時。」❻身後虛名二句　《世說新語・任誕》：「張季鷹（翰）縱任不拘，時人號為江東步兵。或謂之曰：『卿乃可縱適一時，獨不為身後名耶？』答曰：『使我有身後名，不如即時一杯酒。』」❼待學淵明二句　蕭統〈陶淵明傳〉：「淵明少有高趣，博學善屬文，穎脫不群，任真自得。嘗著〈五柳先生傳〉以自況，曰：『先生不知何許人也，亦不詳姓字。宅邊有五柳，因以為號焉。』」

【賞析】

淳熙十二、三年（一一八五或一一八六）閒居帶湖時作。上闋寫周氏泉，像這樣萬壑飛流，千巖爭秀的周氏泉，連自己這樣的弄泉手也從未見過。自己著輕衫，戴短帽，到處奔走，正可借此清泉濯滌僕僕風塵。下闋連用了楊惲、張翰、陶潛三個典故，旨在說明「便此地，結吾廬」，正是自己隱居的好地方。末以父老「問如此青山，定重來否」作結，進一步抒發自己對奇師村周氏泉的熱愛。正是「於蕭散中見筆力」（陳廷焯《詞則・放歌集》卷一）。

八聲甘州

夜讀〈李廣傳〉❶，不能寐，因念晁楚老、楊民瞻❷約同居山間，戲用李廣事，賦以寄之。

故將軍飲罷宴歸來，長亭解雕鞍。恨灞陵醉尉，匆匆未識，桃李無言❸。射虎山橫一騎，裂石響驚弦❹。落魄封侯事，歲晚田園❺。

誰向桑麻杜曲，要短衣匹馬，移住南山❻。看風流慷慨，談笑過殘年。漢開邊、功名萬里，甚當時、健者也曾閒。紗窗外、斜風細雨，一陣輕寒。

【注釋】

❶李廣傳　指《史記・李將軍列傳》。李廣，西漢名將，隴西成紀（今甘肅秦安）人。歷仕漢文帝、景帝、武帝，英勇善戰，屢敗匈奴，被譽為「飛將軍」。後因作戰失利，被武帝廢為庶人，閒居終南山。後從衛青擊匈奴，因迷路無功受責，憤而自殺。❷晁楚老楊民瞻　辛棄疾閒居帶湖期間的友人，事跡不詳。❸故將軍飲罷宴

歸來五句　《史記・李將軍列傳》：「廣家與故潁陰侯孫屏野居藍田南山中，射獵。嘗夜從一騎出，從人田間飲。還至灞陵亭，灞陵尉醉，呵止廣。廣騎曰：『故李將軍。』尉曰：『今將軍尚不得夜行，何乃故也！』止廣宿亭下。」❹射虎山橫一騎二句　《史記・李將軍列傳》：「廣出獵，見草中石，以為虎而射之，中石沒鏃，視之，石也。因復更射之，終不能復入石矣。」❺落魄封侯事二句　《史記・李將軍列傳》：「諸廣之軍吏及士卒，或取封侯。廣嘗與望氣王朔燕語，曰：『自漢擊匈奴，而廣未嘗不在其中，而諸部校尉以下，才能不及中人，然以擊胡軍功取侯者數十人，而廣不為後人，然無尺寸之功以得封邑者何也？豈吾相不當侯耶，且固命也？』」落魄，失意貌。❻誰向桑麻杜曲三句　杜甫〈曲江三章〉：「自斷此生休問天，杜曲幸有桑麻田，故將移住南山邊。短衣匹馬隨李廣，看射猛虎終殘年。」杜曲，在長安城南。南山，即終南山。

【賞析】

這是閒居帶湖期間一篇讀史抒慨的名作。李廣是漢代著名的功高無賞的名將，最後竟落得「歲晚田園」，被迫自殺的下場。已經賦閒帶湖的辛棄疾，適逢友人「約同居山間」，「夜讀〈李廣傳〉」，難免感慨繫之，夜不能寐，寫下了這含蓄蘊藉、慷慨悲涼的名篇。〈李廣傳〉內容十分豐富，作者卻只選取了兩個細節。一寫灞陵醉尉呵止李廣，不讓他過灞陵亭。「龍游淺水遭蝦戲，虎落平原受犬欺」，賦閒的辛棄疾一定也嚐盡了人情冷暖，世態炎涼，因此對〈李廣傳〉中的這一細節感慨甚深，作為開篇。二寫李廣誤石為虎，射之石沒。李廣一生參與大大小小七十餘戰，全詞無隻字描述，而寫射石這一細節，不僅形象生動，且最足以表現李廣的英雄氣概。末以封侯失意，晚年賦閒結李廣一生，十分自然。下闋「誰向桑麻杜曲」三句，續寫上闋的「歲晚田園」。以下為抒慨，「看風流慷慨」二句是為李廣鳴不平。「漢開邊」

二句，是為漢王朝慨歎，漢代是拓展國土，大丈夫萬里立功的時代，為什麼像李廣這樣的「健者」也被賦閒？末以寫景結，運筆輕靈，卻給人以寒氣襲人之感。

鷓鴣天

送人

唱徹〈陽關〉❶淚未乾，功名餘事且加餐❷。浮天水送無窮樹，帶雨雲埋一半山❸。

今古恨，幾千般，只應離合是悲歡❹？江頭未是風波惡，別有人間行路難❺。

【注釋】

❶唱徹陽關　唱完送別的〈陽關〉曲。〈陽關〉，王維〈送元二使安西〉：「勸君更進一杯酒，西出陽關無故人。」後入樂府，成〈陽關三疊〉，為送行之歌。❷加餐　〈古詩十九首〉：「棄捐勿復道，努力加餐飯。」❸浮天水送無窮樹二句　是說水流接天，岸邊之樹也無盡頭。雲雨彌漫，把山都遮住了。❹今古恨三句　江淹〈別賦〉：「黯然銷魂者，唯別而已矣。……別雖一緒，事乃萬族。」此三句雖從江淹〈別賦〉化出，但意思與江淹原意不盡相同。江淹謂離別的事雖千差萬別，但最使人「黯然銷魂」。辛詞的意思剛剛相反，今古恨多得很，不只是離別最使人悲，故接著有「江頭」二句。離合、悲歡都是偏義複詞，實指離、悲。❺江頭未是風波惡二句　謂江頭風惡不如人世艱險。李白〈橫江〉詞：「橫江欲渡風波惡，一水牽愁萬里長。」蘇軾〈魚蠻子〉：「人間行路難，踏地出賦租。不如魚蠻子，駕浪浮空虛。」

【賞析】

這是一首送行詞。上闋寫送行，前兩句點題，先勸人應以身健為重，不要過分留意功名得失之事。

從第二句可看出所送的人，也是功名失意之人。後兩句寫送行之地在江邊，通過天水相連，雲雨空濛烘托出一種淒迷景色，以抒送別的悵惘之情。下闋前二句緊扣上闋前二句，特別是其中的「淚」字，勸朋友不要為離別而過分痛苦。後二句緊扣上闋的後二句，就送行之地江頭生發，謂世途艱險遠勝於江上風波，這是以自己痛苦的經歷提醒臨別友人。俞陛雲評此闋云：「寫景而兼感懷，江樹則盡隨水遠，好山則半被雲埋，人生欲望，安有滿足之時？況世途艱險，過於太行、孟門，江間波浪，未極其險也。」（《唐五代兩宋詞選釋》）

賀新郎　賦水仙❶

雲臥衣裳冷❷。看蕭然、風前月下，水邊幽影。羅襪生塵凌波去❸，湯沐煙波萬頃。愛一點、嬌黃成暈❹。不記相逢曾解佩❺，甚多情、為我香成陣。待和淚，收殘粉。　靈均千古〈懷沙〉恨❻，記當時、匆匆忘把，此仙題品❼。煙雨淒迷僝僽損❽，翠袂搖搖誰整？謾寫入、瑤琴〈幽憤〉❾。絃斷〈招魂〉❿無人賦，但金杯、的皪銀臺潤⓫。愁殢酒⓬，又獨醒。

【注釋】

❶水仙　花名，是冬季室內觀賞的花卉。花白色，富有香氣。❷雲臥衣裳冷　杜甫〈遊龍門奉先寺〉成句。❸羅襪生塵凌波去　曹植〈洛神賦〉：「凌波微步，羅襪生塵。」❹愛一點嬌黃成暈　水仙花苞開後，凡數朵，內有黃色副冠。❺解佩　《神仙傳》：「江妃二女，遊於江濱，逢鄭交甫。交甫不知何人也，目而挑之，女遂

解佩與之。行數步，空懷無佩，女亦不見。」❻靈均千古懷沙恨　《史記・屈原賈生列傳》：「上官大夫短屈原於頃襄王，頃襄王怒而遷之，屈原至於江濱，……乃作〈懷沙〉之賦。」靈均，屈原，名平，號靈均。❼記當時匆匆忘把二句　謂水仙花未入屈原作品。❽僝僽損　謂折磨、憔悴、煩惱到極點。❾譜寫入瑤琴幽憤　琴調有〈水仙操〉，晉嵇康有〈幽憤〉詩。❿招魂　《楚辭》篇名，屈原為招懷王之魂而作，或謂屈原自招其魂而作。王逸注謂宋玉為招屈原之魂而作。⓫金杯的皪銀臺潤　楊萬里〈千葉水仙花序〉：「世以水仙為金盞玉臺，蓋單葉者甚似真有一酒盞，深黃而金色。至千葉水仙，其中花片捲皺，密蹙一片之中，下輕黃而上淡白，如染一截者，與酒杯之狀殊不相似，而千葉者乃真水仙云。」⓬殢酒　沉溺於酒。

【賞析】

閒居帶湖時作，最晚當作於淳熙十四年（一一八七）。這是一首詠物詞，上闋前五句摹寫水仙花，都不離水字，「雲臥衣裳冷」，「水邊幽影」頗能把握水仙神態。「愛一點、嬌黃成暈」寫其黃色花冠。「不記相逢曾解佩」四句寫其清香撲鼻。下闋詠水仙而兼及懷古，「煙雨淒迷僝僽損」二句，續寫水仙神態，但主要是感慨屈原作品詠及很多花草，卻「忘把此仙題品」，以後也是「絃斷〈招魂〉無人賦」。俞陛雲評此詞云：「首五字即隱含水仙神態。以下五句實賦水仙，中用『湯沐』二字頗新。『解佩』二句無情而若有情，自是雋句。下闋因水仙而涉想靈均，猶白石之〈暗香〉、〈疏影〉，詠梅而涉想壽陽明妃，詠花而兼詠古，便有寄託。水仙在百花中，高潔與梅花等，而不入《楚辭》，作者特拈出之。以下『煙雨淒迷』等句皆幽怨之音。『招魂』句非特映帶上句『懷沙』，且用琴中〈水仙操〉，而悲憤絃斷，當有蒙塵絕望之感。結句借水仙之花承金戔，聯想及眾皆殢酒而我獨醒耳。」（《唐五代兩宋詞選釋》）

蝶戀花　戊申元日立春席間作❶

誰向椒盤簪綵勝❷？整整韶華❸，爭上春風鬢。往日不堪重記省❹，為花長把新春恨。
春未來時先借問，晚恨開遲，早又飄零近❺。今歲花期消息定，只愁風雨無憑準❻。

【注釋】

❶戊申元日立春席間作　淳熙十五年（一一八八）正月初一。立春，二十四節氣之一，每年春季開始的節氣。❷椒盤簪綵勝　《爾雅翼》：「正月一日以盤進椒，號椒盤。」簪，簪子，此作動詞用，插戴。綵勝，即旛勝，宋代士大夫家常於立春日剪綵旛，插於婦女鬢髮，或綴於花枝之下。❸整整韶華　整個春光。❹記省　記憶。❺晚恨開遲二句　即「惜春長怕花開早，何況落紅無數」意。❻憑準　定準。

【賞析】

淳熙十五年（一一八八）作。上闋前三句點題「元日立春席間」，寫出了婦女們的歡樂，充滿春節氣氛。以下皆抒寫愛春惜春之情，先總寫一筆，往日不堪記憶，「為花長把新春恨」。下闋前三句申說為花恨春的理由，非常關心春天何時到來，既怕花開得太遲，更怕花凋謝太早。最後兩句照應題目，並進一步抒寫惜春之情。今天是立春日，故云「花期消息定」；花期雖定，因為「風雨無憑準」，「整整韶華」能有多久也說不定。但這裡的「風雨」又何止是自然界的風雨，所抒發的又何止是愛春惜春之情，正如陳廷焯所說：『「今歲花期消息定，只愁風雨無憑準。」蓋言榮辱不定，遷謫無常，言外有多少哀怨，多

少疑懼。」（《白雨齋詞話》卷一）

開一步，所以脫俗。

【集評】

《草堂詩餘》正集卷二沈際飛評：「椒盤綵勝」之外不純用時事，甚脫。為花恨春，為春惜花，說

《宋四家詞選》周濟評：（末句）然則依舊不定也。

譚獻《復堂詞話》：旋撇旋挽。

水調歌頭

送鄭厚卿❶赴衡州

寒食不小住，千騎擁春衫❷。衡陽石鼓城下，記我舊停驂❸。襟以瀟湘桂嶺，帶以洞庭春草，紫蓋屹西南❹。文字起〈騷〉〈雅〉❺，刀劍化耕蠶❻。看使君，於此事，定不凡❼。奮鬚抵几❽堂上，尊俎自高談❾。莫信君門萬里，但使民歌〈五袴〉，歸詔鳳凰啣❿。君去我誰飲，明月影成三⓫。

【注釋】

❶鄭厚卿　未詳其人，據鄧廣銘先生考證為鄭如峇。《永樂大典》引《宋衡州府圖經志》：「鄭如峇，朝散郎，淳熙十五年四月到，紹熙元年三月罷。」衡州，治所在今湖南衡陽。❷寒食不小住二句　謂厚卿寒食節都不能休息，需赴衡州任。寒食小住，見〈霜天曉角〉（吳頭楚尾）注❹。❸衡陽石鼓城下二句　謂自己曾在衡陽

石鼓山下停馬。淳熙六年辛棄疾曾任湖南轉運副使與湖南安撫使，故云。石鼓，山名，在衡陽城東三里處。驂，駕在車兩旁的馬。❹襟以瀟湘桂嶺三句　衡陽地勢險要，風景優美，以瀟湘桂嶺為襟，以洞庭春草為帶，而紫蓋峰聳立東南。瀟湘，瀟水、湘水。桂嶺，亦名香花嶺，在今湖南臨武北。洞庭春草，皆湖名，張舜民《南遷錄》：「岳州洞庭湖，南名青草，北名洞庭，所謂重湖也。」紫蓋，衡山七十二峰中最高大秀麗的一座山峰。《長沙記》：「衡山軒翔聳拔，九千餘丈，尊卑差次，七十二峰。最大者五：芙蓉、紫蓋、石廩、天柱、祝融，紫蓋為最高。」❺文字起騷雅　謂鄭到任後會關心文教和農耕。〈騷〉，〈離騷〉。〈雅〉，指《詩經》中的〈大雅〉、〈小雅〉。❻刀劍化耕蠶　《漢書．龔遂傳》載，漢宣帝時，龔遂為渤海太守，勸民務農桑，「民有帶持刀劍者，使賣劍買牛，賣刀買犢。」❼看使君三句　借用《晉書．桓伊傳》中謝安稱讚桓伊語（「使君於此不凡」），稱頌鄭厚卿的才智。❽奮髯抵几　振鬚拍案。《漢書．朱博傳》載，博初任瑯琊太守，部屬怠惰，博奮髯抵几曰：「觀齊兒欲以此為俗耶？」❾尊俎自高談　在宴席上高談闊論。尊，酒樽。俎，宴會時放肉的器物。❿莫信君門萬里三句　謂不要認為衡陽離京城很遠，只要政績卓著，得到百姓愛戴，鳳凰就會啣來詔書命你歸京。《後漢書．廉範傳》載，蜀郡為防火災，禁民夜間用火。範為太守，撤消舊制，只是嚴令儲水備火。民作歌頌之：「廉叔堂，來何暮。不禁火，民安作，平生無襦（短衣）今五袴。」⓫君去我誰飲二句　李白〈月下獨酌〉：「花間一壺酒，獨酌無相親。舉杯邀明月，對影成三人。」

【賞析】

淳熙十五年（一一八八）作。上闋前兩句點送行及送行時間，「衡陽」五句以「舊停驂」者的身分向鄭介紹衡陽形勝。「文字起〈騷〉〈雅〉」二句及下闋，都是對鄭的希望，勸他以〈騷〉〈雅〉化民，發展農耕，整頓吏治，關心民艱。末二句照應開頭二句，以鄭去後自己孤獨無伴作結，表現對友人的思念。全詞「筆致疏放而氣絕遒練」（陳廷焯《詞則・放歌集》卷一）。

賀新郎

陳同甫❶自東陽❷來過❸余，留十日，與之同遊鵝湖，且會朱晦庵❹於紫溪❺，不至，飄然東歸。既別之明日，余意中殊戀戀，復欲追路，至鷺鷥林，則雪深泥滑，不得前矣。獨飲方村❻，悵然久之，頗恨挽留之不遂❼也。夜半投宿吳氏泉湖四望樓，聞鄰笛❽悲甚，為賦〈乳燕飛〉❾以見意。又五日，同甫書來索詞，心所同然❿者如此，可發千里一笑。

把酒長亭說。看淵明、風流酷似，臥龍諸葛⓫。何處飛來林間鵲，蹙踏松梢殘雪。要破帽、多添華髮。剩水殘山無態度，被疏梅、料理成風月⓬。兩三雁，也蕭瑟⓭。

佳人⓮重約還輕別。悵清江、天寒不渡，水深冰合。路斷車輪生四角⓯，此地行人銷骨⓰。問誰使、君來愁絕？鑄就而今相思錯，料當初、費盡人間鐵⓱。長夜笛，莫吹裂⓲。

【注釋】

❶陳同甫　陳亮（一一四三—一一九四），字同甫，婺州永康（今屬浙江）人。學者稱為龍川先生，南宋傑出的思想家。與辛棄疾志同道合，關係密切，頗多詩詞唱和。他力主抗戰，曾三次被捕入獄。著有《龍川集》、《龍川詞》。《宋史》有傳。❷東陽　縣名，今屬浙江。❸過　訪問。❹朱晦庵　朱熹（一一三〇—一二〇〇），

字晦庵，一字仲晦，晚號晦翁，婺源（今屬江西）人。寓建安（今福建建甌）。南宋著名理學家，學術著作極富，對後世影響深遠。《宋史》有傳。❺紫溪　鎮名，在江西鉛山縣南四十里。❻方村　方村在今上饒縣西茶亭鄉瀘溪河南岸。鷺鷥林、泉湖吳氏四望樓疑在方村附近。❼不遂　不遂意，沒有成功。❽鄰笛　鄰人吹笛。❾乳燕飛　〈賀新郎〉詞調的別名。❿心所同然　心意如此相同。⓫看淵明風流酷似二句　以詩酒瀟灑的陶淵明和胸懷韜略而高臥隆中的諸葛亮比陳亮。臥龍諸葛，《三國志・蜀書・諸葛亮傳》載徐庶對劉備語：「諸葛孔明者，臥龍也，將軍豈願見之乎？」⓬剩水殘山無態度二句　寫山水被雪覆蓋，零落而不成姿態，全仗幾枝疏疏落落的寒梅傲雪點綴景色。此以剩水殘山暗喻偏安一隅的南宋小朝廷，以疏梅喻愛國志士。⓭兩三雁二句　謂空中僅有兩三隻雁飛過，太冷清了，暗喻主戰派力量不足。蕭瑟，指孤單淒涼。⓮佳人　即佳士，指陳亮。⓯車輪生四角　見〈木蘭花慢・席上送張仲固帥興元〉注❿，此指道路難行。⓰銷骨　哀傷入骨。孟郊〈答韓愈李觀因獻張徐州〉：「富別愁在顏，貧別愁銷骨。」⓱鑄就而今相思錯二句　極言情誼之深，如費盡人間之鐵，鑄成一把金錯刀。據《資治通鑑》卷二六五載，朱全忠留魏半歲，羅紹威供殺牛羊近七十萬，所賂遺近百萬。比去，蓄積為之一空，魏兵自是衰弱。紹威悔之，謂人曰：「合六州四十三縣鐵，不能為此錯也。」錯指金錯刀（錢幣），這裡語意雙關，亦指錯誤。⓲長夜笛二句　據《太平廣記》卷二〇四所引《逸史》載，唐著名笛師李暮吹笛，眾人皆讚之。只有獨孤生不語，李暮以為輕己，拂拭一笛請獨孤生吹，獨孤生視之，謂不堪取執。又換一笛，獨孤生謂此至入破必裂。遂吹，聲發入雲，四座震慄，及入破，笛果破裂，不復終曲。

【賞析】

淳熙十五年（一一八八）冬，陳亮至鉛山訪辛棄疾，兩人意氣相投，同遊鵝湖，「長歌相答，極論世事」（辛棄疾〈祭陳亮文〉），盤桓十日而別。別後又互相贈詞唱和，共有五首（辛兩首，陳三首），反映了兩人的政治理想和深厚友誼，激昂慷慨，迸發出憂時愛國的熱情，演成詞史上的一段佳話。這是第一首詞，主要寫對陳亮的推崇及別後的思念之情，「剩水殘山」幾句，更見出憂國傷時之意。俞陛雲評論說：「稼軒與同甫，為並世健者，交誼之深厚，文章之振奇，可稱詞壇瑜、亮。此詞為愜心之作。首三句言淵明之高逸，而以臥龍為比。如尚父之磻溪把釣，景略之捫蝨清談，避世而未忘用世也。『飛鵲』三句寫景幽峭，兼有傷老之意。『剩水』二句見春色無私，不以陵谷滄桑而易態。兼有舉目河山之異，惟寒梅聊可慰情耳。下闋言車輪生角，自古傷離，孰使君來，鑄此相思大錯。鑄錯語而用諸相思，句新而情更摯。通首勁氣直達，中不使一平筆，學稼軒者，非徒放浪通脫，便能學步也。」（《唐五代兩宋詞選釋》）

賀新郎

同甫見和❶，再用韻答之

老大那堪說。似而今、元龍臭味，孟公瓜葛❷。我病君來高歌飲，驚散樓頭飛雪。笑富貴千鈞如髮❸。硬語盤空❹誰來聽？記當時、只有西窗月。重進酒，喚鳴瑟。

事無兩樣人心別。問渠儂❺：神州畢竟，幾番離合？汗血鹽車無人顧❻，千里空收駿骨❼。正目斷、關河路絕❽。我最憐君中宵舞❾，道男兒，到死心如鐵。看試手，補天裂❿。

【注釋】

❶同甫見和　陳亮和詞為〈賀新郎．寄辛幼安和見懷韻〉：「老去憑誰說，看幾番、神奇臭腐，夏裘冬葛。

父老長安今餘幾，後死無讎可雪。猶未燥當時生髮！二十五絃多少恨，算世間那有平分月。胡婦弄，漢宮瑟。

樹猶如此堪重別。只使君從來與我，話頭多合。行矣置之無足問，誰換妍皮癡骨。但莫使、伯牙絃絕。九轉丹砂牢拾取，管精金只是尋常鐵。龍共虎，應聲裂。」❷似而今元龍臭味二句　以陳登（元龍）、陳遵（孟公）作比，謂兩人意氣相投。元龍，三國時陳登，字元龍。為人豪爽，以天下為己任。臭味，氣味，志趣。孟公，西漢陳遵，字孟公。嗜酒好客，《漢書・遊俠傳》稱他「每大飲，賓客滿堂，輒關門，取客車轄投井中」，以便盡情暢飲。瓜葛，指關係密切。❸笑富貴千鈞如髮　以居富貴為危險之事。韓愈〈與孟尚書書〉：「其危如一髮引千鈞。」❹硬語盤空　韓愈〈薦士〉：「橫空盤硬語，妥貼力排奡。」原指文字剛健，此指言論鯁直激切。❺渠儂　吳語稱他人為渠儂。❻汗血鹽車無人顧　用汗血馬拉鹽車卻無人顧惜，比喻不愛惜人才。汗血，指大宛產的千里馬，汗從前肩流出，如血，故稱汗血馬，見《漢書・武帝紀》應劭注。鹽車，《戰國策・楚策》：「驥之齒至矣，服鹽車而上太行，蹄申膝折，尾湛胕潰。……伯樂遭之，下車攀而哭之。」❼千里空收駿骨　借用重金收買駿馬骨頭事，諷刺南宋統治者空喊求賢，而人才卻被埋沒。《戰國策・燕策一》載郭隗曰：「臣聞古之君人有以千金求千里馬者，三年不能得，涓人言於君曰：『請求之。』君遣之，三月得千里馬，馬已死，買其首五百金，反以報君。君大怒曰：『所求者生馬，安事死馬，而捐五百金。』涓人對曰：『死馬且買之五百金，況生馬乎？天下必以王為能市馬，馬今至矣。』於是不期年千里馬之至者三。」❽正目斷關河路絕　謂極目遠望，中原已被金人佔領，道路不通。❾中宵舞　指晉祖逖與劉琨中夜聞雞起舞。見《晉書・祖逖傳》。❿看試手二句　借神話中女媧煉石補天事，期望陳亮完成統一祖國的偉業。試手，試試身手。

【賞析】

辛棄疾讀了陳亮豪情滿懷的和詞後，深受鼓舞，於是「再用前韻」寫下此詞，重敘知己之情，勉以恢復大業。上闋以憂國忘家的陳登（元龍）比陳亮，以殷勤好客的陳遵（孟公）比自己，寫兩人情投意合，關係密切。於是回憶相聚時兩人高歌痛飲，氣沖霄漢，視富貴如一髮而引千鈞，不值得追求。所談言辭激烈，無人敢聽，陪伴他們的只有西窗月，徹夜長談，以致「重進酒，喚鳴瑟」。下闋所敘正是他們當時的「盤空硬語」。「事無兩樣人心別」，同樣一件事情，主戰派與投降派的看法完全不同。作者憤慨地質問當政者，中國究竟要經歷幾番分裂？愛國志士報國無路，正如駿馬無所施展其千里之足，致使中原仍在敵手。自己抗金而被迫賦閒，陳亮主戰而備受打擊，不正是「汗血鹽車無人顧」嗎？當權者整天空喊求賢，棄人才而不顧，置國土於淪亡，也正是前篇的「剩水殘山無態度」。但他們並不甘心，不畏艱難險阻，仍然渴望一試身手，去補救那分裂的天下，這正是以天下為己任的英雄人物的光輝形象。全詞意境博大，氣象雄渾，充滿愛國激情和真摯的友情，十分感人。

賀新郎

用前韻送杜叔高❶

細把君詩說：怳餘音、鈞天浩蕩，洞庭膠葛❷。千丈陰崖塵不到，惟有層冰積雪。乍一見寒生毛髮。自昔佳人多薄命，對古來、一片傷心月。金屋冷，夜調瑟❸。　去天尺五君家別❹。看乘空魚龍慘淡，風雲開合❺。起望衣冠神州路，白日消殘戰骨❻。歎夷甫諸人清絕❼！夜半狂歌悲風起，聽錚錚、陣馬簷間鐵❽。南共北，正分裂。

【注釋】

❶杜叔高　名斿，金華蘭谿人。弟兄五人皆博學能文，人稱金華五高。陳亮評其詩「如干戈森立，有吞虎食牛之氣」（〈復杜仲高書〉）。❷恍餘音鈞天浩蕩二句　謂詩如仙樂浩蕩，餘音裊裊，久遠不絕。鈞天，指鈞天廣樂，相傳趙簡子夢遊天都，與百神共賞此樂，見《史記．趙世家》。洞庭，洞庭湖，據《莊子．天運》載，黃帝在洞庭之野設〈咸池〉之樂，「其聲能短能長，能柔能剛，變化齊一，不主故常」。膠葛，空曠深遠，語出司馬相如〈上林賦〉「張樂乎膠葛之寓」。❸自昔佳人多薄命四句　用陳皇后事形容杜叔高懷才不遇。據《漢武故事》載，武帝幼時，曾對姑母說：「若得阿嬌作婦，當作金屋貯之也。」後娶阿嬌為皇后，阿嬌失寵後幽居長門宮，故云「金屋冷」。❹去天尺五君家別　是說杜氏五兄弟以詩詞知名，與倚仗權勢的唐代長安杜氏不同。去天尺五，《辛氏三秦記》：「城南韋、杜，去天尺五。」❺看乘空魚龍慘淡二句　是說朝廷中奸佞左右朝政（魚龍慘淡），使局勢更加混亂（風雲開合）。魚龍，指水中妖孽，此指奸佞小人。❻起望衣冠神州路二句　是說遙望昔日衣冠滿路的中原大地，如今只有抗金戰士殘存的骸骨。❼歎夷甫諸人清絕　感歎王衍等人清談誤國。夷甫，西晉王衍的字。《晉書．王衍傳》說他「口不論世事，唯雅詠玄虛而已」。❽聽錚錚陣馬簷間鐵　錚錚，金屬撞擊聲。陣馬簷間鐵，古時屋簷下懸掛的風鈴，因排列成行，有如戰馬頸上的銅鈴。

【賞析】

陳亮和章有「卻憶去年風雪」句，知此詞為淳熙十六年（一一八九）所作。陳亮對杜叔高的詩作評價很高：「叔高之詩，如干戈森立，有吞虎食牛之氣……可謂一時之豪。」（《龍川文集．復杜仲高書》）本詞開頭就從杜叔高詩談起，稱其聲韻有如鈞天、洞庭之樂，稱其格調高風絕塵，有如層冰積雪，吟之令人寒生毛髮。上闋後半寫其詩風之所以寒氣襲人，是因為他像佳人薄命一樣懷才不遇。下闋寫其懷才不遇之因，他們與唐代長安城南五杜不同，不靠權勢起家，而目前奸佞當道，局勢混亂，神州沉陸，士大夫崇尚清談，不思恢復，正重蹈西晉清談亡國的老路。末以夜半悲風起處，鐵馬錚錚作聲，更使愛國志士不能釋懷於南北分裂作結，「恍餘音、鈞天浩蕩，洞庭膠葛」，正可借以評論此詞。

鵲橋仙　山行書所見

松岡避暑，茆簷避雨，閒去閒來幾度。醉扶怪石看飛泉，又卻是、前回醒處。　東家娶婦，西家歸女❶，燈火門前笑語。釀成千頃稻花香，夜夜費、一天風露。

【注釋】

❶歸女　嫁女。

【賞析】

淳熙十六年（一一八九）作。上闋寫「山行」，首句「松岡」二字已點明山行之地，避暑、避雨、去來幾度、扶怪石、看飛泉、又卻是、前回，都說明這是他經常來往的地方，也說明賦閒家居的無所事事，只好以醉酒、閒遊打發日子。下闋是「書所見」，既有農村裡娶婦嫁女、燈火笑語的熱鬧場面，又有更為廣闊的千頃稻香的寧靜場面。在這裡，作者懷著喜悅的心情，描繪了生動的農村風習和即將來到的豐收景象。

踏莎行　庚戌中秋後二夕，帶湖篆岡❶小酌

夜月樓臺，秋香院宇，笑吟吟地人來去。是誰秋到便淒涼？當年宋玉悲如許❷。　隨分杯盤，等閒歌舞，問他有什堪悲處❸？思量卻也有悲時，重陽節近多風雨❹。

【注釋】

❶篆岡　帶湖邊的小山岡。❷當年宋玉悲如許　宋玉，戰國時楚國辭賦家，屈原學生，所作〈九辯〉云：「悲哉，秋之為氣也，蕭瑟兮草木搖落而變衰。」如許，如此。❸隨分杯盤三句　謂隨意歌舞飲酒，有什麼可悲哀的呢？隨分，隨意。等閒，平常。❹重陽節近多風雨　胡仔《苕溪漁隱叢話》後集卷六：「余觀謝無逸《溪堂集》云：『亡友潘邠老有「滿城風雨近重陽」之句，今去重陽四日，而風雨大作，遂用邠老之句，廣為四絕。』」

【賞析】

庚戌即紹熙元年（一一九〇）作。全詞圍繞宋玉悲秋生議，上闋謂夜月明亮，秋香撲鼻，人來人去，笑吟吟地，有何可悲？下闋謂只要隨遇而安，即使是一般的杯盤歌舞，也沒有什麼可悲處。辛棄疾胸中實際積壓了很多「淒涼」、「堪悲」處，卻強作歡笑，出之以輕鬆之筆，讀之更覺淒涼。正如陳廷焯所評：「鬱勃以蘊藉出之。」（《詞則・放歌集》卷一）

念奴嬌

瓢泉酒酣，和東坡韻❶

倘來軒冕❷，問還是、今古人間何物？舊日重城愁萬里，風月而今堅壁❸。藥籠功名，酒壚身世，可惜蒙頭雪❹。浩歌一曲，坐中人物三傑❺。

休歎黃菊凋零，孤標❻應也，有梅花爭發。醉裡重揩西望眼，惟有孤鴻明滅❼。萬事從教❽，浮雲來去，枉了衝冠髮❾。故人❿何在，長庚應伴殘月⓫。

【注釋】

❶和東坡韻　指和蘇軾〈念奴嬌・赤壁懷古〉韻。❷倘來軒冕　《莊子・繕性》：「軒冕在身，非性命也；物之儻來，寄者也。」軒冕，軒車、冕服，代指功名。❸舊日重城愁萬里二句　謂舊日追求功名，如困在重城，有無限哀愁，而今退隱田園，賞玩風月，應該堅守，以免失去。❹藥籠功名三句　謂志在功名，卻處境艱難，頭髮都白了。藥籠功名，《舊唐書・元行沖傳》載，元行沖勸狄仁傑儲備各種人材，如治病儲存各種藥物一樣，狄笑道：「君正在吾藥籠中。」酒壚身世，《漢書・司馬相如傳》載，相如與卓文君為表示自己願作最後一味藥。……（原文如此）

為反抗卓父干預他們的婚姻，曾在成都當壚賣酒。❺三傑　不詳三人為誰。❻孤標　孤傲傑出。❼明滅　時隱時現。❽從教　任教，聽任。❾衝冠髮　即怒髮衝冠，《史記・廉頗藺相如列傳》：「相如視秦王無意償趙城，……因持璧卻立，倚柱，怒髮上衝冠。」❿故人　當指「坐中人物三傑」。⓫長庚應伴殘月　長庚，星名，即金星，亦名太白星、啟明星。《詩・小雅・大東》：「東有啟明，西有長庚。」古人誤啟明、長庚為二星，實為一星，星。韓愈〈東方大明〉：「東方半明大星沒，猶有太白配殘月。」

【賞析】

紹熙二年（一一九一）作。這是一首懷念志同道合的友人，感歎有志難酬的詞作。全詞開頭即感歎，古往今來，軒冕究竟為何物？起筆突兀，表明自己早已看破功名。「舊日」五句申說看破功名的原因，昔日追求建功立業換得的卻是愁城萬里，滿頭白雪。末以坐中三傑的浩歌作結，使我們好像看到了當年辛棄疾及其友人的豪情。下闋以黃菊凋零猶有梅花爭發作自我安慰，但實際形勢並不容樂觀，枉自怒髮衝冠，揩眼西望，只見孤鴻明滅。落拍與上闋落拍一致，都以懷念故人作結，當年還有坐中三傑，現在他們已不知何在，伴我者只有長庚、殘月。淒涼之情，躍然紙上。

【集評】

《唐五代兩宋詞選釋》俞陛雲評：〈念奴嬌〉詞共二十首。此作和東坡，其激昂雄逸，頗似東坡，故錄之。起筆破空而來，有俯視餘子之概。「藥籠」三句早知身世功名，終付與酒罏藥籠，直至霜雪盈頭，始期思卜築，深悔其遲也。後言黃菊雖凋，而梅花尚在，猶可結歲寒之侶。「孤鴻明滅」句有消沉今古在長空飛鳥中意。視萬事若浮雲，則當年一怒衝冠，甯非無謂。但此意知己無多，伴我者已如殘月，為可傷耳。

西江月　夜行黃沙❶道中

明月別枝驚鵲❷，清風半夜鳴蟬。稻花香裡說豐年，聽取蛙聲一片。　七八個星天外，兩三點雨山前❸。舊時茆店社林❹邊，路轉溪橋忽見。

【注釋】

❶黃沙　黃沙嶺，在江西上饒西四十里，景色優美，辛棄疾在此建有書堂（見陳文蔚〈遊山記〉）。❷明月別枝驚鵲　曹操〈短歌行〉：「月明星稀，烏鵲南飛。繞樹三匝，無枝可依。」蘇軾〈次韻蔣穎叔〉：「月明驚鵲未安枝。」❸七八個星天外二句　盧延讓〈松寺〉：「兩三條電欲為雨，七八個星猶在天。」此化用其意。❹社林　土地廟旁的樹林。

【賞析】

此詞也作於閒居帶湖期間，是辛棄疾描寫農村生活的名篇之一。上闋採用擬人化的手法，以鵲叫、蟬噪、蛙鳴烘托豐收喜慶的愉悅心情，好似一首平緩優美的小夜曲。下闋寫夜雨來臨，焦急之中，忽然看見了熟識的小店，喜悅之情溢於言表。整首詞格局自然，隨意揮灑，具有清新淡雅的美感，代表了辛詞平淡自然的另一風格。

【集評】

許昂霄《詞綜偶評》：後疊似乎太直，然確是夜行光景。

陳廷焯《詞則・別調集》卷二：確是夜景，所聞所見，信手拈來，都成異采，總由筆力勝故也。

江神子　賦梅寄余叔良❶

暗香橫路雪垂垂❷，晚風吹，曉風吹。花意爭春、先出歲寒枝。畢竟一年春事了，緣太早，卻成遲。

未應全是雪霜姿，欲開時，未開時。粉面朱脣、一半點胭脂❸。醉裡謗花❹花莫恨：渾冷澹，有誰知。

【注釋】

❶余叔良　事跡不詳，辛棄疾另有〈沁園春・答余叔良〉詞。❷暗香橫路雪垂垂　林逋〈詠梅〉：「疏影橫斜水清淺，暗香浮動月黃昏。」雪垂垂，吳昉〈雪梅賦〉：「帶冷雪之垂垂。」垂垂，降落貌。❸未應全是雪霜姿四句　寫梅花欲開未開之時，白裡透紅，具有胭脂之色，未必盡是雪霜姿。蘇軾〈紅梅三首〉其一云：「怕愁貪睡獨開遲，自恐冰容不入時。故作小紅桃杏色，尚餘孤瘦雪霜姿。寒心未肯隨春態，酒暈無端上玉肌。」此化用其意。❹謗花　即指未應全是雪霜姿四句。蘇軾〈西江月〉（怪此花枝怨泣）：「點筆袖沾醉墨，謗花面有慚紅。」

【賞析】

閒居帶湖之作。這是一首詠物詞，梅花的特點就是深冬開花，既可說它開得太遲，開在百花凋謝之後，無意爭春；也可說它開得太早，開在百花未開之前，是有意爭春。此詞上闋即抓住梅花的這一特點，詠其不同於凡花的孤高品格。而梅花的另一特點就是傲寒而開，既有雪霜之姿，但又白裡透紅，仍有桃杏之色，下闋前半即詠此。末以「醉裡謗花花莫恨」作結，因為全是「雪霜姿」，全是冷澹，有誰欣賞呢？即蘇軾的「自恐冰容不入時」意，故沈際飛評此詞云：「在常情之外，謗殊深於譽。」（《草堂詩餘》別集卷三）

浣溪沙

壬子春赴閩憲❶，別瓢泉

細聽春山杜宇❷啼，一聲聲是送行詩。朝來白鳥背人飛❸。　對鄭子真巖石臥❹，赴陶元亮菊花期❺。而今堪誦〈北山移〉❻。

【注釋】

❶赴閩憲　指赴福建提點刑獄任。辛棄疾自淳熙八年冬至紹熙二年冬，罷居江西上饒帶湖整整十年，紹熙二年冬才被命為福建提點刑獄，此詞為壬子即紹熙三年（一一九二）春赴任時作。❷杜宇　杜鵑鳥，傳說蜀郡望帝所化，聲音淒厲，能動人歸思，亦稱思歸鳥。❸朝來白鳥背人飛　辛棄疾在帶湖，曾作〈水調歌頭・盟鷗〉，表示要與沙鷗永遠為伴。今卻離去，故設想牠定會責怪自己。白鳥，即沙鷗。背人飛，即下闋「北山移」意。❹對鄭子真巖石臥　揚雄《法言・問神》：「谷口鄭子真，不屈其志而耕乎巖石之下，名震於京師。」❺赴陶元亮菊花期　陶元亮即陶淵明，他最愛種菊，其〈飲酒〉詩云：「採菊東籬下，悠然見南山。」❻北山移　南齊周顒和孔稚珪等初隱鍾山，後應詔出為海鹽縣令，秩滿入京，再過鍾山，孔稚珪作〈北山移文〉，以山靈的口吻加以諷刺。

【賞析】

紹熙三年（一一九二）作。抒發了赴福建提刑任時的矛盾心情。辛棄疾是一位關心國事，一心想恢復祖國大好河山的人物，他的閒居帶湖，完全是受朝廷主和派排斥所致。因此他對重新出仕應該是高興的。但根據以往的經驗，他對這次出仕能否有所作為，是毫無信心的，故深怕為山林之士所笑。上闋前兩句點「別瓢泉」，但杜宇的叫聲就是「不如歸去」，同盟鷗鷺像是看不起自己，背著自己飛去。下闋更是自責之詞，鄭子真能不屈其志而耕乎巖石之下，陶淵明能夠過「採菊東籬下，悠然見南山」的隱居生活，自己卻像周顒一樣不能堅持隱居，確實值得讀讀孔稚珪的〈北山移文〉以警戒自己。全詞充滿了愧疚之情。辛棄疾另有一首〈柳梢青・三山歸途代白鷗見嘲〉，可以並讀：「白鳥相迎，相憐相笑，滿面塵埃。華髮蒼顏，去時曾勸，聞早歸來。　而今豈是高懷，為千里蓴羹計哉！好把〈移文〉，從今日日，讀取千回。」

【集評】

沈雄《古今詞話・詞品》上卷：周雪客曰：稼軒對句，如「對鄭子真巖石臥，赴陶元亮菊花期」，生硬不可按歌。固不若丁飛濤之「懶對蝨嫌嵇叔拙，貧來鬼笑伯龍癡」，用事用意為有情致。

水調歌頭

王子三山被召❶，陳端仁❷給事❸飲餞席上作。

長恨復長恨，裁作短歌行❹。何人為我楚舞❺，聽我楚狂❻聲？余既滋蘭九畹，又樹蕙之

百晦，秋菊更餐英❼。門外滄浪水，可以濯吾纓❽。 一杯酒，問何似，身後名❾。人間萬事，毫髮常重泰山輕❿。悲莫悲生離別，樂莫樂新相識⓫，兒女古今情。富貴非吾事，歸與白鷗盟⓬。

【注釋】

❶三山被召　紹熙三年（一一九二）冬辛棄疾在福建提點刑獄任上被召入京。三山即福州，因福州有三山（九仙山、閩山、越王山）而得名。❷陳端仁　陳峴，字端仁，閩縣人。紹興二十七年進士，時廢退家居。❸給事　官名。❹短歌行　漢樂府曲調名，此指本篇〈水調歌頭〉。❺何人為我楚舞　《史記・留侯世家》：「戚夫人泣，上（漢高祖）曰：『為我楚舞，吾為若楚歌。』歌數闋，戚夫人噓唏流涕，上起去，罷酒。」❻楚狂　春秋時楚國狂人，姓陸名通。因楚昭王政令無常，佯狂不仕，又因迎孔子之車而歌〈鳳兮〉，故又稱楚狂接輿，見《論語・微子》。❼余既滋蘭九畹三句　屈原〈離騷〉：「余既滋蘭之九畹兮，又樹蕙之百畝」；「夕餐秋菊之落英。」畹，三十畝。❽門外滄浪水二句　見〈洞仙歌〉（飛流萬壑）注❹。❾一杯酒三句　見〈洞仙歌〉（飛流萬壑）注❻。❿毫髮常重泰山輕　司馬遷〈報任少卿書〉：「人固有一死，或重於泰山，或輕於鴻毛。」此反用其意。⓫悲莫悲生離別二句　《楚辭・九歌・少司命》：「悲莫悲兮生別離，樂莫樂兮新相識。」⓬富貴非吾事二句　陶潛〈歸去來辭〉：「富貴非吾願，帝鄉不可期。」鷗盟，參見〈水調歌頭・盟鷗〉。

【賞析】

紹熙三年（一一九二）冬辛棄疾被召入京時作。陳廷焯《詞則・放歌集》卷一云：「悲憤填膺，不可遏抑。運用成句，純以神行。」這十六個字確實把握著了此詞特點，一是悲憤填膺，二是成句運用多且好，正如馮煦所評：「連綴古語，渾然天成。」（《蒿庵論詞》）。全詞以「長恨復長恨」起筆，兩個「長」字，一個「復」字，長期積恨，一起噴出。「何人」二句是對「裁作短歌行」的否定，即使裁作短歌，又有誰能理解？自己唯一能作的就是像屈原那樣勤修美德，潔身自好，不斷以滄浪之水洗滌自己。下闋前半更是憤世之言，一杯酒與身後名，孰輕孰重？表面看，他似乎贊成張翰的觀點，實際上是對人間萬事輕重倒置極端憤慨的表現。「悲莫悲生離別」三句點餞別，以離別為悲，以新識陳端仁為樂。末二句向陳表明心跡，自己這次入京，不為追求富貴，召見之後仍將歸隱，兩年後他也確實又罷居瓢泉。

破陣子

為陳同甫賦壯詞以寄之

醉裡挑燈❶看劍，夢回吹角連營❷。八百里分麾下炙❸，五十絃翻塞外聲❹。沙場秋點兵。馬作的盧❺飛快，弓如霹靂弦驚❻。了卻君王天下事，贏得生前身後名。可憐白髮生！

【注釋】

❶挑燈　挑亮油燈。❷夢回吹角連營　夢回，夢醒。角，號角。連營，連綿的兵營。❸八百里分麾下炙　將牛分給軍中烤食。八百里，指牛，據《世說新語・汰侈》載，晉王愷有牛名八百里駮，王濟與王愷賭射得勝，於是取牛心而烤食。麾下，指軍中。炙，烤肉。❹五十絃翻塞外聲　軍中樂器一齊演奏悲壯的戰歌。五十絃，指古瑟，這裡泛指軍中樂器。翻，演奏。塞外聲，指邊地悲壯的戰歌。❺的盧　馬名。相傳劉備曾乘的盧馬躍過檀溪，擺脫追敵。見《三國志・蜀書・先主傳》注引《世說》。❻弓如霹靂弦驚　《南史・曹景宗傳》載，曹自謂：「我昔在鄉里，騎快馬如龍，與年少輩數十騎，拓弓弦作霹靂聲。」霹靂，響雷。

【賞析】

紹熙四年（一一九三）作。辛棄疾與陳亮在鵝湖相會，縱酒高歌，「極論世事」，將一腔報國熱忱盡情發洩在對現實的極度不滿之中，寫出了不少悲歌慷慨的詞作。這年陳亮考中進士，光宗親擢為第一，辛棄疾寫下了這首「感激豪宕」（陳廷焯《詞則・放歌集》卷一）的壯詞，願與友人共勉，也抒發了自己報國無門的苦悶。全詞上下闋連成一片，從起句到「贏得生前身後名」，都可稱為「壯詞」，充滿了馳騁沙場、建功立業的英雄氣概，寫的是醉後夢醒時的想像之境。末句一折收束全篇，寫理想不得實現，壯詞立即變成悲詞，形成了悲壯的獨特風格。這種一落千丈，戛然而止的寫法，具有極強的藝術感染力。正如梁啟超所評：「無限感慨，哀同甫，亦自哀也。」（《藝蘅館詞選》丙卷）

水龍吟

過南劍雙溪樓❶

舉頭西北浮雲❷，倚天萬里須長劍❸。人言此地，夜深長見，斗牛光焰❹。我覺山高，潭空水冷，月明星淡。待燃犀下看，凭欄卻怕，風雷怒，魚龍慘❺。　峽束蒼江對起❻，過危樓，欲飛還斂。元龍老矣，不妨高臥，冰壺涼簟❼。千古興亡，百年悲笑，一時登覽。問何人又卸，片帆沙岸，繫斜陽纜。

【注釋】

❶南劍雙溪樓　南劍，州名，治所在今福建南平。雙溪樓，在劍溪與樵川合流處。❷西北浮雲　語本曹植

〈雜詩〉：「西北有浮雲，亭亭如車蓋。」這裡由浮雲起興，聯想到烏雲下面被金國統治的中原大地。❸倚天萬里須長劍　語本宋玉〈大言賦〉：「長劍耿耿倚天外。」❹人言此地三句　據《晉書・張華傳》，張華常見斗、牛二星間有紫氣，問雷煥，雷煥說是寶劍精氣上徹於天。於是讓雷煥任豐城令，掘地得寶劍二把，張華、雷煥各分一把。張華被誅後，其劍失蹤。雷煥死後，其子雷華攜劍過延平津（即劍溪），劍忽從腰間躍入水中，化為二龍。❺待燃犀四句　《晉書・溫嶠傳》：「至牛渚磯，水深不可測，世云其下多怪物。嶠遂燃犀角而照之，須臾，見水族覆火，奇形異狀，或乘赤馬、著赤衣者。」魚龍，指水怪。慘，凶殘。❻峽束蒼江對起　化用杜甫〈秋日夔府詠懷〉「峽束蒼江起」句。❼元龍老矣三句　元龍即三國名士陳登之字，這裡作者以元龍自比。參見〈水龍吟・登建康賞心亭〉注❽。冰壺，盛冰的玉壺。涼簟，竹編涼席。

【賞析】

紹熙五年（一一九四）秋，辛棄疾任福建安撫使，又被誣告落職，重回江西閒居。途經南劍州，登雙溪樓，寫下了這首詞。上闋由寶劍的傳說想到取劍橫掃金兵，又由山高水冷、潭中妖怪凶殘想到抗金事業的艱辛，借用比喻象徵手法，將山水風光、神話傳說與個人理想融成一體，抒發了英雄失意的悲憤之情。下闋從江水受夾持聯想到英雄被困，難以施展才能，打算退隱，又心繫國家命運，此時登覽，百感交集。夕陽西下，又見人繫船登岸，倍覺傷感。全詞沉鬱頓挫，悲憤蒼涼，體現了典型的稼軒詞風。

【集評】

《宋四家詞選》周濟評：欲扶浮雲，必須長劍。長劍不可得出，安得不恨魚龍。

陳廷焯《詞則・放歌集》卷一：雄奇兀奡，真令江山生色。

沁園春

靈山齊庵❶賦。時築偃湖❷未成

疊嶂❸西馳，萬馬回旋，眾山欲東。正驚湍直下，跳珠倒濺，小橋橫截，缺月初弓❹。老合投閒，天教多事，檢校長身十萬松❺。吾廬小，在龍蛇❻影外，風雨聲中。　爭先見面重重。看爽氣、朝來三數峰❼。似謝家子弟，衣冠磊落❽；相如庭戶，車騎雍容❾。我覺其間，雄深雅健，如對文章太史公❿。新堤路，問偃湖何日，煙水濛濛？

【注釋】

❶靈山齊庵　靈山，一名鎮山，在江西上饒城北七十里。齊庵為辛棄疾在靈山所建茅廬。❷偃湖　作者在靈山下的新開湖。❸疊嶂　重重疊疊的山峰。據《江西通志》載，靈山高千有餘丈，綿亙數百里，有七十二峰。❹缺月初弓　形容橫截水面的小橋像一彎弓形的新月。❺檢校長身十萬松　管理長松十萬株。檢校，巡查；管理。長身，指松樹高大。❻龍蛇　指松樹枝幹屈曲如龍蛇。蘇軾〈遊靈隱高峰塔〉：「古松攀龍蛇。」❼看爽氣朝來三數峰　《世說新語・簡傲》：「西山朝來，致有爽氣。」❽似謝家子弟二句　晉代謝家為望族，其子弟十分講究服飾儀表，此處用謝家子弟的端莊俊偉比喻群山的峻拔秀美。據《晉書・謝玄傳》，謝安嘗問：「子弟亦何豫人事？」（謝）玄答曰：「譬如芝蘭玉樹，欲使其生於庭階耳。」❾相如庭戶二句　《史記・司馬相如列傳》：「相如之臨邛，從車騎，雍容閒雅甚都。」此借喻群山的巍峨壯觀。❿雄深雅健二句　據《新唐書・柳宗元傳》，韓愈評柳宗元文曰：「雄深雅健，似司馬子長。」此用司馬遷文章的雄深雅健比擬群山的氣勢不凡。

太史公，即司馬遷，字子長。

【賞析】

此詞約作於慶元二年（一一九六）落職閒居時。上闋寫所居齊庵環境之美，群山環抱，飛瀑跳珠，松蟠龍蛇，正是投閒居處的好地方。在寫法上，由遠而近，由大而小，層次分明。下闋集中寫「疊嶂」，用謝家子弟、相如車馬比喻靈山的巍峨秀拔，已是別出心裁，又用雄深雅健的太史公文章，來比擬山風神韻，更見奇妙。以人比山，匠心獨運，頗得歷代好評：「且說松而及謝家子弟、相如車騎、太史公文章，自非脫落故常者未易闖其堂奧」（陳模《懷古錄》卷中）；「檢點松廬，宜是儲光義云『念子孫廣園圃葷』。既說松而及謝家、相如、太史公，不脫落故常能之乎？蓋曲者也以委曲為體，狃於風情婉變，則又靡靡，稼軒信超然哉。」（《草堂詩餘》別集卷四沈際飛評）結句回應詞序，點「時築偃湖未成」，想像偃湖建成後的「煙水濛濛」景象，表現了詞人對偃湖的熱愛之情。

【集評】

先著、程洪《詞潔》卷六：稼軒詞於宋人中自闢門戶，要不可少。有絕佳者，不得以粗豪二字蔽之。如此種創見，以為新奇，流傳遂成惡習。存一以概其餘。世以蘇、辛並稱，辛非蘇類。稼軒之次則後村、龍洲，是其偏裨也。

沁園春　將止酒，戒酒杯使勿近

杯汝來前，老子今朝，點檢形骸❶。甚長年抱渴，咽如焦釜❷；於今喜睡，氣似奔雷❸。汝說「劉伶，古今達者，醉後何妨死便埋」❹。渾如此，歎汝於知己，真少恩哉❺！　更憑歌舞為媒。算合作、平居鴆毒猜❻。況怨無小大，生於所愛；物無美惡，過則為災。與汝成言❼：「勿留亟退，吾力猶能肆汝杯❽。」杯再拜，道「麾之即去，招亦須來」❾。

【注釋】

❶點檢形骸　即檢點自己，檢查自身存在的問題。❷甚長年抱渴二句　說什麼長年口渴思飲，咽喉有如燒糊了的鍋一樣乾燥。❸奔雷　鼾聲如雷。❹汝說劉伶三句　汝，代酒杯。劉伶，字伯倫，沛縣人。肆意放蕩，常乘鹿車，攜一酒壺，使人荷鍤隨之，云：「死便掘地以埋。」事見《晉書・劉伶傳》。❺渾如此三句　酒杯竟這樣說，對於自己太少情意。渾，竟然。知己，作者自稱是酒的知己朋友。❻更憑歌舞為媒二句　謂酒靠歌舞為媒，害人甚於鴆毒。算合作，算將起來應看作。屈原〈離騷〉：「吾令鴆毒為媒兮，鴆告余以不好。」《後漢書・霍諝傳》：「觸冒死禍，以解細微，譬猶療饑於附子，止渴於鴆毒，未入腸胃，已絕咽喉，豈可為哉？」❼成言　約定。屈原〈離騷〉：「初既與余成言兮，後悔遁而有他。」❽吾力猶能肆汝杯　謂我還能夠砸碎你這杯子。肆，古代處死刑後陳屍於市。《論語・憲問》：「吾力猶能肆諸市朝。」❾道麾之即去二句　《漢書・汲黯傳》：「使黯任職居官，亡以瘉人。然至其輔少主，守城深堅，招之不來，麾之不去，雖自謂賁育，弗能

奪也。」此反用其意。

【賞析】

慶元二年（一一九六）作。這是一篇戒酒詞，是遊戲之作。通篇為主客對話，是仿東方朔的〈答客難〉和班固的〈賓戲〉而作，是辛棄疾以文為詞的代表作。開頭以「點檢形骸」領起全詞，然後上下闋打成一片，歷數酒之過惡，自己因渴而飲酒，因飲酒而喜睡，你卻以劉伶為詞，我以你為知己，你卻對知己如此寡情少義。更靠歌舞引誘我巨飲，害人超過鴆毒。並以頗富哲理的語言告誡自己：「怨無小大，生於所愛，物無美惡，過則為災。」正如沈際飛所評「『怨無大小』四句可箴。」（《草堂詩餘》別集卷四）遂下逐客令，不「亟退」就要砸碎你。表面看，聲色俱厲，實際上自己也明白戒不掉酒，借酒杯「麾之即去，招亦須來」作結，尤為妙趣橫生，亦如沈際飛所評「終破酒戒在此句」。

【集評】

陳模《懷古錄》卷中：此又如〈答賓戲〉、〈解嘲〉等作，乃是把古文手段寓之於詞。

《草堂詩餘》別集卷四沈際飛評：時說以東坡為詞詩，稼軒為詞論，甚高。

《唐五代兩宋詞選釋》俞陛雲評：稼軒詞使其豪邁之氣，蕩決無前，幾於喜笑怒罵，皆可入詞。宋人評東坡之詞為「以詩為詞」，稼軒之詞為「以論為詞」。集中此類詞頗多，錄此闋以見詞中之一格。

踏莎行　和趙國興❶知錄❷韻

吾道悠悠❸，憂心悄悄❹，最無聊處秋光到。西風林外有啼鴉，斜陽山下多衰草。　長憶商山，當年四老，塵埃也走咸陽道❺。為誰書到便幡然❻，至今此意無人曉。

【注釋】

❶趙國興　事跡不詳。❷知錄　官名。❸吾道悠悠　杜甫〈發秦州〉：「大哉乾坤內，吾道長悠悠。」悠悠，長遠貌。❹憂心悄悄　《詩・邶風・柏舟》：「憂心悄悄，慍於群小。」悄悄，憂愁貌。❺長憶商山三句　據《史記・留侯世家》載，劉邦打算廢掉太子（惠帝），立戚夫人子趙王如意，呂后用張良的計謀，派呂澤拿著太子書信，請來商山四皓輔佐太子。劉邦見到四人，以為太子深得人心，於是打消了廢除太子的意圖。咸陽，今屬陝西。❻幡然　即翻然，變動貌，《孟子・萬章上》：「既而幡然改。」

【賞析】

罷官居瓢泉時作。上闋直抒吾道悠遠，難以實現，故十分憂愁，並以西風、啼鴉、斜陽、衰草，一派秋天衰颯之氣，進一步烘托其百無聊奈。下闋用商山四皓不仕劉邦，而趙王如意一封書信便幡然改變隱居之志，「至今此意無人曉」。借四皓出仕之意「無人曉」，喻自己出仕也莫名其妙，後悔之情，溢於言外。

【集評】

陳廷焯《詞則・放歌集》卷一：發難奇肆。

《唐五代兩宋詞選釋》俞陛雲評：西風斜日，已極荒寒，更兼衰草啼鴉，愈形淒黯，摧顏長望，正翛然有遯世之懷。忽憶及漢時四皓，以箕潁高名，乃棄商山之芝，而索長安之米，世之由終南捷徑者，固有其人，宿德如園、綺，而亦幡然應聘，意誠莫曉。稼軒特拈出之，意固何屬，亦莫能曉也。

賀新郎

邑中園亭❶，僕皆為賦此詞。一日，獨坐停雲❷，水聲山色，競來相娛，意溪山欲援例者，遂作數語，庶幾彷彿淵明思親友之意云。

甚矣吾衰矣❸。悵平生、交遊零落，只今餘幾！白髮空垂三千丈❹，一笑人間萬事。問何物、能令公喜❺？我見青山多嫵媚❻，料青山、見我應如是。情與貌，略相似。　一尊搔首東窗裡。想淵明、〈停雲〉詩就，此時風味❼。江左沉酣求名者，豈識濁醪妙理❽。回首叫、雲飛風起❾。不恨古人吾不見，恨古人、不見吾狂耳❿。知我者，二三子⓫。

【注釋】

❶邑中園亭　指鉛山縣東二十里期思渡的園亭。❷停雲　亭名，取自陶詩。陶淵明〈停雲〉詩序：「停雲，思親友也。」❸甚矣吾衰矣　《論語・述而》：「子曰：『甚矣吾衰矣，久矣吾不復夢見周公。』」❹白髮空垂三千丈　李白〈秋浦歌〉：「白髮三千丈，緣愁似個長。」❺能令公喜　能使自己感興趣。公，作者自稱。《世說新語・寵禮》載荊州人語：「髯參軍（郗超）、短主簿（王恂），能令公喜，能令公怒。」❻嫵媚　姿態美好。

《新唐書・魏徵傳》：「帝曰：『人言徵舉動疏慢，我但見其嫵媚耳。』」❼一尊搔首東窗裡三句　謂杯酒自得，遙想當年陶淵明寫完〈停雲〉詩後的心情，也同自己一樣搔首而恨無良朋相賞。尊，同樽，酒杯。搔首東窗，陶淵明〈停雲〉：「靜寄東軒，春醪獨撫。良朋悠邈，搔首延佇。」搔首，撓頭。❽江左沉酣求名者二句　蘇軾〈和陶飲酒〉：「江左風流人，醉中亦求名。」江左，江東，此指東晉。濁醪，濁酒。陶淵明〈己酉歲九月九日〉：「濁酒且自陶。」❾雲飛風起　劉邦〈大風歌〉：「大風起兮雲飛揚。」❿不恨古人吾不見二句　《南史・張融傳》：融常歎曰：「不恨我不見古人，所恨古人不見我。」⓫知我者二三句　謂知心朋友僅有二三個。《論語・憲問》：「知我者其天乎」；「二三子以我為隱乎。」

【賞析】

慶元中作。辛棄疾退居期間，也和蘇軾一樣，喜學陶淵明，「待學淵明，更手種門前五柳」（〈洞仙歌（飛流萬壑）〉），園亭既以陶詩命名，又把酒賞玩，吟詩作賦，連意態也與淵明相彷彿。本詞即仿陶淵明〈停雲〉詩「思親友」之意，力圖暫時忘卻功名，以山、水、酒為友。上闋說自己交遊零落，垂垂老矣，彷彿真要寄情山水，兩相慰藉了。但「白髮空垂」已有事業無成之慨，「一笑」句更覺悲涼。下闋寫陶淵明獨飲東窗，詩酒自得，蔑視追名逐利的江東士人，千古之下，竟和自己十分投緣。可惜知音太少，又不能喚醒淵明，共賞溪山。「回首叫、雲飛風起」，更是孤獨而又不甘寂寞的寫照。全詞以《論語》起，以《論語》結，上闋的「我見青山多嫵媚」二句，下闋的「不恨古人吾不見」二句，確如岳珂所說，「獨首尾兩腔，警語差相似」，但仍不愧為「警語」，難怪辛棄疾特喜自誦這兩句。

【集評】

岳珂《桯史》卷三：辛稼軒守南徐，已多病謝客。予來筮仕委吏，實隸總所，……時一招去。稼軒以詞名，每燕必命侍妓歌其所作，特好歌〈賀新郎〉一詞，自誦其警句曰：「我見青山多嫵媚，料青山見我應如是。」又曰：「不恨古人吾不見，恨古人不見吾狂耳。」每至此，輒拊髀自笑，顧問坐客何如，皆歎譽如出一口。……特置酒召數客，使妓迭歌，益自擊節。遍問客，必使摘其疵，孫謝不可。客或措一二辭，不契其意，又弗答，然揮羽四視不止。余時年少，勇於言，偶坐於席側，稼軒因誦啟語，顧問再四。余率然對曰：「待制詞句，脫去今古軫轍，每見集中有『解道此句，真宰上訴，天應嗔耳』之序，嘗以為其言不誣。童子何知，而敢有議？然必欲如范文正以千金求〈嚴陵祠記〉一字之易，則晚進尚竊有疑也。」稼軒喜，促膝亟使畢其說。余曰：「前篇豪視一世，獨首尾兩腔，警語差相似，新作微覺用事多耳。」於是大喜，酌酒而謂坐中曰：「夫君寔中予痼。」乃味改其語，日數十易，累月猶未竟，其刻意如此。

哨遍

用前韻❶

一壑自專❷，五柳笑人，晚乃歸田里❸。問誰知，幾者動之微❹。望飛鴻，冥冥天際❺。論妙理，濁醪正堪長醉❻，從今自釀躬耕米。嗟美惡難齊❼，盈虛如代❽，天耶何必人知。試回頭、五十九年非❾，似夢裡歡娛覺來悲。夔乃憐蚿❿，穀亦亡羊⓫，算來何異。　嘻。物諱窮⓬時，豐狐文豹罪因皮⓭。富貴非吾願，皇皇乎欲何之⓮？正萬籟都沉⓯，月明中夜，心彌⑯萬里清如水。卻自覺神遊，歸來坐對，依稀淮岸江涘⑰。看一時魚鳥忘情喜，會我已忘機更忘己⑱。又何曾、物我相視。非魚濠上遺意，要是吾非子⑲。但教河伯休慚海若，小大均為水耳⑳。世間喜慍更何其，笑先生、三仕三已㉑。

【注釋】

❶用前韻　指〈哨遍・秋水觀〉。❷一壑自專　《莊子・秋水》：「擅一壑之水而跨跱埳井之樂，此亦至矣。」❸五柳笑人二句　五柳指陶潛，作有〈五柳先生傳〉以自況。晚乃歸田里，此詞作於慶元五年（一一九九），是時辛棄疾六十歲，罷官居瓢泉。❹幾者動之微　《易・繫辭下》：「幾者動之微，吉之先見者也。」幾，細微的跡象。❺望飛鴻二句　揚雄《法言・問明》：「鴻飛冥冥，弋人何慕焉。」注：「君子潛神重玄之域，世網不能御。」冥冥，高遠貌。❻論妙理二句　見〈賀新郎〉（甚矣吾衰矣）注❽。❼美惡難齊　《莊子・齊物論》認為萬物齊一，是非、彼此、物我、夭壽，都是一樣的，此反用其意。❽盈虛如代　《莊子・秋水》：「消息盈虛，終則有始。」如代，好像相互替代，往復循環。❾試回頭五十九年非　《莊子・則陽》：「蘧伯玉行年六十而六十化，未嘗不始於是之，而卒詘之以非也。未知今之所謂是之非五十九非也。」❿夔乃憐蚿　《莊子・秋水》：「夔憐蚿，……夔謂蚿曰：『吾以一足跉踔而行，予無如矣。今子之使萬足，獨奈何？』蚿曰：『不然。子不見夫唾者乎？噴則大者如珠，小者如霧，雜而下者不可勝數也。今予動吾天機，而不知其所以然。』」夔，傳說中的一足獸。蚿，百足蟲，即馬蚿。⓫穀亦亡羊　《莊子・駢拇》：「臧與穀二人相與牧羊，而俱亡其羊。問臧奚事，則挾策讀書；問穀奚事，則博塞以遊。二人者，事業不同，其於亡羊均也。」⓬諱窮　《莊子・秋水》：「孔子曰：『……我諱窮久矣，而不免，命也；求通久矣，而不得，時也。』」⓭豐狐文豹罪因皮

《莊子・山木》：「夫豐狐、文豹，棲於山林，伏於巖穴，靜也；夜行晝居，戒也；雖饑渴隱約，猶且胥疏於江湖之上而求食焉，定也；然且不免於網羅機辟之患，是何罪之有哉？其皮為之災也。」⓮富貴非吾願二句　陶潛〈歸去來辭〉：「已矣乎，寓形宇內復幾時，曷不委心任去留。胡為乎遑遑欲何之？富貴非吾願，帝鄉不可期。」⓯萬籟都沉　即萬籟俱寂，各種聲音都沉寂了。⓰彌　彌漫，遍及。⓱卻自覺神遊三句　《莊子・秋水》：「秋水時至，百川灌河，涇流之大，兩涘渚崖之間，不辨牛馬。於是焉河伯欣然自喜，以天下之美為盡在己。」涘，河岸。⓲會我已忘機更忘己　即物我兩忘。會，正當。忘機，《列子・黃帝》：「海上之人有好鷗者，每旦之海上，從鷗鳥遊，鷗鳥之至者數百而不止。」李商隱〈贈田叟〉：「鷗鳥忘機翻浹洽。」⓳非魚濠上遺意二句　《莊子・秋水》：「莊子與惠子遊於濠梁之上，莊子曰：『儵魚出游從容，是魚之樂也。』惠子曰：『子非魚，安知魚之樂？』莊子曰：『子非我，安知我不知魚之樂？』惠子曰：『我非子，固不知子矣；子固非魚也，子之不知魚之樂全矣。』」莊子與惠子爭於濠梁之「遺意」，主要就是「子非我」，「我非子」（「要是吾非子」），如果忘機忘己，物我相忘，就不會有爭論了。⓴河伯休慚海若二句　謂河伯不必對海若慚愧，因為河、海雖大小有別，但都是水。《莊子・秋水》：「順流而東行，至於北海，東面而視，不見水端。於是焉河伯始旋其面目，望洋向若（海神）而歎曰：『……今我睹子之難窮也，吾非至於子之門則殆（危險）矣，吾長見笑於大方之家。』」此反用其意。㉑世間喜慍更何其二句　《論語・公冶長》：「令尹子文三仕為令尹，無喜色；三已之，無慍色。」喜慍，喜怒。先生，作者自謂。三仕三已，指三次做官，三次罷官。

【賞析】

慶元五年（一一九九）作。此篇不止是「用前韻」，而且還是用前題，同樣寫秋水觀，詞中都用了不少《莊子·秋水》意，以寫自己在秋水堂的所見所感，藉以表達自己對用舍行藏的態度。上闋寫自己晚歸田里，專有秋水觀前的一壑。從細微的跡象就可預知吉凶，自己應像天際飛鴻那樣自由飛翔，不為世網所縛，只宜自己釀酒自己醉。什麼人間美惡，日月盈虧，今是昨非，夢娛覺悲，一足百足，亡羊與否，實無區別，沒有必要追究。這都是《莊子·齊物論》的思想。為什麼會產生這樣的思想呢？下闋前五句回答了這一問題，自己之所以動輒得咎，就是因為「豐狐文豹罪因皮」，富貴既「非吾願」，又何必苦苦追求？「正萬籟都沉」六句點秋水堂，中夜月明，萬籟俱寂，自己心靜如水，坐在秋水堂上，依稀可見江、淮兩岸。「看一時」以下也是《莊子》萬物齊一的思想，魚鳥忘情，我亦忘機更忘己，「子非我」，「我非子」，河海為一，仕不仕均無慍喜。俞陛雲評此詞云：「稼軒生平，由絢爛歸於平淡，集中多作達語，此詞尤為了悟，當在奇獅歸後所作。『五十九年』數語，悲歡之境，因醒夢而頓殊，但醒後生悲，仍是夢中之夢，又安用悲耶？『豐狐文豹』句榮利累人，誠如皮之為累。但老子云：『吾所以有大患者，為吾有身。』無身則皮將焉附？後言清夜澄觀，而歸來則淮兩江雲，依然塵世，仍是上闋之夢歡而醒悲耳。結處云物我兩忘，則真有濠上非魚之意，又何論三仕三已乎！」（《唐五代兩宋詞選釋》）全詞看似超達了悟，實是痛定思痛之語。

六州歌頭

屬得疾，暴甚，醫者莫曉其狀。小愈❶，困臥無聊，戲作以自釋。

晨來問疾，有鶴止庭隅❷。吾語汝❸：「只三事，太愁余：病難扶，手種青松樹，礙梅塢，

妨花逕，才數尺，如人立，卻須鋤❹。秋水堂前，曲沼明於鏡，可燭眉鬚。被山頭急雨，耕壟灌泥塗。誰使吾廬，映污渠❺。　歎青山好，簷外竹，遮欲盡，有還無。刪竹去，吾乍可，食無魚。愛扶疏，又欲為山計❻。千百慮，累吾軀。凡病此，吾過矣❼，子奚如❽。」口不能言臆對❾：「雖盧扁❿藥石難除。有要言妙道⓫，往問北山愚⓬，庶有瘳乎⓭。」

【注釋】

❶小愈　病情稍有好轉。❷有鶴止庭隅　蘇軾〈鶴歎〉：「園中有鶴馴可呼，我欲呼之立坐隅。」❸吾語汝　《論語》：「子曰：『由也，汝聞六言六蔽矣乎？』對曰：『未也。』『居，吾語汝。』」❹病難扶七句　此為第一事，松樹妨礙了去梅塢的花徑，必須鋤去。❺秋水堂前七句　此為第二事，山頭急雨沖下的泥土，映污了堂前明澈如鏡的池沼。秋水堂，在稼軒瓢泉。燭，照見。❻歎青山好九句　此為第三事，謂竹林遮住青山，既不想砍去竹子，又不想讓它遮住青山，卻想不出好辦法。「刪竹去」三句，用蘇軾〈於潛僧綠筠軒〉詩意：「可使食無肉，不可使居無竹。無肉令人瘦，無竹令人俗。人瘦尚可肥，俗士不可醫。」刪，鏟除。乍可，寧可。食無魚，《戰國策・齊策》：馮諼倚柱彈鋏曰：「長鋏歸來乎，食無魚。」扶疏，指枝繁葉茂。❼吾過矣　我錯了。《禮記・檀弓》：「子夏投其杖而拜曰：『吾過矣，吾過矣，吾離君而索居，亦已久矣。』」❽子奚如　你（鶴）以為該怎樣。❾口不能言臆對　賈誼〈鵩鳥賦〉：「鵩乃歎息，舉首奮翼，口不能言，請對以臆。」❿盧扁　即古代名醫扁鵲，因家於盧，故又稱盧扁。⓫要言妙道　枚乘〈七發〉：「客曰：『今太子之病，可無藥石針刺灸療而已，可以要言妙道說而去之也。』」⓬北山愚　指北山愚公，因聚集家人搬移擋路的大山，終於感動天帝，移走了大山。事見《列子・湯問》。⓭庶有瘳乎　也許可病癒吧。

【賞析】

慶元中退居瓢泉時作。全詞設為賓主問答，完全是漢賦寫法，是比較典型的以文為詞。全詞上下闋聯成一片，分問疾、答疾、治疾三層。首二句為鶴問疾，從「吾語汝」至「子奚如」為作者答疾，松妨觀梅賞花，沼為泥塗所污，青山為竹所遮，「太愁余」的三事都十分瑣細，何以會致病？「口不能言臆對」以下的治疾之方回答了這一問題，這是扁鵲的藥石也難除的心病，需以「要言妙道」來治或許可癒，而此「要言妙道」須問北山愚公，愚公移山，精誠所至，山為之開。這顯然是藉與鶴問答，婉轉表述自己知其不可為而強為之的北伐之志不得實現的苦惱。

【集評】

《草堂詩餘》別集卷四沈際飛評：直作一篇說。松欲鋤難鋤，沼欲清難清，竹欲刪難刪，此等正累心處。（「簷外竹」八句）此等曰累，可知天下事無問大小輕重道俗，一切著心不得。

雨中花慢

登新樓，有懷趙昌甫❶、徐斯遠❷、韓仲止❸、吳子似❹、楊民瞻❺

舊雨常來，今雨不來，佳人偃蹇誰留❻？幸山中芋栗，今歲全收❼。貧賤交情落落❽，古今吾道悠悠❾。怪新來卻見：文〈反離騷〉，詩〈發秦州〉❿。

功名只道，無之不樂，那知有更堪憂！怎奈向、兒曹抵死，喚不回頭⓫！石臥山前認虎⓬，蟻喧牀下聞牛⓭。為誰西望，憑欄一餉⓮，卻下層樓。

【注釋】

❶趙昌甫　趙蕃（一一四三－一二二九），字昌甫（父），號章泉。其先鄭州人，徙信州玉山。以恩蔭補官，終直祕閣。性剛介，先後受學於劉清之、朱熹，著有《乾道稿》、《淳熙稿》、《章泉稿》。《宋史》卷四四五有傳。❷徐斯遠　名文卿，字斯遠，號樟丘，玉山人。朱熹弟子。嘉定四年進士，與趙蕃齊名。著有《蕭秋詩集》。❸韓仲止　韓淲（一一五九－一二二四），字仲止，號澗泉，上饒人。韓元吉之子。志高潔，長期隱居不仕。能詩，與趙蕃並稱「信（州）上（饒）二泉」。著有《澗泉集》、《澗泉日記》。❹吳子似　一作吳子嗣，名紹古，安仁人。從陸九淵遊，曾任鉛山縣尉、茶鹽幹辦官。有史才，能詩，與辛棄疾往來密切，頗多唱和。❺楊民瞻　事跡不詳。❻舊雨常來三句　杜甫〈秋述〉：「杜子臥病長安旅次，多雨生魚，青苔及榻，常時車馬之客，舊雨來，今雨不來。」後人常以舊雨喻故人，新雨喻新交。沈雄《古今詞話・詞品》下卷：「東坡詩：『新巢語燕還窺硯，舊雨來人不到門。』稼軒詞：『舊雨常來，今雨不來，佳人偃蹇誰留。』本此。」佳人，指題序中所言諸友人。偃蹇，困頓貌，仕途失意。❼幸山中芋栗二句　杜甫〈南鄰〉：「錦里先生烏角巾，園收芋（頭）栗（子）未全貧。」❽貧賤交情落落　《漢書・鄭當世傳》：「翟公為廷尉，賓客亦填門。及廢職，門外可設雀羅。後復為廷尉，客欲往，翟公大署其門曰：『一死一生，乃知交情；一貧一富，乃知交態；一貴一賤，交情乃見。』」落落，淡薄疏遠。❾古今吾道悠悠　見〈踏莎行・和趙國興知錄韻〉注❷。❿怪新來卻見三句　奇怪自己近來竟寫出像〈反離騷〉和〈發秦州〉那樣的作品。〈反離騷〉，揚雄作，認為君子得時則行，不得時則隱，遇不遇是命運，何必自傷其身?故「摭〈離騷〉文而反之」，以悼屈原。〈發秦州〉，杜甫自秦州入蜀時所作詩，共二十四首。⓫怎奈向兒曹抵死二句　《苕溪漁隱叢話》前集卷五七：「雪竇顯禪師嘗作偈云：『三分光

陰二早過，靈臺（心靈）一點不揩磨。貪生逐日區區去，喚不回頭爭奈何。』」抵死，總是。⓬石臥山前認虎 《史記・李將軍列傳》：「廣出獵，見草中石，以為虎而射之，中石沒鏃，視之，石也。」⓭蟻喧牀下聞牛 《世說新語・紕漏》：「殷仲堪父病虛悸，聞床下蟻動，謂是牛鬥。」⓮一餉 即一晌，一會兒。

【賞析】

慶元六年（一二〇〇）罷居瓢泉時作。這是一首懷友抒慨之作。上闋前三句點題中的懷友，從「幸山中芋栗」到下闋的「蟻喧牀下聞牛」都是抒懷，好像是對朋友促膝談心，談生活還過得去（「幸山中芋栗」二句）；談友情，言外之意是自己與趙昌甫等的友情還經得住「貧賤」考驗；談詩文，發現自己近來文學揚雄，詩學杜甫，頗多感時之作；談功名，歎「兒曹」就像誤石為虎，誤蟻為牛一樣，不懂得功名的「有更堪憂」。下闋末三句點題中的「登新樓」，「為誰」？為友朋，為祖國；「西望」什麼？〈菩薩蠻・書江西造口壁〉中的「西北望長安，可憐無數山」似可代作回答；為什麼「憑欄一餉，卻下層樓」？因為不堪憑欄遠望，大片國土，仍在敵手。這大概也回答了功名的「有更堪憂」，有了功名未必就能實現自己的理想，這是「兒曹」們所不懂的，故只好為友人娓娓傾述。

鷓鴣天

有客慨然談功名，因追念少年時事❶，戲作。

壯歲旌旗擁萬夫❷，錦襜突騎渡江初❸。燕兵夜娖銀胡䩮，漢箭朝飛金僕姑❹。　追往事，歎今吾，春風不染白髭鬚。卻將萬字平戎策❺，換得東家種樹書❻。

【注釋】

❶少年時事　指年輕時率義軍抗擊金兵、擒獲叛徒張安國、南渡獻俘朝廷的一段經歷，見《宋史・辛棄疾傳》。❷壯歲旌旗擁萬夫　黃庭堅〈送范德孺知慶州〉：「春風旌旗擁萬夫。」壯歲，青壯年時。❸錦襜突騎渡江初　是說身穿錦衣，率領精銳騎兵渡江南歸。錦襜突騎，指身穿錦衣的精銳騎兵。渡江初，指南渡歸宋。❹燕兵夜娖銀胡䩮二句　寫起義軍日夜同金兵激戰的情形。燕兵，指金兵。娖，同齪，整理。銀胡䩮，飾銀的箭袋。金僕姑，箭名。❺平戎策　指作者所寫〈美芹十論〉等議論恢復的奏疏。❻種樹書　《史記・秦始皇本紀》：「所不去者，醫藥、卜筮、種樹之書。」後借指歸隱，韓愈〈送石洪〉：「長把種樹書，人云避世士。」

【賞析】

辛棄疾晚年閒居鉛山瓢泉時，因客談及功名，有感於往事而賦此詞。上闋回憶南歸途中的戰鬥場面，寫得有聲有色，緊張激烈，一位雄姿英發的將軍形象躍然紙上。下闋對照現實，寫將軍已老，功業未就，卻屢遭排擠、難以實現自己的理想。末兩句總束全篇，寓莊於諧，將無限悲憤蘊含在反語與自嘲中，既應題之「戲作」，也是對個人遭遇的高度概括。這首詞上闋豪放雄邁，下闋沉鬱頓挫，通過今昔的強烈對比，將兩種風格揉合為一，正是辛詞的特色。

【集評】

劉祁《歸潛志》卷八：党承旨懷英、辛尚書棄疾，俱山東人，少同舍。屬金國初遭亂，俱在兵間，辛一旦率數千騎南渡，顯於宋。党在北方，擢第，入翰林有名，為一時文字宗主。二公雖所趨不同，皆有功業寵榮，視前朝陶穀、韓熙載亦相況也。後辛退閒，有〈鷓鴣天〉詞云「壯歲旌旗擁萬夫……」，蓋紀其少時事也。

陳廷焯《白雨齋詞話》卷一：稼軒〈鷓鴣天〉云：「卻將萬字平戎策，換得東家種樹書。」哀而壯，得毋有烈士暮年之慨耶。又卷八：放翁〈蝶戀花〉云：「早信此生終不遇，當年悔草〈長楊賦〉。」情見乎詞，更無一毫含蓄處。稼軒〈鷓鴣天〉云：「卻將萬字平戎策，換得東家種樹書。」亦即放翁之意，而氣格迥乎不同。彼淺而直，此鬱而厚也。

《唐五代兩宋詞選釋》俞陛雲評：金國初亂，稼軒率數千騎，渡江而南，高宗錄用之。歸田後有客過訪，慨然談功名，因追述少年時事，有英雄種菜之感。生平宦遊南北，江統平戎之策，橐駝種樹之書，一身兼之。詞中不言何去何從，觀其以家事付兒曹，賦〈西江月〉詞以見志，有「宜醉宜遊宜睡」、「管竹管山管水」之句，知其天性淡泊，東郊戢影，固義命自安也。

粉蝶兒

和趙晉臣❶敷文賦落梅

昨日春如，十三女兒學繡，一枝枝、不教花瘦。甚無情，便下得，雨僝風僽❷。向園林，鋪作地衣紅縐❸。　而今春似，輕薄蕩子難久。記前時、送春歸後，把春波，都釀作，一江醇酎❹。約清愁，楊柳岸邊相候。

【注釋】

❶趙晉臣　名不迂，字晉臣。紹興二十四年進士，累官直敷文閣學士，辛棄疾友人，與辛頗多唱和。❷便

下得二句　謂忍心讓風雨摧殘梅花。僝僽，摧殘；折磨。❸鋪作地衣紅縐　謂落花滿地。地衣，地毯。縐，縐紋。❹醇酎　濃酒。酎，經過多次釀製的醇酒。

【賞析】

閒居瓢泉時作。上闋從花開一直寫到花落。前半寫花開，虧作者想得出，以「十三女兒學繡」形容春光融融，梅花枝枝繁茂，朵朵肥碩。後半寫花落，怨老天忍心讓風雨摧殘梅花，使整個園林落紅滿地，有如鋪上紅色地毯一樣。「甚無情，便下得，雨僝風僽」，罵得越厲害，越能表現作者的惜春之情。下闋續寫落花，妙在以「輕薄蕩子難久」罵春光不肯久駐人間，不以離別為念。上闋寫落紅滿園，以「鋪作地衣紅縐」形容落梅；下闋寫落紅滿江，以浩浩春水似乎都成了「一江醇酎」形容落梅。上下闋不肯雷同一筆。結句以假作真，既有「一江醇酎」，那就到「楊柳岸邊」以酒澆愁吧。全詞確實「用筆如龍跳虎臥，不可羈勒，才情橫溢，海天鼓浪。然以音律繩之，豈能細意熨貼。」（李佳《左庵詞話》卷下）

【集評】

《草堂詩餘》別集卷三沈際飛評：大異人。

陳廷焯《白雨齋詞話》卷七：稼軒〈粉蝶兒・落梅〉起句云：「昨日春如，十三女兒學繡。」後半起句云：「而今春如，輕薄蕩子難久。」兩喻殊覺纖陋，令人生厭。後世更欲效顰，真可不必。

千年調

開山徑得石壁，因名曰蒼壁。事出望外，意❶天之所賜邪，喜而賦。

左手把青霓❷，右手挾明月。吾使豐隆❸前導，叫開閶闔❹。周遊上下❺，徑入寥天一❻。

覽玄圃❼，萬斛泉，千丈石。　鈞天廣樂，燕我瑤之席。帝飲予觴甚樂，賜汝蒼壁❽。嶙峋突兀❾，正在一丘壑❿。余馬懷，僕夫悲，下恍惚⓫。

【注釋】

❶意　同臆，揣測，猜測。❷青霓　彩虹，〈九歌・東君〉：「青雲衣兮白霓裳。」❸豐隆　〈離騷〉：「吾令豐隆乘雲兮。」注：「豐隆，雲師，一曰雷師。」前導，在前引路。❹閶闔　〈離騷〉：「吾令帝閽開關兮，倚閶闔而望予。」注：「閶闔，天門也。」❺周遊上下　〈離騷〉：「及余飾之方壯兮，周流觀乎上下。」❻徑入寥天一　直接進入與天為一的寂寥之境。《莊子・大宗師》：「安排而去化，乃入於寥天一。」注：「安於推移而與化俱去，故乃入於寂寥而與天為一也。」❼玄圃　即懸圃，神話中崑崙山上的神山，參見蘇軾〈戚氏〉注❼。❽鈞天廣樂四句　鈞天廣樂，見蘇軾〈戚氏〉注⓰。燕，同宴。瑤之席，以瑤草（仙草）編成的華貴坐席。予觴，我所敬的酒。❾嶙峋突兀　石壁峻峭奇特。❿丘壑　山水深幽之處。⓫余馬懷三句　〈離騷〉：「僕夫悲余馬懷兮，蜷局顧而不行。」余馬懷，我的馬因懷鄉而不肯行走。

【賞析】

退居瓢泉時作。這是因開山徑得石壁，疑是天之所賜而寫的一首遊仙詞。上闋想像自己飛升天庭，把霓挾月，雲師前導，叫開天門，遍遊太空，直接進入虛空寂寥之境，歷覽天上神山、仙泉和萬丈崖石。下闋想像自己受到天帝接待，奏以鈞天之樂，宴於瑤池，天帝飲了自己獻的酒非常高興，賜給我峻峭奇特的蒼壁。全詞至此（「賜汝蒼壁」）始點題。末以馬懷鄉里，僕夫悲感，自己只好恍恍惚惚從天而下作結，表現出作者雖不滿現實，但仍留戀現實，與蘇軾「起舞弄清影，何似在人間」的思想一致。全詞化用〈離騷〉詩意，上天下地，虛幻神奇，頗富浪漫色彩。

【集評】

李佳《左庵詞話》卷下：稼軒〈千年調〉詞「左手把青霓」……用筆如龍跳虎臥，不可羈勒，才情橫溢，海天鼓浪。然以音律繩之，豈能細意熨貼。

賀新郎

別茂嘉❶十二弟。鵜鴂、杜鵑❷實兩種，見《離騷補注》。

綠樹聽鵜鴂。更那堪、鷓鴣聲住，杜鵑聲切。啼到春歸無尋處，苦恨芳菲都歇❸。算未抵、人間離別。馬上琵琶關塞黑❹，更長門、翠輦辭金闕❺。看燕燕，送歸妾❻。　將軍百戰身名裂，向河梁、回頭萬里，故人長絕❼。易水蕭蕭西風冷，滿座衣冠似雪。正壯士、悲歌未徹❽。啼鳥還知❾如許恨，料不啼清淚長啼血。誰共我，醉明月❿？

【注釋】

❶茂嘉　辛棄疾族弟，事跡不詳。劉過有〈沁園春・送辛幼安弟赴桂林官〉云：「入幕來南，籌邊如北。」辛棄疾也有〈永遇樂・戲賦辛字送茂嘉十二弟赴調〉，劉過所送或即茂嘉。辛棄疾此詞蓋送辛茂嘉「籌邊如北」。

❷鵜鴂杜鵑　二鳥名。〈離騷〉：「恐鵜鴂之先鳴兮，使夫百草為之不芳。」宋洪興祖《離騷補注》：「子規一名杜鵑。……子規、鶗鴂，二物也。」鷓鴣啼聲像「行不得也哥哥」，杜鵑啼聲像「不如歸去」，都使人傷感。

❸芳菲都歇　百花凋零。《文選》卷二三阮籍〈詠懷〉「鶗鴂發哀音」沈約注：「此鳥鳴則芳歇也。芬芳歇矣，

則存者臭腐耳。」❹馬上琵琶關塞黑　用王昭君出塞和親事。晉石崇〈王明君辭序〉云：「昔公主嫁烏孫，令琵琶馬上作樂，以慰其道路之思，其送明君亦必爾也。」❺更長門翠輦辭金闕　指陳皇后乘車辭別漢武帝，退居長門宮。長門，陳皇后被廢後所居。翠輦，用翠羽裝飾的宮車。金闕，指帝王的宮殿。❻看燕燕二句　用莊姜送戴媯事。《詩・邶風・燕燕》：「燕燕於飛，差池其羽。之子於歸，遠送於野。瞻望弗及，涕泣如雨。」❼將軍百戰身名裂三句　化用李陵、蘇武故事。將軍，指李陵，曾屢勝匈奴，後來戰敗投降。故人，指蘇武。李陵〈與蘇武詩〉：「攜手上河梁，遊子暮何之。」《漢書・蘇武傳》載蘇武歸漢，李陵送別語：「異域之人，壹別長絕。」❽易水蕭蕭三句　用荊軻辭別燕太子入秦事，見《史記・刺客列傳》，其歌曰：「風蕭蕭兮易水寒，壯士一去兮不復返。」易水，在今河北易縣。壯士，指荊軻。未徹，沒有結束。❾還知　如果知道。❿誰共我二句　張惠言《詞選》認為：「茂嘉蓋以得罪謫徙，故有是言。」

【賞析】

退居瓢泉時作。送別是詩詞中常見的主題，大多詠歎兒女情長，此詞另闢蹊徑，將離情與國仇家恨、個人遭遇糅合，巧妙地借用典故加以抒發，章法之細，境界之高，堪稱絕唱。起首借鵜鴂、杜鵑起興，以「算未抵」句承先啟後，引出昭君辭別漢宮、陳皇后被貶入冷宮、戴媯因喪子去國的典故。聯繫宋朝對金妥協，以致皇帝被擄、三宮六院北行的慘痛往事，周濟認為是寫「北都舊恨」，的確有些道理。下闋借李陵別蘇武、荊軻別燕太子丹故事，感歎自己報國無路、壯志難酬的悲憤。「啼鳥」二句回應篇首，末二句照應送別主題，點明自己的孤寂哀愁，結構嚴謹細密。前人對此詞評價甚高，陳廷焯云：「稼軒詞自以〈賀新郎〉一篇為冠（別茂嘉十二弟），沉鬱蒼涼，跳躍動盪，古今無此筆力。」（《白雨齋詞話》卷一）

【集評】

陳模《懷古錄》卷中：此詞盡集許多怨事，全與李太白〈擬恨賦〉手段相似。

《草堂詩餘》別集卷四沈際飛評：盡集許多怨事，太白〈擬恨賦〉筆段。（「啼鳥」三句）慧有口，痛於骨髓。

沈雄《古今詞話・詞品》下卷：稼軒〈賀新郎〉（綠樹聽啼鴂）一首，盡集許多怨事，卻與太白〈擬恨賦〉相似。吳彥高「春從天上來」一首，全用琵琶故實。即如沈伯時評夢窗詞，用事下語太晦處，人不易知，亦是一病。又：黑，易安詞「守著窗兒，獨自怎生得黑」，幼安詞「馬上琵琶關塞黑」。張端義《貴耳集》曰，此「黑」字不許第二人押。

許昂霄《詞綜偶評》：（綠樹聽鶗鴂，更那堪杜鵑聲住）舊注云：鶗鴂、杜鵑實兩種，見《離騷補注》。（看燕燕，送歸妾）〈詩小序〉云：燕燕，送歸妾也。竟作換頭用，直接，亦奇。（「將軍百戰身名裂」六句）上三項說婦人，此二項言男子。中間不敘正位，卻羅列古人許多離別，如讀文通〈別賦〉，亦創格也。

《宋四家詞選》周濟評：（上片）北都舊恨。（下片）南渡新恨。

謝章鋌《賭棋山莊詞話》卷四：蔣竹山〈聲聲慢〉（秋聲）、〈虞美人〉（聽雨），歷數諸景，揮灑而出，比之稼軒〈賀新涼〉（「綠樹聽啼鴂」闋）盡集許多恨事，同一機杼，而用筆尤為嶄新。

王國維《人間詞話刪稿》：稼軒〈賀新郎〉詞送茂嘉十二弟，章法絕妙。且語語有境界，此能品而幾於神者。然非有意為之，故後人不能學也。

《藝蘅館詞選》丙卷梁啟超評：〈賀新郎〉調以第四韻之單句為全首筋節，如此最可學。

西江月

示兒曹，以家事付之

萬事雲煙忽過❶，百年蒲柳先衰❷。而今何事最相宜？宜醉宜遊宜睡。　早趁催科了納❸，更量出入收支。乃翁依舊管些兒❹：管竹管山管水。

【注釋】

❶萬事雲煙忽過　蘇軾〈寶繪堂記〉：「譬之雲煙之過眼，百鳥之感耳，豈不欣然接之，去而不復念也。」此化用其意。❷蒲柳先衰　《世說新語・言語》：「顧悅與簡文同年而髮早白，簡文曰：『卿何以先白？』對曰：『蒲柳之姿，望秋而落；松柏之質，經霜彌茂。』」❸催科了納　催收租稅，繳納完畢。❹乃翁依舊管些兒　乃翁，你們的父親，作者自謂。些兒，些許，不多一點兒。

【賞析】

退居瓢泉時作。以輕鬆之筆抒抑鬱之情是部分辛詞的特點，此詞即是。上闋還有歎老嗟卑之意，下闋的「催科了納」、「出入收支」更是瑣細家事，信筆寫來，自然流暢，幽默詼諧。但對一位志在收復失地的愛國志士來說，三「宜」三「管」包含了多少辛酸，真是欲哭無淚。

【集評】

沈雄《古今詞話・詞話》上卷：卓珂月曰：辛稼軒有「而今何事最相宜，宜醉宜遊宜睡」；「乃翁依舊管些兒，管竹管山管水。」楊誠齋有：「一道官銜清徹骨，別有監臨主守。主守清風，監臨明月，兼管栽花柳。」辛、楊相值時，當為傾倒。

浣溪沙

常山❶道中即事

北隴田高踏水頻❷，西溪禾早❸已嘗新。隔牆沽酒煮纖鱗❹。　忽有微涼何處雨，更無留影霎時❺雲。賣瓜人過竹邊村。

【注釋】

❶常山　在浙江常山東，山頂有湖，亦稱湖山。❷踏水頻　忙於用腳踏水車車水灌田。❸禾早　指早稻。❹纖鱗　細鱗，代指魚。❺霎時　瞬間。

【賞析】

嘉泰三年（一二〇三）夏作。時韓侂胄用事，欲北伐，起用已罷居瓢泉多年的辛棄疾知紹興府兼浙東安撫使，此為赴任途中所作，寫途中所見。上闋寫豐收景象，北隴還在車水灌田，西溪已在品嚐新稻，煮魚沽酒慶祝豐收。下闋寫途中遠處有雨，忽然一陣涼風，空中烏雲轉瞬消失，賣瓜人照樣賣瓜。全詞一句一景，共同構成一幅農村風物畫，看來他對復職的高興遠不及他對田園風光的興趣。正如俞陛雲所評：「詠鄉村風物，瀟逸出塵。稼軒於榮利之場，能奉身勇退，其高潔本於天性，故其寫野趣彌真也。」（《唐五代兩宋詞選釋》）

漢宮春　會稽蓬萊閣❶懷古

秦望山❷頭，看亂雲急雨，倒立江湖。不知雲者為雨，雨者雲乎❸。長空萬里，被西風、變滅須臾❹。回首聽、月明天籟，人間萬竅號呼❺。　誰向若耶溪上，倩美人西去，麋鹿姑蘇❻？至今故國人望，一舸歸歟❼。歲云暮矣❽，問何不、鼓瑟吹竽❾？君不見、王亭謝館，冷煙寒樹啼烏❿。

【注釋】

❶會稽蓬萊閣　在會稽（今浙江紹興）臥龍山下，吳越錢鏐所建。❷秦望山　在會稽城南四十里，為眾峰之傑，因秦始皇登臨以望東海而得名。❸不知雲者為雨二句　《莊子・天運》：「雲者為雨乎，雨者為雲乎？」❹須臾　頃刻之間。❺回首聽月明天籟二句　《莊子・齊物論》：「女聞人籟而未聞地籟，女聞地籟而未聞天籟夫。……夫大塊噫氣，其名為風，是唯無作，作則萬竅怒號。」❻誰向若耶溪上三句　用越國范蠡以西施滅吳事。若耶溪，在會稽縣南二十五里，相傳為西施浣紗處。倩，請。美人，指西施。麋鹿姑蘇，使姑蘇臺成為麋鹿棲息之地，即使吳國滅亡。《史記・淮南衡山列傳》載伍子胥之言曰：「臣今見麋鹿遊姑蘇之臺也。」❼至今故國人望二句　謂至今家鄉會稽的人還在遙望，西施的船回來沒有（相傳范蠡輔佐越王滅吳後，攜西施泛舟五湖而去）。故國，此指會稽。舸，船。❽歲云暮矣　一年將盡。云，語中助詞，無義。❾鼓瑟吹竽　《詩・小雅・鹿鳴》：「我有嘉賓，鼓瑟吹笙。」瑟、竽皆樂器。❿君不見王亭謝館二句　謂東晉大族王導、謝安的亭

館已經荒廢。即「舊時王謝堂前燕，飛入尋常百姓家」（劉禹錫〈烏衣巷〉）意。

【賞析】

嘉泰三年（一二〇三）知紹興府時作。上闋寫景，前五句寫亂雲急雨，後四句寫風，寫風過雲散雨停，晴空萬里，月光皎潔，呼嘯的西風（天籟）引得「人間萬竅號呼」。下闋寫「會稽蓬萊閣懷古」，一懷西施，至今故國之人還望這位美人歸來；二懷王、謝，當年望族王、謝的亭館，而今只剩下「冷煙寒樹啼烏」。俞陛雲對此詞評價甚高：「前半寫景，後半書感，皆極飛動之致。寫風雨數語，有雲垂海立氣概。下闋慨歎西子，徒沼吳宮而美人不返，悲吳宮兼惜美人，此意頗新警。後更言『王亭謝館』同付消沉，甯獨五湖人遠！感歎尤深。蓬萊閣為越中勝地，秦少游、周草窗皆賦詩詞。此作高唱入雲，當以銅琵鐵板和之。」（《唐五代兩宋詞選釋》）

漢宮春

會稽秋風亭❶觀雨

亭上秋風，記去年嫋嫋，曾到吾廬❷。山河舉目雖異，風景非殊❸。功成者去❹，覺團扇、便與人疎❺。吹不斷、斜陽依舊，茫茫禹跡❻都無。

千古茂陵❼詞在，甚風流章句，解擬相如❽。只今木落江冷，眇眇愁余❾。故人書報：莫因循、忘卻蓴鱸❿。誰念我、新涼燈火，一編《太史公書》⓫。

【注釋】

❶秋風亭　辛棄疾所建，據《寶慶會稽續志》卷一，秋風亭在觀風堂之側。張鎡〈漢宮春〉（城畔芙蓉）序云：「稼軒帥浙東，作秋風亭成，以長短句寄余，欲和久之，偶霜晴，小樓登眺，因次來韻，代書奉酬。」❷亭上秋風三句　去年指嘉泰二年（一二〇二），時辛棄疾還在家閒居，故云。嫋嫋，微風吹拂貌。〈九歌・湘夫人〉：「帝子降兮北渚，目眇眇兮愁予。嫋嫋兮秋風，洞庭波兮木葉下。」❸山河舉目雖異二句　《世說新語・言語》：「過江諸人，每至美日，輒相邀新亭，藉卉飲宴。周侯（顗）中坐而歎曰：『風景不殊，正自有河山之異！』皆相視流淚。」❹功成者去　《戰國策・秦策》：「四時之序，成功者去。」❺覺團扇便與人疏　班婕妤〈怨歌行〉：「新裂齊紈扇，皎潔如霜雪。裁為合歡扇，團團似明月。出入君懷袖，動搖微風發。常恐秋節至，涼風奪炎熱。棄捐篋笥中，恩情中斷絕。」此化用其意。❻禹跡　夏禹遺跡。《左傳》襄公四年：「芒芒禹跡，化為九州。」《史記・夏本紀》集解引《越傳》：「禹到大越，上苗山，大會計，爵有德，封有功，因而更名苗山曰會稽。」❼茂陵　漢武帝陵，此代指漢武帝。茂陵詞指漢武帝的〈秋風詞〉：「秋風起兮白雲飛，草木黃落兮雁南歸。蘭有秀兮菊有芳，懷佳人兮不能忘。汎樓船兮濟汾河，橫中流兮揚素波。簫鼓鳴兮發棹歌，歡樂極兮哀情多，少壯幾時兮奈老何！」❽解擬相如　《漢書・揚雄傳》：「蜀有司馬相如，作賦甚弘麗溫雅，雄心壯之，每作賦常擬之以為式。」❾只今木落江冷二句　參見本詞注❷。❿蓴鱸　見〈水龍吟〉（楚天千里清秋）注❼。⓫太史公書　即司馬遷的《史記》。

【賞析】

嘉泰三年（一二〇三）知紹興府時作。題作「會稽秋風亭觀雨」，但全詞並未寫觀雨，而是就秋風起興，自抒情懷。上闋前五句因秋風亭的秋風想到「吾廬」的秋風，兩地山河雖異，而風景同樣美麗。但

「山河舉目雖異」，又何止使人聯想到鉛山、會稽？所用之典顯然是借東晉偏安江左喻南宋偏安江南。「功成者去」四句，由自然界的四時代序，不可逆轉，想到人世亦如此，曾力挽狂瀾的夏禹，而今亦「茫茫禹跡都無」，充滿感傷色彩。下闋前半繼「禹跡都無」，進一步寫漢武帝的文治武功也一去不返，剩下的只有「木落江冷，眇眇愁余」。接著，借故人來信（實際是作者自白），告誡自己不可因循延誤，久居官場，忘卻回鄉欣賞蓴羹鱸膾。而以夜讀《太史公書》作答，無異於說我哪裡「忘卻蓴鱸」，我正為歷代興亡而憂心如焚，而冠以「誰念我」，表明「故人」也未必理解自己，充滿孤獨之感。

【集評】

陳廷焯《詞則・放歌集》卷一：風流悲壯，獨有千古。

永遇樂

京口北固亭❶懷古

千古江山，英雄無覓❷，孫仲謀❸處。舞榭歌臺，風流總被，雨打風吹去❹。斜陽草樹，尋常巷陌，人道寄奴曾住❺。想當年，金戈鐵馬，氣吞萬里如虎❻。　元嘉草草，封狼居胥，贏得倉皇北顧❼。四十三年，望中猶記，烽火揚州路❽。可堪回首，佛貍祠下，一片神鴉社鼓❾。憑誰問：廉頗老矣，尚能飯否❿！

【注釋】

❶京口北固亭　京口，今江蘇鎮江市。北固亭，又名北固樓，在鎮江城北一里外北固山上，晉蔡謨始建，

梁武帝改名北顧。❷英雄無覓　即「無覓英雄」的倒裝句。❸孫仲謀　三國吳帝孫權，字仲謀。曾建都京口（後徙建業），聯劉抗曹，威鎮江東。❹舞榭歌臺三句　表面是說孫權的遺風遺跡已被雨水洗刷乾淨，實際是慨歎像孫權那樣有志統一天下的英明君主已經無處尋覓了。榭，高臺上建築的敞屋。風流，指英雄的流風餘韻。❺人道寄奴曾住　南朝宋武帝劉裕，字德輿，小字寄奴。因其生長於京口，故曰「曾住」。❻金戈鐵馬二句　形容軍隊的威武強大。劉裕在東晉安帝時曾兩次率軍北伐，先後滅掉南燕、後秦，收復洛陽、長安，幾乎光復中原，所以說他「氣吞萬里如虎」。❼元嘉草草三句　借宋文帝貪得奇功，輕率出兵，結果慘敗的歷史教訓以警醒主持此次北伐的指揮者。元嘉，南朝宋文帝劉義隆的年號。草草，輕率。此指元嘉二十七年宋文帝命王玄謨輕率北伐敗歸事。狼居胥，山名，在內蒙古自治區五原縣西北。《史記・衛將軍驃騎列傳》記載，元狩四年（西元前一一九年），霍去病大敗匈奴，「封狼居胥山，禪於姑衍，登臨翰海」。又，《宋書・王玄謨傳》：「玄謨每陳北侵之策，上謂殷景仁曰：『聞王玄謨陳說，使人有封狼居胥意。』」封，在山頂築壇祭天，慶祝勝利。倉皇北顧，宋文帝劉義隆北伐失敗後，有詩曰：「惆悵懼遷逝，北顧涕交流。」❽四十三年三句　由懷古轉而傷今，聯想自身經歷，有往事不堪回首之慨。四十三年，辛棄疾從率眾南歸（一一六二）到寫作此詞時（一二〇五），恰好四十三年。烽火揚州路，指辛棄疾率眾南歸、轉戰淮南東路的往事。揚州為淮南東路的治所，故稱「揚州路」。❾佛貍祠下二句　與「烽火揚州路」今昔對舉，慨歎自己壯志難酬。佛貍祠，北魏太武帝，小字佛貍。他擊敗宋文帝北伐軍後，率兵追到瓜步山（在今江蘇六合東南），在山上建立行宮，即後來的佛貍祠。神鴉社鼓，描述農家迎神賽會的昇平景象，借指南宋政權只圖偏安、委國事仇的沉痛現實。神鴉，指祠廟中啄食祭品的烏鴉。社鼓，社日祭神的鼓樂。❿廉頗老矣二句　慨歎自己的不受重用。廉頗，戰國時趙國名將，屢建奇功，因讒被棄置不用。《史記・廉頗藺相如列傳》：「趙以數困於秦兵，趙王思復得廉頗，廉頗亦思復用於趙。趙王使使者視廉頗尚可用否。廉頗之仇郭開多與使者金，令毀之。趙使者既見廉頗，廉頗為之一飯斗米，肉十斤，被甲上馬，以示尚可用。趙使還報王曰：『廉將軍雖老，尚善飯，然與臣坐頃之，三遺矢矣。』趙王以為老，遂不召。」

【賞析】

此詞作於開禧元年（一二〇五）。四十三年前，作者為了恢復中原大業，奉表南歸，此後一再沉浮於宦海，難展宏圖。眼下韓侂冑準備北伐，邀他出山，卻不加重用，讓他出知鎮江。故登臨懷古，感慨萬千：一方面他渴望有孫權、劉裕那樣的「風流」人物北伐中原，一方面又擔心落得劉義隆那種「倉皇北顧」的結局，引來強過「佛貍」的金人飲馬長江；一方面自己收復中原的理想有了實現的機會，一方面卻又感歎自己像廉頗一樣被人讒毀，棄置不用。此詞用典多而不生硬，所用史實緊扣「京口」而又切近現實，妥貼自然，將歷史事實、國家前途、個人命運融為一體，慷慨悲歌，沉鬱蒼涼，堪稱辛詞中的壓卷之作。《詞潔》卷五評此詞云：「升庵云：『稼軒詞中第一。』發端便欲涕落，後段一氣奔注，筆不得過。廉頗自擬，慷慨壯懷，如聞其聲。謂此詞用人名多者，當是不解詞味。」

【集評】

岳珂《桯史》卷三：辛稼軒守南徐，以多病謝客。予來筮仕委吏，實隸總所。……余試既不利，歸官下，時一招去。稼軒以詞名，每燕必命侍妓歌其所作，特好歌〈賀新郎〉一詞。……既而又作一〈永遇樂〉，序北府事。首章曰：「千古江山，英雄無覓孫仲謀處。」又曰：「尋常巷陌，人道寄奴曾住。」其寓感慨者則曰：「不堪回首，佛貍祠下，一片神鴉社鼓。憑誰問：廉頗老矣，尚能飯否？」特置酒召數客，使妓迭歌，益自擊節。徧問客，必使摘其疵，孫謝不可。客或措一二辭，不契其意，又弗答，然揮羽四視不止。余時年少，勇於言，偶坐於席側，稼軒因誦啟語，顧問再四。余率然對曰：「待制詞句，脫去今古軫轍，每見集中有『解道此句，真宰上訴，天應嗔耳』之序，嘗以為其言不誣。童子何知，而敢有議？然必欲如范文正以千金求〈嚴陵祠記〉一字之易，則晚進尚竊有疑也。」稼軒喜，促膝亟使畢其說。余曰：「前篇豪視一世，獨首尾兩腔，警語差相似，新作微覺用事多耳。」於是大喜，酌酒而謂坐中曰：「夫君寔中予痼。」乃味改其語，日數十易，累月猶未竟，其刻意如此。

羅大經《鶴林玉露・甲編》卷一：此詞集中不載，尤雋壯可喜。

楊慎《詞品》卷五：岳珂北固亭〈祝英臺近〉填詞云：「澹煙橫層霧斂……」此詞感慨忠憤，與辛幼安「千古江山」一詞相伯仲。

《草堂詩餘》別集卷四沈際飛評：清壯可喜，事跡一經其用，政不多見。

黃潤玉《海涵萬象錄》卷四：辛稼軒有〈北固亭懷古〉，調寄〈永遇樂〉，岳珂病其尾腔多用廉頗故事。稼軒喜欲易之，經旬不得而罷。予乃易之曰「從頭數，六朝冠蓋，幾抔黃土」云。

沈雄《古今詞話・詞評》上卷：江尚質曰：倦翁登北固亭，寄調於〈祝英臺近〉，忠憤感慨。於稼軒〈永遇樂〉詞「千古江山」相伯仲。

任良幹〈詞林萬選序〉：辛稼軒之〈永遇樂〉、岳忠武之〈小重山〉，雖謂之古之雅詩可也，填詞之不可廢者以此。

《宋四家詞選》周濟評：（上片）有英主則可以隆中興，此是正說。英主必起於草澤，此是反說。（下片）繼世圖功，前車如此。

宋翔鳳《樂府餘論》：辛稼軒〈永遇樂・京口北固亭懷古〉一詞，意在恢復，故追數孫劉，皆南朝之英主。屢言佛貍，以拓跋比金人也。《古今詞話》載，岳倦翁議之云：「此詞微覺用事多。」稼軒聞岳語大喜，謂座客曰：「夫（夫）〔君〕也，實中余痼。」乃抹改其語，日數十易，累月未竟。按此，則今傳辛詞，已是改本。《詞綜》乃注岳語於下，誤也。

李佳《左庵詞話》：六十一上人〈永遇樂・京口北固亭懷古〉云：「千古江山……」此闋悲壯蒼涼，極詠古能事。

謝章鋌《賭棋山莊詞話》卷六：為問廉頗尚能飯否，俱與上文「虎」字叶，蓋古音也。

譚獻《復堂詞話》：起句嫌有獷氣。使事太多，宜為岳氏所譏。非稼軒之盛氣，勿輕染指也。

陳廷焯《詞則・放歌集》卷一：稼軒詞拉雜使事，而以浩氣行之。有如五都市中，百寶雜陳；又如淮陰將兵，多多益善。風雨紛飛，直能百變，天地奇觀也。岳倦翁譏其用事多，謬矣。

張德瀛《詞徵》卷一：辛稼軒〈永遇樂〉詞「從頭問，廉頗老矣，更能飯否」，故戴石屏詞云：「吳姬勸酒，唱得廉頗能飯否。」以一闋之工，形諸齒頰，蓋玉以和氏寶，飲以中泠貴矣。

陳洵《海綃說詞》：海綃翁曰：金陵王氣，始於東吳，權不能為漢討賊，所謂英雄，亦僅保江東耳。事隨運去，本不足懷，「無覓」亦何恨哉。至於寄奴王者，則千載如見其人。「尋常巷陌」勝於「舞榭歌臺」遠矣。以其能虎步中原，氣吞萬里也。後闋謂元嘉之政，尚足有為，乃草草卅年，徒憂北顧，則文帝不能繼武矣。自元嘉二十九年，更謀北伐無功。明年癸巳，至齊明帝建武二年，此四十三年中，北師屢南，南師不復北。至於魏孝文濟淮問罪，則元嘉且不可復見矣。故曰「望中猶記」，曰「可堪回首」。

此稼軒守南徐日作，全為宋事寄慨。「廉頗老矣，尚能飯否」，謂己亦衰老，恐無能為也。使事雖多，脈絡井井可尋，是在知人論世者。

《唐五代兩宋詞選釋》俞陛雲評：此詞登京口北固山亭而作。人在江山雄偉處，形勝依然，而英雄長往，每發思古之幽情。況磊落英多者，當其憑高四顧，煙樹人家，夕陽巷陌，皆孫、劉角逐之場，放眼古今，別有一種蒼涼之思。況自胡馬窺江去後，烽火揚州，猶有餘慟。下闋慨歎佛貍，乃回應上文「寄奴」等句。當日魚龍戰伐，只贏得「神鴉社鼓」，一片荒寒。往者長已矣，而當世豈無健者？老去廉頗，猶思用趙，但知我其誰耶？英詞壯采，當以鐵綽板歌之。

陳匪石《聲執》卷上：有曲直，有虛實，有疏密，在篇段之結構，皆為至要之事。曲直之用，昔人謂曲已難，直尤不易，蓋詞之用筆，以曲為主，寥寥百字內外，多用直筆，將無迴轉餘地。……然有如黃河東來，雖微遇波折，仍一瀉千里者，如東坡赤壁之〈念奴嬌〉，稼軒北固之〈永遇樂〉。

南鄉子

登京口北固亭有懷

何處望神州❶？滿眼風光北固樓。千古興亡多少事，悠悠，不盡長江滾滾流❷。　年少萬兜鍪❸，坐斷東南戰未休❹。天下英雄誰敵手？曹劉❺。生子當如孫仲謀❻。

【注釋】

❶神州　此指淪陷金國的中原地區。❷不盡長江滾滾流　化用杜甫〈登高〉：「無邊落木蕭蕭下，不盡長

江滾滾來。」❸年少萬兜鍪　是說孫權年紀輕輕就統率千軍萬馬。兜鍪，頭盔，代指戰士。❹坐斷東南戰未休　謂孫權建立東吳政權，與曹操、劉備抗衡，戰爭不斷。坐斷，佔據。❺曹劉　指曹操和劉備。《三國志・蜀書・先主傳》：「是時曹公從容謂先主曰：『今天下英雄，唯使君與操耳，本初（袁紹）之徒不足數也。』」❻生子當如孫仲謀　《三國志》裴松之注引《吳曆》：曹操出兵濡須，孫權率水軍應戰，曹操見孫權「舟船、器仗、軍伍整肅，喟然歎曰：『生子當如孫仲謀，劉景升兒子若豚犬耳。』」仲謀，孫權之字。

【賞析】

此詞亦作於開禧元年（一二〇五）。上闋即景抒情，以兩組設問句組成，第一組設問句點題，以「何處望神州」起，滿腔鬱結，噴薄而出；第二組設問句以「不盡長江滾滾流」回答「千古興亡多少事」，既形象，又感慨萬千。下闋就「千古興亡多少事」略舉一事，即稱頌敢與北方曹操抗衡的孫權。十九歲的孫權就繼承父兄事業，統率千軍萬馬，佔據東南，不斷與曹操作戰。曹操根本不把袁紹之徒放在眼裡，認為天下英雄只有劉備與自己，卻稱美「生子當如孫仲謀」。這些典故還含有「本初（袁紹）之徒不足數」和「劉景升兒子若豚犬」之意，這無異於是對投降派的痛斥。下闋後三句也是設問句，而且幾乎是《三國志》和《三國志》裴注中的成句，「信手拈來，自然合拍」（陳廷焯《詞則・放歌集》卷一）。

生查子　題京口郡治❶塵表亭

悠悠萬世功，矻矻❷當年苦。魚自入深淵，人自居平土。　紅日又西沉，白浪長東去。不是望金山❸，我自思量禹。

【注釋】

❶京口郡治　宋鎮江府官署所在地，位於北固山前峰南側。❷矻矻　勞苦貌。❸金山　《輿地紀勝》卷七：「金山，在江中，去城七里。舊名浮玉，唐李錡鎮潤州，表名金山。因裴頭陀開山得金，故名。」

【賞析】

開禧元年（一二〇五）知鎮江府時作。大禹治水，萬世之功。此詞上闋寫大禹當年風塵勞苦，疏濬河道，使人民安居樂業，免遭水災之苦，而魚亦得優游於深淵。下闋寫目前紅日西沉，大浪滔天，放目遠望，並非為了觀賞風景，而是在思量大禹治水之功。此詞作於開禧北伐前夕，全詞思路是由京口而及長江，由長江而及大禹治水之功，「不是望金山，我自思量禹」，表明了全詞主旨所在。

賀新郎　賦琵琶

鳳尾龍香撥❶。自開元、〈霓裳〉曲罷❷，幾番風月？最苦潯陽江頭客，畫舸亭亭待發❸。記出塞、黃雲堆雪。馬上離愁三萬里，望昭陽宮殿孤鴻沒。絃解語，恨難說❹。　遼陽驛使音塵絕❺，瑣窗寒、輕攏慢撚❻，淚珠盈睫。推手含情還卻手，一抹〈梁州〉哀徹❼。千古事、雲飛煙滅。賀老定場無消息❽，想沉香亭❾北繁華歇。彈到此，為嗚咽。

【注釋】

❶鳳尾龍香撥　寫琵琶的名貴。鳳尾，指琵琶尾部刻有雙鳳。龍香撥，用龍香柏製成的撥板。鄭嵎〈津陽

門〉：「玉奴琵琶龍香撥。」自注：「貴妃妙彈琵琶，其樂器聞於人間者，有邏逤檀為槽，龍香柏為撥。」蘇軾〈琵琶〉：「數絃已品龍香撥，半面猶遮鳳尾槽。」❷自開元霓裳曲罷　開元，唐玄宗年號（七一三—七四一）。〈霓裳〉曲，即〈霓裳羽衣曲〉。白居易〈長恨歌〉：「漁陽鼙鼓動地來，驚破〈霓裳羽衣曲〉。」❸最苦潯陽江頭客二句　白居易〈琵琶行〉：「潯陽江頭夜送客，楓葉荻花秋瑟瑟。……忽聞水上琵琶聲，主人忘歸客不發。」此借指作者遭貶謫淪落之感。潯陽江，長江在江西九江市北的一段。❹記出塞五句　用王昭君出塞和親事，晉石崇〈王明君辭序〉云：「昔公主嫁烏孫，令琵琶馬上作樂，以慰其道路之思，其送明君亦必爾也。」黃雲堆雪，寫塞外荒寒，黃沙蔽天，白雪滿地，歐陽脩〈明妃曲〉：「不識黃雲出塞路，豈知此聲能斷腸。」昭陽宮，漢都長安宮殿名，在未央宮中。❺遼陽驛使音塵絕　遼陽，今遼寧遼陽，此泛指北方淪陷區。溫庭筠〈訴衷情〉：「遼陽音信稀，夢中歸。」驛使，驛站傳送文書的使者。音塵絕，消息斷絕，李白〈憶秦娥〉：「樂遊原上清秋節，咸陽古道音塵絕。」❻瑣窗寒輕攏慢撚　瑣窗，雕刻有連環花紋的窗子。攏、撚，彈奏琵琶的指法。白居易〈琵琶行〉：「輕攏慢撚抹復挑，初為〈霓裳〉後〈六么〉。」❼推手含情還卻手二句　推手、卻手、抹，皆彈琵琶指法。《釋名．釋樂器》：「推手前曰琵，引卻曰琶，故以為名。」歐陽脩〈明妃曲〉：「推手為琵卻手琶，胡人共聽亦咨嗟。」抹，指順手下抹。〈梁州〉，亦作〈涼州〉，唐教坊曲調名，元稹〈連昌宮詞〉：「逡巡大徧〈梁州〉曲。」❽賀老定場無消息　元稹〈連昌宮詞〉：「夜半月高絃索鳴，賀老琵琶定場屋。」蘇軾〈虞美人〉：「定場賀老今何在，幾度新聲歇。」賀老，賀懷智，開元、天寶間善彈琵琶的藝人。❾沉香亭　唐代宮中的亭子，在興慶宮圖龍池東，是唐玄宗與楊貴妃常遊之地。李白〈清平調〉：「解釋春風無限恨，沉香亭北倚闌干。」

【賞析】

此詞寫作時間不詳。《渚山堂詞話》卷二評此詞云：「辛稼軒詞，或議其多用事，而欠流便。予覽其〈琵琶〉一詞，則此論未足憑也。〈賀新郎〉云：『鳳尾龍香撥……』此篇用事最多，然圓轉流麗，不為事所使，稱是妙手。」確實如此，全詞幾乎都是有關琵琶的典故組成，「鳳尾龍香撥」三句，首句即點明題意，點貴妃所用琵琶，謂自貴妃的〈霓裳〉曲罷，琵琶不知經歷了多少歲月的磨難，一開頭就充滿感慨。「最苦潯陽江頭客」二句，用白居易〈琵琶行〉的典故，充滿遷謫之意，顯然有作者的身世之感。「記出塞」三句寫烏孫公主、王昭君，作樂彈琵琶嫁與外族，也是傷心事（「馬上離愁三萬里，望昭陽宮殿孤鴻沒」）。下闋的「遼陽驛使音塵絕」也是用典（只是所用之典已不大清楚），兼寫琵琶的彈奏技法，輕攏慢撚，推手卻手，卻用「淚珠盈睫」、「哀徹」形容。全詞以楊妃事起，以楊妃事結，上闋結拍為「絃解語，恨難說」，下闋結拍為「彈到此，為嗚咽」，確實是「心中有淚，故筆下無一字不嗚咽」（陳廷焯《白雨齋詞話》）。

【集評】

許昂霄《詞綜偶評》：悲壯。（「鳳尾龍香撥」三句）貴妃琵琶以龍香板為撥，以邏迦檀為槽，有金縷紅紋，蹙成雙鳳，故東坡詩云：「數絃已品龍香撥，半面猶遮鳳尾槽。」（「最苦潯陽江頭客」二句）用白香山詩。（「記出塞黃雲堆雪」三句）用烏孫公主事。（「絃解語」二句）略束。（「千古事，雲飛煙滅」至末）一齊收拾。

《宋四家詞選》周濟評：（上片）謫逐正人，以致離亂。（下片）晏安江沱，不復北望。

陳廷焯《詞則・大雅集》卷二：發二帝之幽憤，蒼茫感喟。使事雖多，卻不嫌堆垛。

《藝蘅館詞選》丙卷梁啟超評：琵琶故事，網羅臚列，亂雜無章，殆如一團野草。惟其大氣足以包舉之，故不覺粗率。非其人勿學步也。

《唐五代兩宋詞選釋》俞陛雲評：稼軒曾為忠義軍書記，精鍊甲士數千，有攬轡澄清之志。此調借琵琶以寫懷。起筆「開元」句即追想汴京之盛。以下用商婦、明妃琵琶故事，藉以寫怨。轉頭處承上闋「萬里離愁」句，接以遼陽望遠，慨宮車之沙漠沉淪。「瑣窗」、「推手」四句詠琵琶正面，中含一片哀情。轉筆「雲飛煙滅」句筆勢動宕。結句沉香亭廢，賀老飄零，自顧亦淪落江東，如龜年之琵琶僅在，宜其罷彈嗚咽，不復成聲矣。

水調歌頭　醉吟

四座且勿語，聽我醉中吟❶。池塘春草未歇，高樹變鳴禽❷。鴻雁初飛江上❸，蟋蟀還來床下❹，時序百年心❺。誰要卿料理❻，山水有清音❼。

歡多少，歌長短，酒淺深。而今已不如昔❽，後定不如今。閒處直須行樂，良夜更教秉燭❾，高會惜分陰❿。白髮短如許，黃菊倩誰簪⓫。

【注釋】

❶四座且勿語二句　鮑照〈代堂上歌行〉：「四坐且勿喧，聽我堂上歌。」❷池塘春草未歇二句　謝靈運〈登池上樓〉：「池塘生春草，園柳變鳴禽。」❸鴻雁初飛江上　杜牧〈九日齊安登高〉：「與客攜壺上翠微，江涵秋影雁初飛。」蘇軾嘗檃括杜詩為〈定風波・重陽〉。❹蟋蟀還來床下　《詩・豳風・七月》：「十月蟋蟀入我床下。」❺時序百年心　杜甫〈春日江郊〉：「乾坤萬里眼，時序百年心。」❻誰要卿料理　《世說新語・簡傲》：「王子猷作桓車騎參軍，桓謂王曰：『卿在府久，比當相料理。』」❼山水有清音　左思〈招隱〉：「非必絲與竹，山水有清音。」❽而今已不如昔　《冷齋夜話》卷三：「魯直謫宜，殊坦夷，作詩云：『老色日上面，懽情日去心。今既不如昔，後當不如今。』」❾良夜更教秉燭　〈古詩十九首〉：「晝短苦夜長，何不秉燭遊。」❿惜分陰　《晉書・陶侃傳》：「大禹聖者，乃惜寸陰。至於眾人，當惜分陰。」⓫白髮短如許二句　杜甫〈春望〉：「白頭搔更短，渾欲不勝簪。」倩，請。

【賞析】

寫作時間不詳。前二句點題，其下都是醉吟，不少是前人成句，上闋似乎心情輕鬆，謂春天有高樹禽鳴，秋天有牀下蟋蟀鳴，不須人料理，山水自有清音。但讀了下闋就知道作者歡少悲多，是強作輕鬆，從今不如昔已知後不如今，像他這樣的愛國志士，自然會惜分陰，但現實卻使得他只好閒處行樂，惜分陰以秉燭夜遊，不知不覺之間已老之將至。全詞「若整若散，一片神行，非人力可到。」（陳廷焯《詞則・放歌集》卷一）

【集評】

張侃《跋揀詞》：辛待制〈水調〉首句，用鮑明遠「四坐且勿語」。今世詞，是有古腔樂府。

滿江紅

敲碎離愁，紗窗外、風搖翠竹。人去後、吹簫聲斷❶，倚樓人獨。滿眼不堪三月暮，舉頭已覺千山綠。但試把、一紙寄來書，從頭讀。　相思字，空盈幅；相思意，何時足。滴羅襟點點，淚珠盈掬。芳草不迷行客路，垂楊只礙離人目。最苦是、立盡月黃昏，欄干曲。

【注釋】

❶吹簫聲斷　暗用蕭史弄玉事。據《列仙傳》載，春秋時蕭史善吹簫，作鳳鳴，秦穆公以女妻之，後蕭史吹簫引鳳至，夫婦皆升天仙去。

【賞析】

寫作時間不詳。辛詞好用典，此詞除「吹簫聲斷」可視為暗用蕭史弄玉故事外，通篇都是白描。首句「離愁」點明全篇主旨，紗窗外風搖翠竹，攪亂了滿懷離愁，一開頭就活畫出主人公煩躁不安的神情。為什麼如此煩躁呢？一是因為人去也，現在只能獨倚危樓；二是因為春去也，已是「三月暮」、「千山綠」的景色。唯一能做的就是把來書「從頭讀」。下闋寫讀來書只能增加離恨，換得的只是「羅襟點點，淚珠盈掬」，因為信中只是空有「相思字」，不能滿足「相思意」。「芳草不迷行客路」，芳草不妨「行客」繼續遠行；「垂楊只礙離人目」，垂楊卻遮住自己欲穿的望眼。末以「最苦是、立盡月黃昏」照應上闋的「倚樓人獨」作結，確實是「一往情深，非秦（觀）、柳（永）所及」（陳廷焯《詞則·大雅集》卷二）。

滿江紅

倦客新豐❶，貂裘敝、征塵滿目❷。彈短鋏、青蛇三尺，浩歌誰續❸？不念英雄江左老，用之可以尊中國。歎詩書、萬卷致君人，翻沉陸❹。　休感慨，澆醽醁❺。人易老，歡難足。有玉人憐我，為簪黃菊❻。且置請纓封萬戶❼，竟須賣劍酬黃犢❽。甚當年、寂寞賈長沙，傷時哭❾。

【注釋】

❶倦客新豐　倦客指馬周，新豐在今陝西臨潼東。《新唐書・馬周傳》載，馬周，字賓玉。舍新豐逆旅，主人不顧。命酒一斗八升，悠然獨酌，眾異之。至長安，舍中郎將常何家。貞觀五年詔百官言得失，何武人，不涉學問，為條二十餘事，太宗怪問何，何曰：「此家客馬周教臣言之。」帝即召與語，大悅，拜監察御史。❷貂裘敝征塵滿目　見〈水調歌頭〉（落日古城角）注❷。❸彈短鋏青蛇三尺二句　見蘇軾〈滿庭芳〉（歸去來兮）注❼。青蛇，指劍。郭元振〈寶劍篇〉：「精光黯黯青蛇色。」韋莊〈秦婦吟〉：「匣中秋水拔青蛇。」❹歎詩書萬卷致君人二句　杜甫〈奉贈韋左丞〉：「讀書破萬卷，下筆如有神。」又〈自京赴奉先縣詠懷五百字〉：「致君堯舜上，再使風俗淳。」蘇軾〈沁園春・赴密州早行，馬上寄子由〉：「有筆頭千字，胸中萬卷，致君堯舜，此事何難。」翻沉陸，反被埋沒，《莊子・則陽》：「方且與世違，而心不屑與之俱，是陸沉者也。」注：「人中隱者，譬無水而沒也。」❺醽醁　美酒名。❻有玉人憐我二句　蘇軾〈千秋歲・徐州重陽作〉：「美人

憐我老，玉手簪黃菊。」簪，插戴。❼且置請纓封萬戶　暫且放下建功封侯的念頭。請纓，《漢書・終軍傳》：「南越與漢和親，乃遣軍使南越，說其主，欲令入朝，比內諸侯。軍自請受長纓，必羈南越王而致之闕下。」❽竟須賣劍酬黃犢　見〈水調歌頭〉（寒食不小住）注❻。❾甚當年寂寞賈長沙二句　《漢書・賈誼傳》載，賈誼，洛陽人，為長沙王太傅。數上疏言事，有云：「臣竊惟事勢，可為痛哭者一，可為流涕者二，可為長歎息者六。」

【賞析】

這是一篇抒憤之作，具體寫作時間不詳。上闋以馬周的困於新豐逆旅，蘇秦的貂裘敝，百金盡，馮諼的彈鋏悲歌，指斥當政者把可以尊中國的英雄棄置不用，任其老於江左，慨歎可致君堯舜的詩書反使自己沉淪。滿腔憤慨，溢於言表。下闋是自我安慰之詞，有酒可喝，有玉人相憐，就暫且放棄立功異域的宏志，賣劍買犢吧。可為什麼要像賈誼那樣為傷時而哭呢？正言若反，這是憤慨已極的自我解嘲之詞。

滿江紅　山居即事

幾箇輕鷗，來點破、一泓❶澄綠。更何處、一雙鸂鶒❷，故來爭浴❸。細讀〈離騷〉還痛飲❹，飽看修竹何妨肉❺。有飛泉、日日供明珠，五千斛。　春雨滿，秧❻新穀。閒日永，眠黃犢。看雲連麥隴，雪堆蠶簇❼。若要足時今足矣，以為未足何時足？被野老、相扶入東園，枇杷熟。

【注釋】

❶一泓　一潭深水。❷鸂鶒　水鳥名，略大於鴛鴦，也像鴛鴦，成雙而游，色紫，故名紫鴛鴦。❸故來爭浴　杜甫〈春水〉：「已添無數鳥，爭浴才相喧。」❹細讀離騷還痛飲　《世說新語・任誕》：「王孝伯言：名士不必須奇才，但使常得無事，痛飲酒，熟讀〈離騷〉，便可稱名士。」❺飽看修竹何妨肉　蘇軾〈綠筠軒〉：「可使食無肉，不可使居無竹。無肉令人瘦，無竹令人俗。人瘦尚可肥，俗士不可醫。」此反用其意。❻秧　此作動詞用，栽插稻秧。❼看雲連麥隴二句　王安石〈木末〉：「繅成白雪桑重綠，割盡黃雲稻正青。」此化用其意。

【賞析】

此詞作年莫考。題作「山居即事」，當為罷官家居帶湖或瓢泉時作。上闋前四句寫山居所見之景，輕鷗戲水，鸂鶒爭浴。後四句寫自己的閒適生活，細讀〈離騷〉，痛飲醇酒，居有竹，食有肉，還有飛泉可賞。下闋寫農村的豐收景象，春雨充足，稻秧新插，夏日日長，黃犢貪睡，田隴之麥如雲接天，蠶房之繭如雪堆山，還有老農扶入枇杷園中嚐新，全詞充滿山居之樂。故沈際飛評此詞云：「知足有不盡安閒恬適，未足有不盡焦勞搶攘，念何時足，命有時盡，可不為大哀耶？」（《草堂詩餘》別集卷三）但讀了上闋的「細讀〈離騷〉還痛飲，飽看修竹何妨肉」；下闋的「若要足時今足矣，以為未足何時足」，正言若反，辛棄疾真的已感到「今足矣」，真如沈氏所說的那般「安閒恬適」嗎？

木蘭花慢

中秋飲酒將旦❶，客謂前人詩詞有賦待月、無送月者，因用〈天問〉體❷賦。

可憐❸今夕月，向何處、去悠悠❹？是別有人間，那邊才見，光影東頭？是天外，空汗漫❺，但長風浩浩送中秋？飛鏡❻無根誰繫？姮娥❼不嫁誰留？

謂經海底問無由❽，恍惚使人愁。怕萬里長鯨，縱橫觸破，玉殿瓊樓❾。蝦蟆故堪浴水，問云何玉兔解沉浮❿？若道都齊無恙⓫，云何漸漸如鉤⓬？

【注釋】

❶將旦　天將明。❷天問體　指模仿〈天問〉的格式。〈天問〉，屈原作，篇中有一百七十餘問。❸可憐　可愛，謂中秋月光皎潔，令人生愛。❹悠悠　遠貌。❺汗漫　漫無邊際。❻飛鏡　指圓月。❼姮娥　即嫦娥，相傳因食靈藥飛往月宮。❽問無由　無從詢問。❾玉殿瓊樓　舊時傳說月中有宮殿，如晉王嘉《拾遺記》謂月中「瓊樓玉宇爛然」。蘇軾〈水調歌頭・丙辰中秋〉：「我欲乘風歸去，惟恐瓊樓玉宇，高處不勝寒。」❿蝦蟆故堪浴水二句　是說蝦蟆原本能浮水，為何玉兔也能在水中浮沉。蝦蟆，即蟾蜍，相傳月中有蟾蜍。故堪，本來能夠。玉兔，相傳為月中所有，晉傅玄〈擬天問〉：「月中何有，玉兔搗藥。」解沉浮，識水性。⓫都齊無恙　一切都安然無事。⓬如鉤　指上弦月、下弦月，形如彎鉤。

【賞析】

寫作時間不詳。此詞別開生面，緊扣「送月」主題，連發九問（「謂經海底問無由」二句，「怕萬里長鯨」三句，雖非問句，實有疑問），對有關月亮的種種傳說表示懷疑，寫得新穎別致而又蘊含著對科學的妙悟。上闋共有五問，前四問展示了作者超人的想像能力，特別是第二問，已隱隱悟出月繞地球旋轉的道理。五問誰將嫦娥留在月中不嫁？自然過渡到有關月亮的傳說上。下闋四問即月亮經過海底有無根據，海中長鯨會不會觸破月中宮殿，玉兔能否游水，下弦之月是否因為受損而形如彎鉤，透露出詞人豐富的想像力和極高的悟性。全詞構思新穎，幽默風趣，王國維評此詞云：「稼軒中秋飲酒達旦，用〈天問〉體作〈木蘭花慢〉以送月，曰：『可憐今夜月，向何處、去悠悠。是別有人間，那邊才見，光景東頭。』詞人想像，直悟月輪遶地之理，與科學家密合，可謂神悟。」（王國維《人間詞話》）

臨江仙

金谷❶無煙宮樹綠，嫩寒生怕春風。博山微透暖薰籠❷。小樓春色裡，幽夢雨聲中。

別浦鯉魚何日到❸，錦書封恨重重。海棠花下去年逢。也應隨分❹瘦，忍淚覓殘紅。

【注釋】

❶金谷　《晉書・石崇傳》：「崇有別館在河陽之金谷。」此指辛棄疾所居宅第，非指石崇洛陽金谷園。❷博山微透暖薰籠　博山，指博山爐，古香爐名。鮑照〈擬行路難〉之二：「洛陽名工鑄為金博山，千斲萬復鏤，上刻秦女攜手仙。」薰籠，覆蓋香爐的竹籠。❸別浦鯉魚何日到　別浦，銀河，因銀河為牛郎、織女相別之地，故名。李賀〈七夕〉：「別浦今朝暗，羅帷午夜愁。」鯉魚，指書信，與下句錦書同。蔡邕〈飲馬長城

窗行〉：「客從遠方來，遺我雙鯉魚。呼兒烹鯉魚，中有尺素書。」❹隨分　相應，照例。

【賞析】

作年莫考。這是一首言情詞，上闋傷春，綠樹滿野，乍暖還寒，香爐透暖，春色滿，雨聲不斷，幽夢難成。寫景幽麗，「嫩寒生怕春風」、「幽夢雨聲中」已暗含離愁。下闋傷別，離人不知何時來信，即使來信，也只不過是「封恨重重」。海棠為春季開花，「海棠花下去年逢」說明已離別整整一年。「也應隨分瘦」以擬人手法寫海棠，設想海棠也會隨己而瘦。「忍淚覓殘紅」寫自己，並綰合傷春、傷別二意。殘紅即落花，傷春之將去；而海棠花又是「去年逢」之地，傷人不復在；而「忍淚覓」更表明情深難割。陳廷焯云：「稼軒〈臨江仙〉後半闋云：『別浦鯉魚何日到，錦書封恨重重。海棠花下去年逢。也應隨分瘦，忍淚覓殘紅。』婉雅芊麗，稼軒亦能為此種筆路，真令人心折。」（《白雨齋詞話》卷一）

【集評】

《唐五代兩宋詞選釋》俞陛雲評：前半一片幽麗之景，以輕筆寫之，而愁人自在其中。下闋始言望遠懷人。歇拍二句自傷耶？抑為人著想耶？深情秀句，當以紅牙按拍歌之。劉後村評其詞，謂「其穠纖綿密者，亦不在小晏、秦郎之下」。此調與上之〈祝英臺近〉，頗合後村評語。

玉樓春

風前欲勸春光住，春在城南芳草路。未隨流落水邊花，且作飄零泥上絮❶。　鏡中已覺星星❷誤，人不負春春自負❸。夢回人遠許多愁，只在梨花風雨處。

【注釋】

❶未隨流落水邊花二句　蘇軾〈水龍吟·次韻章質夫楊花詞〉：「不恨此花飛盡，恨西園落紅難綴。曉來雨過，遺蹤何在，一池萍碎。春色三分，二分塵土，一分流水。」❷星星　形容頭髮斑白。❸人不負春春自負　意謂不是我對不起春光，而是春光自己對不起自己。負，背棄，辜負。《草堂詩餘》別集卷二沈際飛評：「『我負東風』、『春自負』兩句，誰是公道？不嫌兩存。」

【賞析】

這是一首惜春傷別的詞，上闋惜春，想留住春光，但春光已逝，落花雖未隨水流去，但已零落成泥碾作塵，只留下滿路芳草。下闋惜別，首句從春光之逝，感到年華易失，鬢眉已白，正像自己想「留春住」，而春光仍然無情離去一樣。為什麼如此傷感呢？末句回答了這一問題，一覺醒來，夢中人已像春光一樣遠去，只在被風雨摧殘的梨花叢中留下「許多愁」而已。

西江月

遣興

醉裡且貪歡笑，要愁那得工夫。近來始覺古人書，信著全無是處❶。　昨夜松邊醉倒，問松「我醉何如」。只疑松動要來扶，以手推松曰「去」❷。

【注釋】

❶近來始覺古人書二句　語出《孟子・盡心下》：「盡信書，則不如無書。」❷以手推松曰去　《漢書・龔勝傳》：「勝以手推常（夏侯常），曰：去！」此仿其句式。

【賞析】

此詞寫作時間不詳，題為遣興，實是借酒澆愁，發洩自己對現實的強烈不滿。上闋連用反語，說沒工夫愁，實際是愁無窮盡；說古書無用，實際是指今人不按古聖賢之言辦事，表現了對現狀的不滿。下闋寫醉後與松對話，憨態可掬，極富戲劇性，表現出詞人的堅強不屈。作者隨意拾取經史掌故，用散句組合成詞，既打破了詩、詞、文的界限，又不覺生硬和堆砌，體現了極高的藝術創造力。

【附錄一】

蘇辛詞總評

范開〈稼軒詞序〉：器大者聲必宏，志高者意必遠。知夫聲與意之本原，則知歌詩之所自出。是蓋不容有意於作為，而其發越著見於聲音言意之表者，則亦隨其所蓄之淺深有不能不爾者存焉耳。世言稼軒居士辛公之詞似東坡，非有意於學坡也，自其發於所蓄者言之，則不能不坡若也。坡公嘗自言與其弟子由為文至多，而未嘗敢有作文之意；且以為得於談笑之間，而非勉強之所為。公之於詞亦然。苟不得之於嬉笑，則得之於行樂；不得之於行樂，則得之於醉墨淋漓之際，揮毫未竟，而客爭藏去。或閒中書石，興來寫地，亦或微吟而不錄，漫錄而焚稿，以故多散逸。是亦未嘗有作之之意，其於坡也，是以似之。

汪莘〈方壺詩餘自序〉：唐、宋以來詞人多矣，其詞主乎淫，謂不淫非詞也。余謂詞何必淫？顧所寓何如爾。余於詞所愛喜者三人焉，蓋至東坡而一變，其豪妙之氣，隱隱然流出言外，天然絕世，不假振作；二變而為朱希真，多塵外之想，雖雜以微塵，而其清氣自不可沒；三變而為辛稼軒，乃寫其胸中事，尤好稱淵明，此詞之三變也。

陳模《懷古錄》卷中：近時作詞者只說周美成、姜堯章等，而以稼軒詞為豪邁，非詞家本色。紫巖潘牥云：「東坡〔為〕詞詩，稼軒〔為〕詞論。」此說固當，蓋曲者曲也，固當以委曲為體，然徒狃於風情婉孌，則亦不足以啟人意。回視稼軒所作，豈非萬古一清風也？

元好問〈新軒樂府序〉：唐歌詞多宮體，又皆極力為之。自東坡一出，情性之外不知有文字，真有「一洗萬古凡馬空」氣象。雖時作宮體，亦豈可以宮體概之？人有言，樂府本不難作，從東坡放筆後便難作。此殆以工拙論，非知東坡者。……由今觀之，東坡聖處，非有意於文字之為工，不得不然之為工也。坡以來，山谷、晁無咎、陳去非、辛幼安諸公，俱以歌詞取稱，吟詠性情，留連光景，清壯頓挫，能起人妙思。亦有語意拙直，不自緣飾，因病成妍者。皆自坡發之。

俞德鄰〈奧屯提刑樂府序〉：東坡大老以命世之才，遊戲樂府，其所作者皆雄渾奇偉，不專為目珠睫鉤之泥，以故昌大囂庶，如協八音，聽者忘疲。渡江以來，稼軒辛公，其殆庶幾者，下是折楊皇荂，誨淫蕩志，不過使人嗑然一笑而已。

沈義父《樂府指迷》：近世作詞者，不曉音律，乃故為豪放不羈之語，遂借東坡、稼軒諸賢自諉。諸賢之詞，固豪放矣，不豪放處，未嘗不叶律也。如東坡之〈哨遍〉、詠楊花〈水龍吟〉，稼軒之〈摸魚兒〉之類，則知諸賢非不能也。

王世貞《藝苑卮言》附錄：李氏、晏氏父子、耆卿、子野、美成、少游、易安至矣，詞之正宗也；溫、韋豔而促，黃九精而險，長公麗而壯，幼安辨而奇，又其次也，詞之變體也。詞至辛稼軒而變，其源實自蘇長公，至劉改之諸公極矣。

沈謙《填詞雜說》：學周、柳，不得見其用情處。學蘇、辛，不得見其用氣處。當以離處為合。

尤侗〈詞苑叢談序〉：詞之系宋，猶詩之系唐也。……唐詩以李、杜為宗，而宋詞，蘇、陸、辛、劉有太白之風；秦、黃、周、柳得少陵之體，此又畫疆而理，聯騎而馳者也。

王士禎〈倚聲集序〉：詩餘者，古詩之苗裔也。語其正則南唐二主為之祖，至漱玉、淮海而極盛，高、史其嗣響也；語其變則眉山導其源，至稼軒、放翁而盡變，陳、劉其餘波也。……有英雄之詞，蘇、陸、辛、劉是也。至是聲音之道乃臻極致，而詩之為功，雖百變而不窮。

曹溶〈古今詞話序〉：惟睹事類，頓入精采，上不牽累唐詩，下不濫侵元曲者，詞之正位也。豪曠不冒蘇、辛，穢褻不落周、柳者，詞之大家也。

先著、程洪《詞潔輯評》卷六評辛棄疾〈沁園春〉：稼軒詞於宋人中自闢門戶，要不可少。有絕佳者，不得以粗豪二字蔽之。如此種創見，以為新奇，流傳遂成惡習。存一以概其餘。世以蘇、辛並稱，辛非蘇類。稼軒之次則後村、龍洲，是其偏裨也。

陳其年〈詞選序〉：東坡、稼軒諸長調，又駸駸乎如杜甫之歌行，西京之樂府也。蓋天之生才不盡，文章之體格亦不盡。

田同之《西圃詞說》：魏塘曹學士云：「詞之為體如美人，而詩則壯士也；如春華，而詩則秋實也；如夭桃繁杏，而詩則勁松貞柏也。」罕譬最為明快。然詞中亦有壯士，蘇、辛也；亦有秋實，黃、陸也；亦有勁松貞柏，岳鵬舉、文文山也。陳眉公曰：「幽思曲想，張、柳之詞工矣，然其失則俗而膩也。傷時弔古，蘇、辛之詞工矣，然其失則莽而俚也。兩家各有其美，亦各有其病。」斯為詞論之至公。

郭麐《靈芬館詞話》卷一：東坡以橫絕一代之才，淩厲一世之氣，間作倚聲，意若不屑，雄詞高唱，別為一宗。辛、劉則粗豪太甚矣。

周濟《介存齋論詞雜著》：稼軒不平之鳴，隨處輒發，有英雄語，無學問語，故往往鋒穎太露。然其才情富豔，思力果銳，南北兩朝，實無其匹，無怪流傳之廣且久也。世以蘇、辛並稱，蘇之自在處，辛偶能到。辛之當行處，蘇必不能到。二公之詞，不可同日語也。後人以粗豪學稼軒，非徒無其才，並無其情。稼軒固是才大，然情至處，後人萬不能及。

又〈宋四家詞選目錄序論〉：蘇、辛並稱，東坡天趣獨到處，殆成絕詣，而苦不經意，完璧甚少。稼軒則沉著痛快，有轍可循，南宋諸公無不傳其衣鉢，固未可同年而語也。稼軒由北開南，夢窗由南追北，是詞家轉境。

孫兆溎《片玉山房詞話》：詞以蘊蓄纏綿、波折俏麗為工，故以南宋為詞宗。然如東坡之「大江東去」，忠武之「怒髮衝冠」，令人增長意氣，似乎兩宗不可偏廢。是在各人筆致相近，不必勉強定學石帚、耆卿也。今人談詞家，動以蘇、辛為不足學，抑知檀板紅牙不可無銅琵鐵撥，各得其宜，始為持平之論。

納蘭性德《淥水亭雜識》：詞雖蘇、辛並稱，而辛實勝蘇。蘇詩傷學，詞傷才。

樊增祥〈微雲榭詞選自敘〉：子瞻天才，夐絕一世；稼軒嗣響，號曰蘇、辛。第縱筆一往，無復紆曲之致，要眇之音，其勝者珠劍同光，而失者泥沙並下。等諸變徵，殆匪正聲。

張道《蘇亭詩話》卷一：至標舉餘藝，以雄健之筆，蟠屈為詞，遂成別派，後惟稼軒克效之，並稱蘇、辛。

吳衡照《蓮子居詞話》卷四：蘇、辛並稱，辛之於蘇，亦猶詩中山谷之視東坡也。東坡之大，與白石之高，殆不可以學而至。

陸鎣《問花樓詞話》：詞家言蘇、辛、周、柳，猶詩歌稱李、杜，駢體舉庾、徐，以為標幟云爾。

江順詒《詞學集成》卷五：蔡小石（宗茂）〈拜石詞序〉云：「詞勝於宋，自姜、張以格勝，蘇、辛以氣勝，秦、柳以情勝，而其派乃分。然幽深窅眇，語巧則纖，跌宕縱橫，語粗則淺，異曲同工，要在各造其極。」（詒）案：此以蘇、辛、秦、柳與姜、張並論，究之格勝者，氣與情不能逮。又引汪稚松云：茗柯《詞選》，張皋文先生意在尊美成而薄姜、張。至蘇、辛僅為小家，朱、厲又其次者。又引郭頻伽云：蘇、辛以高世之才，橫絕一時，而憤末廣厲之音作。姜、張祖騷人之遺，盡洗穠豔，而清空婉約之旨深。自是以後，雖有作者，欲別見其道而無由。又卷六：（詒）案：酸腐者道學語也，怪誕者荒唐語也。至粗莽，則蘇、辛之流弊，犯之甚易。若險麗而無鏤刻痕，則仍夢窗一派，而未臻姜、張之絕詣也。

謝章鋌《賭棋山莊詞話》卷四：自姜夔、張炎、周密、王沂孫方開清空一派，五百年來，以此為正宗。然〈金荃〉、〈握蘭〉本屬〈國風〉苗裔，即東坡、稼軒英雄本色語，何嘗不令人欲歌欲泣。文章能感人，便是可傳，何必淨洗豔粉香脂與銅琶鐵板乎？又卷五：詩詞異其體調，不異其性情，詩無性情，不可謂詩，豈詞獨可以配黃儷白，摹風捉月了之乎？然則崇奉姜、史，卑視蘇、辛者，非矣。第今之學蘇、辛者，亦不講其肝膽之輪囷，寄託之遙深，徒以浪煙漲墨為豪，是不獨學姜、史不之許，即學蘇、辛，亦宜揮之門外也。又卷九：余嘗謂稽之宋詞，秦、柳，其南曲崑山腔乎。蘇、辛，其北曲秦腔乎。此即教坊大使對東坡之說也。又卷一二：若蘇、辛自立一宗，不當儕於諸家派別之中。又續編卷三：樊榭之說盛行，又得大力者負之以趨，宗風大暢，諸派盡微，而東坡詞詩、稼軒詞論，骫髒激揚之調，尤為世所詬病。

劉熙載《藝概》卷四：蘇、辛皆至情至性人，故其詞瀟灑卓犖，悉出於溫柔敦厚。世或以粗獷託蘇、辛，固宜有視蘇、辛為別調者哉。詞品喻諸詩，東坡、稼軒，李、杜也。蘇、辛詞似魏玄成之嫵媚，劉靜修詞似邵康節之風流，倘泛泛然以橫放瘦淡名之，過矣。

陳廷焯《詞壇叢話》：稼軒詞，粗粗莽莽，桀傲雄奇，出坡老之上。惟陸游《渭南集》可與抗手，但運典太多，真氣稍遜。

又《白雨齋詞話》卷一：蘇、辛並稱，然兩人絕不相似。魄力之大，蘇不如辛。氣體之高，辛不逮蘇遠矣。東坡詞寓意高遠，運筆空靈，措語忠厚，其獨至處，美成、白石亦不能到。昔人謂東坡詞非正聲，此特拘於音調言之，而不究本原之所在。眼光如豆，不足與之辯也。又卷二：張皋文《詞選》，獨不收夢窗詞，以蘇、辛為正聲，卻有巨識。又卷五：彭駿孫《詞藻》四卷，品論古人得失，欲使蘇、辛、周、柳兩派同歸。不知蘇、辛與周、秦，流派各分，本原則一。若柳則傲而不理，蕩而忘反，與蘇、辛固不能強合，視美成尤屬歧途。又卷六：蘇、辛詞，後人不能摹倣。南渡詞人，沿稼軒之後，慣作壯語，然皆非稼軒真面目。迦陵力量不減稼軒，而卒不能步武者，本原未厚也。東坡心地光明磊落，忠愛根於性生，故詞極超曠，而意極和平。稼軒有吞吐八荒之概，而機會不來，正則可以為郭、李，為岳、韓，變則即桓溫之流亞。故詞極豪雄，而意極悲鬱。蘇、辛兩家，各自不同。後人無東坡胸襟，又無稼軒氣概，漫為規模，適形粗鄙耳。宋詞有不能學者，蘇、辛是也。國朝詞有不能學者，陳、朱是也。然蘇、辛自是正聲，人苦學不到耳。陳、朱則異是矣。學周、秦、姜、史不成，尚無害為雅正。學蘇、辛不成，則入於魔道矣。發軔之始，不可不慎。又卷七：熟讀蘇、辛詞，則才氣自旺。又卷八：東坡詞全是王道。稼軒則兼有霸氣，然猶不悖於王也。東坡、稼軒、白石、玉田高者易見，少游、美成、梅溪、碧山高者難見。東坡神品也，亦仙品也。……稼軒豪品也。東坡一派，無人能繼。稼軒同時，則有張、陸、劉、蔣輩，後起則有遺山、迦陵、板橋、心餘輩。然愈學稼軒，去稼軒愈遠，稼軒自有真耳。不得其本，徒逐其末，以狂呼叫囂為稼軒，亦誣稼軒甚矣。稼軒求勝於東坡，豪壯或過之，而遜其清超，遜其忠厚。……東坡、白石俱有天授，非人力所可到。東坡、稼軒，同而不同者也。

許賡颺〈四印齋合刊雙白詞序〉：好為纖纖者，不出乎秦、柳；力矯靡曼者，自比於蘇、辛。求其並有中原，後先特立，堯章、叔夏，實為正宗，此仇氏山村、鄭氏所南所由揚彼前旌，推為極軌也。

張德瀛《詞徵》卷五：蘇、辛二家，昔人名之曰「詞詩」、「詞論」。愚以古詞衡之曰，不用之時全體在，用即拈來，萬象周沙界。

許玉瑑〈蘇辛詞合刻敘〉：蘇、辛以忠愛之旨，寫憂樂之懷，固與姜、張諸家刻畫宮徵，判然異軌。……且銅琶餘韻，青兕前身，尤足鼓濠梁之化機，蕩鄭衛之細響。

王國維《人間詞話》：東坡之詞曠，稼軒之詞豪。無二人之胸襟而學其詞，猶東施之效捧心也。讀東坡、稼軒詞，須觀其雅量高致，有伯夷、柳下惠之風。蘇、辛，詞中之狂。

沈祥龍《論詞隨筆》：詞有婉約，有豪放，二者不可偏廢。……蘇、辛與秦、柳，貴集其長也。詞之言情，貴得其真。……柳、秦之妍婉，蘇、辛之豪放，皆自言其情者也。

況周頤《蕙風詞話》卷一：東坡、稼軒，其秀在骨，其厚在神。

蔣兆蘭《詞說》：初學填詞，勿看蘇、辛，蓋一看即愛，下筆即來，其實只糟粕耳。宋代詞家，源出於唐五代，皆以婉約為宗。自東坡以浩瀚之氣行之，遂開豪邁一派。南宋辛稼軒，運深沉之思於雄傑之中，遂以蘇、辛並稱。他如龍洲、放翁、後村諸公，皆嗣響稼軒，卓卓可傳者也。嗣茲以降，詞家顯分兩派，學蘇、辛者所在皆是。至清初陳迦陵，納雄奇萬變於令慢之中，而才力雄富，氣概卓犖。蘇、辛派至此可謂竭盡才人能事。後之人無可措手，不容作，亦不必作也。

陳洵《海綃說詞》：東坡獨崇氣格，箴規柳、秦，詞體之尊，自東坡始。南渡而後，稼軒崛起，斜陽烟柳，與故國月明相望於二百年中，詞之流變，至此止矣。

陳匪石《聲執》卷上：蘇、辛集中，固有被稱為摧剛為柔者。即觀龍川，何嘗無和婉之作，玉田何嘗無悲壯之音。忠愛纏綿，同源異委，沉鬱頓挫，殊途同歸。……東坡、稼軒音響雖殊，本原則一。

繆荃孫〈四印齋匯刻宋元三十一家詞序〉：長公疏朗，稼軒沉雄，大德延祐之紀年，雲間信州之傳本，延平劍合，昆山璧雙，流傳于竹塢弇州，賞鑒于延令傳是，固學生之圭臬，真詞場之景慶，于是有《蘇辛詞》之刻。

【附錄二】

蘇辛年表

年齡	蘇軾年表 紀年	西元	事跡	辛棄疾年表 紀年	西元	事跡
一	仁宗景祐三年	一〇三六	十二月十九日卯時，生於四川眉山。	高宗紹興十年	一一四〇	五月十一日卯時，生於山東歷城四風閘。
七	慶曆二年	一〇四二	開始讀書，聞歐陽脩、梅堯臣文名。	十六年	一一四六	
八	三年	一〇四三	入小學，師從道士張易簡。	十七年	一一四七	隨祖父贊至開封，得見凝碧池。
一〇	五年	一〇四五	母程氏授以書，讀〈范滂傳〉，「奮勵有當世志」。奉父命作〈夏侯太初論〉等。	十九年	一一四九	師從蔡松年、劉瞻，與党懷英同學。

一一	六年	一〇四六	仍僦居紗縠行宅，讀書於南軒。	二十年	一一五〇	
一二	七年	一〇四七	與小友鑿地為戲，得異石，作硯。	二十一年	一一五一	
一三	八年	一〇四八	與蘇轍及家勤國等同學於西社劉鉅。	二十二年	一一五二	隨祖父贊登高望遠，指畫山河，約在本年前後。
一四	皇祐元年	一〇四九		二十三年	一一五三	領鄉舉。
一五	二年	一〇五〇		二十四年	一一五四	到燕京應進士試。
一八	三年	一〇五一		二十七年	一一五七	第二次至燕京應進士試，乘機「諦觀形勢」。
一九	至和元年	一〇五四	娶青神進士王方之女王弗為妻。	二十八年	一一五八	
二〇	二年	一〇五五	遊成都，謁張方平，一見待以國士。	二十九年	一一五九	

二一	嘉祐元年	一〇五六	三月與轍隨父進京應試，過成都，再謁張方平。五月進京，八月舉進士。	三十年	一一六〇	祖父贊去世至遲當在此年。
二二	二年	一〇五七	正月，歐陽脩主持禮部試，蘇軾兄弟同科進士及第，父子三人名動京師。四月八日，母程氏卒，五月，與轍偕父赴喪返川。	三十一年	一一六一	金主亮舉兵南下，棄疾聚眾二千，隸耿京，為掌書記，共圖恢復。說僧義端率眾共隸耿京，義端竊印以逃，棄疾追斬之。十月，奉耿京命隨賈瑞奉表南歸，十一月過揚州。
二三	三年	一〇五八	在川守喪。有〈上知府王龍圖書〉，論蓄兵、賦民，強調關心民生疾苦。	三十二年	一一六二	正月十八日抵建康，召見，授右承務郎。閏二月，耿京已為張安國等所殺，棄疾還至海州，趨金營縛張安國獻俘建康，改差江陰簽判。
二四	四年	一〇五九	服喪期滿。十二月父子三人舟行適楚，有《南行集》。留荊州度歲。蘇邁生。	隆興元年	一一六三	在江陰簽判任。作〈菩薩蠻・贈張醫道服為別且令饋河豚〉。
二五	五年	一〇六〇	正月五日自荊州陸行，三月抵京，授河南福昌縣主簿，未赴。	二年	一一六四	江陰簽判任滿去職。
二六	六年	一〇六一	歐陽脩薦試制科，獻〈進策〉、〈進論〉各二十篇，除大理評事，鳳翔府簽判。十一月赴任，十二月到任。	乾道元年	一一六五	漫遊吳楚。和夏中玉等唱酬。
二七	七年	一〇六二	任鳳翔府簽判。奉命至屬縣減決囚犯。	二年	一一六六	漫遊吳楚。結識周孚。

二八	八年	一〇六三	任鳳翔府簽判。有〈上韓魏公論場務書〉、〈上蔡省主論放欠書〉、〈思治論〉。	三年	一一六七	繼續漫遊，秋後返建康。
二九	英宗治平元年	一〇六四	任鳳翔府簽判。與文同訂交於岐下。十二月罷鳳翔任，赴長安，遊驪山，在華陰度歲。	四年	一一六八	通判建康府。結識史正志、葉衡、丘崈、韓元吉、趙彥端、嚴煥等人。時史知建康兼行宮留守。
三〇	二年	一〇六五	正月還朝，判登聞鼓院。二月召試祕閣，入三等，得直史館。五月其妻王弗卒於京師。	五年	一一六九	任建康通判。奏進〈美芹十論〉。有〈千秋歲・金陵壽史帥致道〉、〈浣溪沙・贈子文侍人名笑笑〉等詞。與范氏結縭或在本年。
三一	三年	一〇六六	在京師直史館。四月，父卒。六月，扶喪出都，自汴入淮，泝江還川。	六年	一一七〇	任建康通判。召對延和殿，論南北攻守之勢。進二疏。遷司農寺主簿。
三二	四年	一〇六七	四月與轍護喪至家。八月葬父於彭山縣安鎮鄉可龍里老翁泉側。	七年	一一七一	在司農寺主簿任。作〈九議〉上虞允文。作〈青玉案・元夕〉。
三三	神宗熙寧元年	一〇六八	七月免喪。續娶王弗堂妹王閏之為妻。十二月與蘇轍攜家入京，經成都、閬中、鳳翔，在長安度歲。	八年	一一七二	春，以右宣教郎出知滁州，招流散，教民兵，議屯田。建奠枕樓。有奏議上君相，論敵國事。
三四	二年	一〇六九	二月還朝，任殿中丞直史館判官告院。上〈議學校貢舉狀〉，上書反對新法。	九年	一一七三	在滁州任。有〈感皇恩・滁州送范倅〉、〈木蘭花慢・滁州送范倅〉。

年歲	年號	西元	蘇軾	年號	西元	辛棄疾
三五	三年	一〇七〇	任殿中丞直史館判官告院，權開封府推官。再次上書神宗，並作〈擬進士對御試策〉，批評新法。蘇迨生。	淳熙元年	一一七四	春，辟江東安撫司參議官。秋賦〈水龍吟・登建康賞心亭〉。十月賦〈八聲甘州・壽建康帥胡長文給事〉。
三六	四年	一〇七一	任殿中丞直史館判官告院兼判尚書祠部。以謝景溫誣奏，窮治無所得，軾求外任，六月以太常博士、直史館通判杭州。七月出京，赴陳州見蘇轍，識張耒。九月與弟赴潁州謁歐陽脩。十一月到杭州任。	二年	一一七五	春，有〈一剪梅・遊蔣山呈葉丞相〉、〈菩薩蠻・金陵賞心亭為葉丞相賦〉等數詞上葉衡。葉衡薦棄疾慷慨有大略，召見，上登對劄子，遷倉部郎官。六月任江西提點刑獄，七月離臨安赴任，督捕茶商軍，閏九月因功加祕閣修撰。
三七	五年	一〇七二	通判杭州。赴湖州相度堤岸，作〈吳中田婦歎〉、〈山村五絕〉等譏諷新法。讀黃庭堅詩文，異之。蘇過生。	三年	一一七六	在江西提刑任。春過造口，有〈菩薩蠻・書江西造口壁〉。秋調京西路轉運判官，過臨安，有〈摸魚兒・觀潮上葉丞相〉。赴襄陽就職。
三八	六年	一〇七三	通判杭州。助陳襄修復錢塘六井。十一月赴常、潤等地賑饑。	四年	一一七七	差知江陵府兼湖北安撫使。嚴治盜賊。冬，改知隆興府兼江西安撫使。
三九	七年	一〇七四	通判杭州。納妾朝雲。五月移知密州。九月離杭赴密州。十一月到任，上〈論河北京東盜賊狀〉，主張救災，嚴治盜賊。	五年	一一七八	春，召為大理少卿，赴臨安。有〈霜天曉角・旅興〉、〈念奴嬌・書東流村壁〉等詞。秋，出為湖北轉運副使，溯江過揚州。
四〇	八年	一〇七五	知密州。有〈上韓丞相論災傷手實書〉、〈上文侍中論強盜賞錢書〉，強調救災防盜。作〈江神子・記夢〉、〈江神子・密州出獵〉。十一月葺超然臺。	六年	一一七九	春三月，改湖南轉運副使。有〈摸魚兒〉（更能消幾番風雨）。始營帶湖新居。奏進〈論盜賊劄子〉。秋，改知潭州兼湖南安撫使。

四一	九年	一〇七六	知密州。作〈水調歌頭・丙辰中秋〉、〈益公堂記〉。十二月以祠部員外郎直史館，移知河中府，離密州。	七年	一一八〇	任湖南安撫使，興修水利，整治鄉社，創建飛虎軍。冬，加右文殿修撰，差知隆興府兼江西安撫使。
四二	十年	一〇七七	赴京師，二月抵陳橋驛，改知徐州，不得入國門。四月與轍謁張方平於南都，代張作〈諫用兵書〉。是月到徐州任，八月率軍民抗洪。	八年	一一八一	任江西安撫使。以興辦荒政功轉一官。秋有〈沁園春・帶湖新居將成〉。冬，帶湖新居落成，洪邁作〈稼軒記〉。十一月除浙西提刑，旋落職罷歸帶湖。
四三	元豐元年	一〇七八	知徐州。改築外城，建黃樓。四月，秦觀來謁。八月黃樓建成。十月上神宗書。十二月在徐州西南獲石炭，作燃料。	九年	一一八二	在上饒帶湖新居，有〈水調歌頭・盟鷗〉。與嚴煥、傅自得、楊炎正、韓元吉等唱酬。秋有玉山之行。九月，朱熹過信上相會。
四四	二年	一〇七九	知徐州。三月改知湖州。四月到任。七月為李定中傷，以謗訕新政被捕。經多方營救，十二月二十九日，責授黃州團練副使，本州安置，不得簽書公判。	十年	一一八三	在帶湖家居。春，賦詞送湯邦彥歸金壇。陳亮來書，擬秋後來訪，未果。
四五	三年	一〇八〇	二月一日到黃州貶所，知州徐君猷待之甚厚。初居定惠院，五月遷城南臨臯亭，築南堂。時遊武昌寒溪西山。始著《易傳》、《論語說》。	十一年	一一八四	在帶湖家居。三月，友人陳亮繫獄。五月，與韓元吉互有壽詞。秋遊鵝湖，曾患病。冬，有詞送李正之、鄭元英入蜀。
四六	四年	一〇八一	貶官在黃州。故友馬正卿為請得城東營防廢地數十畝，躬耕其中，此即東坡。十月赤壁懷古。	十二年	一一八五	在帶湖家居。訪泉於鉛山期思，有〈洞仙歌〉詞。與信州守鄭汝諧、門人范開唱酬頗多。

四七	五年	一〇八二	在黃州。在東坡築雪堂，自號東坡居士。三月七日遊沙湖，作〈定風波〉（莫聽穿林打葉聲）；到蘄水，作〈浣溪沙〉（山下蘭芽短浸溪）。七月、十月兩遊赤壁，有〈赤壁賦〉和〈念奴嬌・赤壁懷古〉。	十三年	一一八六	在帶湖家居。五月，再賦詞壽韓元吉。遊博山雨巖，賦有〈醜奴兒〉、〈念奴嬌〉、〈生查子〉、〈水龍吟〉等詞。冬，有〈滿江紅・送信守鄭舜舉被召〉。
四八	六年	一〇八三	在黃州。十月作〈記承天寺夜遊〉。朝雲生子蘇遯。	十四年	一一八七	在帶湖家居。主管沖佑觀當在本年。五月，賦詞為韓元吉慶七十壽辰。
四九	七年	一〇八四	四月，神宗手詔移蘇軾為汝州團練副使。赴汝州途中，遊廬山，作〈題西林壁〉；遊石鐘山，作〈石鐘山記〉。七月蘇遯夭折。過金陵訪王安石，相與唱和。年底抵泗州，上表求常州居住。	十五年	一一八八	正月，范開編刊《稼軒詞甲集》成。有〈沁園春・戊申歲奏邸忽騰報謂余以病掛冠因賦此〉。冬，陳亮來訪，同遊鵝湖，有〈賀新郎〉詞。
五〇	八年	一〇八五	舟行至南都，得旨允許常州居住。六月起知登州。十月，到官五日，被召還朝任禮部郎中。	十六年	一一八九	在帶湖家居。正月，杜斿來訪，作〈賀新郎・用前韻送杜叔高〉。
五一	哲宗元祐元年	一〇八六	還朝半月，除起居舍人，三個月後，陞中書舍人，不久為翰林學士、知制誥。反對盡廢新法。	光宗紹熙元年	一一九〇	在帶湖家居。冬，陳亮再繫獄，年餘方得釋。
五二	二年	一〇八七	在翰林學士任。作〈辯試館職策問劄子〉，歷述自己的政治主張。四上劄請外，八月兼侍讀，十二月召試學士院。	二年	一一九一	在帶湖家居。王自中知信州，與稼軒時相過從。冬奉提點福建提點刑獄之命，次年赴任。

五三	三年	一〇八八	在翰林學士任。三月權知禮部貢舉。五月，蘇軾兄弟同轉對，各條上三事。十二月以周穜請以王安石配享神宗，上章劾之。	三年	一一九二	春，離瓢泉，赴福建提刑任。秋攝閩帥事，上疏論經界鈔鹽。以女妻陳成父。冬被召赴行在，歲杪由三山啟行。
五四	四年	一〇八九	在翰林學士任。連章請郡，三月以龍圖閣學士出知杭州。五月過南都，謁張方平。七月至杭。十月以蘇堅之議，疏浚茅山、鹽橋二河，以工代賑。十一月乞賑濟浙西六州。	四年	一一九三	赴召途中訪朱熹於建陽，晤陳亮於浙東。光宗召見，上登對箚子，遷太府少卿。秋，加集英殿修撰，知福州，兼福建安撫使。陳亮舉進士，有〈破陣子・為陳同甫賦壯詞以寄之〉。
五五	五年	一〇九〇	知杭州。春，減價糶常平米賑饑。捐黃金五十兩助建病坊。疏浚西湖，整治錢塘六井。秋，太湖泛濫，軾連上章疏請求救災。	五年	一一九四	在福建安撫使任。置備安庫，積鏹儲粟，修建郡學。七月罷職主管建寧府武夷山沖佑觀。九月被劾，降充祕閣修撰。再至鉛山期思卜築。
五六	六年	一〇九一	知杭州。三月召任翰林學士、知制誥，兼侍讀。八月再受洛黨攻擊，出知潁州。上〈論八丈溝不可開狀〉。	寧宗慶元元年	一一九五	二度罷居上饒，築期思新居。十月，被劾落職。
五七	七年	一〇九二	知潁州。二月改知揚州。三月到任。八月以兵部尚書召還，十一月遷端明殿學士兼翰林侍讀學士，守禮部尚書。	二年	一一九六	春遊靈山。帶湖雪樓被焚，徙居鉛山瓢泉，因病止酒，遣去歌姬。九月以言者論列，罷宮觀。
五八	八年	一〇九三	在禮部尚書任。八月，妻王閏之卒於京師。九月出知定州，哲宗拒絕蘇軾陛辭。十月到任，整飭軍紀，加強弓箭社。	三年	一一九七	在鉛山家居。友人陳居仁卒。

五九	紹聖元年	一〇九四	知定州。四月以譏斥先朝貶知英州，未至貶所，六月再貶惠州。十月二日到達惠州貶所，蘇過與朝雲隨行。	四年	一一九八	在鉛山家居。復集英殿修撰，主管武夷山沖佑觀，有〈鷓鴣天・戊午拜復職奉祠之命〉。與鉛山尉吳紹古唱酬甚多。
六〇	二年	一〇九五	貶官在惠州。作〈荔枝歎〉。三月參寥專使至，表兄程之才來訪，蘇程二家舊怨消除。	五年	一一九九	朱熹致書以「克己復禮」、「夙興夜寐」題贈二齋室。與傅為棟唱酬甚多。八月賦〈蘭陵王〉（恨之極）詞。
六一	三年	一〇九六	貶官在惠州。三月在白鶴觀買地築屋。助修惠州東西二橋。七月五日，愛妾朝雲卒。	六年	一二〇〇	在鉛山家居。二月，杜斿來訪，同遊天保庵。三月，朱熹卒，為文哭之。與趙不迂遊從唱酬甚多。
六二	四年	一〇九七	正月在惠州。二月，白鶴觀新居落成。四月責授瓊州別駕，昌化軍安置。五月與蘇轍相遇於藤州，同行至雷州。六月渡海，七月二日到達貶所，儋州守張中待之甚恭。	嘉泰元年	一二〇一	在鉛山家居。遊雲巖。
六三	元符元年	一〇九八	貶官在儋州。四月被董必逐出官舍，築桄榔庵。湖州人吳子野渡海來訪，為蘇軾兄弟通消息。	二年	一二〇二	在鉛山家居。五月生辰，賦詞述懷。十二月，韓侂胄為太師，起用主戰人士，謀北伐。
六四	二年	一〇九九	貶官在儋州。瓊州進士姜唐佐從蘇軾學。知州張中因修官屋安置蘇軾被罷，蘇軾作詩送之。貶官期間，續修《易傳》、《論語說》，又作《書傳》十三卷。著《志林》，未完稿。	三年	一二〇三	六月起知紹興府兼浙東安撫使，奏州縣害農六事。重建秋風亭，賦詞。奏請於諸暨縣增置縣尉，省罷稅官。招劉過來會，酬唱彌月。十二月召赴行在，陸游作〈送辛幼安殿撰造朝〉詩送行。

六五	三年	一一〇〇	春在儋州。葛延之渡海從學。五月大赦，量移廉州。六月渡海，七月至廉州貶所。八月改舒州團練副使，永州安置。行至英州，復朝奉郎、提舉成都玉局觀，外州軍任便居住。年底越南嶺北歸。有〈答謝民師書〉。	四年	一二〇四	正月召見，言鹽法，並言金國必亡，加寶謨閣待制，提舉佑神觀，奉朝請。三月差知鎮江府，賜金帶。招士丁、遣間諜、察敵情，造紅衲萬領備用，擬招沿江士丁建萬人軍旅。撥丹徒縣沒官田百餘畝作學田。跋宋高宗〈親征詔草〉。
六六	徽宗建中靖國元年	一一〇一	度嶺北歸。正月抵虔州。五月至真州，作自題畫像詩。瘴毒大作，暴病，止於常州。六月上表請老，以本官致仕。七月二十八日卒於常州。	開禧元年	一二〇五	在鎮江守任。作〈永遇樂・京口北固亭懷古〉。三月坐謬舉降兩官。六月改知隆興府，旋罷新命，奉祠。秋歸鉛山。
六七	崇寧元年	一一〇二	閏六月，與王閏之合葬於汝州郟城鈞臺鄉上瑞里小峨眉山。	二年	一二〇六	春，差知紹興府，兼兩浙東路安撫使，辭免。進寶文閣待制。十二月，進龍圖閣待制，知江陵府，令赴行在奏事。
六八				三年	一二〇七	春在臨安，試兵部侍郎，兩次上章辭免，遂罷，與在京宮觀。三月末，敘復朝請大夫、朝議大夫。歸居鉛山，八月臥病。九月除樞密都承旨，未受命，上章乞致仕。九月十日卒，特贈四官。葬鉛山縣南十五里陽原山中。

李杜詩選

郁賢皓、封野／著

李白和杜甫是唐代最偉大和最受讀者喜愛的兩位詩人，千餘年來，他們的優秀詩篇不僅在中國膾炙人口，也在世界各國為人們所傳誦。本書選錄兩人最具有代表性的詩篇各七十五首，按其寫作年代編排，並作詳細的注譯與精闢的賞析。同時每首詩都附有集評，匯集了歷代詩歌評論家的藝術鑑賞和評論，讀者既可以從中得到思想和藝術的教育與高品味的美感享受，又保留了自我理解與賞析的廣闊餘地，可說是一本最適合雅俗共賞的李杜詩歌讀本。

聲韻學

林燾、耿振生／著

在國學的範疇裡，「聲韻學」一向最為學子所頭痛，雖然從古至今，諸多學者、專家投身其中，引經據典，論證詳確，然或失之艱深，或失之細瑣，或失之偏狹；有鑑於此，本書特別以大學文科學生和其他初學者為對象，不僅對「聲韻學」的基本知識加以較全面的介紹，更同時吸收新近的研究成就，使漢語語音系從先秦到現代標準音系的演變脈絡清楚分明，各大方言及歷代古音的構擬過程簡明易懂，堪稱「聲韻學」的最佳入門教材。

文獻學

劉兆祐／著

本書旨在討論文獻的內涵及其相關問題，以提供中文系所學生及文化界關心文獻者參考取資。本書作者在各著名大學研究所講授「文獻學」長達四十年，本書即就其講稿增訂而成。全書分〈導論〉、〈圖書文獻〉、〈非圖書文獻〉、〈文獻的整理〉、〈重要的文獻學家〉等五章。從事文史研究工作，文獻之充足與否，常是決定研究成果品質的重要因素。如何掌握文獻？如何考辨文獻？如何精確徵引文獻？如何以非圖書文獻印證圖書文獻？如何整理文獻？讀畢本書，必能獲得正確的認識。